Der dreizehnte Fall für Zorn und Schröder

Hauptkommissar Zorn will nicht aufwachen. Nie wieder. Wenn er schläft, ist alles gut. Sobald er wach ist, muss er der kalten Wahrheit ins Gesicht blicken. Der wichtigste Mensch in seinem Leben ist tot, wurde vor seinen Augen überfahren. Zorn erscheint alles sinnlos.
Auch sein Kollege Schröder hat mit der Situation schwer zu kämpfen. Aber Schröder weiß, dass er nicht ruhen kann, bis er Antworten auf seine Fragen hat. Mit Zorns Hilfe oder ohne. Wer ist der Todesfahrer und damit für diesen sinnlosen Tod verantwortlich?
Als sich kurze Zeit später ein brutaler Mord ereignet, werden Zorn und Schröder stutzig. Und geraten selbst ins Visier der falschen Leute.

»Das Erscheinen eines neuen ›Zorns‹ stellt ein absolutes Highlight im Bücherjahr dar.« Literaturmarkt.info

Stephan Ludwig arbeitete als Theatertechniker, Musiker und Rundfunkproduzent. Er hat drei Töchter, einen Sohn und keine Katze. Zum Schreiben kam er durch eine zufällige Verkettung ungeplanter Umstände. Er lebt und raucht in Halle.

Außerdem bei FISCHER erschienen:
»Zorn – Tod und Regen«, »Zorn – Vom Lieben und Sterben«, »Zorn – Wo kein Licht«, »Zorn – Wie sie töten«, »Zorn – Kalter Rauch«, »Zorn – Wie du mir«, »Zorn – Lodernder Hass«, »Zorn – Blut und Strafe«, »Zorn – Tod um Tod«, »Zorn – Zahltag«, »Zorn – Opferlamm«, »Zorn – Ausgelöscht«, »Unter der Erde. Thriller«, »Der nette Herr Heinlein und die Leichen im Keller. Roman«
Die Bände 1–5 der Zorn-Reihe sind mit Stephan Luca und Axel Ranisch in den Hauptrollen fürs Fernsehen verfilmt.

Claudius Zorn ist auch auf Facebook und Instagram.

Weitere Informationen finden Sie auf www.fischerverlage.de

Stephan Ludwig

ZORN

SCHWARZE TAGE

Thriller

FISCHER Taschenbuch

MIX
Papier | Fördert
gute Waldnutzung
FSC® C083411
FSC
www.fsc.org

Originalausgabe
Erschienen bei FISCHER Taschenbuch
Frankfurt am Main, März 2024

Redaktion: Volker Jarck

Satz: Fotosatz Amann, Memmingen
Druck und Bindung: CPI books GmbH, Leck
ISBN 978-3-596-70715-7

Auftakt

Ich will nicht.

Als er sich auf die Seite wälzt, knarrt die Matratze unter seinem Gewicht. Was genau ihn geweckt hat, kann er nicht sagen. Ein Knacken in den Heizungsrohren, vielleicht auch das Hundegebell, das durch das gekippte Fenster ins Schlafzimmer dringt. Feuchte Herbstluft weht herein, streicht über sein verschwitztes Gesicht.

Du musst, Claudius.

Friedas Stimme. Verschlafen, dicht an seinem Ohr.

Nein, ich will …

Zorn driftet zurück in seinen Traum, und als er wieder im Opernhaus ist, lächelt er im Schlaf. Er muss dringend pinkeln, sehnt sich nach einer Zigarette. Opern waren ihm schon immer verhasst, doch es ist schön, wunderschön. Denn Frieda sitzt neben ihm, die Augen auf den dicken Mann gerichtet, der oben auf der Bühne im Scheinwerferlicht eine Arie singt. Nein, *schreit*, das trifft es besser. Kein Vergleich zu Pavarotti, den Zorn sich auf Friedas Geheiß am Nachmittag zur Einstimmung anhören musste, sie hatte die Schallplatte extra gekauft. Das war zwar schmalzig, ansonsten ganz okay. Der Mann da oben mag eine ähnliche Statur haben, doch selbst der einfach gestrickte Zorn erkennt, dass er mit den hohen Tönen von *Nessun dorma* eindeutig überfordert ist.

Zorns linke Pobacke ist eingeschlafen, die Knie schmerzen. Als er die Beine ausstreckt und das Gewicht auf dem unbequemen Stuhl verlagert, wirft ihm Frieda einen missbilligenden

Blick zu, ehe sie ihre Aufmerksamkeit wieder zur Bühne richtet. Sie trägt ein schwarzes Abendkleid mit dünnen Trägern und die Korallenohrringe, die Zorn ihr zum neununddreißigsten Geburtstag geschenkt hat. Staubkörnchen tanzen in den Kegeln der Scheinwerfer, es riecht nach altem Stoff, Bohnerwachs, süßlichem Parfum und dem Schweiß des Publikums, das sich um Zorn herum in den Klappsitzen drängt. Er hasst diese Enge, hasst diese kitschige Musik, und doch ist er glücklich. Weil er …

Ein schrilles Piepsen erklingt. Mit geschlossenen Augen tastet Zorn nach dem Nachttisch, der Wecker verstummt.

Ich will nicht.

Was willst du nicht, Claudius?

Ich will zurück in die Oper. Zurück zu dem schreienden Mann.

Warum? Er hört Friedas Kichern. *Ich weiß, wie furchtbar es für dich war.*

Ja. Aber dann muss ich nicht aufwachen.

Zorn kneift die Augen zusammen wie ein trotziges Kind und zieht die Decke über den Kopf. Es gelingt ihm tatsächlich, noch einmal zu seinem Traum zurückzukehren, jetzt haben sie die Oper verlassen und sind auf dem Heimweg. Frieda geht voraus, sie ist sauer auf ihn. Die Absätze ihrer hochhackigen Schuhe hallen von den Fassaden der engen Seitenstraße wider, er sieht ihren Atem, der im trüben Widerschein der Laternen kondensiert. Hinter ihnen wird ein Auto gestartet. Der Motor heult auf, dann …

Ein weiteres Piepsen. Zorn öffnet die Augen einen Spalt, greift unter der Decke hervor und stoppt den Wecker. Graues Morgenlicht flutet das Zimmer.

Ich will nicht wach werden.

Du musst, Claudius.

ICH WILL ABER NICHT!

Warum?

Er vergräbt das Gesicht im Kopfkissen. Der Bezug ist nass, er hat im Schlaf geweint.

Weil du dann nicht mehr da bist, Frieda.

*

Als er eine Stunde später ins Büro kommt, ist Schröder wie immer bereits an seinem Platz. Zorn wirft die zerschlissene Lederjacke über den Garderobenständer und lässt sich gegenüber in seinen Stuhl fallen. Draußen regnet es, das Haar klebt in schmutzigen grauen Strähnen an seinen Schläfen.

»Die müssten mal gegossen werden«, sagt er mit einem Blick auf die Topfpflanzen auf dem Fensterbrett. »Ich mach's nicht, es sind *deine* Begonien. Und pass auf, das nichts überläuft. Die Wasserflecken mach ich nämlich auch nicht weg.«

Schröders Hände sind über einer dünnen Akte gefaltet. Er sieht übernächtigt aus, dunkle Ringe zeichnen sich unter den Augen ab. Kinn, Wangen und der sonst sorgfältig rasierte Schädel sind von rostfarbenen Stoppeln bedeckt.

»Chef«, sagt er leise. »Du musst nicht …«

»Was?«

»Mach ein paar Tage frei.«

»Urlaub?« Zorn kratzt sich am Kinn. Er könnte ebenfalls eine Rasur vertragen, es klingt, als würde Sandpapier über die Farbreste auf einem alten Türblatt schmirgeln. »Danke, *Chef*«, sagt er schließlich und deutet durch das Fenster auf den diesigen Herbsthimmel. »Aber ich wüsste nicht, wohin ich bei diesem Wetter verreisen sollte.«

Außerdem, fügt er hinzu, habe er nicht die geringste Lust, den Urlaubsantrag auszufüllen. Er kramt seine Lesebrille aus einer Schublade und setzt sie umständlich auf.

»Ist er das?«, fragt er und deutet über den Rand seines Monitors auf die Akte.

Schröder senkt zustimmend das Doppelkinn.

»Hast du schon reingeguckt?«

»Nein. Ich ...« Schröders Stimme bricht. »Das mache ich später. Du musst wirklich nicht ...«

Das will ich auch nicht, denkt Zorn. *Ich will wieder in mein Bett. Schlafen. Zurück zu dem Schreihals im Opernhaus.*

Das geht nicht, Claudius.

Friedas Stimme. Irgendwo in seinem Kopf.

Er geht um den Schreibtisch. Einen Moment scheint es, als würde Schröder sich weigern, seine Hände pressen sich flach auf die Akte. OBDUKTIONSBERICHT ist auf dem Einband zu lesen. Als Zorn die Akte an sich nimmt, zeichnen sich die Umrisse von Schröders Fingern auf der grauen Pappe ab.

Er setzt sich wieder auf seinen Platz. Räuspert sich, schiebt die Lesebrille auf der Nase zurecht und öffnet den Obduktionsbericht. Nach mehr als drei Jahrzehnten Berufserfahrung sollte er so etwas schon oft getan haben, doch meist hat er Schröder solcherlei unangenehme Dinge überlassen. Diesmal muss er es selbst übernehmen.

Er liest den Namen auf dem Deckblatt. Das Geburtsdatum. Die Leiche ist *weiblich, Körpergröße 1,68 m, Gewicht 53 kg,* der Allgemeinzustand *körperl. gepflegt.* Zorn blättert durch die eng beschriebenen Seiten. Begriffe wie *Freilegung des Weichteilgewebes, Besichtigung der inneren Kopfsektion nach bogenförmigem Hautweichteilschnitt* und *Fixierung des Gesamthirns in toto* ziehen vorbei, er liest von *subkutanen Unterblutungen, Abriss der Aorta abdominalis* und *Trümmerbrüchen der unteren Extremitäten.*

Zunächst schließt er die Akte, dann die Augen. Weitere Worte flimmern über seine Netzhaut. *Multiples Organversagen nach myorenalem Syndrom,* ein medizinischer Fachbegriff, mit dem Claudius Zorn ebenso wenig anfangen kann wie mit den anderen, doch der Punkt, unter dem er in einer Tabelle aufgeführt wurde *(TODESURSACHE)*, ist eindeutig genug.

»Tja.« Er bemüht sich um einen geschäftsmäßigen Tonfall. »Wir müssen uns wohl damit abfinden.«

Die Finger der verbliebenen Hand streichen über den grauen Einband. Eine Ecke ist zerknickt, darüber ist ein Fleck zu erkennen. Es sieht aus wie getrockneter Senf.

Wahrscheinlich, schießt es Zorn durch den Kopf, *war der Rechtsmediziner im Stress. Er hatte bestimmt keine Zeit, eine Pause zu machen, also hat er seine Bockwurst gegessen, als er die* innere Kopfsektion freigelegt *hat und …*

Als Schröder ein ersticktes Schluchzen ausstößt, fällt Zorns mühsam aufrecht erhaltene Fassade in sich zusammen wie ein Kartenhaus. Er springt würgend auf und erbricht sich ins Waschbecken.

Du wirst drüber hinwegkommen, sagt Frieda.

Frieda, deren Stimme ausschließlich in seinem Kopf ertönt.

Frieda, die seit siebenundfünfzig Stunden und dreizehn Minuten tot ist.

ERSTE THESE:

Gott ist ein Arschloch.

Eins

Sie hatte die Karten schon vor Monaten bestellt. Es wäre also ausreichend Zeit gewesen, sich etwas einfallen zu lassen, doch Zorn hatte es gar nicht erst probiert. Er war für Frieda ein offenes Buch, es war sinnlos, sie hinters Licht führen zu wollen.

Als es dann so weit war, hatte er wider besseres Wissen trotzdem einen kläglichen Versuch unternommen und etwas von Bauchschmerzen gefaselt, die wohl von einem Döner stammen mussten, den er am Nachmittag mit Edgar gegessen hatte. Ein kurzer Blick hatte ihn umgehend verstummen lassen, und im Foyer des Opernhauses hatte Frieda sich dann zur Einstimmung ein Glas Sekt gegönnt, während Zorn sich anstelle eines Bieres mit einem Glas Kräutertee begnügen musste.

Es gab durchaus Schnittstellen, was ihrer beider Musikgeschmack betraf; sowohl er als auch Frieda liebten David Bowie und Bands wie die Pet Shop Boys oder die Red Hot Chili Peppers. Friedas Spektrum jedoch war deutlich breiter, sie mochte Heavy Metal, Jazz und – Zorns Meinung nach am schlimmsten – Opern. Irgendwann, hatte sie ihn immer wieder getröstet, würde auch er einen Zugang finden, doch auch der Turandot hatte keinerlei Widerhall erzeugt, und als es endlich vorbei war, sprang er noch während des Schlussapplauses auf, um zunächst eine Zigarette zu rauchen und danach pinkeln zu gehen. Nachdem ersteres erledigt war, wurde ihm letzteres verwehrt, da er nach dem Verlassen des Opernhauses keine gültige Eintrittskarte vorzeigen konnte. Das Personal hatte sich durch die Drohungen des Hauptkommissars *(ich bringe euch alle hinter Gitter!)* nicht einschüchtern lassen – kein Wunder also, dass es nicht sonderlich gut bestellt war um die Laune des Claudius Zorn.

Frieda erging es ähnlich. Schweigend traten sie den Heimweg an, überquerten den Kreisverkehr vor dem Opernplatz und liefen die enge Seitenstraße bergab Richtung Markt. Erst als Zorn den Reißverschluss seiner Jeans öffnete, um sich in einer Baulücke um die mittlerweile äußerst dringende Erledigung seines Geschäfts zu kümmern, ergriff Frieda kurz das Wort.

»Du benimmst dich wie ein Kind«, sagte sie und lief weiter.

»Mir doch egal«, blaffte Zorn und verzog sich hinter ein Gebüsch. Wie beinahe immer war er sich keinerlei Schuld bewusst, schließlich hatte er diese gestelzte Hampelei, dieses manierierte Geschwurbel (Begriffe, die er Frieda gegenüber niemals laut geäußert hätte) klaglos über sich ergehen lassen, sogar ein Jackett hatte er übergestreift. Er lauschte dem Plätschern seines in der nächtlichen Herbstluft dampfenden Urins und nahm sich fest vor, kein Wort der Entschuldigung von sich zu geben. Spätestens am Wochenende würde Frieda sich sowieso wieder versöhnen, dann nämlich stand sein Geburtstag an.

Der Wagen – ein grauer Toyota Corolla, der weiter oben zwischen den Autos der Anwohner am Bordstein parkte – war ihm im Vorbeigehen selbstverständlich nicht aufgefallen.

An das, was danach geschah, konnte er sich später nur noch bruchstückhaft erinnern. Er hatte das Aufheulen des Motors gehört, Reifen quietschten, und als er sich durch das Gebüsch zurück auf den Bordstein zwängte, raste der Toyota so dicht an ihm vorbei, dass ihm der Luftzug das Haar aus dem Gesicht wehte. Frieda stand ein paar Dutzend Meter bergab im Lichtkegel einer Laterne. Sie war auf die Fahrbahn ausgewichen, rechts von ihr versperrte ein Baugerüst den Fußweg, links ein Schuttcontainer. Selbst wenn sie es versucht hätte, gab es keine Möglichkeit, sich in Sicherheit zu bringen. Sie stand mitten auf der Straße, die

Handtasche schützend vor dem Bauch, während der Toyota direkt auf sie zuraste.

Ein dumpfer Aufprall erklang. Im nächsten Moment hielt Zorn sie in den Armen und schrie immer wieder ihren Namen. Sirenen näherten sich, irgendwann fand er sich im Krankenhaus wieder. Als der Arzt schließlich kam, graute draußen der Morgen, und Claudius Zorn, der mit noch immer offenem Hosenstall vor der Notaufnahme stand, wusste es, bevor der Arzt etwas sagte.

Das Erste, woran Zorn denken musste, waren die letzten Worte, die er mit Frieda gewechselt hatte.

Mir doch egal, hatte er gesagt. *Mir doch egal.*

Zwei

»Er ist noch immer nicht ansprechbar.« Schröder hatte das Telefonat mit dem Krankenhaus beendet. »Sobald sich sein Zustand ändert, werden wir informiert.«

Er klang müde, die hellen Augen waren trübe und leer.

Zorn schloss den Wasserhahn, warf einen Lappen in den Mülleimer und sank wieder in seinen Stuhl. Das Waschbecken war schnell von seinem Mageninhalt gereinigt gewesen; er konnte sich nicht erinnern, wann er zuletzt etwas gegessen hatte.

»Ändert das was?«

Bei dem Fahrer handelte es sich um einen fünfundzwanzigjährigen Medizinstudenten, der unter erheblichem Alkoholeinfluss gestanden hatte.

»Es gibt keine Bremsspuren«, sagte Schröder. »Wie's aussieht, hat er einfach die Kontrolle verloren und …«

Zorn knirschte so heftig mit den Zähnen, dass es deutlich zu hören war.

»Er ist noch jung«, sagte Schröder leise. »Sein Leben ist zerstört.«

»Aber er *lebt* noch.« Zorn atmete tief ein, dann wieder aus. Es klang, als würde die Luft aus einem defekten Fahrradschlauch entweichen. »Weißt du, was am schlimmsten ist, Schröder? Dass es so … *banal* ist.«

Ein Zufall. Eine Verkettung unglücklicher Umstände. Drei, vier Sekunden früher oder später hätte Frieda noch ausweichen können. Wären Zorns schauspielerische Fähigkeiten besser gewesen, hätte ihm Frieda die Bauchschmerzen abgenommen und sie hätten die Wohnung gar nicht erst verlassen. Oder der schreiende Tenor hätte die Magenprobleme bekommen und die Vorstellung wäre ausgefallen. Es gab unzählige weitere Möglichkeiten, angefangen bei einem Tarifstreik der Orchestermusiker (taten die das nicht ständig?) bis zu einem Erdbeben. Selbst einen Weltkrieg hätte Claudius Zorn in Kauf genommen.

»Ich muss zur Kriminaltechnik.« Schröder stemmte sich schwerfällig hoch. »Wir haben noch immer keinen Bericht über den Unfallwagen.«

»Glaubst du, da steht was Besonderes drin?«

»Nein, aber …«

»… wir müssen unsere Arbeit erledigen.«

»Das müssen wir«, nickte Schröder. »Wir werden es hinter uns bringen. So schnell wie möglich, aber ordentlich. Wenn wir sicher sind …«

»… legen wir den Fall zu den Akten.«

Schröder antwortete nicht.

»Und Frieda«, sagte Zorn. »Die legen wir dann auch zu den Akten.«

»Nein«, widersprach Schröder. »Sie … sie war einfach nur zur falschen Zeit am falschen …«

»Sag ich doch, es ist banal.« Zorn stand ebenfalls auf und nahm seine Jacke von der Garderobe. »Wenn du zur KTU gehst, gehe ich so lange eine rauchen. Pass auf, dass du die nicht weckst, die pennen ja meistens um diese Zeit und …« Er brach kopfschüttelnd ab. »Sorry, Schröder, aber mir fallen grad keine dämlichen Sprüche ein«, murmelte er und sah zu den Topfpflanzen auf dem Fensterbrett. »Und als ich dich vorhin mit deinem Hibiskus aufgezogen habe …«

»Begonien«, korrigierte Schröder sanft.

»Das krieg ich eigentlich besser hin. Aber ich schaff's grad nicht.«

»Das wird schon wieder, Chef.«

Zorn streifte die Lederjacke über, tastete gewohnheitsmäßig nach seinen Zigaretten und verharrte mit gesenktem Kopf. »Diese verfickten Kippen.«

»Dem kann ich voll und ganz zustimmen. Abgesehen von der Wortwahl.«

»Wenn ich *zuerst* aufs Klo gegangen wäre und danach geraucht hätte, dann … dann hätte ich den ganzen Aufstand nicht gemacht und wir wären früher nach Hause gegangen. Oder ich hätte mich nicht zum Pinkeln ins Gebüsch verzogen und wäre bei ihr gewesen. Dann hätte ich sie vielleicht …«

»Schon gut.«

Als Schröder ihn unbeholfen in die Arme nahm, versteifte sich Zorn instinktiv, ließ es dann aber geschehen. So standen sie eine Weile da. Die Wange des kleinen Mannes ruhte an Zorns Brust, der Kugelbauch presste sich gegen seine Gürtelschnalle.

»Es ist so …« Zorns unrasiertes Kinn rieb über Schröders Glatze. »… ungerecht.«

»Das ist es.« Schröders Stimme drang dumpf zwischen Zorns

Jackenaufschlägen hervor. »Geh ruhig nach Hause«, wiederholte er.

»Was soll ich da?«

»Du kannst auch bei mir bleiben.«

»Nee. Ich muss da durch.«

»*Wir* müssen da durch.«

Sie wiegten einander hin und her.

»Ich tropfe dir die Glatze voll«, schniefte Zorn.

»Und ich deine Jacke.«

»Schröder?«

»Ja?«

»Ohne sie wäre ich vor die Hunde gegangen.«

»Ich weiß.«

Zorn spürte Schröders warmen Atem am Hals. »Wer sorgt jetzt dafür, dass ich ... funktioniere?«

»Du *musst* funktionieren.«

»Weil ich Bulle bin?«

»Nein. Für Edgar.«

»Aber Edgar klopft mir nicht auf die Finger. Ich hab ja sowieso kaum noch welche, ich ... Scheiße, ich kriege ja nicht mal mehr ein dämliches Wortspiel zustande. Wer zieht mir den Hintern stramm, wenn ich mal wieder Mist baue?«

Schröder machte sich los und sah zu Zorn auf. Das volle Gesicht war von Tränen verschmiert, ein Jackenknopf hatte einen Abdruck auf der rechten Wange hinterlassen.

»Das ist ein Problem«, nickte er. »Aber ich bin ja auch noch da.«

Drei

»Die sagten, du wärst ansprechbar.«

Zorn stieß die Tür mit der Hacke hinter sich zu und betrat das Krankenzimmer. Als der Anruf kam, war Schröder wieder im Präsidium unterwegs gewesen, also war er in den Volvo gestiegen und allein hergefahren.

»Na?« Er ging zum Kopfende des Bettes und wedelte mit seinem Dienstausweis vor dem Gesichtsfeld der schmalen Gestalt. »Alles fit im Schritt?«

Die Augen des blassen Mannes blieben starr zur Decke gerichtet. Er trug einen Kopfverband, der linke Arm war eingegipst und ruhte angewinkelt auf dem weißen Laken über seinem Bauch. Die Finger waren von Schürfwunden übersät, unter dem rechten Auge prangte ein Bluterguss. Die winzigen Schnittwunden auf der linken Wange begannen bereits zu verheilen.

Sein Name war Tarek Macha. Er sah jung aus, *zu* jung. Zart, verletzlich, fast noch ein Kind. Geradezu *unschuldig*. Ein Gedanke, der Zorns Wut weiter anstachelte.

»Tut's weh?« Zorn betrachtete den Infusionstropf neben dem Bett und den durchsichtigen Schlauch, der unter dem Laken verschwand. »Nee, oder? Viel scheinst du ja nicht abgekriegt zu haben. Außerdem kümmert man sich um dich.« Er deutete zur Tür, hinter der ein Zivilbeamter im Flur auf einer Bank vor sich hindöste. »Du hast sogar 'nen Babysitter.«

Keine erkennbare Reaktion.

»Dein Auto kannst du allerdings abschreiben. Totalschaden. Schade, technisch war die Karre völlig in Ordnung. Der TÜV ist übrigens vor zwei Wochen abgelaufen.« Zorn schnalzte vorwurfsvoll mit der Zunge. »Aber darum musst du dich ja jetzt nicht mehr kümmern.«

Schweigen.

»Ich hab auch schon besoffen hinterm Steuer gesessen«, fuhr Zorn scheinbar gelassen fort. »Aber ich hab nie jemanden über den Haufen gefahren.«

Ein kurzes Blinzeln.

»Ach, das weißt du noch gar nicht? Dann hat dir auch niemand gesagt, dass dieser *jemand* … tot ist?«

Tarek Macha presste die rissigen Lippen zusammen und starrte aus dunklen, fast schwarzen Augen unter dichten Brauen unverwandt nach oben. Seine Gesichtszüge waren weich, beinahe feminin. Als er schluckte, bewegte sich der Kehlkopf unter der gespannten, unrasierten Haut wie eine Stahlkugel.

War es wirklich so, wie Schröder gesagt hatte? War das Leben dieses Jungen tatsächlich *zerstört*? Mit einem guten Anwalt würde er womöglich mit einer Bewährungsstrafe davonkommen. Er hatte sein Leben noch vor sich. Im Gegensatz zu Frieda. Die war ebenfalls jung gewesen. Jetzt war sie tot.

Zorn stützte die Hände auf den Oberschenkeln ab und beugte sich über den jungen Mann. Dieser wandte den Kopf ab. Zorns Nähe, sein Schweißgeruch und der saure, mit kaltem Zigarettendunst gemischte Atem waren ihm sichtlich unangenehm.

»Warum hast du nicht gebremst?«, fragte Zorn.

Auch jetzt keine Antwort.

Es war vielleicht besser so. Zorn war am Ende seiner Kräfte und kurz davor, die Beherrschung zu verlieren. Hätte der Junge sich gerechtfertigt oder angefangen, weinend ein paar Entschuldigungen zu stammeln, wäre Zorn ihm wohl an die Gurgel gegangen.

Er richtete sich auf und verließ grußlos das Zimmer. Der Zivilbeamte saß noch immer auf seinem Platz und las mit übergeschlagenen Beinen in der neuesten Ausgabe des *Spiegel*. Als Zorn erschienen war, hatte er seine Lektüre nur kurz unterbrochen, um sich den Dienstausweis zeigen zu lassen; ein dünner, unscheinbarer Mann in gebügelten Hosen und Trenchcoat, der braune Hut neben ihm auf der Bank machte das Klischee perfekt. Ein paar Meter weiter saßen zwei weitere, deutlich jüngere und moderner gekleidete Männer, die offensichtlich das Nebenzimmer überwachten. Eine Frage tauchte in Zorns Hinterkopf auf, doch bevor er sie stellen konnte, sprach ihn jemand an.

»Hat er etwas gesagt?«

Er schätzte die Frau auf Mitte vierzig. Sie war schlank, trug Jeans und einen Anorak mit fellbesetzter Kapuze. Das blond gefärbte Haar war im Nacken zu einem kurzen Zopf gebunden, über ihrer Schulter baumelte eine graue Umhängetasche. Der Zivilbeamte sah kurz auf, nickte ihr zu und blätterte seine Zeitschrift um. Sie war wohl nicht zum ersten Mal hier.

»Ich bin seine Mutter«, erklärte sie, nachdem sie Zorns fragenden Blick richtig gedeutet hatte. »Ich bringe ihm etwas zum Lesen.«

»Da wird er sich bestimmt freuen.«

»Tarek ist ein guter Junge«, sagte die blonde Frau.

Zorns Hand lag noch immer auf der Klinke. Er bemerkte, dass er ihr den Weg versperrte, trat beiseite und machte Platz. Sie bedankte sich mit einem Nicken.

»Sagen Sie das Ihren Kollegen. Sie sind doch bei der Polizei?«

Darüber musste Zorn einen Moment nachdenken.

»Ich bin der, dessen Leben er auf dem Gewissen hat«, erwiderte er.

Und ging.

Vier

»Ich schaff das nicht.« Zorn warf seine Lederjacke in Richtung Garderobe und verfehlte den Haken. »Ich schaff's einfach nicht.« Während er zum Schreibtisch schlich, hängte Schröder die Jacke auf. »Ich war kurz davor, dem das Kissen aufs Gesicht zu drücken. Und als seine Mutter meinte, er wäre ein … *guter Junge*, da …«

»Ich fahre nachher hin. Mit mir wird er bestimmt reden.«

»Klar.« Zorn lachte freudlos auf. »Mit wem sonst?«

Schröder deutete auf das Porzellankännchen neben seiner Tastatur. »Möchtest du auch einen Tee?«

»Eher schneid ich mir die Kehle durch, bevor ich diese fermentierte Jauche …« Zorn verstummte erschöpft. »Nee, Schröder. Danke.«

»Schon gut.«

»Es ist so … unfair. Der Kerl kommt mit ein paar Kratzern davon, und …«

»Das ist ein wenig übertrieben.«

»Der saß in 'nem Auto, Schröder. Und der Airbag hat ihn geschützt. Was wiegt so 'ne Kiste? Anderthalb Tonnen? Zwei? Frieda hat dreiundfünfzig Kilo gewogen. Das weiß ich so genau, weil wir letzte Woche beim Italiener am Markt waren. Sie war schon immer 'n Fliegengewicht, trotzdem hat sie genau drauf geachtet und nur 'nen Salat gegessen, weil sie angeblich zweihundert Gramm drüber war. Ich hab ihr gesagt, dass sie spinnt, aber …«, Zorn holte tief Luft, »du kennst sie ja. Sie hat's eisern durchgezogen und dieses dämliche Grünzeug bestellt.«

Schröder nippte an seinem Tee. »Die KTU hat mir die Sachen mitgegeben.«

»Welche Sachen?« Zorn bemerkte den Pappkarton neben dem Papierkorb. »Du meinst … *ihre* Sachen?«

»Ja.« Schröder trank einen weiteren Schluck. Die Tasse zitterte ein wenig in seinen Händen. »Ich dachte, du …«

»Nein. Ja. Später.«

Ein energisches Klopfen, die Tür wurde aufgerissen. Ein gedrungener Mann mit roter Strickmütze und passendem Schal erschien, stellte sich als Lars Patzlaff vor und wedelte mit einem Presseausweis.

»Ich bin von der …«

»Wir wissen, von welcher Zeitung Sie sind«, unterbrach Schröder.

BELIEBTE STAATSANWÄLTIN MITTEN AUS DEM LEBEN GERISSEN! hatte das letzte verbliebene örtliche Boulevardblatt in fetten Lettern getitelt. Frieda war oft in der Öffentlichkeit aufgetreten und ständig fotografiert worden, für den Artikel hatte man sich für ein Foto entschieden, das bei einem Festakt zur Amtseinführung des neuen Generalstaatsanwaltes aufgenommen worden war und Frieda lachend mit einem Sektglas zeigte, in hochhackigen Pumps und dem schwarzen Kleid, in dem sie ein paar Monate später sterben sollte. In dem Artikel war von Deutschlands *attraktivster Verbrechensbekämpferin* die Rede gewesen und einer beruflichen Laufbahn, die zweifellos bis in die höchsten Ämter des deutschen Justizwesens geführt hätte. Die Fotografen waren erst eingetroffen, als der Rettungsdienst schon vor Ort war, aber es gab eine lange Fotostrecke mit Bildern des Unfallwagens, selbst die Sichtschutzwände waren abgelichtet worden *(hier endet eine große Karriere),* unter einem Archivbild des städtischen Krankenhauses war vom *verzweifelten Kampf um ihr junges Leben* die Rede gewesen.

»Wie wir hörten, haben Sie mit dem Täter gesprochen«, sagte

Patzlaff ein wenig außer Atem, die feisten Wangen waren gerötet.

»Und von wem«, lächelte Schröder, »*hörten* Sie das?«

»Das kann ich Ihnen leider nicht sagen. Ich muss meine …«

»Natürlich, Sie müssen Ihre Quellen schützen.«

Zorn saß bleich in seinem Stuhl und folgte wortlos dem Geschehen, während Schröder höflich auf eine Pressemitteilung verwies, die seines Wissens bereits in Arbeit sei.

»Der Täter hat also einen Migrationshintergrund?«, fragte Patzlaff.

Über den Unfallfahrer war nichts veröffentlicht worden. Schröder hob die Brauen, während sich der Reporter erneut auf den Schutz seiner Quellen berief.

»Es handelt sich um einen Studenten«, sagte Schröder. »Er wurde in Deutschland geboren, ist hier aufgewachsen und nach unserer Kenntnis hervorragend integriert.«

»Ein guter Junge«, presste Zorn tonlos hervor.

»Sie haben mit ihm gesprochen.« Patzlaff wandte sich an Zorn. »Was genau hat er …«

»Seid ihr mir gefolgt?« Zorn zog die Stirn in Falten.

»Dazu kann ich Ihnen leider keine Auskunft …«

»Sag mal«, Zorn sah Schröder über den Schreibtisch an, »wer hat den überhaupt reingelassen?«

»Ich habe einen gültigen Presseausweis«, gab der Reporter pikiert zurück. »Die Öffentlichkeit hat ein Recht auf Information.«

Das, versicherte Schröder, sei unbestritten.

»Oberstaatsanwältin Borck hat sich bestimmt viele Feinde gemacht.« Patzlaff ordnete den Schal über dem Wildledermantel. »Könnte es nicht sein, dass es sich um einen Racheakt handelt?«

Zorn und Schröder wechselten einen Blick. Natürlich hatten sie diese Möglichkeit sofort in Betracht gezogen. Schröder hatte alle verfügbaren Kräfte mobilisiert und Tarek Macha genau überprüfen lassen. Sonderschichten waren eingelegt worden, doch nach knapp drei Tagen gab es keine Ergebnisse – keine Vorstrafen, nicht einmal einen unbezahlten Strafzettel. Tarek Macha studierte im sechsten Semester Medizin, er lebte in einer kleinen Dachwohnung in der Innenstadt, einer typischen Studentenbude, karg, aber pragmatisch eingerichtet, und bei der Durchsuchung hatten sich keine Auffälligkeiten ergeben. Sein Name tauchte in keinem der Fälle auf, die Frieda früher bearbeitet hatte.

»Unsere Ermittlungen laufen auf Hochtouren«, sagte Schröder. »Für morgen ist eine weitere Pressekonferenz angesetzt. Falls Sie dann noch Fragen haben, können Sie gern mit der Pressestelle einen Termin vereinbaren.«

»Das habe ich mehrfach versucht.« Patzlaff wandte sich wieder an Zorn. »Aber Sie waren nicht zu erreichen. Weder hier noch in Ihrer Wohnung.«

»Ihr wart bei mir zu Hause?«

»Selbstverständlich.« Patzlaff schien den Sinn dieser Frage nicht zu verstehen. »Sie haben mit Frau Borck zusammengelebt. Es ist meine Aufgabe, die Hinterbliebenen zu befragen, über ihre Gefühle zu sprechen, ihre …«

»Meine *Gefühle*?«

»Es kann durchaus erleichternd sein, über einen solch schweren Verlust …«

»Steck das Ding wieder ein!«

Patzlaff hatte den Mantel aufgeknöpft und ein Diktiergerät hervorgeholt.

»Wie Sie meinen.« Er gehorchte und trat näher. Eine beißende Wolke schweren Rasierwassers wehte Zorn entgegen. »Wie geht's eigentlich Ihrem Sohn?«

»Meinem … *was*?«

»Wie man hört, hatte er ja ein sehr enges Verhältnis zu …«

»Raus hier.« Plötzlich klang Zorn ruhig, doch die Sehnen am Hals spannten sich wie Stricke unter der Haut. »Du solltest dich jetzt wirklich verpissen.«

Patzlaff hob beschwichtigend die Hände und legte eine Visitenkarte auf den Schreibtisch. »Sie können mich jederzeit anrufen. Ich bin …«

»Kommen Sie«, unterbrach Schröder sanft, hakte Patzlaff unter und führte ihn zur Tür. »Ich bringe Sie zum Fahrstuhl.«

Zwei Minuten später saß er wieder am Schreibtisch.

»Er wird dich in Ruhe lassen, Chef.«

»Was hast du ihm gesagt?«

»Dass er deine Privatsphäre achten soll.« Schröder leerte seine Tasse. »Weil du ihm sonst sämtliche Knochen brichst.«

»Das soll ihm Angst machen?« Zorn hob hilflos die Arme. »Ich kann mich kaum auf den Beinen halten.«

»Das war nicht alles, was ich gesagt habe.«

»Ich höre?«

»Wenn du's nicht tust, breche *ich* ihm die Knochen.«

Die Dämmerung hatte eingesetzt. Schröder schaltete das Licht ein und nahm seine abgewetzte Aktentasche, um ins Krankenhaus zu fahren. Als er nach der Türklinke griff, fiel Zorn die Frage ein, die ihm bereits vor drei Stunden durch den Kopf gegangen war.

»Warum lässt du ihn eigentlich bewachen?«

»Wie meinst du das?«

Zorn berichtete von dem Zivilbeamten. »Wie's aussieht, wird das Nebenzimmer auch überwacht.«

»Bist du sicher?«

»Ich musste meinen Dienstausweis vorzeigen. Meine Fahrkarte wollte er jedenfalls nicht kontrollieren.«

»Komisch.« Schröder runzelte die Stirn. »Ich habe nichts dergleichen angeordnet.«

Fünf

Ich will nicht.

Zorn hatte die Tastatur seines Rechners beiseitegeschoben und saß vor dem Karton, den er auf den Schreibtisch gestellt hatte. Draußen war es dunkel geworden, die Neonröhren tauchten das Büro in grelles, steriles Licht.

Er klappte den Deckel ein Stück an, sah den Messingverschluss ihrer Handtasche und schloss den Karton wieder. Stand auf, ging um den Schreibtisch, nahm Schröders Porzellankanne und die Tasse und spülte beides im Waschbecken aus. Trocknete das Geschirr sorgfältig ab und stellte es in den Wandschrank. Verharrte einen Moment unschlüssig auf der Stelle.

Ich will das nicht sehen.

Als er wieder zum Schreibtisch ging, klingelte sein Handy. Malina, Edgars Mutter, rief an.

»Ich wollte nur sagen, dass wir an dich denken.«

»Das weiß ich, Malina.«

»Wenn du irgendwas brauchst, sind wir da.«

»Danke.«

»Edgar will dich sprechen.«

Zorn tröstete seinen weinenden Sohn, so gut er konnte. »Wir sehen uns morgen«, sagte er zum Abschied. »Und vergiss mein Geschenk nicht. Ich will ein großes. Nee, ein *riesen*großes.«

Nachdem er aufgelegt hatte, begann er, das Büro aufzuräumen. Er wischte Staub in den Regalen, auf Schreibtisch und Fensterbrett. Er goss Schröders Pflanzen, trug den Papierkorb zum Fahrstuhl, leerte ihn in den Container vor dem Präsidium und rauchte auf der Bank unter der alten Kastanie eine Zigarette. Als er sich wieder in seinen knarrenden Stuhl setzte, waren seine Haare vom Regen durchweicht.

Ich will nicht.

Du musst, Claudius.

Der Karton war in akribischer Ordnung gepackt, wahrscheinlich von Schröder. Abgesehen von einem abgerissenen Henkel erschien die Handtasche unversehrt, Blutspuren waren nicht zu entdecken. Schröder hatte das Leder sorgfältig gereinigt und sogar die Messingverschlüsse poliert.

Schröder, der nun für Zorn sorgen musste. Der ihm den Hintern stramm ziehen würde, wenn er nicht funktionierte. Eine Drohung, die durchaus ernst zu nehmen war. Das galt auch für Patzlaff, den schmierigen Journalisten. Es war davon auszugehen, dass Schröder seine Warnung mit einem höflichen Lächeln ausgesprochen hatte, doch wenn Patzlaff sich nicht daran hielt, würde ihm Schröder wohl nicht alle, aber zumindest einige wichtige Knochen brechen.

In Friedas Handtasche hatte immer ein ziemliches Chaos geherrscht. Nun war sie leer, der Inhalt lag einzeln in durchsichtige Plastiktütchen verpackt im Karton. Zorn verteilte eine angebrochene Packung Tempotaschentücher, ihren Lippenstift, ein paar Münzen, den silbernen Kugelschreiber und ihr Schlüsselbund auf dem Schreibtisch. Es folgte ein größeres Tütchen mit ihrem Personalausweis, der Fahrerlaubnis, dem Dienstausweis und ihren Kreditkarten, dann ein drittes mit Quittungen und Kassenbelegen, die Frieda aus unerfindlichen Gründen immer wochenlang aufgehoben und irgendwann weggeworfen hatte. Der letzte Beleg war vor vier Tagen datiert und stammte von der Buchhandlung am Markt. Zorn stieß ein bitteres Lachen aus. Das Buch – *Unsterblich sind nur die anderen* – lag noch aufgeschlagen auf ihrem Nachttisch. Sie hatte es kaum bis zur Hälfte gelesen.

Vielen Dank für Ihren Einkauf, stand auf dem Beleg.

»Nichts zu danken«, murmelte er.

Auch ihr Schmuck war einzeln verpackt. Die Korallenohrringe. Ihre Ringe. Die silberne Halskette mit dem kleinen Saphir, für die sie sich erst nach langem Überlegen entschieden hatte. Zorn hatte ihr mit dem Verschluss helfen müssen. Danach hatte sie ihm einen Kuss gegeben und vorgeschlagen, er solle dem Anlass entsprechend einen Schlips tragen.

Nur über meine Leiche, hatte Claudius Zorn erwidert.

Er griff wieder in den Karton und holte die Eintrittskarte der Oper heraus.

Hätte ich meine behalten, dann hätten sie mich wieder reingelassen und es wäre anders gekommen. Du wärst garantiert noch sauer, aber du wärst bei mir.

Das bin ich doch, mein Schatz.

Aber nur in meinem Kopf.

Der Karton war nun leer.

Ich werde immer da sein, Claudius. Immer.

Sechs

»Wiederholen Sie das bitte«, verlangte Schröder.

»Ich sagte, dass Sie nicht mit Tarek Macha sprechen können.« Der hochgewachsene Mann, der Schröder auf dem langen Krankenhausflur entgegengekommen war und sich als Polizeioberrat Gursky vom Bundeskriminalamt ausgewiesen hatte, hob bedauernd die Hände. »Es tut mir leid, Herr Hauptkommissar.«

»Würden Sie mir das erklären?«

»Das ist momentan nicht einfach.«

Gursky hatte die Sechzig bereits überschritten, doch sein

Gang war elastisch, die Haltung gerade. Sein Anzug stammte definitiv nicht von der Stange, der schwarze Rollkragenpullover war aus Kaschmir oder ähnlich edlem Material.

»Versuchen Sie's trotzdem«, erwiderte Schröder und nahm den Fahrradhelm in die andere Hand. Kleine Tropfen glitzerten auf der grauen Nylonjacke, die Oberschenkel seiner Cordhose waren dunkel vom Nieselregen. Das alte Moped stand bis zum Frühjahr eingemottet in dem Schuppen, neben dem er das Brennholz gestapelt hatte, doch bis dahin würde er nur bei strengem Frost auf sein geliebtes Rennrad verzichten.

»Wir sollten unsere Zeit nicht mit albernem Kompetenzgerangel verschwenden.« Gursky sah aus grauen, wachen Augen hinter den Gläsern einer randlosen Brille auf Schröder hinab. »Sie wissen so gut wie ich, dass ...«

»Das BKA hat also den Fall übernommen. Darf man fragen, seit wann?«

»Sie kennen die Vorschriften, Herr Hauptkommissar. Ich bin nicht befugt, Informationen ...«

»Sie haben Tarek Macha überwacht?«

»So ist es.«

Schröder wies auf die leeren Bänke vor den Zimmertüren. »Jetzt nicht mehr?«

»Nein.«

»Warum?«

Polizeioberrat Gursky antwortete nicht. Das kurze, zu einem eisgrauen Igelschnitt frisierte Haar glänzte im Schein der Neonröhren, die in einer scheinbar endlosen Doppelreihe über ihren Köpfen hingen.

»Ich bin hier, um eine Befragung vorzunehmen.« Schröders Stimme bekam einen metallischen Unterton. »Tarek Macha hat den Tod einer langjährigen ...«, er schluckte kurz, »Kollegin zu verantworten und ich habe keinesfalls die Absicht ...«

»Auch ich kannte Oberstaatsanwältin Borck«, gab Gursky in weichem Bariton zurück. »Ich kann Ihnen nur mein tiefstes Mitgefühl …«

»Sie sprachen von Zeitverschwendung.« Eine Ader pochte an Schröders Schläfe. »Also sparen Sie uns die Floskeln, *Herr Polizeioberrat.*«

Ein Pfleger schob einen verchromten Rollwagen mit Bettwäsche vorbei. Schröder grüßte freundlich, machte Platz und wandte sich wieder an Gursky. »Wann gedachten Sie eigentlich, uns zu informieren?«

Das, gab Gursky zu, hätte längst geschehen sollen, und entschuldigte die Verzögerung mit den hinlänglich bekannten bürokratischen Dienstwegen. »Ich kann Ihren Unmut verstehen. Niemand stellt Ihre Kompetenz in Frage. Glauben Sie mir, ich wäre der Letzte, der das tun würde. Mein Sohn hat vor vier Jahren seinen Abschluss an der Polizeischule gemacht. Er schwärmt noch heute von Ihren Vorlesungen.«

Polizeioberrat Gursky war nicht der Mann, der anderen Komplimente machte, es war ihm ernst. Schröder interessierte es allerdings nicht im Geringsten.

»Wir werden dieses Gespräch in Ruhe fortsetzen«, versprach Gursky.

»Mit Sicherheit.« Schröder lockerte den Riemen seiner Aktentasche über der Windjacke. »Aber vorher rede ich mit Tarek Macha.«

Hinter der Tür zum Krankenzimmer war ein Poltern zu hören, als würde ein Schrank verschoben. Gedämpfte Stimmen erklangen, danach ein Schluchzen.

»Und zwar sofort.« Schröder langte nach der Klinke.

»Ich sagte Ihnen, dass dies nicht möglich ist.«

»Hat sich sein Zustand verschlechtert?«

»Darüber kann ich keine Auskunft geben.«

»Dürfen Sie nicht oder wollen Sie nicht?«

»Weder noch. Sie gestatten?«

Gursky bat Schröder, beiseitezutreten und öffnete die Tür. Vier Männer in Zivilkleidung drängten sich in dem engen Zimmer. Einer stand am Fenster, offensichtlich damit beschäftigt, Spuren zu sichern. Ein weiterer kniete vor einem geöffneten Schrank, ein dritter machte Fotos, während der vierte mit einer Krankenschwester sprach, die weinend auf einem Stuhl neben dem Krankenbett saß.

»Was seinen Zustand betrifft«, sagte Polizeioberrat Gursky, »würde ich Ihnen gern Auskunft geben. Aber Sie sehen ja selbst, dass es unmöglich ist.«

Die Krankenschwester brach in Tränen aus.

Das Bett war leer.

Sieben

»Ich kapier's nicht«, hakte Zorn nach. »*Was* hat er sich?«

»Absentiert!« Diesmal war es Schröder, der die Garderobe verfehlte und nicht darauf achtete, dass seine Jacke zu Boden fiel.

»Scomparso.« Er watschelte zu seinem Platz. *»Senza lasciare traccia.«*

»Wie bitte?« Zorn hängte die tropfende Windjacke auf.

»Perdu.«

Schröders ausgeprägtes Faible für Fremdsprachen kam meist zum Vorschein, wenn er besonders ausgelassener Stimmung war. Davon konnte im Moment keine Rede sein. Das Gegenteil war der Fall.

»Gone.«

Die Aktentasche landete mit einem dumpfen Knall auf dem Boden.

»Lost in space.«

Der Stuhl ächzte unter Schröders Gewicht.

»Er ist verschwunden?«, fragte Zorn. »Trotz BKA-Aufgebot?«

»Si, señor.«

»Einfach so?«

»Mir nichts, dir nichts.« Die kurzen Finger schnipsten in der Luft. »Verduftet.«

»Keine Spuren?«

»Niente«, knurrte Schröder. *»Nada. Nothing.«*

»Und was«, fragte Zorn, »hat das zu bedeuten?«

»Nichts.«

»Aber …«

Schröder öffnete eine Schublade.

»*Nothing* ist Englisch und bedeutet …«

Schloss sie geräuschvoll.

»… nichts.«

»Das weiß ich, Schröder.«

»Warum fragst du dann?«

»Ich meinte, was wir daraus schließen.«

»Ganz einfach.« Schröder lehnte sich zurück. Erneut reagierte sein Stuhl mit einem gequälten Ächzen. »Wir werden verarscht.«

»Oha«, sagte Zorn.

Der Karton stand wieder in der Ecke neben dem Papierkorb. Schröders fahles Gesicht war gerötet, die müden Augen blitzten. Vor Wut zwar, doch er wirkte zum ersten Mal seit Tagen wieder lebendig.

»Das BKA hat Tarek Macha seit seiner Einlieferung überwacht«, sagte er. »Es muss einen Grund dafür geben. Ebenso für sein Verschwinden.«

»Weißt du, was ich mich frage?«, überlegte Zorn.

»Sag's mir, Chef.«

»Nicht nur, *warum* er verschwunden ist, sondern *wie*. Ich meine, das sind doch angeblich Profis, Schröder. Die tauchen da auf mit dem ganz großen Besteck, überwachen den rund um die Uhr, und der spaziert einfach davon? Wie kann das sein?«

»Gute Frage.«

»Gracias.«

»Hast du eine Antwort?«

»Sogar zwei. Das Zimmer liegt im Erdgeschoss. Tarek Macha hat einiges abgekriegt, aber besonders schwer verletzt ist er nicht. Er ist einfach …« Zorn deutete mit der verbliebenen Hand ein startendes Flugzeug an. »Was beweisen würde, dass wir es nicht mit Profis, sondern mit Dilettanten zu tun haben.«

»Die zweite Antwort?«

»Tarek Macha ist nicht freiwillig abgehauen.«

»Er wurde entführt?«

»Yes«, nickte Zorn. »In diesem Fall hätte er Widerstand geleistet, und unsere … *Profis* vom BKA wären nicht nur Dilettanten, sondern absolute Vollhonks.«

»Es gibt noch eine dritte Möglichkeit.«

»Stimmt. Dass das BKA ihn verlegt hat, um zu verhindern, dass wir ihn weiter befragen. Aber diese Möglichkeit gefällt mir nicht, Schröder.«

»Warum?«

»Weil *wir* dann die Vollhonks wären.«

Schröder berichtete von der schluchzenden Krankenschwester und den Zivilfahndern, die im Krankenzimmer nach Spuren gesucht hatten. »Das kann natürlich inszeniert gewesen sein«, überlegte er laut.

»Wie du gesagt hast: Wir werden verarscht.«

»Das gehört zu ihrem Job, Chef.«

Zorn verdrehte die Augen. »Aber müssen wir uns das gefallen lassen?«

»Ich denke nicht«, erwiderte Schröder. »Und ich will wissen, was da los ist.«

»Vom BKA werden wir's jedenfalls nicht erfahren.«

»Natürlich nicht, wir sind ja auch nicht mehr zuständig.«

Zorn zuckte die Achseln. »Dann kriegen wir's eben alleine raus.«

»Wir werden alles noch einmal durchgehen«, beschloss Schröder. »Angefangen bei Tarek Macha bis zur Rekonstruktion des Unfallhergangs.«

»Dann gehen wir weiter von einem Unfall aus?«

Schröder schwieg einen Moment.

»Es ist besser für uns«, sagte er. »Weil wir dann vielleicht irgendwann damit abschließen können. Aber erst, wenn jeder Zweifel beseitigt ist.«

»Dann hast du Zweifel?«, fragte Zorn.

Schröder sah ihn an.

»Du etwa nicht?«

Zorn kratzte sich am Kinn. »Schwere Frage. Ich weiß nicht, was ich …«

»Dann stelle ich dir eine leichtere, Chef.«

»Das wäre nett, Schröder.«

»Pizza? Oder lieber Gulasch?«

Zorn neigte den Kopf. »Wie bitte?«

»Edgar mag beides«, sagte Schröder. »Malina und Rufus ebenfalls. Du isst lieber Gulasch. Mir ist es egal. Es ist *dein* Tag, du entscheidest.«

Zorn, unvermittelt zurück in der Realität, sank seufzend in die Lehne.

»Ich hab absolut keinen Bock auf 'ne Feier, Schröder.«

»Ich auch nicht, Chef. Aber du musst …«

»… funktionieren, jaja.«

»Für Edgar.«

»Wir machen Gulasch«, seufzte Zorn. »Für Edgar mit Nudeln, für die anderen Klöße.«

»Und Rotkraut?«

»Edgar *hasst* Rotkraut«, gab Zorn zu bedenken.

»Grüne Bohnen?«

»Beides.«

»Die Läden machen bald zu.« Schröder sah auf die Uhr. »Abmarsch, Chef. Ich koche, du zahlst.«

Acht

Sie erreichten *Heinlein's Delicatessen- und Spirituosengeschäft* kurz vor Ladenschluss, wo Schröder die Zutaten für den Nachtisch erstand. Alles Weitere besorgten sie in dem großen Supermarkt an der alten Papierfabrik, und als sie die Einkäufe aus dem vollgepackten Volvo hoch in die Wohnung schleppten, waren zwei Stunden vergangen.

Zwei weitere verbrachten sie in der Küche. Zorn fügte sich klaglos in seine Rolle als Assistenzkoch, schnitt Paprika, zerkleinerte Zwiebeln, Möhren und Knoblauch und beschwerte sich auch nicht, als Schröder ihn in den Spätverkauf am Markt schickte, weil das Olivenöl alle war. Als er zurückkam, blubberte das Gulasch im Topf und Schröder schob einen Zupfkuchen in den Backofen.

»Den Rest machen wir morgen.« Er trocknete die Hände an

einem Stück Küchenrolle. »Das Rotkraut ist vorbereitet, alles andere geht schnell.«

»Ich könnte ein paar Girlanden aufhängen«, schlug Zorn vor.

»Sind denn welche da?«

»In der Schublade unter dem Fernseher. Die stammen noch von Friedas … du weißt schon, ihrem Geburtstag …«

»Ich denke, auf Girlanden können wir verzichten«, entschied Schröder. »Auf Luftballons ebenfalls.«

»Das finde ich auch.« Zorn unterdrückte ein Gähnen.

»Der Kuchen muss in einer halben Stunde aus dem Ofen.«

»Willst du vielleicht hier …«

»Gern, Chef. Das Sofa reicht mir aus.«

Zorn sah verstohlen auf die Wanduhr neben der Dunstabzugshaube. Es war zwanzig Minuten vor Mitternacht.

»Leg dich ruhig schon hin«, sagte Schröder, der seinem Blick gefolgt war. »Keine Angst, ich werde dir kein Ständchen singen.«

Das tat er auch am nächsten Morgen nicht. Er nahm Zorn nur einen Moment stumm in den Arm, auch ihren Kaffee tranken sie schweigend. Danach fuhren sie ins Präsidium, um den Vormittag im Büro zu verbringen. Zorn studierte ein paar Akten mit Zeugenaussagen, während Schröder mit Polizeioberrat Gursky telefonierte.

»Angeblich keine Neuigkeiten«, teilte er Zorn danach mit.

»Hast du was anderes erwartet?«

»Gursky ist ein fähiger Mann. Die Situation ist ihm unangenehm, aber er muss sich an die Vorschriften halten. Man hat ihn angewiesen, ausschließlich und direkt an …«, Schröder deutete mit den Fingern ein paar Anführungszeichen an, »*höchste Stelle* zu berichten. Immerhin hat er versichert, dass Friedas Tod nicht mit einem ihrer früheren Fälle zusammenhängt.«

Zorn sah von seiner Akte auf. »Glaubst du ihm?«

»Zumindest in diesem Punkt. Gursky verschweigt eine Menge, aber er behandelt mich auf Augenhöhe.«

»Früher«, sagte Zorn und blinzelte kurzsichtig durch seine Lesebrille, »hätte ich jetzt einen schlechten Witz über deine Körpergröße gemacht.«

»Dazu wirst du bestimmt noch oft genug Gelegenheit haben«, tröstete Schröder.

Es war ein Samstag. Nachdem das Bundeskriminalamt die Zuständigkeit übernommen hatte, war das hektische Treiben im Präsidium deutlich abgeflaut. Es gab also kaum jemanden, der Zorn gratulieren konnte, was zu dessen Erleichterung auch nicht geschah – abgesehen von Kollegin Bratke, die seit Jahren ihren Dienst an der Pforte versah und ihm beim Verlassen des Präsidiums etwas verlegen einen Blumenstrauß und eine Blechdose mit selbstgebackenen Keksen überreichte. Zorn bedankte sich ungewohnt herzlich, sein Lächeln war ehrlich gemeint.

»Danke«, sagte er dann auch zu Schröder, als sie im Volvo zurück in die Wohnung fuhren.

»Wofür?«

»Für alles.«

Sie trafen die letzten Vorbereitungen. Als die Gäste kamen, tat Claudius Zorn das, was er tun musste. Er funktionierte.

Neun

»Schön, dass ihr da seid.«

Sie hatten sich im Wohnzimmer um den großen Esstisch versammelt – Zorn selbst, Schröder, Edgar und Rufus, den Malina im Rollstuhl an die Stirnseite geschoben hatte.

»Tja, dann …«

Zorn langte nach der Porzellankanne, um Kaffee auszuschenken.

»Erst die Geschenke«, verlangte Schröder.

Zorn betrachtete die Pakete auf der weißen Tischdecke, griff nach einer Papierrolle und löste die rosafarbene Schleife.

»Du wolltest eigentlich was Großes«, entschuldigte sich Edgar. »Aber als wir dich gestern angerufen haben, war ich schon fertig. Du hättest mir früher …«

»Es ist wunderschön.«

Edgar hatte einen großen Regenbogen gemalt. Darunter sich selbst, umgeben von allen, die ihm wichtig waren.

»Ist das ein Düsenantrieb?«, fragte Zorn und deutete auf Rufus' Rollstuhl, den Edgar mit goldenen Speichen versehen hatte. Daneben hatte er Malina mit einem Blumenstrauß in der Hand gemalt.

»Raketen«, sagte Edgar. »Rufus wollte es so.«

Ein zustimmendes Glucksen drang aus Rufus' magerer Brust.

Zorns Blick wanderte über das Bild: Schröder auf seinem Rennrad, Zorn selbst mit Hakenhand und Zigarette im Mundwinkel. Edgar hatte auf jedes Detail geachtet, jedes Karo auf Schröders Hemd war abgebildet. Selbst das Klettband um seine Wade, mit dem er die Cordhose vor der Kette schützte, hatte Edgar nicht vergessen, auch nicht die Narben auf der Wange seines Vaters, die er mit einem spitzen Bleistift gezeichnet hatte.

»Ich hab's letzte Woche gemalt.« Edgar begann zu weinen. »Da war sie noch …«

Sich selbst hatte er in einem *Black Panther*-Kapuzenshirt gemalt, das er auch jetzt anhatte. Seine linke Hand umfasste die seiner Mutter, seine andere Friedas, die ein hellblaues Kleid mit silbernen Sternen trug.

»Danke.« Zorn nahm seinen Sohn in die Arme. »Ich wusste gar nicht, dass du so gut malen kannst. Viel besser als ich.«

»*Jeder* malt besser als du«, schluchzte Edgar.

»Stimmt«, nickte Rufus.

»Und was ist das?« Zorn blinzelte, um wieder halbwegs klar sehen zu können, griff nach dem nächsten Päckchen und wickelte es aus. »Das neue Mario Kart?«

»Von Mama und Rufus«, schniefte Edgar.

»Aber Edgar hat's ausgesucht«, sagte Malina.

»Mit ganz neuen Strecken, Papa.«

Edgar hatte das Nintendospiel damals von Frieda geschenkt bekommen, sie hatten es seit über einem Jahr nicht mehr gespielt. Nach anfänglicher Euphorie war sein Interesse schnell erlahmt, während Zorn, seinem Sohn hoffnungslos unterlegen, noch eine Weile verbissen trainiert hatte, bis er seinen Controller eines Nachts wutentbrannt aus dem Fenster in den Fluss geworfen hatte.

»Wir können zusammen üben«, versprach Edgar. »Ich bring dir ein paar Tricks bei, dann wirst du nicht immer Letzter.«

»Ich mach dich fertig«, drohte Zorn. »Wirst schon sehen, du Angeber.«

Er sah zu Malina, formte mit den Lippen zwei lautlose Silben.

Danke.

Sie lächelte ihm kurz zu. Ihr Haar war gewachsen und zu einem straffen Zopf gebunden. Sie hatte aufgehört, es zu färben, die grauen Strähnen standen ihr gut.

Zorn langte nach einem weiteren Päckchen, löste das bunte Papier und öffnete die Schachtel eines iPhones. Schröder hatte das Display von Friedas Handy ersetzt und die Risse mit Flüssigkleber repariert.

Zur Erinnerung, hatte er auf eine Karte geschrieben. *Ich hoffe, es hilft Dir.*

Zorn nickte ihm zu, schloss die Schachtel und nahm das letzte Geschenk, ein längliches, in Silberpapier gewickeltes Päckchen. *FÜR CLAUDIUS* stand auf einem Kärtchen, das an der golddurchwirkten Schleife befestigt war.

»Mach's auf«, forderte Edgar.

Zorn betrachtete Friedas geschwungene Schrift und den Kussmund, den sie darunter auf die Karte gemalt hatte.

»Später«, entschied er. »Jetzt trinken wir erst mal Kaffee.«

Er verteilte den Kuchen und goss Edgar Kakao ein. Sein Sohn stocherte lustlos auf seinem Teller herum, während Malina Rufus fütterte. Dies geschah selbstverständlich, nach all den Jahren waren sie ein eingespieltes Team, wechselten kaum ein Wort und tauschten nur ab und zu ein stilles Lächeln aus.

»Zupfkuchen, den hat Schröder gebacken«, sagte Zorn zu Edgar. »Schmeckt super.«

»Kein Hunger«, murmelte Edgar.

Zorn, dem es genauso ging, stopfte ein großes Stück in den Mund. »Gulasch hat er auch gekocht«, verkündete er kauend, »den gibt's heute Abend. Und vorher …«

»Papa?«

»Ja?«

»Wo ist sie jetzt?«

Zorn legte die Gabel beiseite. »Weißt du, sie …«

»Sie ist hier«, sagte Schröder, der seinen Kuchen ebenfalls kaum angerührt hatte. »Bei uns, weil wir alle an sie denken. Und weil wir sie nie vergessen werden, wird sie immer bei uns sein.«

Das war eine Plattitüde, für Schröders Verhältnisse jedenfalls. Doch jedes einzelne Wort stimmte, weil es echt war.

»Dann ist sie also nicht im Himmel, Papa?«

»Wer sagt das?«

»Herr Neumeyer.«

»Möglich«, erwiderte Zorn, der Edgars Religionslehrer nicht widersprechen wollte.

»Aber …« Der Junge runzelte die Stirn. »Sie kann doch nicht an zwei Stellen gleichzeitig sein.«

»Es ist kompliziert«, gab Zorn zu. »Manche Menschen glauben daran.«

»Woran?«

»An Gott.«

»Und du, Papa?«

»Ich?« Zorn schob mit der Gabel ein paar Krümel auf seinem Teller hin und her. »Früher vielleicht, als ich so alt war wie du. Da hab ich geglaubt, dass Gott auf mich aufpasst.«

»Dann hätte er auch auf Frieda aufpassen müssen.«

»Hätte er.«

Es wurde still am Tisch, abgesehen von Rufus' pfeifendem Atem und dem Brummen des Kühlschranks, das aus der Küche drang. Schröder bot Edgar die Schüssel mit der Schlagsahne an, doch dieser lehnte ab und wandte sich wieder an seinen Vater.

»Papa?«

»Ja?«

»Gott ist ein Arschloch.«

»Amen«, krächzte Rufus.

Zorn musste lächeln, obwohl ihm alles andere als danach zumute war. Rufus, vom Hals abwärts gelähmt, hatte nach dem Unfall sterben wollen und zunächst Zorn, später auch Schröder um Hilfe gebeten. Beide hatten sich geweigert, und tatsächlich war sein Lebensmut wieder zurückgekehrt, er trug ein Zwerchfellimplantat und konnte zumindest selbständig atmen. Nach Jahren der Bewegungslosigkeit war aus dem kräftigen, hochgewachsenen Kinderarzt ein verkrümmtes Männchen mit eingefallener Brust und verkümmerten Beinen geworden, doch seine

Intelligenz war geblieben, auch den Humor hatte er sich bewahrt.

Schröder räumte das Geschirr ab, Edgar stand auf, um die Nintendo anzuschließen.

»Er würde gern hier schlafen«, sagte Malina. »Ist das okay?«

Das war es, mehr als das. Es war kaum zu erwarten, dass Schröder eine weitere Nacht hier verbrachte, auch der morgige Sonntag würde nicht ganz so schlimm werden. Zorn konnte mit Edgar ins Kino gehen, vielleicht auch ins Schwimmbad. Irgendwohin, Hauptsache, er war nicht allein.

Malina nahm Rufus die Serviette ab, säuberte sein Gesicht und stand auf, um Schröder in der Küche zu helfen.

»Ich bin froh, dass du mir damals nicht geholfen hast«, keuchte Rufus, nachdem er nun mit Zorn allein am Tisch saß. »Trotzdem, es ist nicht gerecht.«

»Wie meinst du das?«

Rufus sah Zorn aus tief liegenden, aber wachen Augen an.

»Ich wollte sterben, aber ich lebe«, presste er hervor, unterbrochen von pfeifenden Atemzügen. »Frieda wollte leben, aber sie ist tot.«

»Stimmt.«

»Edgar hat recht. Gott ist ein Arschloch.«

»Hosianna. Preiset den Herrn.«

Zorn gab Rufus einen Kuss auf die bleiche Stirn und gesellte sich zu Edgar. Selbstverständlich hatten sich seine Fähigkeiten an der Nintendo keinen Deut verbessert, doch als Schröder zwei Stunden später zum Essen rief, war Zorn mehrmals im unteren Mittelfeld gelandet, das letzte Rennen ließ ihn Edgar gewinnen.

Das Gulasch wurde allgemein gelobt, Edgar verlangte sogar Nachschlag. Zum Nachtisch servierte Schröder Panna cotta mit Sauerrahm und Ananassauce, danach löste sich die Gesellschaft auf. Zorn brachte seine Gäste zur Tür, und als er sich von Schröder verabschiedete, umarmten sie sich kurz. In all den Jahren waren sie nie auf den Gedanken gekommen, jetzt geschah es zum zweiten Mal binnen kürzester Frist.

Zorn und Edgar sahen sich noch eine Folge der *Simpsons* an. Entgegen seiner sonstigen Gewohnheiten putzte sich der Junge widerspruchslos die Zähne, und als er im Bett lag, bat er zum ersten Mal seit langer Zeit wieder darum, dass Zorn etwas vorlese. Sie entschieden sich für *O wie schön ist Panama*, Edgar lauschte konzentriert, und als Zorn das Buch zugeschlagen hatte, schlief er nach wenigen Minuten ein. Zorn blieb noch eine Weile bei seinem Sohn und schlich sich schließlich davon, um Friedas Geschenk zu öffnen.

Manchmal war sie chaotisch gewesen, doch wichtige Dinge hatte sie immer langfristig geplant. So auch Zorns zweiundfünfzigsten Geburtstag; wahrscheinlich hatte sie das Geschenk schon vor Wochen besorgt und in der Küche im Regal hinter den Gewürzen deponiert – ein absolut sicheres Versteck, das Zorn (wenn überhaupt) erst viel später entdeckt hätte. Doch zum Schicksal gehörte auch, dass Schröder sich beim Kochen nicht nur mit Pfeffer und Salz begnügte und das schmale Paket beim Griff nach einer Dose Rosmarin entdeckt hatte.

Vorsichtig löste Zorn die Schleife und das goldene, mit Sternen bedruckte Papier. Zum Vorschein kam ein mit Samt ausgekleidetes Kästchen, darin lag ein pinkfarbener, mit Silberfäden durchwirkter Schlips, der mit kleinen Hummeln und Bienen bedruckt war.

Zorn kannte das Muster, er hatte es auf einer von Schröders Unterhosen gesehen. Niemand außer Zorn wusste von Schröders Faible für ausgefallene Unterhosen, nur Frieda hatte er es erzählt.

Der Schlips ist furchtbar hässlich, hatte sie auf ein Klappkärtchen geschrieben. *Aber du musst ihn nur ein einziges Mal anziehen. Du könntest mit Schröder im Partnerlook gehen. Vielleicht auf unserer Hochzeit?*

Zehn

»Ich störe nur ungern, vor allem am Sonntag.« Schröder folgte der blonden Frau ins Wohnzimmer. »Ich hätte mich angemeldet, aber … was für ein Ausblick!«

Iris Macha wohnte im zwanzigsten Stockwerk eines der beiden Hochhäuser am westlichen Rande der Neustadt an der Endhaltestelle der Straßenbahn. Der Tag war klar und windig, nur ein paar Federwolken trieben über den Himmel. Nach rechts zogen sich die grauen Betonklötze tief unten in Richtung Altstadt, links erstreckte sich eine dörfliche Idylle mit gepflegten Gärten, Swimmingpools und Einfamilienhäusern, die dem Abrisswahn der sozialistischen Staatplaner nicht zum Opfer gefallen waren. Schröders Blick wanderte über wogende Felder zu den Hügeln des Stadtwalds am Horizont, er kniff die Augen zusammen und betrachtete den blitzenden, sichelförmigen See am Waldrand.

»Ich wohne direkt am Ufer«, sagte er und deutete auf den Giebel seines kleinen Hauses, das er in der Ferne zwischen den Wipfeln der Kiefern erkannt hatte. »Hinter dem Reiterhof, vielleicht waren Sie ja schon einmal …«

»Kann ich Ihnen etwas anbieten?« Iris Macha trug einen eng anliegenden Trainingsanzug und weiße Turnschuhe, offensichtlich war sie im Begriff gewesen, Joggen zu gehen. »Kaffee? Tee?«

»Danke, ich will Sie nicht aufhalten. Aber ein Wasser wäre nett.«

Sie verschwand und kehrte mit einem Glas zurück. Ihr Gang war federnd, der Zopf wippte im Nacken. Tarek Machas Mutter hatte die Figur einer Zwanzigjährigen, nur die Falten um Augenwinkel und Mund deuteten darauf hin, dass sie die Vierzig überschritten hatte. Sie setzte sich auf ein graues Ledersofa und wies auf einen farblich passenden Sessel.

»Wir wollten Sie schon vor ein paar Tagen befragen«, sagte Schröder und nahm Platz. »Sie waren telefonisch nicht zu erreichen.«

»Ich habe eine neue Nummer.«

Schröder nippte an seinem Glas. »Darf man fragen, seit wann?«

»Seit letzten Mittwoch.«

Einen Tag nach dem Unfall. Das konnte Zufall sein, doch Schröder glaubte nicht an Zufälle.

»Ich nehme an, auf Empfehlung der Kollegen vom Bundeskriminalamt?«, fragte er.

»Ja.« Frau Macha saß kerzengerade auf dem Sofa. »Ich soll mit niemandem weiter sprechen.«

»Dazu sind Sie auch nicht verpflichtet. Kollege Gursky ist ein höchst kompetenter Ermittler.«

Das war ein Schuss ins Blaue. Als die schlanke Frau achselzuckend nickte, erkannte Schröder, dass er ins Schwarze getroffen hatte – Gursky hatte persönlich mit ihr gesprochen.

»Hat er Ihnen einen Grund genannt, Frau Macha?«

»Um Tarek zu schützen.«

Schröder sah sich in dem lichtdurchfluteten Zimmer um. In einer Ecke stand ein Topf mit einer deckenhohen Birkenfeige, auf einem Bücherregal reihten sich Stephen King-Romane, Krimis von Donna Leon, Håkan Nesser und Andrea Camilleri, sowie die komplette Wallander-Reihe. Auf dem gläsernen Couchtisch lag ein Stapel Fitnessmagazine, darauf die Fernbedienung für den großen Flachbildschirm an der Wand gegenüber. Keine Fotos oder Bilder, abgesehen von einem gerahmten Kunstdruck über dem Sofa, der auf den ersten Blick wie die Replik eines alten James Dean-Posters wirkte, sich bei näherer Betrachtung allerdings als eine Schwarz-Weiß-Aufnahme des jungen Johnny Depp erwies.

»Sie leben allein?«, fragte Schröder.

Frau Macha versteifte sich. »Ist das wichtig?«

»Ich will Ihnen nicht zu nahe treten«, versicherte Schröder. »Man hat Sie um Verschwiegenheit gebeten. Es stimmt, ich bin nicht offiziell hier, aber ich bin ebenfalls Polizist. Sie müssen meine Fragen nicht beantworten. Ich kann Sie nur darum bitten.«

Sie hob die gezupften Brauen. »Weil?«

»Weil auch ich Ihren Sohn finden will.«

Schröder stellte sein Glas auf den Couchtisch. »Haben Sie eine Ahnung, wo er sein könnte? Eine Vermutung?«

»Woher denn?« Sie holte resigniert Luft. »Ich weiß ja nicht mal, was passiert ist.«

»Wir haben seine Kommilitonen befragt, seine Dozenten. Alle sagen, er wäre ein hochintelligenter Junge. Und dass er ein hervorragender Arzt werden würde.«

»Das wollte er immer. Wie sein Vater.«

»Sie haben sich getrennt?«

»Abdel hat uns verlassen, als Tarek vier war.« Ihr Mund verzog sich zu einem farblosen Strich. »Er stammt aus Jordanien und hat hier Medizin studiert. Als ich ihn kennengelernt habe, hatte er gerade sein praktisches Jahr abgeschlossen. Jetzt ist er Chefarzt im Uniklinikum.«

»Das haben wir bereits überprüft.«

Ihre Züge verhärteten sich. »Was wollen Sie dann hier?«

Schröder ignorierte die Frage. »Haben Sie noch Kontakt zu Ihrem Ex-Mann?«

»Nein, warum?« Sie lachte bitter auf. »Abdel hat eine Medizinstudentin geheiratet und zwei weitere Kinder bekommen.«

»Und Tarek?«

»Er hatte ein Recht, seinen Vater zu sehen.«

Schröder dachte einen Moment nach.

»Hat er eine Beziehung? Eine Freundin? Oder einen Freund?«

Iris Macha betrachtete ihre manikürten Finger. »Er hat mir niemanden vorgestellt.« Ihr Blick wanderte zur Zimmertür. Das Gespräch war ihr sichtlich unangenehm.

»Tarek stand unter Alkoholeinfluss«, sagte Schröder.

»Er war betrunken?«

»Haben es Ihnen die Kollegen vom BKA nicht erzählt?«

»Nein.«

»Wir haben nur einen vorläufigen Bericht, aber es scheint eine Menge gewesen zu sein.«

Sie schüttelte energisch den Kopf. »Das kann ich mir nicht vorstellen.«

»Warum? Aus religiösen Gründen?«

»Sie meinen, weil der Koran es verbietet?« Iris Macha lachte schrill auf. »Hören Sie auf mit dem Quatsch! Tareks Vater ist in einer muslimischen Familie aufgewachsen, doch mit Religion hatte er nie etwas am Hut. Abdel mag zwar ein Arschloch sein«, ihre Lippen wurden schmal, »aber zumindest in dieser Hinsicht hat er Tarek nie beeinflusst. Ich habe meinen Sohn zu einem aufgeklärten Mann erzogen.«

»Das bestreitet niemand.«

»Tarek ist jung. Er feiert gern, wie jeder in seinem Alter. Ab und zu trinkt er ein Bier, manchmal auch zwei. Aber er würde es nie übertreiben. Tarek weiß, was Alkohol anrichten kann. Er will schließlich Arzt werden.«

»Auch Ärzte betrinken sich.«

»Trotzdem.«

»Haben Sie eine andere Erklärung?«

Sie knetete die Hände im Schoß. »Nein.«

»Er ist in ein Auto gestiegen und hat einen Menschen getötet. Haben Sie *dafür* eine Erklärung?«

Schweigen.

»Ihr Sohn ist verschwunden, Frau Macha. Wir wissen weder warum noch wie. Erst recht nicht, *wo* er jetzt ist.«

Eine Träne löste sich aus ihrem Auge und hinterließ eine Spur Wimperntusche auf der rechten Wange.

»Danke für das Wasser.« Schröder stemmte sich etwas unbeholfen aus dem Sessel. »Wie gesagt, die Kollegen vom Bundeskriminalamt sind kompetente und erfahrene Leute, Sie sollten sich an die Anweisungen halten.« Er holte eine Visitenkarte aus der Innentasche der Nylonjacke und legte sie auf den Couchtisch. »Darüber hinaus können Sie mich jederzeit anrufen. Der Ausblick«, er sah noch einmal aus dem Fenster und ging zur Tür, »ist wirklich atemberaubend.«

»Tarek ist …« Sie sah Schröder bittend, beinahe flehentlich an. »Er ist ein guter Junge.«

»Vielleicht ist er das. Ich würde mir gern selbst ein Urteil bilden. Dazu müsste ich ihn sprechen. Vorausgesetzt …«

»Ja?«

»Einen schönen Sonntag noch.«

Schröder verabschiedete sich mit einem Nicken und führte den Gedanken im Stillen zu Ende.

Vorausgesetzt, er ist überhaupt noch am Leben.

Elf

Sie gingen ins Kino und sahen sich den neuesten *Avatar*-Film an. Danach bekam Edgar Hunger, sie fuhren zum Fluss, teilten sich eine Bratwurst und aßen in der Herbstsonne ein Eis. Der Junge war ungewöhnlich schweigsam, und obwohl er mit seinen knapp elf Jahren viel zu alt dafür war, wollte er die Enten füttern, und auf dem Weg hinüber zum künstlichen See hielt er die verbliebene Hand seines Vaters fest umfasst. Es war bereits dunkel, als sie bei Malina eintrafen. Sie lud Zorn zum Abendessen ein, dieser lehnte dankend ab und nahm Edgar zum Abschied in die Arme.

»Ich will nicht heulen, Papa.«

»Das kannst du ruhig.«

»Bist du dolle unglücklich?«

»O ja.«

»Ich auch. Wird es irgendwann besser?«

»Das weiß ich nicht.« Zorn brachte ein Lächeln zustande. »Aber ich hoffe es.«

Als er zurück in die Wohnung fuhr, kam Nebel auf. Vorsichtig steuerte er den Volvo durch die diesige Innenstadt, stieg die knarrenden Stufen im Treppenhaus hinauf und schaltete in allen Zimmern das Licht an. Er ging auf den Balkon, rauchte zwei Zigaretten und betrachtete die Nebelschwaden über dem Fluss, die Lichter der Hochhäuser, die am anderen Ufer hinter den kahlen Baumkronen im Dunst flimmerten, und lauschte dem entfernten Verkehrsrauschen auf der Hochstraße.

Im Kühlschrank war noch eine angebrochene Flasche Wein, Frieda hatte sie einen Tag vor dem Opernbesuch zum Abendessen geöffnet. Sie hatten Nudeln gegessen, die Frieda aus dem

Asia-Imbiss am Markt mitgebracht hatte. Sie hatte den Wein gelobt, während Zorn wie immer ein Bier trank.

Zorn goss den Rest in ein Glas. Der Wein schmeckte bitter, doch weder abgestanden noch schal. Er ging mit dem Glas ins Wohnzimmer, nahm die Schachtel mit ihrem iPhone und setzte sich an den Esstisch.

Das Handy war vollständig aufgeladen. Schröder hatte nicht nur das Gehäuse geflickt, sondern auch die Daten wieder hergestellt. Die Kamera hatte er nicht repariert, Frieda hatte sie sowieso nur selten benutzt.

Es gab alte Bilder von Edgars Einschulung. Dazu ein paar Fotos, die sie im Sommer auf Schröders Terrasse aufgenommen hatte: Edgar, in einem Comic lesend im Schatten der Kiefern auf der Schaukel, Zorn und Schröder, in ihren Liegestühlen dösend – der eine mit einer Zigarette im Mundwinkel, der andere mit Anglerhütchen, Hawaiihemd und dreiviertellanger Khakihose.

Zorn scrollte weiter. Da war ein Selfie, das sie lachend vor dem Faultiergehege im Zoo zeigte. Schnappschüsse von ihrem letzten Urlaub auf Lanzarote. Die staubigen, pyramidenförmigen Berge. Zorns nackte Beine, die auf einer Schotterpiste unter einem Mietwagen hervorragten, als er versuchte, den Reifen zu wechseln. Ein paar Sonnenuntergänge. Das kleine Hotel am Meer. Zorn, schlafend im Bett, die Nase von der Sonne verbrannt, das Gesicht vom Kissen zerfurcht. Im Mundwinkel ein getrockneter Rest Ketchup von der Pizza, die sie sich am Abend zuvor an der Strandpromenade geteilt hatten.

Zorn starrte eine Weile ins Leere, dann öffnete er die Nachrichten-App. Er hasste es, schriftlich zu kommunizieren, sie hatten nur ab und zu ein paar knappe Informationen wie *komme später* oder *malina hat angerufen, ruf mal zurück* ausgetauscht. Es gab noch ein paar Gruppen, die sich *Mädelsabend* oder *Klas-*

sentreffen nannten, außerdem Chats mit einzelnen Freundinnen, die Zorn entweder flüchtig oder nur dem Namen nach kannte.

Mit Schröder hatte Frieda ebenfalls kommuniziert. Die letzte Nachricht war drei Wochen alt, sie hatte ihm ein Foto des pinkfarbenen Schlipses mit dem Hummelmuster geschickt. Auf ihre Frage *(meinst du, der ist hässlich genug?)* hatte Schröder mit einem erhobenen Daumen reagiert, worauf sie geantwortet hatte: *aber nur, wenn du trauzeuge wirst* 🙂
Zorns fester Überzeugung nach heirateten nur Spießer. Trotzdem hatte er schon oft mit dem Gedanken gespielt – Spießer hin oder her, sie war schließlich seine *Frau*. Einmal, vor dem Schaufenster eines Juwelierladens, war er sogar kurz davor gewesen, die Ringe zu kaufen. Im letzten Moment hatte er Angst bekommen, dass sie ihn auslachen würde. Das war ein paar Jahre her, nun war Frieda es gewesen, die ihm einen Antrag machen wollte. Und Schröder hatte es gewusst.

»Ich will nicht heulen«, murmelte Zorn.

Das kannst du ruhig, Claudius.

Frieda hatte noch einen weiteren Messenger installiert, ein roter Punkt auf dem blauen Icon mit dem Papierflieger wies auf ungelesene Nachrichten hin.

Zorn öffnete die App, lehnte sich zurück und dachte eine Weile stirnrunzelnd nach. Dann steckte er das Handy ein und fuhr zu Schröder.

Zwölf

Iris Macha sah vom Fenster hinab auf die in der Dunkelheit flimmernden Lichter. Ihr Haar war noch feucht von der ausgiebigen Dusche, die sie nach ihrem täglichen Jogginglauf durch den Stadtwald genommen hatte.

Sie achtete streng auf ihren Körper, schließlich musste sie als Ergotherapeutin in der Rehaklinik an der alten Saline ihren Patienten ein Vorbild sein. Außerdem war sie nicht mehr die Jüngste, und als Frau, die demnächst ihren sechsundvierzigsten Geburtstag beging, genoss sie die bewundernden Blicke der Männer umso mehr.

Nicht, dass sie davon Gebrauch gemacht hätte. Es hatte zwar die eine oder andere Liaison gegeben, doch erst, nachdem Tarek das Haus verlassen hatte.

Sie ging zurück ins Bad, wischte den beschlagenen Spiegel ab und betrachtete ihr Spiegelbild. Äußerlich hatte sie ihrem Sohn kaum etwas mitgegeben; der Junge hatte die feinen Gesichtszüge und das rabenschwarze Haar seines Vaters geerbt, ebenso die dunklen Augen, mit denen Abdel sie damals sofort in seinen Bann gezogen hatte. Anfangs hatte sie sich blenden lassen von seinem Charme, seiner Höflichkeit, doch er war in dem Glauben aufgewachsen, dass Frauen ihren Männern zu dienen hätten, und obwohl er ein aufgeklärter angehender Arzt gewesen war, hatte sich seine Erziehung nicht verleugnen lassen. Er hatte sich weder um Tarek noch um den Haushalt gekümmert, allerdings zahlreiche Affären gehabt, und als sie ihn kurz vor Tareks viertem Geburtstag schließlich rauswarf, hatte er gerade eine achtzehnjährige Medizinstudentin geschwängert.

Iris Macha hätte alle Gründe der Welt gehabt, dem Vater ihres

Kindes jeglichen Kontakt zu verweigern. Sie hatte es nicht getan und auch zugelassen, dass Tarek mit seinem Vater und den beiden Halbbrüdern die Sommerferien bei Abdels Familie in Jordanien verbrachte.

Sie spitzte den Mund, betrachtete die Fältchen auf der Oberlippe, die Krähenfüße um die Augenwinkel und verzog das Gesicht. Das Alter ließ sich nicht aufhalten, doch ihr Leben war längst nicht vorbei, und vergeudet hatte sie es nicht.

Sie hatte ihren Sohn allein großgezogen. Von Anfang an hatte sie ihm Aufgaben übertragen, er hatte im Haushalt mitgeholfen und war zu einem jungen Mann herangewachsen, den man allgemein als *gut erzogen* bezeichnete. Wenn er einer Kommilitonin zuvorkommend die Tür aufhielt oder ein Kompliment machte, tat er dies mit der samtweichen Stimme und dem Lächeln seines Vaters, doch im Gegensatz zu Abdel behandelte er Frauen auf Augenhöhe.

Mit raschen, geübten Bewegungen kämmte sie sich, straffte das Haar und band es im Nacken zu einem Zopf. Die Ansätze mussten nachgefärbt werden, doch im Moment hatte Iris Macha andere Probleme.

Tarek war auf dem Weg gewesen, ein ebenso guter Arzt wie sein Vater zu werden – wahrscheinlich ein besserer. Jetzt war zu bezweifeln, dass er sein Studium überhaupt beenden konnte. Selbst wenn, blieb fraglich, ob er dann eine Zulassung als Arzt bekäme.

Sie warf das feuchte Handtuch in den Wäschekorb, hob ihre Joggingsachen vom Boden auf und verstaute sie in der Waschmaschine. Von klein auf hatte sie ihren einzigen Sohn gelehrt, nicht nur Verantwortung zu übernehmen, sondern auch, sich dieser Verantwortung zu stellen – etwas, das auch Abdel ihm vermittelt hatte. Tarek war nicht feige. Warum also war er geflüchtet?

Es war ein Unfall gewesen, kein Zweifel, aber ein Mensch war gestorben. Iris Macha kannte sich in juristischen Dingen nicht aus, doch er würde sicherlich ins Gefängnis kommen, außerdem würde jemand, der wegen Totschlags oder eines ähnlichen Deliktes verurteilt wurde, wohl kaum als Arzt arbeiten können. Aber Tarek war jung, im Gegensatz zu seiner Mutter hatte er noch ein ganzes Leben vor sich.

Sie hatte im Krankenhaus bei ihm gesessen und seine Hand gehalten, doch als er zu sich kam, hatte er kaum mit ihr gesprochen. Obwohl es niemanden gab, dem er mehr vertraute als seiner Mutter. Diese hatte sein Vertrauen erwidert.

Bisher jedenfalls, überlegte Iris Macha und klaubte eine zusammengerollte Socke unter dem Waschbecken hervor. Der Gedanke, Tarek könnte betrunken in ein Auto steigen, war ihr vollkommen abwegig erschienen. Das war auch jetzt noch der Fall, doch es war eine Tatsache.

Sollte sie sich so in Tarek getäuscht haben?

Die Frau, die bei dem Unfall gestorben war, war eine bekannte Staatsanwältin gewesen. Es war also nachvollziehbar, dass das Bundeskriminalamt ermittelte und Tarek im Krankenhaus überwacht hatte. Der Mann, mit dem sie gesprochen hatte (Gurski? Oder Gorki?), hatte um absolute Verschwiegenheit gebeten und versprochen, sie ständig auf dem Laufenden zu halten.

Man hatte ihr gesagt, Tarek sei aus dem Fenster entkommen. Der Airbag hatte das Schlimmste verhütet, die Liste seiner Verletzungen war trotzdem lang: Rippenprellungen, eine schwere Gehirnerschütterung, ein gebrochener Arm. Nicht zu vergessen die Blutergüsse und die Schnittwunden. Er musste furchtbare Schmerzen haben. Trotzdem war er geflüchtet.

Warum?

Sie löschte das Licht und ging ins Wohnzimmer. Ihr Blick fiel auf die Visitenkarte auf dem Couchtisch. Viele der Fragen, die der kleine Kriminalkommissar gestellt hatte, trieben auch Iris Macha um. Und noch einige mehr.

Sie nahm die Gürteltasche, die sie nach dem Joggen achtlos auf die Couch geworfen hatte, um sie an die Garderobe zu hängen. Auf dem Weg in den Flur stutzte sie und blieb stehen.

Die Tasche hatte zwei Fächer. Im vorderen bewahrte sie ihren Wohnungsschlüssel auf, das hintere blieb gewöhnlich leer. Nachdem sie den Schlüssel vor ein paar Wochen verloren hatte, achtete sie peinlich darauf, dass die Reißverschlüsse zu waren. Als sie die Wohnung Richtung Stadtwald verlassen hatte, war das der Fall gewesen. Jetzt war das hintere Fach halb geöffnet. Sie griff hinein und fand einen gefalteten Zettel.

Derjenige, der ihn in die Tasche gesteckt hatte, schien ihre Gewohnheiten sehr gut zu kennen. Er musste wissen, dass sie auf halber Strecke eine Pause machte, um auf der kleinen Lichtung unterhalb des Aussichtsturms ihre Stretchübungen zu machen. Die Gürteltasche nahm sie vorher ab und hängte sie an den Ast einer Birke. In den folgenden Minuten hatte sie die Tasche nicht ständig im Blick. Eine andere Möglichkeit gab es nicht.

Sie entfaltete den Zettel, las die vertraute, etwas nach hinten geneigte Schrift. Es stimmte, der Verfasser der hastig gekritzelten Botschaft kannte Iris Macha sehr gut. Besser als jeder andere sogar.

Mama, hatte Tarek geschrieben. *Du musst mir helfen.*

Dreizehn

»Telegram«, sagte Schröder und betrachtete das Display. »Das ist ein anonymer Messenger.«

»Das ist mir klar, Schröder.«

Sie saßen an dem runden Tischchen im Wohnzimmer. Im Kamin brannte ein Feuer, dessen Flammen sich in der verglasten Fensterfront spiegelten. Aus den Boxen der Stereoanlage wehten die perlenden Kadenzen eines Klavierkonzerts.

»Laut Unfallbericht war das Handy komplett im Arsch.« Zorn schlug die Beine übereinander. »Die Typen von der KTU meinten, die Daten wären verloren. Ich frage gar nicht erst, wie du das hingekriegt hast.«

Schröder gestattete sich ein feines Lächeln. »Es hat eine Weile gedauert.«

»Hast du's dir angeguckt?«

Schröder schüttelte den Kopf. »Das geht nur dich was an.«

Zorn war anderer Meinung. Schröder hatte Frieda ebenso nahegestanden. Auf eine andere Weise, doch ihre Verbindung war genauso eng gewesen.

»Es gibt nur einen einzigen Telegram-Chat«, sagte Zorn und wies auf das iPhone. »Hast du 'ne Ahnung, mit wem sie da geschrieben hat? Es ist nur 'ne Nummer, die ist nicht in ihrer Kontaktliste gespeichert.«

»Vielleicht ein Prepaid-Handy.«

»Und was bedeutet das?«

»Dass der Absender kaum nachzuverfolgen ist.«

»Sie hat sich diesen Messenger runtergeladen, um mit einer einzigen Nummer zu kommunizieren. Anonym und verschlüsselt. Warum?«

Zorn stand auf und setzte sich zu Schröder auf die Lehne des Ohrensessels. Dieser scrollte zur ersten Nachricht, die vor einem knappen Monat auf dem Messenger eingegangen war.

freue mich sehr

Eine Woche später hatte sich der Anonyme wieder gemeldet.

glaub mir, ich nehme das sehr ernst

Die erste Nachricht hatte Frieda nicht beantwortet, diesmal hatte sie es getan.

ich weiß

war schön, dich zu sehen

Schröder scrollte nach unten.

bleibt es bei heute abend?

ja

ich freue mich

»Das war vorletzten Freitag«, sagte Zorn. »Du hattest uns zum Essen eingeladen. Du hast's dir nicht anmerken lassen, aber du warst ziemlich sauer.«

»Ich hatte ein Hühnchen gekocht. Die Absage kam ziemlich kurzfristig.«

»Ich hab bis um sechs auf sie gewartet. Als ich sie angerufen hab, meinte sie, sie hätte es vergessen. Irgendwie klang sie komisch. Und zum Schluss«, fiel Zorn ein, »haben wir uns noch gestritten, weil ich vergessen hatte, dass wir ein paar Tage später in die Oper wollten. Das muss man sich mal vorstellen«, überlegte er kopfschüttelnd. »*Sie* vergisst, dass du uns eingeladen hast, aber *mich* macht sie zur Schnecke. Ich war stinksauer. Als sie dann kam, hab ich schon gepennt.«

Im Kamin knackte ein Holzscheit.

»Du kennst mich, Schröder. Wenn ich penne, dann penne ich. Ich kann's nicht genau sagen, aber sie könnte die ganze Nacht weg gewesen sein. Und als ich sie beim Frühstück gefragt habe, da war sie … komisch.«

Schröder sah zu Zorn auf. »Komisch?«

»Na ja … anders eben. Sie wollte nicht mit mir reden. Ich dachte, sie wäre sauer, weil wir uns am Telefon gestritten hatten oder sie hätte Migräne oder so was. Also hab ich sie in Ruhe gelassen.«

Schröder scrollte zur nächsten Nachricht.

wir müssen uns sehen

»Da war sie in der Sauna«, erklärte Zorn. »Ich weiß noch, sie hatte ihr Handy vergessen.«

Zwanzig Minuten später war eine weitere Nachricht eingegangen.

???

»Ganz schön ungeduldig, der Typ«, murmelte Zorn.

ich kann nicht, hatte Frieda schließlich geantwortet.

morgen?

ja

»Das war ein Dienstag«, sagte Zorn. »Sie war mit ’ner Freundin essen. Den Namen hab ich vergessen. Als sie zurückkam …«

»Ich nehme an, du hast schon geschlafen?«

»Hab ich. Aber ich bin aufgewacht, weil ich auf dem Sofa eingepennt war. Es war kurz nach halb eins.«

»Und erschien sie dir da ebenfalls …«

»Keine Ahnung, ob sie komisch war. Ich war müde, Schröder. Da achtet man nicht …«

»Schon gut.«

Schröder reichte Zorn das Handy, ging vor dem Kamin in die Hocke und schloss die Lüftungsklappe. Der Gummizug des Schlüpfers, der über dem Bund seiner Cordhose zum Vorschein kam, war mit Marienkäfern und kleinen Fröschen bedruckt.

»Bin ich bekloppt?«, fragte Zorn. »Oder bilde ich mir das ein?«

Schröder nahm Schaufel und Besen und fegte ein paar Späne

auf der Eisenplatte vor dem Kamin zusammen. »Es kann eine völlig andere Erklärung geben«, sagte er über die Schulter.

»Und welche? Klar, es ist absurd, *völlig* absurd, aber …«

Zorn nahm das Handy. Drei Tage später war es Frieda gewesen, die sich gemeldet hatte.

alles wird gut

hoffentlich

Sie hatte mit einem Smiley geantwortet.

»Korrigier mich, Schröder.« Zorn hob ratlos die Arme. »Aber warum schickt man jemandem ein *verschissenes rotes Herzchen*? Das macht man doch nur, wenn man …«

»Wir werden das klären, Chef.« Schröder richtete sich auf und zog die Cordhose straff. »Hast du Hunger?«

»Nee.«

»Ich würde dir gern ein Bier anbieten, aber ich hab keinen Alkohol im Haus.«

»Nutzt sowieso nix. Du könntest mich höchstens ohnmächtig schlagen.«

Zorn starrte perplex auf das Handy. Frieda war nicht mehr dazu gekommen, auf die letzte Nachricht zu reagieren.

ich hab niemanden mehr außer dir

Die Mitteilung war am Tag des Unfalls eingegangen, ungefähr zu der Zeit, als sie im Badezimmer standen und Zorn sich lautstark weigerte, einen Schlips anzuziehen.

Nur über meine Leiche, hatte er gesagt.

Schröder sah auf die Uhr. »Es ist schon kurz nach halb eins.«

»Ganz schön spät.«

»Willst du vielleicht hier …«

»Okay.« Zorns Erwiderung kam prompt. »Sofa reicht.«

Vierzehn

Als Treffpunkt hatte er eine schmale, mit Unrat übersäte Landzunge am Ufer eines kleinen Tümpels gewählt. Hier hockte er mit angezogenen Beinen hinter einem mannshohen Felsbrocken in der Dunkelheit und versuchte, die Schmerzen zu ignorieren.

Tarek Macha wartete.

Sein Atem ging flach und gepresst. Die Rippen waren zwar nicht gebrochen, doch eine Prellung war nicht minder schmerzhaft; jeder tiefere Atemzug stach in den Lungen wie ein Messerstich. Seine Stirn dröhnte im Rhythmus seines hektischen Herzschlags, der gebrochene Unterarm pulsierte unter dem Gips, das geschwollene Knie pochte, die Schnittwunden auf Wangen und Händen brannten. Das rechte Auge war fast vollständig zugeschwollen, ein schmaler, geröteter Schlitz, umgeben von einem blauschwarzen Bluterguss.

Ab und zu sah er sich um. Hinter ihm stieg das mit Geröll und dornigem Gestrüpp bedeckte Gelände sanft an und endete an einer Böschung, hinter der sich die anonymen Betonklötze der Neustadt vage vor dem Nachthimmel abzeichneten. Jetzt, kurz nach drei Uhr morgens, brannte kaum Licht, auch nicht in den beiden Wohntürmen weiter hinten an der Endhaltestelle der Straßenbahn. Nur in einer Dachwohnung waren alle Zimmer erleuchtet.

Tarek Macha kannte diese Wohnung sehr gut. Rechts war das Wohnzimmer. In der Mitte die kleine Küche. Daneben war früher sein Kinderzimmer gewesen.

Er lehnte sich gegen den Felsen, spürte das raue Gestein im Rücken. Seine Mutter hätte sich den Wecker stellen können, doch sie fand wohl keinen Schlaf und lief seit Stunden ruhelos hin und her. Kein Wunder, sie liebte ihren einzigen Sohn über alles.

Tarek hatte ihr die Stelle nicht näher beschreiben müssen, sie waren oft genug hier gewesen an diesem ehemaligen Steinbruch inmitten eines winzigen Waldstücks, umgeben von einem grauen Häusermeer – früher, als das Baden noch erlaubt und dieser Ort noch nicht ganz so verwahrlost gewesen war.

Anfangs hatte sie ihn mit dem Kinderwagen hergeschoben, später waren sie mit den Fahrrädern gekommen. Tarek erinnerte sich noch genau an die hellblaue Decke mit den gelben Streifen und den grünen Bikini seiner Mutter, die ihre Sonnenbrille in die Stirn geschoben und in einem Taschenbuch gelesen hatte, während er selbst im flachen Uferwasser spielte. Er erinnerte sich an seine pinkfarbenen Schwimmärmel, den Geruch von Sonnencreme und den Geschmack halb geschmolzener Schokokekse und lauwarmer Apfelschorle. Auch den Lärm hatte er noch im Ohr – das Kinderlachen, vielfach zurückgeworfen von den zerklüfteten Kalksteinfelsen, die rauen Schreie der Teenager, die sich von dem Vorsprung in der Felswand schräg gegenüber in das vom Muschelkalk türkisgrün gefärbte Wasser stürzten, und die Rufe, mit denen besorgte Mütter ihren Nachwuchs zur Ordnung riefen, während die Väter rauchend und Bier trinkend auf ihren Decken in der prallen Sonne hockten.

Jetzt hatte sich eine gespenstische Stille über den See gelegt, es roch nach Urin, schalem Bier und moderndem Holz. Die Nacht war klar, Sterne spiegelten sich auf dem tintenschwarzen Wasser, die Kalkfelsen schimmerten im fahlen Mondschein. Glasscherben blitzten im Geröll zwischen Unkraut, zerdrückten Bierbüchsen, Zeitungsfetzen und unzähligen Zigarettenkippen.

Vorsichtig betastete er seine Stirn. Der klaffende Schnitt über der linken Braue war geklammert worden, die Wunde juckte unter dem Verband – ein Zeichen der Heilung. Der gebrochene Arm würde eine Weile nicht einsetzbar sein, der Gips war mindestens so auffällig wie der Kopfverband, doch der Bruch war vorerst versorgt.

Als er sich aufrichten wollte, wurde ihm schwarz vor Augen. Ächzend sank er zurück und wartete, bis Übelkeit und Schwindel etwas abklangen. Selbst einem Laien war klar, dass bei einer Gehirnerschütterung absolute Bettruhe verordnet wurde. Doch ein Bett, überlegte er und verzog das verschorfte Gesicht zu einer schiefen Grimasse, war weit und breit nicht in Sicht. Und auch an Ruhe war in absehbarer Zeit nicht zu denken. Als ehemals angehender Arzt war Tarek Macha nun sein eigener Patient, der nicht nur gegen jeden ärztlichen Rat handelte, sondern auch sein letzter Patient bleiben würde.

Er versuchte, die Beine zu strecken, langte nach dem linken Knie und stöhnte gequält auf. Um eine septische Arthritis auszuschließen, musste das geschwollene Gelenk punktiert werden. Dies war auch geplant gewesen, doch es war nicht mehr dazu gekommen. Tarek biss die Zähne zusammen, rollte das Hosenbein hoch und wickelte den Verband ab. Der Druck ließ etwas nach.

Die Mondsichel stand schräg über den Wohnblocks, die Menschen schliefen in ihren engen Behausungen. Auch die Fenster im Dachgeschoss des Wohnturmes an der Endhaltestelle waren nun dunkel. Es blieben ihm noch mehr als vierzig Minuten Zeit, doch Tarek hatte seine Mutter um Vorsicht gebeten. Iris Macha würde nicht auf direktem Wege herkommen, und falls es Verfolger gab, würde sie diese abschütteln.

Irgendwo jaulte eine Sirene auf, ein Krankenwagen raste über die Magistrale. Tarek hob den Kopf und lauschte, bis die Sirene in der Ferne verstummte, als der Wagen die Notaufnahme der Universitätsklinik erreichte.

Dort, wo sein Vater arbeitete. Doktor Abdel Samadi, Chefarzt der chirurgischen Ambulanz. Er hatte seinem Sohn angeboten, sich nach dem Abschluss des Studiums um eine Stelle als Assistenzarzt zu kümmern. Tarek hatte abgelehnt, er wollte auf eigenen Beinen stehen. Sein Vater hatte mit dieser Antwort schon gerechnet.

Du bist wie ich, hatte er gesagt. *Ich bin mit leeren Händen in dieses Land gekommen, ich kannte nicht einmal die Sprache. Damals hatte ich nichts, nur meinen Verstand.*

Er drückte sich oft so geschwollen aus, vor allem, wenn er über sein Geburtsland sprach und seine Vorfahren, die schon vor Jahrhunderten als Beduinen durch die jordanischen Wüsten gezogen und erst spät sesshaft geworden waren. Tareks Vater hatte den Kontakt zu seiner weitverzweigten Familie immer aufrecht erhalten und seine Heimat regelmäßig besucht. Schon als Säugling hatte ihn Tarek begleitet und auch später, nach der Trennung seiner Eltern, Jahr für Jahr die großen Ferien in Jordanien verbracht: zusammen mit Rahul und Elias, seinen jüngeren Halbbrüdern, und Anna, der zweiten Frau seines Vaters.

Ein Windstoß kräuselte den See. Die Sterne tanzten wie Edelsteine auf dem Wasser, oben auf der Felswand gegenüber raschelten die Pappeln. Tarek Macha lehnte sich wieder zurück, hob fröstelnd die Schultern und legte den linken Fuß auf das verbogene Untergestell eines Kinderwagens. Das Knie war heiß, was nichts Gutes bedeutete. Schmerzmittel ließen sich besorgen, bei Antibiotika sah es anders aus.

Immerhin, Fieber hatte er nicht. *Noch* nicht.

Du hast meine Gene, hatte sein Vater gesagt. *Ich habe dir meinen Verstand vererbt. Du musst ihn nur benutzen.*

Dazu brauchte Tarek Macha einen klaren Kopf. Und ein Versteck, in dem er sich auskurieren konnte. Er hatte seine Mutter um Bargeld gebeten, um sämtliche Schmerzmittel, die sich auf die Schnelle auftreiben ließen, und um eine warme Jacke.

Sein Magen gab ein vernehmliches Knurren von sich. Dass er Essen brauchte, hatte er seiner Mutter in der Hektik nicht geschrieben. Es war wohl auch nicht nötig, überlegte er, beugte sich vor und sah hinüber zu der Stelle, an der sie früher immer gelegen hatten. Dort, im Schatten einer Birke, hatte der kleine Tarek erst seine Kekse und danach die Apfelschnitze, Pfirsichstücke und Bananenscheiben gegessen, die seine Mutter in einer Tupperdose mitgenommen hatte.

Die Birke war verschwunden und wohl schon vor Jahren einem der Lagerfeuer zum Opfer gefallen, um das sich die Halbwüchsigen aus den umliegenden Blocks in den Sommernächten mit billigem Rotwein und Discounter-Bier versammelten. Wo früher eine Wiese geblüht hatte, wucherten hüfthohe Brennnesseln aus einem Berg rostigen Metallschrotts.

Die Zeiten hatten sich geändert, doch eines war gleichgeblieben. Iris Macha hatte sich damals um ihren Sohn gesorgt und tat es noch immer. Sie hatte stets gewusst, was er brauchte, das war auch jetzt noch so. Also würde sie ihm nicht nur Schmerzmittel, Geld und warme Sachen bringen, sondern auch etwas zu essen.

Die Kälte kroch durch den Hosenboden in seine Knochen. Er stemmte sich mühsam hoch, presste die unverletzte Hand gegen die Rippen und verlagerte sein Gewicht, um das geschwollene Knie zu entlasten.

Schritte knirschten oben auf dem Kiesweg hinter der Böschung, näherten sich rasch. Tarek Macha humpelte seiner Mutter entgegen. Steine polterten hinter ihm hangabwärts und verschwanden glucksend im Wasser. Das Echo verhallte zwischen den Felsen, während er sich verbissen bergauf zur Böschung kämpfte. Er zwängte sich durch das dornige Gestrüpp und erreichte den Kiesweg.

»Hier bin ich!«, presste er hervor. »Hier, Mama!«
Eine Wolke schob sich vor die Mondsichel.
»Mama?«

Fünfzehn

Zwanzig Jahre zuvor. Jordanien.
Wadi Mujib, neunzig Kilometer südlich von Amman.

Tarek war ein wenig außer Atem. Für einen Fünfjährigen war es schwer, hier hoch auf den Hügel zu kommen, ständig war er auf dem Geröll ausgerutscht und musste aufpassen, sich nicht die Knie an einem spitzen Stein aufzuschlagen. Die letzten Meter hatte er sich durch tiefen, grobkörnigen Sand kämpfen müssen, in den er bis über die Knöchel eingesunken war und der nun unter den Sandalenriemen und zwischen seinen nackten Zehen juckte.

Großvater Ilyas sah man die Anstrengung nicht an. Er saß mit angezogenen Knien neben seinem Enkel, drehte einen abgebrochenen Zweig in den knotigen Fingern und sah schweigend in die Ferne. Als er Tarek aufgefordert hatte, ihm zu folgen, gehorchte dieser sofort. So wie alle in der Familie.

Auch Tarek schaute hinunter ins Tal. Früher, hatte Onkel Samir erzählt, war hier ein Fluss durchgeflossen, doch der war längst versiegt und hatte nur eine Furche in der trockenen, von Rissen durchzogenen Erde hinterlassen. Eine Schotterpiste schlängelte sich parallel durch das Tal und verlor sich weit hinten in der flimmernden Wüste. Am Fuße einer schroffen Felswand parkten die verstaubten Jeeps, mit denen sie zu ihrem Tagesausflug hergefahren waren; etwas weiter vorn hatten

Onkel Samir und Tante Raissa Zeltplanen zwischen ein paar Palmen aufgespannt, unter denen sich die Ausflügler in den Schatten verzogen hatten.

»Warum ist deine Mutter nicht mitgekommen?«, fragte Großvater Ilyas.

Tarek war nun zum dritten Mal in den Sommerferien bei Papas Familie. Bisher war Mama immer mitgeflogen, doch diesmal hatte sie keine Zeit.

»Sie muss arbeiten.«

»Deine Mutter ist hier immer willkommen.« Großvater sprach langsam und bedächtig. Und er klang ein bisschen komisch, weil er das R so rollte und manchmal eine Weile nach dem richtigen Wort suchen musste. »Richtest du ihr das aus?«

Tarek nickte, obwohl er nicht glaubte, dass Mama noch einmal mitkommen würde. Seit Papas Auszug redete sie nicht mehr mit ihm.

»Sie hat dich geboren«, sagte Großvater. »Also ist sie Teil unserer Familie. Du wirst sie immer mit Respekt behandeln. Weil sie eine Samadi ist. Genau wie du. Und dein Vater.«

Tareks Papa hatte eine Hängematte zwischen den Palmen aufgespannt und las in einem Taschenbuch. Anna, seine neue Frau, saß unter der Plane in einem Klappstuhl und gab Elias, ihrem jüngsten Sohn, die Brust. Rahul, der ältere, warf Kieselsteine in das ausgetrocknete Flussbett. Anna holte ihn zu sich, um ihm einen Sonnenhut aufzusetzen und die Windel zu wechseln.

»Siehst du?«

Großvaters knochiger Zeigefinger wies nach oben. Tarek schirmte die Augen mit der Hand gegen die gleißende Sonne ab und betrachtete den großen, majestätischen Vogel, der einsam in der flirrenden Luft am stahlblauen Himmel kreiste.

»Ein Lämmergeier«, erklärte Großvater. »Unsere Vorfahren haben ihn gefürchtet, weil sie Angst um ihre Ziegen hatten. Es ist schwer, in diesem kargen Land zu überleben. Aber wir Samadis sind seit Urzeiten hier.«

Ein helles Lachen hallte herauf. Es stammte von Rahul, der, frisch gewickelt und eingecremt, mit Onkel Samir Fangen spielte. Auch Tarek liebte es, mit Papas Brüdern herumzutoben, bärenstarken Männern, die viel lachten und ihre Neffen wie Spielzeuge durch die Luft wirbelten.

Anna rief Onkel Samir etwas zu. Was genau, war aus der Entfernung nicht zu verstehen, wahrscheinlich machte sie sich Sorgen um Rahul. Sie konnte ganz schön streng werden, auch gegenüber Tarek. Sie machte keinen Unterschied zwischen ihm und seinen jüngeren Brüdern.

»Die Samadis sind immer füreinander da, Tarek.«

Als Großvater einen Arm um Tarek legte, roch dieser Tabak, gegerbtes Leder und etwas anderes, das er nicht einordnen konnte. Vielleicht war es die Sonne, die sich tief in das zerfurchte Gesicht des alten Mannes gegraben hatte. Vielleicht auch die scharf gezackten Felsen, die sich ringsum in die flirrende Wüstenluft reckten oder der allgegenwärtige, rostfarbene Staub. Tarek wusste es nicht. Er wusste nur, dass er diesen Geruch mochte.

»Hier liegen deine Wurzeln.« Großvater ließ eine Handvoll staubige Erde zwischen seinen angewinkelten Beinen herabrieseln. »Es sind auch meine Wurzeln«, sagte er und fasste sich an die magere Brust. Dann streckte er den Arm in einem Halbkreis über das Tal. »Und die von uns allen.«

Das Baby auf Annas Arm fing an zu schreien. Sie lief zwischen den Palmen umher, um den plärrenden Elias zu beruhigen. Als das gelang, drang ein anderes, dumpfes Geräusch herauf. Selbst hier oben war Papas Schnarchen zu hören, nachdem er in der Hängematte eingeschlafen war.

»Ich war nicht glücklich, als dein Vater seine Heimat verlassen hat«, erklärte der alte Mann. »Aber auch er wird seine Wurzeln nicht vergessen. Er ist ein Samadi. Genau wie du.«

Sein Lächeln entblößte die nikotingelben Zähne.

»Du hast unsere Augen. Unser Haar.« Großvater Ilyas fuhr durch Tareks widerspenstige, schwarz glänzende Locken, legte den Kopf schief und musterte seinen Enkel aus dunklen, liebevoll funkelnden Augen. »Und auch die Nase!«, lachte er und strich mit dem Finger über den Höcker auf Tareks Nasenrücken. »Wirst du deswegen von den anderen Kindern ...«, er suchte nach dem passenden Ausdruck, »geärgert?«

Tarek verneinte wahrheitsgemäß.

»Du kannst stolz auf diese Nase sein«, sagte Großvater Ilyas ernst. »Es ist die Nase eines Samadi.«

Sein Blick wanderte über das Tal, verweilte auf einer Staubwolke am Horizont und richtete sich wieder auf seinen fünfjährigen Enkel.

»Tarek«, sagte er. »Du weißt, was dein Name bedeutet?«

Natürlich wusste das Tarek. Es war eines der ersten Worte, die sein Papa ihm beigebracht hatte.

»Morgenstern.«

Großvater nickte zufrieden. »Und was bedeutet Elias?«

Diese Frage war nicht so leicht. Tarek runzelte die Stirn und versuchte, sich Papas Worte in Erinnerung zu rufen. Er fühlte sich nicht wohl unter Großvaters prüfendem Blick. Und er wusste, dass man ihn nicht lange warten lassen durfte.

»Gott ist Jehova«, fiel ihm schließlich ein.

»Richtig. Es ist kein muslimischer Name. Er stammt aus dem Hebräischen. Trotzdem ist es ein guter Name, denn es ist der Name deines kleinen Bruders. Und es ist *mein* Name«, fuhr der alte Mann weihevoll fort. »Dein Vater hat seinen jüngsten Sohn nach *seinem* Vater benannt. Er hat uns verlassen, doch er hält seine Familie in Ehren.«

Unten legte Anna den Kleinen in seine Wiege; Tante Raissa verteilte das Geschirr aus den Picknickkörben, während Onkel Samir mit Rahul auf dem Schoß in einem Bilderbuch blätterte. Ein fernes Dröhnen näherte sich hinter den Felsen, die Staubwolke hatte sich vergrößert. Tarek, der ahnte, was folgen würde, kam seinem Großvater zuvor.

»Rahul«, sagte er, »bedeutet Mond.«

»Richtig«, lobte der Alte.

Ein Jeep tauchte zwischen den Felsen auf, holperte über die Steine heran, stoppte mit quietschenden Bremsen neben den anderen Geländewagen und wurde im nächsten Moment vom aufwirbelnden Staub verschluckt. Die schemenhaften Umrisse eines hochgewachsenen Mannes schälten sich aus der Wolke – Onkel Hamza kam mit ausgreifenden Schritten auf das Lager zu.

»Du bist der Morgenstern, Tarek«, sagte Großvater Ilyas. »Du bist der Älteste. Du bist das Licht, das deinen Brüdern den Weg weist. Verstehst du?«

Das war nicht der Fall. Tarek bejahte trotzdem.

»Gib mir deine Hand.«

Großvater untersuchte jedes Detail. Es tat ein bisschen weh, weil er nicht nur genau hinsah, sondern die Finger in alle erdenklichen Richtungen spreizte und jedes Gelenk, jeden Knöchel ausgiebig drückte und von allen Seiten begutachtete. Großvater Ilyas war dünn, aber stark; Tarek kämpfte bereits mit den Tränen und erst im letzten Moment, als er das Schluchzen kaum noch unterdrücken konnte, lockerten sich die langen, knochigen Finger, aber sie gaben Tarek nicht frei.

»Gut. Und nun mach eine Faust.«

Tarek gehorchte. Zu seiner Erleichterung begnügte sich Großvater diesmal mit einem langen, prüfenden Blick.

»Die Faust eines Samadi«, brummte der Alte zufrieden. »Klein, aber sie wird noch wachsen.«

Seine Beine waren so dünn wie die verkrümmten Äste der einsamen Ölweide am anderen Ende des Tals, und als er sie anwinkelte, knackte ein Knie wie ein trockener Zweig.

Unten im Tal war Tante Raissa aus dem Schatten getreten und ging ihrem ältesten Bruder entgegen. Sie umarmten sich zur Begrüßung, dann deutete sie zu ihnen hinauf. Onkel Hamza lief auf den Hügel zu und gab der Hängematte mit Tareks schlafendem Papa im Vorbeigehen einen Stoß. Dieser plumpste zu Boden, rappelte sich fluchend wieder auf und rief seinem älteren Bruder ein arabisches Schimpfwort nach, das mit einem dröhnenden Lachen erwidert wurde. Während das Echo zwischen den zerklüfteten Felsen verhallte, ging Tareks Papa kopfschüttelnd zu Anna und setzte sich neben ihr in den Schatten. Er lachte ebenfalls.

»Dein Vater ist ein sehr guter Arzt«, sagte Großvater Ilyas zu Tarek. »Ein Arzt muss klug sein, und das ist dein Vater. Er ist ein Samadi. Alle Samadis sind klug. Du auch.« Als er seinen Enkel ansah, blitzten die Augen unter den schneeweißen, buschigen Brauen. »Dein Vater hat sich entschieden, seine Faust nicht zu benutzen. Ich akzeptiere das.«

Onkel Hamza näherte sich zügig. Geröll löste sich unter seinen staubigen Stiefeln und polterte hinter ihm ins Tal. Als er grüßend die Hand hob, winkte Tarek zurück.

»Dein Onkel hat eine andere Entscheidung getroffen«, erklärte der alte Mann.

Als Onkel Hamza keuchend auf der Kuppe erschien, verschwand die Sonne für einen Moment hinter seinem breiten Rücken.

»*Salām*, kleiner Krieger«, grüßte er feierlich, legte eine Hand auf die kräftige Brust und verbeugte sich vor Tarek. »Möge dein Licht ewig leuchten, auf dass deine Feinde verbrennen und sich wie Würmer vor dir im Staub winden.«

So begrüßte er seinen Neffen immer. Er sprach mit einem ähnlichen Akzent wie Großvater Ilyas und nutzte jede Gelegenheit, sein Deutsch zu verbessern. Selbst sein fünfjähriger Neffe musste ihm ständig neue Begriffe beibringen.

»Wa iyak kher«, gab Tarek wie üblich zurück. »Möge Gott dich belohnen.«

Er hob huldvoll die kurzen Arme, dann mussten beide lachen, bis Onkel Hamza plötzlich ernst wurde und sich an seinen Vater wandte. Was er sagte, konnte Tarek nicht verstehen, doch es schienen keine guten Nachrichten zu sein. Die Miene des Alten verfinsterte sich, und während Onkel Hamza auf eine Antwort wartete, zerbrach der Zweig in Großvaters Fingern. Seine Anweisung war knapp; danach begab sich Onkel Hamza sofort auf den Rückweg.

Tareks Papa redete so oft wie möglich in seiner Muttersprache mit seinen Söhnen, doch da Tarek die meiste Zeit bei seiner Mutter verbrachte, sprach er kaum Arabisch. Ein wenig verstand er jedoch, so dass er einige der kehligen, zischend zwischen den schmalen Lippen seines Großvaters hervorgepressten Worte erkannt hatte.

Ein *Harami* war ein Dieb. Auch was ein *Ibn Zina* war, wusste Tarek. Anna war ziemlich wütend gewesen, als Onkel Hamza es ihm beigebracht hatte, es hieß Hurensohn. Zum Schluss hat Großvater etwas von *jaza* und *mawt* gesagt, das bedeutete Strafe und Tod.

Onkel Hamza hatte keine Zeit, sich unten von den anderen zu verabschieden. Rahul, der wie immer durch die Luft gewirbelt werden wollte, lief ihm nach, stolperte mit seinen kurzen Beinen über eine Wurzel und fiel hin. Während Anna zu ihm eilte, sprang Onkel Hamza bereits leichtfüßig in den Jeep und brauste mit aufheulendem Motor davon.

»Dein Onkel hat sich entschieden, seine Hamadi-Faust zu benutzen«, sagte der Alte zu Tarek. »Irgendwann wirst auch du vor dieser Entscheidung stehen.«

Während Anna vergeblich versuchte, den schluchzenden Rahul zu beruhigen, erwachte Elias in seiner Wiege und fiel mit kläglichen Schreien in das Weinen seines Bruders ein.

»Deine Brüder werden immer zu dir aufsehen, Tarek. Sie sind auf deinen Schutz angewiesen. Du kannst sie mit Worten schützen, wie dein Vater es tut. Doch manchmal reichen Worte nicht aus. Du wirst es erkennen.«

Der Alte spreizte die arthritischen Finger.

»Dann musst du die Faust benutzen.« Als die Finger sich schlossen, spannte sich die pergamentartige Haut auf dem fleckigen Handrücken über dem Adergeflecht. »Dazu ist sie da, mein Junge.«

Sechzehn

»Guten Morgen, Chef.«

Schröder musste schon seit geraumer Zeit auf den Beinen sein. Er war frisch rasiert, hatte geduscht und Frühstück gemacht. Auf der weißen Tischdecke flackerte eine Kerze, in der Mitte stand eine Blumenvase. Im Kamin prasselte ein Feuer, der Duft frisch gemahlenen Kaffees und aufgebackener Brötchen erfüllte das Haus.

Zorn nuschelte eine Erwiderung, schloss die Tür zum Gästezimmer hinter sich, schlurfte zum Tisch und nahm Platz.

»Gut geschlafen?«, fragte Schröder und reichte ihm den Korb mit den Brötchen.

Er hatte darauf bestanden, dass Zorn im Gästezimmer übernachtete, und sich nicht abhalten lassen, ein frisches Laken aufzuziehen.

Auch in dieser Nacht hatte Zorn von Frieda geträumt, doch an Einzelheiten konnte er sich nicht erinnern. Er hatte nur ein paar Stunden geschlafen, trotzdem fühlte er sich ungewohnt frisch. Und er hatte Hunger.

»Kaffee, Chef?«

»Hm.«

Zorn schlug sein Frühstücksei auf und ließ sich das Salz reichen. Obwohl das Ei wie immer perfekt war, hatte er sich früher beschwert, dass es angeblich entweder zu weich *(eklig! glibberig!)* oder zu hart gekocht sei *(damit kann man Fenster einwerfen, Schröder!)* und kopfschüttelnd erklärt, dass der *feine Herr Gourmet* nichts weiter als ein Blender sei, der nicht einmal ein einfaches Frühstücksei auf die Reihe kriege. Schröder kannte Zorn genau und wusste, was die Nörgelei bedeutete: je lautstärker die Beschwerden, desto besser die Laune. Nun, diese Zeiten waren vorbei.

In den folgenden Minuten aßen sie schweigend, bis Schröder schließlich das Wort ergriff.

»Wir werden das klären.«

Zorn biss in sein Brötchen.

»Frieda hat dich geliebt, Chef. Ich kann mir einfach nicht vorstellen, dass sie ein Verhältnis …«

»Können wir das später besprechen?«

Zorn leerte seine Kaffeetasse und stellte sie so heftig ab, dass das Geschirr auf der Tischdecke klapperte. Er stand auf, langte in die Innentasche seiner Lederjacke und stieß einen Fluch aus.

»Scheiße. Zigaretten sind alle.«

Schröder schob achselzuckend die Teller zusammen.

»Nein!«, rief Zorn aus. »Ich werde die Gelegenheit *nicht* nutzen!«

»Welche …«

»Aufzuhören!«

»Ich habe kein Wort gesagt.«

»Aber geguckt hast du!« Zorn fuchtelte anklagend mit dem Armstumpf in Schröders Richtung. »Versuch's gar nicht erst! Frieda hat's schon vor Jahren aufgegeben, mich zu überreden, und wenn sie's nicht geschafft hat, dann schafft's niemand! Nicht mal du!«

Er verschwand im Bad, wusch das Gesicht und putzte die Zähne. Als er zurückkam, hatte Schröder den Tisch abgeräumt, den Briefkasten geleert und saß mit einer aufgeschlagenen Zeitung in seinem Ohrensessel.

»Du hast dieses Käseblatt abonniert, Schröder?«

»Ich hätte längst kündigen sollen.«

Schröder ließ die Zeitung sinken. Selbst auf die Entfernung und ohne Brille konnte Zorn die fette Schlagzeile – *AM BODEN ZERSTÖRT!* – über dem Foto mühelos entziffern.

Der Fotograf hatte an Zorns Geburtstag im Gebüsch am anderen Flussufer gelauert. Nachdem Zorn die Geschenke ausgepackt hatte, war er unter dem Vorwand, eine Zigarette zu rauchen, auf den Balkon gegangen. In Wahrheit war er kurz davor gewesen zusammenzubrechen und nur hinausgegangen, um seinen Tränen für einen Moment freien Lauf zu lassen.

Das Bild war gestochen scharf, wahrscheinlich mit einem Teleobjektiv aufgenommen. Es zeigte jedes Detail, die Tränen auf Zorns vernarbter Wange, selbst die Nähte auf Edgars Jeans, der seinem Vater gefolgt war und ihn schweigend umarmt hatte. Der Fotograf hatte reichlich Zeit gehabt, denn sie hatten lange auf dem Balkon gestanden – Edgar an Zorn geschmiegt, der ihn sanft hin und her wiegte. *HIER TRAUERT DER KOMMISSAR MIT SEINEM SOHN UM EINE VERLORENE LIEBE*, war unter dem Foto zu lesen.

»Wir müssen eine dringende Angelegenheit besprechen.« Zorn faltete die Zeitung penibel zusammen. »Dazu muss ich nachdenken. Aber das kann ich nur, wenn ich rauche. Bist du sicher, dass du keine Zigaretten im Haus hast?«

»Ganz sicher, Chef.«

»Keine einzige?«

»Nicht eine.«

»Dann müssen wir los«, beschied Zorn, streifte die Jacke über und wandte sich zur Tür.

»Chef?«

»Was denn?« Zorn blieb ungeduldig stehen.

»Würdest du mir vorher die *dringende Angelegenheit* noch etwas erläutern?«

»Ist doch logisch.«

»Ich höre?«

»Wer dem Typen jetzt die Knochen bricht.« Zorn wies mit dem unrasierten Kinn auf die Zeitung. »Du oder ich?«

Siebzehn

Man hatte ihm einen Sack oder etwas Ähnliches über den Kopf gestülpt. Vor seinem Mund war der grobmaschige Stoff von Speichel durchnässt und bewegte sich im Rhythmus seines flachen Atems. Er hatte die Beine angezogen und den unverletzten Arm um den Bauch geschlungen, um der Kälte so wenig Angriffsfläche wie möglich zu bieten, die sich aus dem Blechboden immer tiefer in seinen Körper fraß. Um seine Waden schlang sich ein Riemen oder ein Kabelbinder, auch eines der Handgelenke war irgendwo hinter ihm an einer Wand fixiert. Es roch nach Motoröl und Diesel. Als er die Beine bewegte, schwankte der Boden unter ihm und die Hacken seiner Schuhe schabten mit einem dumpfen Poltern über blankes Metall.

Tarek Macha war ein leichtes Ziel gewesen. Er war von hinten überwältigt worden, und als er in den Kleintransporter verfrachtet wurde, war er schon nicht mehr bei Bewusstsein gewesen. Wie viel Zeit seitdem vergangen war, ließ sich unmöglich sagen. Dem schmutzig grauen Schimmer hinter den Stoffmaschen zufolge war der Tag angebrochen, dessen Licht durch die Spalten in der Karosse fiel.

Man hatte es nicht für nötig gehalten, ihn zu knebeln. Als er den Atem anhielt und einen Augenblick lauschte, erkannte er auch den Grund. Außer Vogelgezwitscher und monotonem Blätterrauschen drang kein Laut in den Transporter, er befand sich irgendwo im Wald oder zumindest in einer abgelegenen Gegend – selbst wenn er versuchte, sich bemerkbar zu machen, würde ihn niemand hören.

Er krümmte sich auf dem Bodenblech. Jede Faser seines Körpers brannte, der Hunger war vergessen und einem quälenden Durst gewichen. Die Jeans spannte über dem verletzten, stärker angeschwollenen Knie. Der grobe Stoffsack juckte auf seinem Gesicht, jeder Luftzug schmeckte nach Moder und faulenden Kartoffeln, er atmete Stofffasern ein, die wie Glaswolle in seiner ausgedörrten Kehle kratzten. Er versuchte, tief und gleichmäßig zu atmen und kämpfte vergeblich gegen den Hustenreiz, während sich die geprellten Rippen wie glühende Eisen in seine Lungen zu bohren schienen.

Draußen schmatzten Stiefel im Schlamm. Die Seitentür wurde aufgerissen, kalte Morgenluft wehte herein. Die Federn des Transporters ächzten unter dem Gewicht eines Menschen.

Kleidung raschelte, als Tarek Machas Entführer neben ihm in die Hocke ging. Ein Schatten legte sich über sein Gesichtsfeld,

Finger tasteten über sein Bein, verharrten auf dem geschwollenen Knie. Der Druck war nur sacht, doch er zuckte sofort zurück und versteifte sich keuchend. Zum Schreien war er nicht mehr imstande, seine Kraft reichte nur für ein keuchendes Wimmern.

»Tut's sehr weh?«

Tarek Macha hatte damit gerechnet, diese Stimme zu hören. Nun, da er Gewissheit hatte, wurde ihm klar, dass er sterben würde. Er konnte nur noch hoffen, dass es schnell geschah.

Achtzehn

Vierzehn Jahre zuvor. Jordanien.
Golf von Aqaba, Rotes Meer.

Er lag unter einem Sonnenschirm zwischen den anderen und las in einem Comic. Im letzten Jahr war Tarek regelrecht in die Höhe geschossen, ein elfjähriger Schlaks mit dem ersten Flaum auf der Oberlippe. Das nasse, pechschwarze Haar klebte an seinem Kopf, und obwohl er erst vor ein paar Minuten aus dem Wasser gekommen war, glänzte eine Schweißschicht auf seiner gebräunten Haut. Der Wind, der vom nahen Meer über den Hotelpool heranwehte, brachte kaum Abkühlung.

Neben ihm döste Onkel Samir. Er hatte Kopfhörer aufgesetzt und wippte mit dem nackten Fuß im Takt der Musik auf seinem iPod. Die Palmen raschelten über ihren Köpfen, von rechts drang Papas Schnarchen herüber. Er war sofort auf seiner Liege eingeschlafen, nachdem sie den Vormittag am Strand verbracht hatten. Tante Raissa und Daniel, ihr neuer Freund, trugen verspiegelte Sonnenbrillen, sie schienen ebenfalls zu schlafen. Nur Elias und Rahul waren nicht totzukriegen, ihr helles Lachen hallte von den weißen Hotelwänden wider, während sie lärmend im Pool planschten.

Tarek wurde sacht in die Seite gestubst.

»Warst du unter der Dusche?« Anna hatte eine Zeitschrift auf dem Schoß und ein Glas Orangensaft in der Hand.

»Ich …« Einem ersten Impuls folgend, wollte Tarek zunächst bejahen, doch es war sinnlos, Anna anschwindeln zu wollen. »Nee, noch nicht.«

»Du musst das Salzwasser abspülen.«

»Mach ich nachher«

»Aber nicht vergessen.«

Als sie an ihrem Strohhalm nippte, klirrten die Eiswürfel im Glas. Sie warf ihm einen strengen Blick zu, dann richteten sich ihre wachsamen Augen wieder auf ihre herumtobenden Söhne.

Tarek fielen die Augen zu. Am Nachmittag war ein Ausflug geplant, Onkel Samir hatte eines von den Booten mit den Glasböden gemietet. Alle hatten den Vorschlag toll gefunden, auch Tarek, dessen Freude allerdings vorgetäuscht gewesen war. Er wäre viel lieber wieder schnorcheln gegangen, wo er den quietschbunten Fischen im glasklaren Wasser zwischen den Korallen ganz nahe war, anstatt sie in der prallen Sonne durch eine Glasscheibe beobachten zu müssen.

Vom Strand drang der Lärm der badenden Touristen heran, irgendwo dudelte ein Kofferradio. Tarek atmete den Geruch von Rosmarin, Sonnencreme und dem nahen Meer. Sein Atem wurde gleichmäßig und tief, das zerfledderte Comic entglitt seinen Fingern, doch kurz bevor er endgültig in den Schlaf driftete, ließ ihn Annas Stimme hochschrecken. Rahul und Elias, seit Stunden im Wasser, brauchten eine Pause, die beiden sollten sich abtrocknen und eincremen. Während der siebenjährige Rahul mit trotzig gerecktem Kinn verkündete, *keinen Bock* zu haben, ignorierte der zwei Jahre jüngere Elias seine Mutter.

Anna wiederholte den Befehl – strenger diesmal. Ihr Mann verlangte unwirsch seine Ruhe. Elias tauchte prustend ab, Rahul wollte wieder zu ihm in den Pool springen. Als er Anlauf nahm, traf sein Blick den seines älteren Bruders, der ihn mit einem knappen Nicken in Annas Richtung zur Ordnung rief. Rahul schlurfte widerwillig herbei, kurz darauf folgte Elias, und wenig später lagen beide mit glasigen Augen in ihren Bademänteln zwischen dem Rest der Familie.

Schwere, klatschende Schritte durchbrachen die aufkommende Stille. Onkel Hamza erschien, trotz der geröteten Augen im verquollenen Gesicht wie immer bestens gelaunt, nachdem er am Abend zuvor seinen vierzigsten Geburtstag gefeiert und den Vormittag verschlafen hatte. Alle hatten getanzt und gesungen, es hatte ein üppiges Buffet gegeben, und die Hotelband hatte nur für die Familie gespielt. Eigentlich durfte Tarek bis Mitternacht aufbleiben, doch Anna hatte Rahul und Elias eine Stunde früher ins Bett geschickt, und als die beiden lautstark protestierten, hatte Tarek sie hinauf ins Zimmer begleitet und ihnen eine Janosch-Geschichte vorgelesen – ein paar Minuten nur, denn sie waren schnell eingeschlafen. Unten wurde noch lange gefeiert, und als Tarek im Morgengrauen aufs Klo ging, dröhnte Onkel Hamzas Lachen noch immer vom Pool herauf.

Jetzt gab Hamza seinem Bruder Samir einen beiläufigen Schubs, der sich erschrocken aufrichtete und verschlafen Platz machte. Als Hamza sich neben Tarek auf die Kante der Liege setzte, knirschte das Plastik unter seinem Gewicht.

»*Salām*, kleiner Krieger«, begrüßte er Tarek wie üblich. »Gut geschlafen?«

Er hatte zugenommen, das geblümte Hemd spannte über dem Bauch. Im Bart und dem dichten Brusthaar kräuselten sich vereinzelte graue Strähnen. Nachdem Großvater Ilyas vor drei Jahren gestorben war, hatte er als ältester Sohn das Geschäft übernommen und war nun Oberhaupt der Familie. Großvater Ilyas hatte sich immer als einfachen Ziegenhirten bezeichnet, doch jedes Mal, wenn Tarek im Laufe der Jahre in dem staubigen Dorf am Rande des Jordantals zu Besuch gewesen war, hatte Ilyas ein neues Stück Land aufgekauft, die Weideflächen vergrößert, neue Rebstöcke anpflanzen oder einen weiteren Olivenhain auf einem der felsigen Hügel am Dorfrand errichten lassen. Onkel Hamza hatte das fortgeführt, er hatte die Bewässerungsgräben erweitert, eine Ölmühle mit modernen Zentrifugen angeschafft und stellte nun selbst Olivenöl her.

Rahul hatte sich von hinten herangeschlichen und nahm seinen Onkel mit einem kriegerischen Schrei in den Schwitzkasten. Den folgenden Kampf verlor Hamza wie gewöhnlich, und nachdem er winselnd um Gnade gebeten hatte, rappelte er sich auf und holte ein Bündel Geldscheine aus der Brusttasche.

»Hol deinem alten Onkel ein Bier, *Habibo*«, ächzte er und reichte Rahul einen Zwanzig-Dinar-Schein. Anna sah stirnrunzelnd von ihrer Zeitschrift auf, und während Rahul schnurstracks zur Bar auf der anderen Seite des Pools flitzte, verstaute Onkel Hamza das Geldbündel wieder in der Hemdtasche.

Er erzählte oft, wie gut die Geschäfte liefen. Das schien keine Prahlerei zu sein, schließlich hatte er die Familie eingeladen und die Apartments mit Balkon und Meerblick waren bestimmt teuer. Beim Einchecken vor drei Tagen wäre es fast zum Streit gekommen – Tareks Papa hatte darauf bestanden, ihre Zimmer selbst zu bezahlen. Onkel Hamza war es nicht gewohnt, dass ihm seine jüngeren Geschwister widersprachen, doch Papa war stur geblieben.

Rahul brachte das Bier. Hamza leerte die beschlagene Flasche bis zur Hälfte und lehnte das Wechselgeld ab.

»Kauf dir was Schönes, *Habibo*.«

Annas Miene verdüsterte sich. »Er muss lernen, mit Geld umzugehen. Rahul bekommt wie die anderen sein Taschengeld und soll es sich einteilen.«

»Er hat seinem alten Onkel eine Freude gemacht«, erwiderte Hamza.

»Ist es das, was er lernen soll?«, gab Anna spitz zurück. »Dass man eine Bezahlung erwartet, wenn man anderen eine Freude macht?«

»Er hat mir einen Dienst erwiesen.« Hamza legte einen massigen Arm um Rahuls schmale Schultern. »Einen *großen* Dienst, denn er hat mich vor dem Verdursten gerettet. Er hat eine wichtige Arbeit getan. Und wer arbeitet, muss bezahlt werden.«

Er drückte sich oft umständlich aus, doch mit den Jahren hatte sich sein Deutsch immer weiter verbessert. Anfangs hatte Anna ihn während der Ferien unterrichtet, doch nachdem ihr Verhältnis mehr und mehr abkühlte, hatte Tarek diesen Part übernommen. Onkel Hamza lobte seinen elfjährigen Lehrer bei jeder Gelegenheit in den höchsten Tönen, aber Tarek ließ sich nicht täuschen. Hamza stritt es zwar ab, doch es war offensichtlich, dass er regelmäßig Unterricht nahm, anders waren seine Fortschritte nicht zu erklären.

Rahul wollte sein Geld oben im Zimmer in Sicherheit bringen. Als Anna ihn bat, die Sonnencreme vom Nachttisch mitzubringen, sah er sie von Kopf bis Fuß an: »Ich bediene keine Frauen.«

Langsam, sehr langsam sank die Zeitschrift auf Annas gebräunte Oberschenkel. »Wie war das?«

»Ich bin nicht dein …«

»Du hast fünf Minuten, junger Mann.«

Rahul ignorierte Tareks warnenden Blick, verschränkte die Arme vor der Hühnerbrust und verkündete, *keinen Bock* zu haben.

»Das solltest du aber«, erwiderte Anna ruhig. »Weil ich sonst ebenfalls … *keinen Bock* habe, nachher mit dir mit dem Glasbodenschiff zu fahren.«

Als Rahul erklärte, auf das blöde Schiff ebenfalls keinen Bock zu haben, ertönte Onkel Hamzas tiefer, grummelnder Bass: »Gehorch deiner Mutter, Rahul.«

Dieser schlich nach kurzem Zögern mit hängenden Schultern davon.

»Danke«, sagte Anna knapp und vertiefte sich wieder in ihre Zeitschrift. »Aber ich erziehe meine Söhne lieber allein.«

Elias hatte seine Taucherbrille geschnappt und verlangte von seinem Vater, mit in den Pool zu kommen. Papa gab vor, noch immer zu schlafen, doch obwohl sein Schnarchen lauter wurde, blieb Elias hartnäckig.

Onkel Hamza hob entschuldigend die Hände. »Ich will nur, dass Rahul seine Mutter respektiert.«

»Den Respekt bringe ich ihm schon noch bei«, antwortete Anna mit einem kühlen Blick über den Rand ihrer Sonnenbrille. »Es geht hier übrigens nicht um seine Mutter, sondern darum, Frauen zu respektieren. Könntest du ihm *das* beibringen?«

»Aber das tue ich!«, rief Hamza aus. »Ich bin zwar ein rückständiger Ziegenhirt«, er zwinkerte Tarek verschwörerisch zu, »aber ich respektiere Frauen.«

»Natürlich«, presste Anna sarkastisch hervor und blätterte um.

»Du glaubst mir nicht?« Hamza nahm einen tiefen Zug aus seiner Flasche. »Was ist mit ihr?« Er unterdrückte ein Rülpsen und deutete zu Tanta Raissa auf der anderen Seite des Pools. »Ich habe kein Problem damit, dass meine kleine Schwester halbnackt in der Sonne liegt. Ich zahle ihr Studium, wie es unser Vater getan hat, weil sie eine kluge junge Frau ist.« Hamza wies mit der Flasche auf den neben Tante Raissa dösenden Daniel.

»Ich habe auch kein Problem, dass ihr *Mahbub* ein schwatzhafter Nichtsnutz aus der Hauptstadt ist.«

Raissas Freund richtete sich drüben im Liegestuhl auf und wollte empört widersprechen, doch Raissa hielt ihn am Arm zurück.

»Keine Sorge«, Hamza prostete dem jungen Mann zu. »Falls du sie irgendwann heiraten solltest, musst du sie nicht mit Kamelen bezahlen!«

Er lachte auf. Ein ansteckendes, herzliches Lachen, in das die anderen nach und nach einfielen, zuletzt auch Raissas Freund. Nur Anna blieb ernst.

Rahul kam mit finsterer Miene zurück und stellte die Sonnencreme neben Annas Liege auf die heißen Terrakottaplatten. Anna sah ihren Sohn eine Weile stumm an. Als sie die Arme ausbreitete, legte Rahul sich zu ihr und kuschelte sich schweigend an sie.

Währenddessen hatte Elias seinen Vater am Handgelenk gepackt und versuchte mit allen Kräften, ihn in den Pool zu zerren. Papa machte sich lachend los, um nach einer wilden Verfolgungsjagd mit angehockten Beinen in hohem Bogen in den Pool zu springen. Als er prustend wieder auftauchte, waren Raissa und Daniel bis auf die Haut durchnässt.

Es wurde Zeit für das Mittagessen. Bevor Anna Tarek noch einmal aufforderte, ging er von allein unter die Dusche und nahm seine Brüder mit. Hamza sah ihnen mit einem verträumten Lächeln nach.

»Sind sie nicht wunderbar?«

Anna folgte seinem Blick. »Ja, das sind sie.«

Tarek, der Größte, lief in der Mitte und hatte die Arme um die beiden anderen gelegt. Elias hatte Mühe, Schritt zu halten, er tippelte auf seinen kurzen Beinen dahin und plapperte aufgeregt auf seinen großen Bruder ein.

»Du bedeutest ihnen eine Menge«, sagte Anna.

»Ich bin ihr Onkel.«

»Sie lieben dich abgöttisch.«

»Und ich liebe sie.« Hamza errötete in einer Mischung aus Stolz, Zuneigung und Liebe. »Sie sind alles, was ich habe.«

Neunzehn

»Der Name ist Macha«, sagte Schröder. »Tarek Macha. In Ihrem Laborbericht ist nur von …«, er klemmte den Telefonhörer zwischen Ohr und Schulter und öffnete eine Akte, »*erheblichem Alkoholeinfluss* die Rede. Das erscheint mir etwas dürftig, um ehrlich zu sein. Ich frage mich, warum mir keine genaue Analyse der Blutwerte vorliegt. Und ich frage mich ebenfalls …«

Er lauschte einen Moment.

»Selbstverständlich. Ihnen auch noch einen schönen Tag, Kollege.«

Schröder legte den Hörer so heftig auf, dass Zorn sich kurz um das Plastikgehäuse des alten Festnetztelefons sorgte.

»Der Labortechniker ist mir gegenüber nicht …«, Schröder stieß schnaubend die Luft aus, »*auskunftsberechtigt*. Wir sollen uns ans BKA wenden.«

»Klar.« Zorn lachte freudlos auf. »Gursky lässt uns am ausgestreckten Arm verhungern.«

»Wir können nichts tun.« Schröder rieb sich das Gesicht. »Eigentlich hätten wir damit rechnen müssen. Frieda war schließlich eine bedeutende Persönlichkeit.«

»O ja. Das war sie.«

»Es ist also logisch, dass das BKA übernommen hat.«

»Wenn es logisch ist, bleibt es trotzdem beschissen.«

»Es ist nicht zu ändern«, seufzte Schröder. »Wir können nur mit dem arbeiten, was wir haben.«

Während Zorn nach dem Unfall noch unter Schock stand, hatte Schröder sofort alle verfügbaren Kräfte mobilisiert. Die Ermittlungen waren auf Hochtouren gelaufen, doch nach knapp drei Tagen gab es noch keine Zeugen. In der Kürze der Zeit hatte man bisher nur einen Bruchteil der Anwohner befragen können, und selbst hier waren noch nicht alle Aussageprotokolle ausgewertet. Es gab Dutzende Akten mit Zwischenberichten, Protokollen der Spurensicherung und einem vorläufigen Unfallbericht samt umfangreichen Skizzen und Lageplänen, auf denen selbst der kleinste Lacksplitter akribisch aufgeführt wurde, bevor er zur Analyse in die Labore der Kriminaltechnik geschickt wurde – auch dieser Prozess war noch längst nicht abgeschlossen.

»Wir haben Unmassen an Papierkram«, brummte Zorn. »Aber daraus wissen wir nur, dass Tarek Macha besoffen in sein Auto gestiegen und einfach losgerast ist. Viel ist das nicht, oder?«

»Nein.« Schröder klang müde. »Eher wenig.«

»Vielleicht sollten wir über was anderes nachdenken.«

»Worüber?«

»Über das, was wir *nicht* wissen.«

»Zum Beispiel?«

»Wo er herkam.«

»Stimmt.«

»Oder wo er eigentlich hinwollte.«

Schröder faltete die Hände unter dem Doppelkinn. »Gute Frage.«

»Tarek Macha wohnt schräg gegenüber vom Stadtbad.« Zorn rückte die Lesebrille auf der Nase zurecht. »Er ist in die Gegenrichtung gefahren, runter zum Markt. Klar, er war besoffen, aber wenn er in sein Auto gestiegen ist, muss er auch ein Ziel gehabt haben.«

»*Correctamente.*«

»Obwohl …«, winkte Zorn ab, »letztendlich ist es egal.«

»Nein, Chef. Es ist wichtig.«

»Findest du? Er hat sein Ziel sowieso nicht erreicht, Schröder. Dafür aber ein anderes. Und zwar endgültig und …«

Zorn nahm die Lesebrille ab, zwinkerte mehrmals und wischte mit dem Ärmel seines T-Shirts über die Augen. Schröder kramte in einer Schublade und reichte ihm ein Taschentuch über den Schreibtisch.

»Du musst dir das wirklich nicht antun«, sagte er leise. »Ich kann das allein erledigen. Es ist nicht gut, wenn du ständig daran …«

»Das muss ich sowieso«, schniefte Zorn.

Er schnäuzte sich geräuschvoll und stand auf. Als er nach seiner Lederjacke griff, um eine Zigarette rauchen zu gehen, erklärte Schröder, er wolle ein wenig frische Luft schnappen, und begleitete Claudius Zorn hinunter zu seinem Stammplatz auf der verwitterten Holzbank.

Der Himmel hatte sich zugezogen, über ihren Köpfen zerrte ein kalter Wind die letzten Blätter von der alten Kastanie. Zorn öffnete den Reißverschluss, schirmte das Feuerzeug mit der Jacke gegen den Wind ab, inhalierte gierig und lehnte sich mit geschlossenen Augen zurück.

»Und?«, fragte er nach einer Weile.

»Was … *und*?«

»Du bist noch nie mitgekommen, wenn ich rauchen gehe.« Zorns Augen waren noch immer geschlossen. »Erst recht nicht bei diesem Wetter. Also?«

Schröder saß fröstelnd neben ihm. »Du weißt schon«, sagte er.

»Der Zeitungsartikel. Das Foto mit Edgar. Du sagtest heute Morgen …«

»Du denkst, das war ernst gemeint?« Zorn lachte kopfschüttelnd auf. »Herrje, da versucht man ein einziges Mal, wieder 'nen Scherz zu machen, und dann wird er nicht mal verstanden. Klar, man *müsste* diesem Wichser die Fresse polieren. Aber wir haben Wichtigeres zu tun. Außerdem liest sowieso kaum jemand diese Scheiße. Und wenn, ist es morgen wieder vergessen.«

Er legte den Kopf in den Nacken und schloss erneut die Augen, während Schröder steif auf der vorderen Kante saß und die geröteten Finger knetete. Über ihnen knarrten die Äste im Wind, Laub wehte über den Parkplatz und wirbelte zwischen den Streifenwagen umher.

»Und?«, fragte Zorn.

»Was … *und*?«, wiederholte Schröder.

Zorn öffnete die Augen einen Spalt und warf ihm einen Blick zu. »Was gibt's *wirklich* zu bereden?«

Schröder scharrte mit der Schuhspitze im Kies.

»Du weißt, dass ich Blödsinn gequatscht hab.« Zorn streckte die Beine und nahm einen tiefen Zug. »Außerdem hätten wir das auch drinnen besprechen können.«

»Ich hab's vor mir hergeschoben«, sagte Schröder. »Du bestimmt auch.«

»Ich schieb 'ne Menge vor mir her. Mein ganzes Leben schon, niemand kann das besser als ich. Es ist so viel, dass ich das meiste schon lange vergessen hab.« Zorn stieß den Rauch durch die Nase aus. »Du musst mir schon sagen, was du konkret meinst.«

Schröder holte tief Luft.

»Die Beerdigung«, sagte er. »Wir müssen über die Beerdigung nachdenken.«

»Müssen wir das?« Zorn sah hinauf zu den tiefhängenden Wolken. »Doch«, stimmte er dann zu, »das müssen wir wohl.«

»Sie wird wahrscheinlich bald freigegeben. Vielleicht sollte ich in der Pathologie nachfragen, wann …«

»Nee, Schröder. Die werden sich bestimmt melden. Die wissen schließlich Bescheid, und im Moment ist sie dort …« Zorn versuchte vergeblich, den Kloß im Hals herunterzuschlucken. »Du weißt schon. Am besten aufgehoben.«

»Dann warten wir ab.«

»Ja.«

Eine Weile hingen sie schweigend ihren Gedanken nach. Während Schröders Blick auf die Kieselsteine zwischen seinen Füßen gerichtet war, beobachtete Zorn, wie der Rauch seiner Zigarette in der Herbstluft verschwand.

»Willst du sie noch mal sehen?«, fragte Schröder schließlich.

Zorn schnippte die Zigarette in Richtung Papierkorb, den er wie üblich verfehlte.

»Nee«, sagte er. »Ich glaub nicht. Und du?«

»Ich auch nicht.«

Eine Minute verging, gefolgt von einer zweiten. Kurz bevor die dritte verstrichen war, begann es zu regnen.

»Wir sollten wieder an die Arbeit, Schröder.«

»Das sollten wir, Chef.«

»Und was machen wir?«

Schröder stand auf. »Tarek Macha kann sich nicht in Luft auflösen. Man kann vom BKA halten, was man will, aber über kurz oder lang werden sie ihn …«

»Das geht mir am Arsch vorbei«, unterbrach Zorn rau. »Mir ist scheißegal, ob die ihn schnappen, Schröder. Davon wird Frieda nicht wieder lebendig.«

Zwanzig

Vierzehn Jahre zuvor. Jordanien.
Golf von Aqaba, Rotes Meer.

Der Ausflug mit dem Glasbodenschiff erwies sich als aufregender, als Tarek erwartet hatte. Die Fahrt ging zu einem Korallenriff, wo sie stundenlang im azurblauen Wasser zwischen in allen Farben des Regenbogens leuchtenden Fischen schnorchelten. Als Elias aufgeregt verkündete, er habe einen Stachelrochen gesehen, übertrumpfte ihn Rahul mit der Behauptung, einen Barracuda gestreichelt zu haben.

Zum Abendessen gab es gegrilltes Lammfleisch und *Maqlubee*, gemischten Reis, den Tarek besonders mochte. Danach forderte ihn Onkel Hamza zu einer Partie Schach auf seinem Zimmer heraus – wie immer schlug er seinen elfjährigen Neffen ohne Mühe, und auch in den beiden Revanchespielen zeigte er sich hoffnungslos überlegen.

Als sie dann auf den Balkon gingen, war der Mond bereits aufgegangen. Eine Zeitlang standen sie schweigend da, atmeten die würzige Luft und sahen hinaus auf das dunkle, glatte Meer, auf dem sich die schmale Sichel des Mondes und die unzähligen Sterne bis an den Horizont spiegelten.

»Eine herrliche Nacht«, schwärmte Onkel Hamza.

Aus dem benachbarten Apartment drang ein dumpfes Poltern, gefolgt von hellen Kinderstimmen. Tarek liebte Elias und Rahul, doch manchmal gingen sie ihm auf die Nerven, so dass er froh war, hier bei Onkel Hamza zu sein, während seine aufgedrehten Brüder nebenan Verstecken spielten. Als Anna die beiden aufforderte, sich die Zähne zu putzen, verriet ihr Tonfall, dass sie es nicht zum ersten Mal tat.

Onkel Hamza nippte an seinem Bier. »Hast du mit deiner Mutter telefoniert?«

»Gleich nach dem Aufstehen.«

Tarek hatte sie von der Telefonzelle neben der Rezeption aus angerufen. Das würde er morgen früh wieder tun, auch dann würde das Gespräch ähnlich verlaufen: Sie würde sich vergewissern, ob alles in Ordnung war, Tarek ermahnen, regelmäßig zu trinken, die Sonnencreme nicht zu vergessen – und das Telefonat beenden, weil sie pünktlich auf Arbeit sein musste.

»Fühlt sie sich besser?«, fragte Hamza weiter.

Tarek versteifte sich. »Ja«, sagte er mit belegter Stimme. »Viel besser.«

Er hasste es, seinen Onkel anlügen zu müssen. Dass es für Mama geschah, machte die Sache nicht besser. Als sie Onkel Hamzas Postkarte im Briefkasten gefunden hatte, wurde die Einladung zur Feier seines vierzigsten Geburtstags nicht kommentiert. Erst vor drei Tagen, kurz bevor Tarek in das Taxi zum Flughafen stieg, hatte sie ihn zum Abschied umarmt, die besten Wünsche zum Geburtstag ausrichten lassen und erklärt, dass ihre *schwere Erkältung* sie wohl noch ein paar Tage ans Bett fesseln werde.

»Richte ihr Grüße aus«, sagte Onkel Hamza. »Sie weiß, dass sie hier immer willkommen ist?«

»Das weiß sie«, bejahte Tarek wahrheitsgemäß.

Auch Papa ließ Mama ständig ausrichten, dass sie ihren Sohn gern begleiten könne, Anna hatte es ebenfalls schon öfter gesagt. Tarek hatte sie jahrelang bedrängt, doch mittlerweile hatte er es aufgegeben.

Der ovale, elegant geschwungene Pool leuchtete unter ihnen im Schein der Unterwasserstrahler in türkisfarbenem Licht. Tante Raissa und Daniel saßen händchenhaltend mit ihren Drinks an der Bar, über ihnen schwankten die bunten Lichterketten zwischen den Palmen im salzigen Nachtwind. Tareks Papa hatte seinen Liegestuhl etwas abseits neben eine Blumenrabatte geschoben und es wie stets Anna überlassen, die Kleinen ins Bett zu bringen. Er hatte seinen Strohhut über das Gesicht gezogen, auf seinem Bauch lag eine aufgeschlagene medizinische Fachzeitschrift. Er schlief nicht, sonst wäre sein Schnarchen zu hören gewesen, doch lange – Tarek war sich sicher – würde es nicht mehr dauern.

Als sein Vater im Frühjahr zum Chefarzt ernannt werden sollte, hatte er Mama auf den Empfang eingeladen. Wie erwartet hatte sie eine Ausrede gefunden, doch Tarek, der seiner Mutter in seinem knapp elfjährigen Leben noch nie ernsthaft widersprochen hatte, bestand darauf – nachdem er immer wieder von Rahul, Elias und Anna erzählt hatte, war es nach all den Jahren an der Zeit, dass sie einander kennenlernten. Mama hatte kurz mit Tareks Brüdern gesprochen, gelächelt und Anna die Hand gegeben, doch dann hatte sie einen ihrer Migräneanfälle bekommen und die Feier nach wenigen Minuten verlassen. Als Tarek nach Hause kam, stand sie weinend am Fenster und sagte, dass eine Mutter alles für ihren Sohn tun müsse – was nun geschehen sei, allerdings zum ersten und gleichzeitig letzten Mal.

»Fehlt sie dir, Tarek?«

Darüber hatte er noch nicht nachgedacht. Früher, da war es schlimm gewesen, er hatte sie schrecklich vermisst. Nun war es eher ein Bedauern, fast tat sie ihm leid. Zuhause war es jetzt ebenfalls heiß, zwar nicht so wie hier, aber im Hochsommer war es in der Dachwohnung oben im Hochhaus kaum auszuhalten. Tarek konnte sich zumindest abkühlen – Mama theoretisch auch, doch auf den Gedanken, ohne ihn hinüber zum Steinbruch zu gehen, wäre sie nie gekommen.

»Sie sollte hier sein«, sagte Hamza. »Eine Mutter gehört zu ihrem Kind.«

Nebenan begann Elias zu weinen, während Rahul ausrief, *keinen Bock* auf *die blöde Zahnbürste* zu haben. Eine Tür fiel heftig ins Schloss, kurz darauf erschien Anna in ihrem dunkelgrünen Badeanzug unten am Pool und ging zu Tareks Papa. Was genau sie sagte, war vom Balkon aus nicht zu verstehen, doch es schien unmissverständlich zu sein. Während Papa sich widerwillig hochstemmte, um seine Söhne zur Ordnung zu rufen, hechtete Anna bereits mit einem eleganten Kopfsprung in den Pool.

»Was meinst du«, überlegte Onkel Hamza laut, »ist sie eine gute Ärztin?«

Woher sollte Tarek das wissen?

»Bestimmt.« Er zuckte die Achseln. »Ich glaub schon.«

»Sie hält mich für einen *ghabun*«, brummte Hamza, den Blick über das Geländer hinab auf Anna gerichtet. »Einen muslimischen, rückständigen … wie heißt das? Hinterwalder?«

»Hinter*wäldler*«, korrigierte Tarek lächelnd.

Sein Onkel leerte die Flasche mit einem langen, gurgelnden Schluck. »Sie hat recht, ich esse kein Schweinefleisch«, sagte er und wischte mit dem Handrücken über den feuchten Bart. »Aber nicht, weil es der Koran verbietet, sondern weil es mir nicht schmeckt. Ich liebe dänisches Bier«, er strich mit dem Daumen über das glänzende Etikett, »und ich fahre einen deutschen Geländewagen. Es stimmt, ich versuche, die Familie zusammenzuhalten. Aber ist das rückständig? Ist es rückständig, wenn man glaubt, dass eine Mutter bei ihren Kindern sein sollte?«

Nebenan ertönte ein weiteres Poltern.

»Ein Vater natürlich auch«, grinste Hamza und lauschte mit geneigtem Kopf seinem jüngeren Bruder, der gerade drohte, seinen kichernden Sprösslingen die Hosen strammzuziehen.

»Sie glaubt, wir leben hier im Mittelalter.« Hamza wurde wieder ernst und sah hinab zu Anna, die mit gleichmäßigen Kraulzügen im funkelnden Wasser ihre Bahnen zog. »Vielleicht hat sie recht, wir sind seit Jahrhunderten hier. Aber wer weiß?«, überlegte er. »Wer sagt, dass es schlecht ist?«

Er drückte Tarek kurz an sich. Diesem dämmerte allmählich, dass Onkel Hamza ihn nicht wegen eines Schachspiels in sein Zimmer gebeten hatte. Er wollte mit ihm unter vier Augen reden, ein *Männergespräch* führen, wahrscheinlich ähnlich, wie es Papa vor ein paar Wochen angekündigt, aber wohl wieder vergessen hatte.

»Ein Leben ist lang, Tarek. Ein Mann lernt viele Frauen kennen. In einige verliebt er sich, und es ist nicht ungewöhnlich, wenn er mit mehreren von ihnen Kinder bekommt.« Hamza überlegte einen Moment. »Gestern hat Anna etwas von … *Toleranz* erzählt. Weißt du, was das ist?«

»Nicht so ganz.«

»Es bedeutet wohl, dass man jedem Menschen gestatten soll, so zu leben, wie er will. Warum ist es dann in Europa verboten, dass ein Vater mit den Müttern seiner Kinder zusammenlebt? Hier«, Hamza breitete die Arme aus, »hat niemand ein Problem damit, wenn ein Mann mit mehreren Frauen verheiratet ist. Würdest du dir das wünschen?«

»Nein«, erwiderte Tarek prompt.

»Das dachte ich mir.« Als Onkel Hamza lächelte, blitzte das Mondlicht auf seinen ebenmäßigen Zähnen. »Es geschieht aus freiem Willen, keine Frau wird dazu gezwungen. Aber sie müssen einander auch verstehen.«

Wasser plätscherte, Anna stieg aus dem Pool, nahm ein Handtuch und trocknete sich die Haare ab. Tareks Mama hätte es nie ausgesprochen, aber er wusste, dass sie Anna nicht leiden konnte. Vielleicht, überlegte er manchmal, hasste sie Anna sogar.

»Ich erzähle dir das aus einem bestimmten Grund, Tarek«, sagte Hamza. »Wir leben in unterschiedlichen Welten, jede hat gute und schlechte Seiten. Du lebst in beiden. Ich weiß, dass dich das manchmal traurig macht, aber es ist auch ein Vorteil. Du wirst diese Welten immer besser kennenlernen und dann musst du lernen, die guten Seiten *beider* Welten zu nutzen. Verstehst du das?«

»Ich …« Tarek räusperte sich. »Nein.«

»Das wirst du.«

Hamza beugte sich hinab und sah seinen Neffen eindringlich an. Sein Atem war sauer und roch nach schalem Bier, doch Tarek wich nicht zurück.

»Es gibt noch einen weiteren Grund. Du musst wissen, dass …«

»Ist das nicht wunderbar?«

Tareks Papa stand nebenan auf dem Balkon und sah verzückt hinauf in den Nachthimmel. Hamzas Frage, ob die Kleinen eingeschlafen seien, wurde mit unverhohlener Erleichterung bejaht. Die beiden schwärmten über den silbrigen Widerschein des Mondes auf dem spiegelglatten Meer, die Lichter der Frachtschiffe am Horizont und verabredeten sich zu einem Getränk an der Bar, wo Tante Raissa und Daniel vom Händchenhalten zu einer leidenschaftlichen Knutscherei übergegangen waren.

Papa stellte mit einem Blick auf die Armbanduhr fest, dass auch Tarek allmählich ins Bett müsse. Er war tatsächlich hundemüde und wollte gähnend nach nebenan gehen, doch an der Tür des Apartments wurde er von seinem Onkel zurückgehalten.

»An meinem achtzehnten Geburtstag hat mich mein Vater gefragt, ob ich später sein Erbe antreten will. Ich habe bejaht, und nun bin ich sein Nachfolger.« Hamza ging vor Tarek in die Hocke. »Ich habe keine Kinder. In einigen Jahren werde ich dir dieselbe Frage stellen, Tarek. Es wird deine freie Entscheidung sein und du wirst dir die Antwort gut überlegen. Aber eines solltest du jetzt schon wissen, *Azizi*.«

Onkel Hamza umfasste Tareks Schultern. Als er losließ, hinterließen seine großen, warmen Hände Schweißflecken auf dem weißen T-Shirt.

»Es handelt sich um mehr als nur um das Erbe eines Ziegenhirten«, sagte er leise, beinahe flüsternd. »Es ist mehr, Tarek. Viel mehr.«

Einundzwanzig

Am Abend saß Zorn in seiner hell erleuchteten Wohnung vor einem Teller lauwarmer Bohnensuppe und lauschte der *Turandot*-Schallplatte, die sich auf dem Plattenspieler drehte. Lustlos schob er ein paar Kartoffelstückchen hin und her, während sich die getragenen Klänge der Streicher wie Sirup aus den Boxen ins Wohnzimmer ergossen.

Es war nicht so, dass Claudius Zorn gänzlich unempfänglich für Musik war. Im Gegenteil, das Gitarrenriff von *Where is my mind?* berührte ihn ebenso sehr wie die Basslinie der Gorillaz auf *Feel good inc* oder der klagende Klavierton, der am Ende von *Hurt* über dem Gesang von Johnny Cash lag. Obwohl Zorn manche Lieder schon tausend Mal gehört hatte, gab es Momente, in denen sich seine Nackenhärchen auch nach Jahren noch aufrichteten, angefangen beim Einstieg von *Give it away* über Freddie Mercurys Stimme in *Killer Queen* bis zum Schlagzeugeinsatz des Oasis-Trommlers in der zweiten Strophe von *Wonderwall*, und jedes Mal, wenn er den Prince-Auftritt beim Superbowl auf Youtube sah, wurden seine Augen feucht, und obwohl es ihm peinlich war, flossen ihm bei den ersten Klängen des heulenden Gitarrensolos von *Purple Rain* Tränen über die Wangen.

Er ging zur Stereoanlage, drehte die Lautstärke auf und lauschte mit gesenktem Kopf. Kein Zweifel, die Londoner Philharmoniker waren exzellente Musiker, Zubin Mehta war ein hervorragender Dirigent und Montserrat Caballé nicht umsonst ein Weltstar. Ihr Gesang war makellos, jeder Ton, jede Phrasierung der Arie perfekt. Das alles hörte Zorn, aber es berührte ihn nicht. Es klang steril und gekünstelt, tadellos, aber nicht echt. Anders als Kurt Cobain, der auf einem seiner letzten Konzerte in einer zerschlissenen Strickjacke *Polly* gesungen und sogar den Einsatz verpasst hatte. Zorns Englisch war zu schlecht, um den Text komplett zu verstehen, doch er spürte die Trauer und den Schmerz. Und etwas anderes, das er nicht in Worte fassen konnte. Die Ahnung des nahenden Todes vielleicht.

Ich kann mit diesem Geplärre einfach nichts anfangen, Frieda.

Schon okay. Du hast andere Qualitäten.

Er hörte das Lächeln in ihrer Stimme.

Die Gardine bauschte sich vor der angelehnten Balkontür. Er drehte den Ton leise, rauchte draußen eine Zigarette, trug den halbvollen Teller in die Küche und leerte ihn im Mülleimer. Sein Blick fiel auf ihren Kaffeebecher auf dem Wandboard über der Spüle. Edgar hatte ihr den Becher zum Geburtstag geschenkt, der von einem Herz umrahmte Aufdruck – *Glück ist, einen Schatz wie dich zu haben* – hatte Frieda zu Tränen gerührt.

Zorn lehnte sich mit einem trockenen Schluchzen an den Geschirrspüler.

Ich weiß nicht, was ich machen soll.

Wasch erst mal das Geschirr ab. Und bring den Müll runter.

Nachdem er gehorcht hatte, streifte er ziellos durch die Wohnung, wischte den Esstisch ab, goss ihre Blumen, trug die *Turandot*-Platte zum Regal und reihte sie zwischen den *Talking Heads* und *U2* in seiner Sammlung ein. Danach öffnete er im Schlafzimmer den Kleiderschrank und strich über die Bügel mit ihren

Mänteln, Kleidern und Blusen, schüttelte die Bettdecken und Kissen auf. Er lief ins Bad und ordnete im Spiegelschrank ihre Cremedosen, Parfumflaschen und die anderen Kosmetiksachen. Er wusch die getrocknete Zahnpasta von ihrer Zahnbürste ab, spülte den Becher aus und zupfte ein Haar aus ihrer Bürste, das er lange betrachtete. Als er das Haar zur Toilette tragen wollte, stoppte er vor der Hakenleiste mit den Handtüchern, nahm ihren Bademantel, sank mit dem Rücken an der Wand neben dem Klo auf den Boden, vergrub das Gesicht in dem weichen Frotteestoff. Frische Seife, Flieder und Zitrone.

Du musst dich zusammenreißen, Claudius.

Ich versuch's ja.

Es gab keinen anderen. Ich würde dich niemals betrügen.

Das weiß ich. Aber warum …

Du wirst es rausfinden.

Ich hab keine Kraft mehr, Frieda.

Hör auf zu jammern. Du riechst ein bisschen streng. Und rasieren musst du dich auch.

Zorn ging unter die Dusche. Als er seinen Rasierer aus dem beschlagenen Spiegelschrank holen wollte, schrillte sein Handy im Wohnzimmer.

»Alles okay?«, fragte Schröder.

»Geht so. Bei dir?«

»Dito.«

Im Hintergrund plätscherte leise Klaviermusik. Zorn sah Schröder vor sich, wie er in seinem großen Ohrensessel saß, die kurzen Beine überschlagen, das Handy am Ohr, den Blick auf den Kamin gerichtet, dessen Flackern sich auf seiner Glatze und hinter ihm in der Fensterfront vor der Terrasse spiegelte.

»Neulich hast du Edgar erklärt, sie würde weiterleben«, sagte Zorn. »In unseren Herzen.«

»Das klingt sicherlich ein wenig geschwollen, aber …«

»Überhaupt nicht, Schröder. Du hast Edgar getröstet, und es hat ihm geholfen.«

Sie schwiegen einen Moment.

»Ich kann sie hören, Schröder.«

»Frieda?«

»Sie spricht mit mir.«

Federn knarrten, Schröder verlagerte das Gewicht im Sessel.

»Nicht nur das«, sagte Zorn. »Sie antwortet mir. Ich weiß, wie bekloppt das klingt. Aber du hast doch auch manchmal so'n … Gefühl. Dass du dir sicher bist, obwohl du's nicht begründen kannst. Aber du *weißt* es.«

»Ja.«

»Genau das Gefühl hab ich auch. Es stimmt, ich hab sie in meinem Herzen, aber da war sie schon vorher. Du übrigens auch. Aber es ist anders, Schröder. Ich kann sie spüren.«

Zorn betrachtete die Spur seiner nassen Füße, die auf den polierten Dielen vom Bad zum Wohnzimmertisch führten und allmählich trockneten.

»Sie schwebt nicht irgendwo durch den Äther«, sagte er. »Sie ist noch *da*.«

ZWEITE THESE:
Gott ist nicht nur ein Arschloch, sondern auch ein barbarischer Sadist.

Zweiundzwanzig

»Danke für den Anruf, Herr Polizeioberrat.«

Schröder bückte sich unter dem Absperrband hindurch, das Gursky ihm zuvorkommend emporhielt, richtete sich wieder auf und betrachtete das rege Treiben unter der Brücke: Gestalten in weißen Schutzanzügen vermaßen das Gelände, andere knieten auf den rissigen Betonplatten und markierten Spuren. Das Blitzlicht eines Fotografen flackerte, Beamte in Zivil liefen umher, telefonierten oder gaben halblaute Anweisungen. Im Laufe der Jahre waren eine Menge Tatorte unter Schröders Leitung gesichert worden, der Anblick war ihm also vertraut – mit dem Unterschied, dass er keinen der hier versammelten Männer kannte.

»Dort drüben.«

Gursky bat Schröder mit einer Handbewegung, ihm zu folgen. Es war ein frostiger und trüber Morgen. Ihr Atem kondensierte in der Luft, ihre Schritte hallten unter dem hohen Brückenbogen.

»Ein Obdachloser hat ihn gefunden und den Notruf gewählt.« Gursky deutete im Gehen auf einen zerknüllten Schlafsack, der am Fuße eines der mächtigen, mit Graffiti überzogenen Betonpfeiler auf ein paar ausgebreiteten Umzugskartons lag.

»Wo ist der Mann jetzt?«, fragte Schröder.

»In der Notaufnahme, er steht unter Schock.« Gursky stoppte ein paar Meter weiter an einem Bauschuttcontainer. »Kein Wunder«, murmelte er und raffte den Mantelkragen vor dem Hals. »Ich habe schon eine Menge gesehen. Aber so etwas noch nie. Sie?«

Schröder ging nicht auf die Frage ein und sah sich eine Weile schweigend um. »Dieser Fall liegt im Zuständigkeitsbereich des Bundeskriminalamts, nicht in meinem. Sie hätten es bei den üblichen Berichten belassen können. Warum haben Sie mich angerufen?«

»Weil ich Ihre Meinung hören will. Sie kennen sich mit den Örtlichkeiten aus. Außerdem sind Sie ein hervorragender Kriminalist, ich …«

»Sparen Sie sich das, Herr Polizeioberrat.«

»Es ist mein Ernst.« Gursky rückte die randlose Brille zurecht. »Mir ist die Situation ähnlich unangenehm wie Ihnen. Aber ich tue mein Bestes, meine Leute ebenfalls. Wir haben das gleiche Ziel, Herr Hauptkommissar. Ich zähle auf Ihre Mitarbeit, dazu gehört auch der Austausch von Meinungen und Informationen.«

»Informationsaustausch?« Schröder hob eine Augenbraue. »Geschah bis dato eher einseitig, finden Sie nicht?«

»Ich muss mich an die …«

»… Vorschriften halten, natürlich.«

Der Fluss strömte gemächlich nach Norden. Nebelschwaden hingen über dem brackigen Wasser, abgestorbenes Laub und Geäst trieben vorbei. Zwanzig Meter über ihren Köpfen rauschte der morgendliche Berufsverkehr, doch abgesehen von den leisen Stimmen von Gurskys Untergebenen und dem Klicken der Fotoapparate herrschte hier unten gespenstische Ruhe. Umgestürzte Bäume vermoderten zwischen wild wucherndem Unkraut, ein paar Nutrias schnüffelten im Geröll auf der Böschung umher.

»Und?«, fragte Gursky. »Wie ist Ihr Eindruck?«

Schröder ließ sich Zeit mit einer Antwort. Er warf einen letzten, prüfenden Blick auf die Leiche hinter dem Container und wandte sich nach links, wo ein asphaltierter Radweg flussabwärts am Ufer verlief. Die Arbeiten waren vor Jahren gestoppt worden, ein schiefer Bauzaun am Fuß der Brücke versperrte den Weg.

»Kein gutes Versteck.« Schröder vergrub die Hände in den Jackentaschen. »Dort drüben«, er deutete auf einen von Brennnesseln überwucherten Schuttberg, »wäre es besser gewesen, oder ein paar Meter weiter links zwischen den Bäumen. Man hätte die Leiche auch einfach von oben ins Wasser werfen können, dann wäre sie flussabwärts getrieben. Natürlich hätte man sie dann ebenfalls gefunden, spätestens am Wehr an der alten Papiermühle. Aber die Spurensuche wäre komplizierter geworden.«

»Sie meinen …«

»Die Leiche *sollte* gefunden werden.«

Gursky sah nachdenklich auf seine handgenähten Schuhe und verzog das Gesicht, als er die Schlammspritzer auf dem Rindsleder bemerkte.

»Todeszeitpunkt?«, fragte Schröder.

»Irgendwann letzte Nacht. Genaueres wissen wir …«

»… nach der Obduktion, schon klar. Fakt ist, dass …« Schröders Worte gingen im Brausen einer Straßenbahn unter, die über ihren Köpfen Richtung Altstadt raste. »Fakt ist«, wiederholte er, nachdem sich der Lärm gelegt hatte, »dass er nicht hier ermordet wurde.«

»Das vermute ich auch. Aber mit Sicherheit können wir das erst sagen, wenn die Spurensuche abgeschlossen ist. Das wird noch eine Weile …«

»Er wurde gefoltert«, unterbrach Schröder und taxierte die Entfernung zu dem provisorischen Schlaflager. »Selbst wenn er geknebelt war – der Mann, der ihn gefunden hat, hätte etwas mitbekommen müssen. Man sollte nach Reifenspuren suchen. Oben, am Parkplatz hinter dem alten Möbelhaus. Wenn man direkt durch das Gebüsch geht, sind es kaum fünfzig Meter bis hierher. Vielleicht ist die Leiche erst mit einem Auto transportiert und dann hergeschleppt worden.«

Am anderen Ufer stob ein Krähenschwarm auf. Schröder beobachtete, wie die Vögel krächzend im diesigen Morgenhimmel Richtung Neustadt verschwanden, und ging neben dem Toten in die Hocke.

»Sicher, dass es Tarek Macha ist?«, fragte er.

Es begann zu regnen.

»Wir haben seinen Ausweis in der Hosentasche gefunden«, sagte Gursky. »Seinen Kopf haben wir ebenfalls gefunden.« Er deutete auf ein paar junge Pappeln schräg hinter dem Schuttcontainer. »Der hängt dort drüben an einem Ast.«

Dreiundzwanzig

Zehn Jahre zuvor. Jordanien.
Wadi Rum, sechzig Kilometer westlich von Aqaba.

»Was ist los, *Habibis*?«, lachte Hamza. »Seid ihr zu schwach, einem alten Mann zu folgen?«

Er lehnte hinter einer Biegung an einer Felswand und wartete auf seine Neffen, die, gebückt unter der Last ihrer Rucksäcke, stolpernd zu ihm aufschlossen. Unten im Tal hatten sie keine Probleme gehabt, mit ihrem Onkel Schritt zu halten, doch nachdem sie die Schotterpiste verlassen hatten, war der Weg beschwerlicher geworden; ein steiniger Gebirgspfad, der sich zwischen den Felsen steil bergauf schlängelte. Immer wieder war Hamza hinter einer Biegung verschwunden, und obwohl Tarek, Rahul und Elias sich verbissen bemühten, war der Abstand stetig größer geworden.

Kaum dass sie ihn erreichten, setzte sich Hamza wieder in Bewegung. Sie hatten den Berg nicht einmal zur Hälfte erklommen, und obwohl die Brüder bereits jetzt am Ende ihrer Kräfte waren, gab sich niemand die Blöße, um eine Verschnaufpause zu bitten.

Der neunjährige Elias hatte Mühe, das Gleichgewicht zu halten. Anfangs hatte er wie üblich unablässig geplappert, nach und nach war er stiller geworden und kämpfte sich nun schweigend voran. An einem Riemen um seinen Hals baumelte die kleine Nikon-Kamera, die ihm Tarek zum Geburtstag geschenkt hatte. Dieser schloss zu ihm auf, um ihn notfalls stützen zu können. Hamzas massige Gestalt war bald wieder hinter einem Felsvorsprung verschwunden, kurz darauf verloren sie auch Rahul aus den Augen.

Der Pfad führte immer steiler an einer schroffen Felswand entlang und wurde schließlich so schmal, dass Tarek hinter Elias zurückbleiben musste. Die grelle Sonne stach ihm in die Augen, gleißende Lichtpunkte tanzten durch sein Blickfeld. Er ermahnte seinen jüngsten Bruder, sich ganz links und so dicht wie möglich an den Felsen zu halten und bekam zur Antwort, sich gefälligst um *seinen eigenen Scheiß* zu kümmern. Als Elias keuchend hinzufügte, er könne auf sich selbst aufpassen, kam das Geröll unter seinen Schuhen ins Rutschen; er stolperte, vom Gewicht des Rucksacks gezogen, nach rechts und wankte bereits mit rudernden Armen dem Abgrund entgegen, als Tarek ihn im letzten Moment noch am Gürtel schnappte.

Tarek rief den anderen nach, sie sollten warten, erhielt jedoch keine Antwort. Der Pfad wurde etwas breiter und damit weniger gefährlich, aber Elias konnte sich nun kaum noch auf den Beinen halten und tastete sich mit der linken Hand haltsuchend an den Felsen voran. Es war zwecklos, ihm eine Pause vorzuschlagen – bereits, als er noch nicht richtig laufen konnte, hatte er immer versucht, mit seinen älteren Brüdern Schritt zu halten.

Sie zwängten sich mühsam an einer hohen, von Rissen durchzogenen Felsnadel vorbei und folgten dem Pfad, der scharf nach links abbog und im Schatten an einem Plateau mündete, das wie eine riesige Zunge über den Abgrund ragte. Anstelle der Felswand zu ihrer Linken führte ein gigantisches Geröllfeld schräg hinauf bis kurz unter den zerklüfteten, von bizarren Sandsteinfelsen flankierten Gipfel.

»Hier ist es«, lächelte Onkel Hamza. »Ein guter Platz, nicht wahr, *Azizi*?« Er saß breitbeinig auf einem Felsbrocken, schräg hinter ihm hockte Rahul keuchend auf seinem Rucksack. »Früher war ich oft mit meinen Brüdern hier. Samir hat diesen Ort geliebt.«

Hamzas Augen wurden feucht. Auch Tarek spürte einen Stich im Magen beim Gedanken an seinen Onkel, der vor zwei Jahren plötzlich an Leukämie gestorben war.

Elias hatte seinen Rucksack abgestreift und rannte neugierig mit seiner Nikon im Anschlag umher. Er war fest entschlossen, später als Fotograf für *National Geographic* zu arbeiten und hatte so lange gequengelt, bis Anna ihm das Magazin abonniert hatte. Tarek wies ihn streng an, sich von der Kante fernzuhalten. Wie weit es unter dem Plateau senkrecht in die Tiefe ging, war schwer zu sagen, es schienen Hunderte Meter zu sein.

»Du machst dir Sorgen, das verstehe ich.« Hamza reichte Tarek eine silberne Isolierflasche. »Aber Elias muss lernen, sich um sich selbst zu kümmern.«

»Das hat er vorhin auch gesagt.« Das Wasser war kühl, Tarek trank in langen, gierigen Zügen. »Kurz danach wäre er fast abgestürzt«, japste er und setzte die Flasche ab.

»Aber das ist er nicht«, erwiderte Hamza. »Wenn du ihm nicht vertraust, wie soll er sich dann selbst vertrauen?«

Tarek streckte den schmerzenden Rücken. Sein Hemd war durchnässt und klebte auf der verschwitzten Haut. Ein angenehm frischer Wind wehte von der Ebene herauf; eine schier endlose Weite von der Farbe rostenden Metalls, über der die Luft in flimmernden Schlieren träge dahinwaberte.

»Ich hab Anna versprochen, die beiden nicht aus den Augen zu lassen«, sagte Tarek und sah seinen Onkel an.

Du übrigens auch, fügte er im Stillen hinzu.

Die erste Woche hatten sie im heimatlichen Dorf verbracht, wo Hamza ein neues Gästehaus errichten ließ. Er hatte die Ölmühle erweitert und zu einer kleinen, modernen Fabrik ausgebaut; und als er der Familie die neue Abfüllanlage präsentierte, schien er vor Stolz beinahe zu platzen. Für die restlichen beiden Wochen war wieder eine Reise ans Rote Meer geplant, wo die Hotelzimmer schon lange gebucht waren. Als Hamza seinen Neffen vorgeschlagen hatte, einen Tag früher nach Süden aufzubrechen, hatten diese begeistert zugestimmt.

Anna war strikt gegen diesen Ausflug in die Wüste gewesen, aber Elias und Rahul hatten ihre Mutter so lange bestürmt, bis diese schließlich nachgegeben hatte – unter der Bedingung, dass sie die offiziell ausgewiesenen Wege nicht verlassen würden. Hamza hatte es ihr hoch und heilig versprochen, gehalten hatte er sich nicht daran.

»Anna wird stinksauer sein«, sagte Tarek.

Hamza verstand nicht, was mit *stinksauer* gemeint war. Nachdem es Tarek erklärt hatte, lachte er auf. »Sie muss es ja nicht erfahren. Das heißt nicht, dass ihr sie belügen sollt«, fügte er ernst hinzu. »Aber wenn sie nicht danach fragt …«

Er sah Tarek mit einem vielsagenden Lächeln an.

Hamza hatte seinen mittlerweile fünfzehnjährigen Neffen schon immer wie einen Erwachsenen behandelt. Dass er es mit Tareks Brüdern ebenso tat, schmeichelte den beiden; auch für Tarek war es von klein auf ein Ansporn gewesen.

Hamza wies Elias und Rahul an, ihre Schlafsäcke auszurollen.

Elias gehorchte, ohne seinen Redeschwall über die Unterschiede zwischen afrikanischen und asiatischen Elefanten zu unterbrechen, während Rahul, der allmählich in den Stimmbruch kam, krächzte, er habe Hunger.

»Ich auch!«, fiel Elias ein.

Hamza rief die beiden herbei.

»Ihr habt also Hunger?«

Ein heftiges Nicken.

»Nun«, überlegte Hamza laut, »ich habe nur meine Trinkflasche dabei. Was ist mit euch? Habt ihr etwas zu essen eingepackt?«

»Nein«, sagte Elias.

Rahul strich das verklebte Haar aus der Stirn. »Ich auch nicht.«

»Und was wollt ihr dann essen?«

Die beiden senkten betreten die Köpfe.

»Wer Hunger hat, muss essen«, stellte Hamza fest. »Ich bin sicher, euch wird etwas einfallen. Aber erst richten wir das Lager ein. Die Nacht wird kalt, wir brauchen ein Feuer.«

Er deutete bergauf zu einer verwitterten Felsnadel. Erst bei genauerem Hinsehen bemerkte man die kümmerlichen Sträucher, die sich am Fuße des Felsens an das Gestein klammerten.

Rahul und Elias machten sich sofort auf den Weg und kletterten bergauf.

»Passt auf die Dornen auf!«, rief Hamza ihnen nach. »Wir wollen doch nicht, dass sie sich verletzen«, sagte er lächelnd zu Tarek, der ebenfalls grinsen musste.

Als sie am Morgen in den Jeep gestiegen waren, hatte Anna Onkel Hamza zum Abschied noch einmal gewarnt. Am nächsten Tag im Hotel würde sie ihre Söhne genau untersuchen und jede kleinste Beule, jede noch so winzige Schürfwunde entdecken. In diesem Fall, hatte sie gedroht, würde ihr Schwager den restlichen Urlaub nicht mit der Familie am Hotelpool, sondern mit gebrochenen Rippen in einer chirurgischen Klinik in Amman verbringen.

Während sie die Decken unter einem überhängenden Felsen ausbreiteten, hallten Elias' und Rahuls aufgeregte Stimmen über ihren Köpfen. Die Steine, aus denen sie einen Kreis für das Lagerfeuer bildeten, waren teilweise rußgeschwärzt und schon öfter zu diesem Zweck benutzt worden.

Rufe wurden laut. Rahul und Elias standen an der Felsnadel und verkündeten wild gestikulierend, etwas *total Krasses* entdeckt zu haben. Hamza, der nicht im mindesten überrascht wirkte, öffnete einen Reißverschluss an seinem Rucksack und holte ein großes Jagdmesser aus einer Seitentasche. Tarek war klar, dass sein Onkel nicht zum ersten Mal hier war, doch als er nach einem kurzen Aufstieg hinter die Felsnadel trat, wurde ihm bewusst, dass Hamzas letzter Besuch erst kürzlich erfolgt war.

Die Ziege war angepflockt und graste friedlich im Schatten. Während Elias und Rahul lauthals stritten, wer das Tier zuerst entdeckt habe, riss Onkel Hamza in scheinbar grenzenloser Überraschung die Augen auf.

»Was haben wir denn da?«

»Eine Ziege«, erwiderte Elias ernst und kraulte das struppige, schmutziggraue Fell. »Es ist ein Weibchen«, stellte er mit einem fachkundigen Blick fest. »Sie hat bestimmt Durst.«

Wie zur Bestätigung erklang ein kurzes, klägliches Meckern.

»Jeder von uns hat vier Liter Wasser«, sagte Hamza. »Du kannst ihr etwas von deinem Anteil abgeben, aber du solltest an morgen denken. Der Abstieg wird anstrengend.«

Elias runzelte die schweißnasse Stirn. »Ich hab einen riesigen Hunger. Da muss ich nicht auch noch Durst kriegen.«

»Das Leben unserer Vorfahren war ein ständiger Kampf«, sagte Hamza. »Sie mussten um jeden Tropfen Wasser, jedes

Stück Fleisch kämpfen, um zu überleben. Heute kaufen wir unser Fleisch im Supermarkt.« Er breitete die Arme aus und schaute sich um. »Aber ich sehe hier keinen. Ihr etwa?«

Die Brüder schüttelten die Köpfe. Tarek, der als Einziger wusste, worauf die Sache hinauslief, wurde blass, als sein Onkel das Messer aus der speckigen Lederscheide zog. Danach stellte sich Hamza breitbeinig über die Ziege, legte den Unterarm um den Hals des Tieres und zog den Kopf in die Höhe, um die Kehle freizulegen.

»Hier«, sagte er, deutete mit der Klinge den Schnitt an und richtete sich wieder auf. »Was ist eigentlich mit dir?«, fragte er Tarek. »Hast du auch Hunger?«

»Nur ein bisschen«, log Tarek, der wie die anderen seit dem Frühstück nichts mehr gegessen hatte.

»Aber deine Brüder«, sagte Hamza sanft und hielt ihm das Messer entgegen, »die haben Hunger.«

Die gebogene, rasiermesserscharfe Klinge funkelte im Licht der tiefstehenden Sonne.

»Ich …« Tarek presste die Zähne zusammen. »Ich will nicht.«

Hamza ließ ein paar Sekunden verstreichen. »Gut«, seufzte er schließlich. »Dann trinken wir Wasser zum Abendessen.«

Er schickte sich an, das Messer wieder in der Scheide zu verstauen, doch Rahul hielt ihn zurück.

»Ich mache das.«

Während Tarek sich seit einigen Wochen täglich rasieren musste, war auf Rahuls Oberlippe nicht einmal die Andeutung eines Flaums zu erkennen. Er war untersetzter als seine Brüder und kaum größer als der zwei Jahre jüngere Elias. Doch auch er hatte die tiefschwarzen Augen ihrer Vorfahren, aus denen er Tarek verächtlich ansah.

»Feigling«, sagte er und ließ sich das Messer reichen.

Vierundzwanzig

»Der feine Herr wollte also nicht nass werden«, murrte Zorn.

»Stimmt.« Schröder biss in sein Käsebrötchen. »Das wollte er nicht, der … *feine Herr*.«

Sie saßen in einem Café schräg gegenüber vom alten Dom. Als der Regen stärker geworden war, hatte Schröder Zorn angerufen und gebeten, abgeholt zu werden.

»Du hättest dich auch von Gurskys Leuten fahren lassen können, Schröder.«

»Ich habe aber *dich* angerufen.«

»Ich bin nicht dein Chauffeur.«

»Das würde nie im Leben jemand behaupten, Chef. Ich dachte … Finger weg!«

Zorn, der nach einem Schinkenbaguette auf Schröders Teller gegriffen hatte, zuckte beleidigt zurück.

»Ich hab Hunger, Schröder!«

»Und ich hab noch nicht gefrühstückt.«

»Ich auch nicht!«

»Du frühstückst nie, Chef.«

»Ich hab trotzdem Hunger!«

»Dann bestell dir selbst was.«

Zorn winkte die Kellnerin heran und befahl, ihm dasselbe zu bringen wie dem *feinen Herrn*. Der Regen prasselte gegen das Schaufenster, trommelte auf das Dach von Zorns Volvo, der vor dem kleinen Café am Bordstein parkte. Aus dem halb geöffneten Kofferraum ragte das Hinterrad von Schröders Rennrad.

»Warum waren die sofort da?«, fragte Zorn und beobachtete gierig, wie Schröder genüsslich sein Brötchen verzehrte. Gewöhnlich begnügte sich Zorn zwar am Morgen mit einem Kaffee und der obligatorischen Zigarette, doch jetzt, da er zusehen musste, kam er sich vor wie ein Verhungernder.

»Das Bundeskriminalamt ist gut vernetzt«, gab Schröder kauend zurück. »Es gehört zu Gurskys Job, schnell zu sein.«

»Trotzdem. Wir sind nicht mal informiert worden.«

»Das sind wir doch.«

»*Du* bist informiert worden.«

»Hättest du es besser gefunden, Gursky hätte *dich* morgens halb sechs aus dem Bett geholt?«

Zorn zog es vor, anstelle einer Antwort schmollend aus dem Fenster zu sehen. »Offiziell haben wir nichts mehr mit dem Fall zu tun«, sagte er nach einer Weile. »Was wollte der eigentlich von dir?«

»Meine Meinung.«

»Und?«

»Was, *und*?«

»Wie ist deine Meinung?«

»Der Mörder wusste genau, was er tut. Er hat Indizien hinterlassen. Allerdings nur die, die entdeckt werden sollten. Hinweise auf seine Identität werden sich nur schwer finden. Erst recht nicht bei diesem Wetter.«

Hinter dem Tresen fauchte eine Espressomaschine auf.

»Tarek Macha wurde gequält«, fuhr Schröder fort, »wahrscheinlich über Stunden. Wo genau, lässt sich nicht sagen. Die endgültige Todesursache wird die Obduktion ergeben, aber ich denke, sein Tod dürfte eine Erlösung gewesen sein.«

Zorns Bestellung wurde serviert. Schröder bedankte sich, wartete, bis die Kellnerin gegangen war und wandte sich wieder an Zorn: »Die Leiche wurde unter die Brücke gebracht und dort regelrecht ausgestellt. Der Kopf hing an den Haaren an einem Baum, die …«

»So genau will ich's gar nicht wissen.«

Zorn zupfte mit Daumen und Zeigefinger ein Petersilienstück von seinem Käsebaguette, beäugte es, als wäre es radioaktiv verseucht und legte es auf den Tellerrand. Frieda hatte ihn immer getadelt, wenn er sich über das *sinnlose Grünzeug* echauffierte.

»Es war eine Bestrafungsaktion«, sagte Schröder. »Oder Vergeltung.«

Zorn nippte an seinem Porzellanbecher und verzog das Gesicht.

»Beschwer dich nicht bei ihr«, lächelte Schröder mit einem Blick auf die Kellnerin, die sich hinter dem Tresen an der Espressomaschine zu schaffen machte. »Sie hat gebracht, was du bestellt hast – dasselbe wie ich. Kakao mit Hafermilch. Deutlich gesünder als schwarzer Kaffee und Zigaretten zum Frühstück.«

Der Becher landete klirrend auf der Untertasse. Wenn Zorn so weitermache, hatte Frieda gesagt, brauche er sich nicht zu wundern, wenn er sich früher oder später ein Magengeschwür einhandele. Diese Zeiten waren passé. Sie war tot. Genauso tot wie derjenige, der sie auf dem Gewissen hatte.

»Es muss eine Verbindung geben«, überlegte Schröder weiter. »Zwischen Friedas Unfall und dem Mord. Das ist kein Zufall, wir … alles okay?«

»Klar«, log Zorn und schob den Teller in die Tischmitte.

»Ich dachte, du hast …«

»Nee.« Zorn blinzelte eine Träne aus dem Augenwinkel. Er hatte sein Essen nicht angerührt. »Ich hab keinen Hunger mehr.«

»Du kriegst bestimmt wieder welchen, Chef. Wir lassen's dir einpacken.«

»Aber nicht den Kakao.« Zorns Lächeln geriet zu einer verkrampften Grimasse. »Übernimm gefälligst die Rechnung, ich bezahle keinen Cent für diesen Mist.«

Während Schröder zum Tresen ging, streifte Zorn die Lederjacke über, verließ das Café, schlug den Kragen hoch und hastete geduckt zum Volvo. Als Schröder kurz darauf folgte, blaffte er diesen zunächst pflichtgemäß an, er solle die Ledersitze nicht volltropfen. »Übrigens«, sagte er dann, als falle es ihm gerade erst ein. »Wegen gestern.«

»Was war da?« Schröder schnallte sich an.

»Was ich zu dir gesagt hab.«

»Du hast einiges gesagt.«

Zorn sah durch die beschlagene Frontscheibe in den strömenden Regen. »Ich meine abends.« Er startete den Motor und schaltete das Gebläse auf die höchste Stufe. »Als wir telefoniert haben.«

Schröder sah ihn abwartend an.

»Du musst dir keine Sorgen machen. Ich bin nicht …«, Zorn wedelte mit der verbliebenen Hand vor dem Gesicht, »plemplem. Von wegen Stimmen hören und so. Ich war einfach ziemlich durch den Wind, und als ich gesagt habe, sie würde mit mir …«

»Ich höre sie auch.«

»Wie jetzt?«

»Frieda.« Schröder straffte den Gurt vor dem Kugelbauch. »Sie spricht zu mir.«

»Echt?«

Schröder nickte stumm.

»Jetzt auch?«, fragte Zorn.

Schröder lauschte stirnrunzelnd in sich hinein.

»Im Moment nicht.«

»Zu mir auch nicht.«

»Aber dieses Gefühl, von dem du gesprochen hast«, sagte Schröder. »Ich habe es auch.«

»Dass sie noch da ist?«

»Ja.«

Der Regen prasselte eintönig auf das Dach des Volvos.

Zorn räusperte sich. »Und was … erzählt sie dir so?«

»Alles Mögliche.«

»Gestern meinte sie, ich soll mich rasieren.«

»Ich kann ihr nur beipflichten.« Schröder warf Zorn einen Blick zu. »Mir hat sie gesagt, ich müsse meine Arbeit erledigen.«

»Wir sollten auf sie hören«, sagte Zorn und rieb die stoppelige Wange. »Ich rasiere mich und du findest raus, was da los ist.«

»Guter Plan.«

Sie schwiegen ein paar Sekunden.

»Tja«, seufzte Zorn und legte den Gang ein, »wie's aussieht, haben wir wohl beide einen an der Waffel.«

Fünfundzwanzig

Auf den ersten Blick schien Doktor Samadi die Nachricht von der Ermordung seines Sohnes mit Fassung aufzunehmen, doch es gelang ihm sichtlich nur unter Aufbietung aller Kräfte. Nachdem er Schröder in sein geräumiges, holzgetäfeltes Haus gelassen hatte, musste er sich auf dem Weg durch den Flur mehrfach haltsuchend an der Wand abstützen, und als er Schröder im Wohnzimmer bat, auf einem der großen Ledersessel Platz zu nehmen, klang er zwar beherrscht, seine Augen allerdings glänzten verräterisch hinter der goldgefassten Brille.

Schröder wählte seine Worte mit Bedacht, berichtete nur das Nötigste und sparte die blutigen Details aus. Doktor Samadi, ein Mann mittleren Alters mit Halbglatze und Bauchansatz, lauschte schweigend, den Blick auf die gepflegten Hände gerichtet.

»Bisher gibt es keinerlei Hinweise auf die Identität des Täters«, endete Schröder. »Wir können also …«

Eine schlanke Frau mit kurzgeschnittenem, kastanienbraunem Haar kam ins Zimmer. Schröder erhob sich und wünschte höflich einen guten Tag.

»Der Herr ist von der Polizei«, stellte ihn Samadi vor. »Es geht um Tarek.«

Ihre hellen Augen weiteten sich. »Hat man ihn gefunden?«

»Wir reden später. Bist du so gut und machst unserem Gast einen Tee, Liebes?«

Sie verließ das Zimmer, bevor Schröder dankend ablehnen konnte. Die Art, wie Doktor Samadi seine – deutlich jüngere – Ehefrau ansprach, gefiel ihm nicht, doch er ließ sich seinen Unmut nicht anmerken. Als er mit Iris Macha geredet hatte, war diese nicht sonderlich gut auf ihren Ex-Mann zu sprechen gewesen. Offensichtlich aus triftigen Gründen, allerdings schien die Frau, mit der er später zwei weitere Söhne gezeugt hatte, keine Probleme damit zu haben, wie eine Dienstmagd behandelt zu werden – obwohl sie ebenfalls Ärztin war.

»Wie gesagt, im Moment haben wir keinerlei Hinweise«, wiederholte Schröder, »auch nicht auf ein Motiv.«

Es ging auf Mittag zu, doch die Sonne war hinter den bodentiefen Fenstern nicht einmal zu erahnen. Zunächst war Schröder mit Zorn zu dessen Wohnung gefahren, wo dieser sich rasiert und (nach einem dezenten Hinweis Schröders) geduscht hatte, danach hatte Schröder sich hier absetzen lassen – einer Siedlung am westlichen Stadtrand, vorwiegend bewohnt von Ärzten, Rechtsanwälten und Steuerberatern, die darauf achteten, dass ihre Mülltonnen pünktlich zur Entleerung auf den gefegten Bürgersteig gerollt wurden und dass der TÜV ihrer gepflegten Oberklasse-Limousinen nicht abgelaufen war – während Zorn unterwegs zu Tarek Machas Mutter war, um ein ähnliches Gespräch zu führen. Das Angebot, die Eltern zu informieren, hatte Polizeioberrat Gursky dankend angenommen. Wie immer hatte Schröder freundlich und zuvorkommend geklungen, doch er hatte den Vorschlag nicht aus Hilfsbereitschaft unterbreitet – er brauchte Informationen, und dies war eine Möglichkeit, einen Schritt weiterzukommen.

»Ich war sicher, dass sich alles zum Guten wendet.« Samadi sprach leise und stockend. »Das habe ich auch Ihrem Kollegen gesagt, dem Herrn …«

Er sah Schröder fragend an.

»Gursky«, half dieser.

»Richtig«, nickte Samadi.

Offensichtlich ging er davon aus, dass Schröder direkt in die Ermittlungen involviert war. Schröder hatte nicht vor, ihn zu belügen, doch solange Samadi nicht danach fragte, würde er ihn in dem Glauben lassen.

»Ich war überzeugt, dass es eine Erklärung gibt«, fuhr Samadi fort. »Geben *muss*. Für diesen furchtbaren Unfall, für seine Flucht aus dem Krankenhaus. Als würde er sich aus der Verantwortung stehlen. Aber das entspricht nicht seiner Natur. Tarek ist …«, er schluckte, »*war* wie ich. Dass er …«

Seine Frau erschien mit einem Tablett und verteilte eine geschwungene Kanne, zwei goldgeränderte, mit Kristallschliff verzierte Teegläser und eine emaillierte Zuckerdose auf dem Tisch. Doktor Samadi war ein höflicher Mann, er bedankte sich und griff nach der Kanne, um seinen Gast persönlich zu bedienen. Ungeachtet seines freundlichen Tonfalls wurde mehr als deutlich, dass das Gespräch erst fortgeführt würde, nachdem seine Gattin wieder gegangen war. Doch diese blieb auf der Schwelle stehen, während ihr Mann mit bedächtigen, beinahe rituell anmutenden Bewegungen den dampfenden Tee einschenkte. Seine Finger zitterten, das Gesicht war fahl unter der olivfarbenen

Haut, doch es gelang ihm noch immer, die Fassade aufrecht zu halten.

»Trinken Sie, solange er heiß ist. Falls Sie …«

»Abdel?«, sagte seine Frau. »Er ist tot, nicht wahr?«

Samadi, der die Kanne auf den geflochtenen Untersetzer abstellen wollte, hielt mitten in der Bewegung inne.

»Ja«, erwiderte er knapp. »Er ist tot, Anna.«

»Dann haben wir wenigstens Klarheit.«

Sie war bleich geworden, doch ihre Stimme klang fest. Schröder erkannte seinen Irrtum – Anna Samadi war alles andere als eine Dienstmagd, sie hatte die Rolle der treusorgenden Ehefrau wohl nur gespielt, um ihren Mann vor seinem Gast nicht bloßzustellen.

»Erst Rahul, und nun auch Tarek«, murmelte sie. Ihre Schritte verhallten im Flur, irgendwo in den Weiten des Hauses fiel eine Tür ins Schloss.

»Anna hat Tarek geliebt wie ihren eigenen Sohn.« Es klang, als wolle sich Samadi für das Verhalten seiner Frau entschuldigen. »Seine Brüder haben ihn regelrecht vergöttert.«

Samadi deutete auf ein gerahmtes Foto auf dem Kaminsims. Die drei jungen Männer hatten die fein geschnittenen Gesichtszüge, die dunklen Augen und das pechschwarze Haar ihres Vaters geerbt. Dass sie verschiedene Mütter hatten, war nicht zu erkennen.

»Welcher ist Rahul?«, fragte Schröder.

»Er war der Zweitälteste.« Samadi wies auf den rechten der drei lachenden Jungen. »Er … er ist vor anderthalb Jahren beim Bergsteigen abgestürzt. Wir sprechen nicht gern darüber. Wir können es immer noch nicht …«

Samadi brach ab. Als er aufsah, schien er sich ein wenig gesammelt zu haben.

»Nehmen Sie.« Er deutete auf die Zuckerdose. »Jordanischer Tee muss reichlich gesüßt werden.«

Schröder lehnte dankend ab. Dass er Diabetiker war, brachte Abdel Samadi für einen Moment aus dem Konzept.

»Ich werde Anna bitten, Ihnen etwas Honig zu bringen.«

»Das ist nicht nötig. Wirklich nicht.«

*

Im Normallfall oblag es Schröder, unangenehme Aufgaben zu übernehmen. Einer Mutter die Nachricht vom Tod ihres einzigen Sohnes zu überbringen, war definitiv unangenehm, äußerst unangenehm sogar. So war es nur logisch, dass Zorn verlegen nach Worten suchte, nachdem ihn Iris Macha ins Wohnzimmer gebeten hatte.

»Kann ich Ihnen was anbieten?«

»Ein Wasser wäre nett.«

Nicht etwa, dass er Durst gehabt hätte. Er musste Zeit gewinnen, auch wenn es nur ein paar Sekunden waren. Er trat ans Fenster, während Iris Macha in die Küche ging. Dass sie ihn an seine Mutter erinnerte, erleichterte die Sache nicht. Im Gegenteil, Iris Macha war zwar mindestens dreißig Jahre jünger, doch sie hatte ähnlich kühle, eisgraue Augen, einen ähnlich verkniffenen Mund, dieselbe frostige Ausstrahlung und ebenfalls die Gabe, ihrem Gegenüber auch nonverbal zu vermitteln, dass seine Gesellschaft unerwünscht sei.

Irgendwo plätscherte ein Wasserhahn. Als sie zurückkehrte, war Zorn keinen Schritt weiter.

»Bitte.«

Sie reichte ihm ein Wasserglas. Auch ihre Stimme ähnelte der seiner Mutter: schroff, mit einem metallisch klirrenden Unterton. Seit Jahren beschränkte sich der Kontakt auf kurze Anrufe an den üblichen Feiertagen, und als sie ihm vor drei Tagen zum Geburtstag gratulierte, hatte sie Friedas Tod nicht erwähnt und sich weder nach seinem noch nach Edgars Befinden erkundigt. Immerhin hatte sie ihrem Enkel Grüße ausrichten lassen, doch Zorn war sicher, dass sie ebenso erleichtert gewesen war wie er selbst, sobald das Gespräch beendet war.

»Schön haben Sie's hier.« Zorn deutete mit dem Glas aus dem Fenster. »Ich hab früher auch ganz oben gewohnt, in einem der Wohnblocks an der Hochstraße.« Das Glas schwenkte nach rechts Richtung Altstadt. »Die Aussicht war toll, vor allem auf den Markt. Wie ist es hier mit dem Aufzug? Bei mir war er ständig kaputt. Neunzehn Stockwerke zu Fuß können verdammt anstrengend …«

»Der Fahrstuhl wird ständig gewartet.« Iris Macha klang ungeduldig. »Warum sind Sie …«

»Eigentlich«, Zorn kniff die Augen hinter der Brille zusammen, »müsste man von hier aus Schröders Haus sehen. Mein Kollege, er wohnt am Stadtwald, direkt am See.«

»Ich weiß.«

»Ach! Woher …«

»Er hat es erwähnt.«

»Stimmt!« Zorn fasste sich in einer übertriebenen Geste an die Stirn. »Er war ja neulich bei Ihnen und …«

»Sind Sie hier, um die Aussicht zu genießen, Herr Kommissar?«

Zorn nippte an seinem Glas. Er verfügte weder über Schröders Menschenkenntnis noch über dessen Einfühlsamkeit.

»Nein«, sagte er und sah wieder aus dem Fenster.

»Ich weiß, dass Sie Tarek hassen«, sagte Iris Macha hinter ihm. »Und ich kann das verstehen. Sie geben ihm die Schuld am Tod Ihrer Frau. Ich kann Ihnen versichern, dass es mir furchtbar leidtut, und …«

»Lebensgefährtin.«

»Bitte?« Sie sah ihn verständnislos an.

»Wir waren nicht verheiratet. Wir hatten's vor, aber ... na ja, egal.«

Ich hätte diesen furchtbaren Schlips tragen müssen, dachte Zorn. *Und wir hätten uns gestritten, ob Schröder ihr oder mein Trauzeuge ist. Und ... ich werde jetzt nicht anfangen zu heulen!*

Nein, das würde er nicht. Nicht hier. Nicht vor dieser Frau, die seiner Mutter so frappierend ähnelte. Einer Mutter, die ihn mit der Herzlichkeit eines Unterfeldwebels großgezogen und ihren weinenden Sohn entweder ignoriert oder mit den Worten getröstet hatte, er solle *gefälligst nicht so eine Memme* sein.

Er hob die verbliebene Hand und schob die Brille in die Stirn. Es sah aus, als würde er mit Daumen und Zeigefinger die Nasenwurzel massieren, in Wahrheit wischte er die Tränen aus den Augen und starrte blinzelnd in die Ferne.

Bleischwere Wolken trieben über die Wipfel des Stadtwaldes, am Horizont schälte sich ein Hubschrauber aus dem Dunst und flog über die nassen Dächer Richtung Krankenhaus. Zorn lauschte dem entfernten Donnern, während sein Blick der gewundenen Straße zwischen gepflegten Kleingärten und dörflichen Häusern an dem alten Steinbruch vorbei hinauf zu der Siedlung folgte, wo er Schröder vor wenigen Minuten abgesetzt hatte. Samadis Grundstück war im Nieselregen nur zu erahnen, doch im Sommer konnte man ihn wohl von hier oben mit einem Fernglas dabei beobachten, wie er Zeitung lesend an seinem Pool lag.

»Also.« Iris Macha versuchte nicht, ihre Ungeduld zu verbergen. »Was ist mit Tarek?«

Er ist tot.

Drei Worte. Zorn brachte sie nicht über die Lippen.

»Wie ist eigentlich Ihr Verhältnis zu Ihrem Ex-Mann?«, fragte er stattdessen.

»Zu Abdel?«

»Haben Sie noch Kontakt?«

»Wir telefonieren ab und zu. Zuletzt gesehen habe ich ihn vor über fünfzehn Jahren, als er zum Chefarzt der chirurgischen Ambulanz befördert worden ist. Abdel ist ein Mann mit tadellosen Manieren.« Iris Machas Stimme troff vor Sarkasmus. »Er hat mich zu dem Empfang eingeladen. Ich bin wegen Tarek hingegangen, es war ihm wichtig, dass ich seine Halbbrüder kennenlerne. Die Mutter der beiden hat er mir ebenfalls vorgestellt, ein hübsches, junges Ding. Sehr nett.« Ihr Blick strafte die Worte Lügen. »Abdel hat ihr eine Stelle als Assistenzärztin besorgt.«

»Und …«

»Ich will jetzt wissen, was los ist. Was ist mit Tarek?«

»Er ist …«

Die ersten beiden Worte waren einfach. Eins fehlte noch.

Zorn holte tief Luft.

Und sprach es aus.

Sechsundzwanzig

Zehn Jahre zuvor. Jordanien.
Wadi Rum, sechzig Kilometer westlich von Aqaba.

»Immer noch keinen Hunger?« Hamza wischte mit der Hand über den fettverschmierten Bart und wies auf die gusseiserne Pfanne.

»Nee«, wehrte Tarek ab.

Sie saßen im Schneidersitz um das Feuer. Nachdem Rahul die Ziege getötet hatte, hatte Hamza sie an den Hinterbeinen aufgehängt und, während das Tier ausblutete, seinen Neffen das weitere Vorgehen ausführlich erklärt. Elias versuchte, das Fell abzuziehen, doch es war ihm nicht gelungen; danach hatte Hamza die Ziege ausgeweidet, und als die dampfenden Innereien mit einem feuchten Klatschen auf dem steinigen Boden zerplatzten, war der neunjährige Elias, der mit allen Kräften bemüht gewesen war, seinen Mann zu stehen, käseweiß geworden. Als Tarek betont beiläufig an das Lagerfeuer erinnerte, hatte sich Elias ihm sofort angeschlossen, und während sie gemeinsam Holz sammelten, hatte Rahul die Ziege unter der Anleitung seines Onkels fachmännisch zerteilt.

»Es ist zäh«, beschwerte sich Elias kauend.

»Benutz deine Zähne«, gab Hamza zurück. »Dazu sind sie da.«

Er zwinkerte Tarek zu. Dass dieser sich geweigert hatte, die Ziege zu töten, hatte er nicht kommentiert. Falls er enttäuscht war, ließ er es sich nicht anmerken. »Du solltest wenigstens kosten. Als Anerkennung für deinen Bruder.«

»Mir … mir ist ein bisschen schlecht«, druckste Tarek herum.

Das war tatsächlich der Fall. Sein Magen knurrte so laut, dass zu befürchten war, die anderen könnten es hören, doch der Bratengeruch des fettigen Fleisches ließ ihm ein wenig übel werden.

Hamza senkte die dichten Brauen. »Du hast doch nicht etwa Leitungswasser getrunken?«

»Nein«, versicherte Tarek.

»Ihr wisst, wie gefährlich das ist.«

Rahul und Elias neigten bejahend die Köpfe.

»Ich …« Tarek schob einen Zweig in die Glut. »Ich hab bestimmt nur was Falsches gegessen.«

Die Sonne stand tief hinter ihnen über den Felsen. Tagsüber erschien die Wüste eintönig rot, nun erstrahlte sie in allen erdenklichen Nuancen. Die Felsen, die sich über die Ebene verteilten, leuchteten in grellem Orange; die verwitterten Hänge des Gebirgszuges im Hintergrund strahlten, als wären sie in flüssiges Gold getaucht, während die gezackten Gipfel in den letzten Sonnenstrahlen am purpurfarbenen Horizont in Flammen zu stehen schienen.

Hamza streckte ächzend den Rücken und verkündete mit einem tiefen, wie Donner grollenden Rülpsen, dass das Essen nun beendet sei. Er gab dem errötenden Rahul einen Klaps auf die Schulter und bedankte sich für das reichhaltige Mahl. Hamza hatte seine Neffen immer gleich behandelt, doch der Blick, mit dem er Rahul ansah – zärtlich, fast väterlich – war neu. Vielleicht irrte sich Tarek, er konnte sich jedenfalls nicht erinnern, dass ihn sein Onkel jemals so angesehen hatte.

»Wir brechen morgen bei Sonnenaufgang auf«, verkündete Hamza und puhlte eine Fleischfaser zwischen den Zähnen hervor. »Damit wir den Jeep vor der Mittagshitze erreichen.«

Elias stierte aus glasigen Augen ins Feuer und unterdrückte ein Gähnen. Als Tarek vorschlug, er solle sich hinlegen, protestierte er nur halbherzig. Tarek begleitete ihn zu den Decken unter dem überhängenden Felsen und ging hinter einen Vorsprung, um zu pinkeln. Bald darauf schnarchte Elias in seinem Schlafsack, während Rahul und Hamza auf der Plateaukante saßen. Hamzas Aufforderung, den beiden Gesellschaft zu leisten, folgte Tarek nur zögernd, und als er dann an der schrundigen, von klaffenden Spalten durchzogenen Felswand entlang hinab in die Tiefe sah, wurde ihm mulmig. Die Felsbrocken, die sich am Fuße der Wand türmten, mussten gewaltig sein, doch von hier oben wirkten sie wie Kieselsteine.

»Hast du Schiss?«, fragte Rahul.

Gerade erst hatte er Tarek als Feigling bezeichnet. Die Verachtung in seinem Blick würde Tarek so schnell nicht vergessen, doch diesmal grinste Rahul breit – wie immer, wenn sie sich gegenseitig aufzogen.

»Ich?«, lachte Tarek und setzte sich neben ihn. »Kein bisschen. Aber du!«

»Quatsch!«

»Und warum«, Tarek reckte das Kinn und atmete tief durch die Nase ein, »riecht's hier dann so?«

»Ich rieche nichts«, sagte Rahul.

»Aber ich«, behauptete Tarek, beugte sich zur Seite und schnüffelte an Rahuls Rücken entlang bis hinab zum Gürtel. »Klar hast du Angst!«, rief er aus. »Hosenschisser!«

»Ich bin kein …«

»Igitt!« Tarek hielt sich die Nase zu. »Du brauchst 'ne frische Unterhose!«

»*Du* brauchst 'ne frische …«

So wäre es noch lange hin und her gegangen, doch Hamza rief seine Neffen zur Ordnung. Danach saßen sie eine Weile schweigend da, ließen die Beine über dem Abgrund baumeln und betrachteten die ersten verblassten Sterne, die in der Ferne über den gezackten Berggipfeln flimmerten.

Rahul rieb sich fröstelnd die Oberarme.

»Ist dir kalt?«, fragte Hamza.

Rahul bejahte, Tarek ebenfalls.

»Es ist ein hartes Land«, sagte Hamza. »Die Tage sind zu heiß, die Nächte zu kalt. Aber es ist das Land eurer Vorfahren. Es hat eure Väter geformt. Vergesst das nie.«

Er stand auf und ging zu den Rucksäcken. Dass Tarek ebenfalls fror, schien er nicht mitbekommen zu haben, denn er kehrte mit nur einer Decke zurück, die er Rahul um die Schultern legte.

Wenig später lag Tarek zwischen seinen Brüdern im Schlafsack und sah hinauf zu den Sternen. Seine Muskeln schmerzten, die wundgelaufenen Füße brannten. An den Fersen hatten sich Blasen gebildet und er ärgerte sich, weil er kein Pflaster eingepackt hatte; doch er würde sich beim Abstieg nichts anmerken lassen.

»Hat es dir Spaß gemacht, die Ziege zu töten?«, fragte Hamza, der außen neben Rahul lag.

»Nein«, flüsterte dieser.

»Du hast es trotzdem getan. Weil es getan werden musste.«

Obwohl Elias direkt in Tareks rechtes Ohr schnarchte, war jedes Wort genau zu verstehen. Hamza musste das wissen – entweder, es war ihm egal, oder er ging davon aus, dass Tarek ebenso fest schlief wie Elias.

»Ich war dumm, Rahul«, seufzte Hamza. »Ich habe mich in dir getäuscht. Genauso, wie ich mich in Tarek getäuscht habe. Er ist wie euer Vater. Ich liebe meinen Bruder über alles, er hat viel erreicht. Auch Tarek wird eine Menge im Leben erreichen, aber …«, ein weiteres Seufzen, »er wird einen anderen Weg gehen.«

Tarek erkannte seinen Irrtum. Sein Onkel wusste, dass er nicht schlief. Es war ihm auch nicht egal, ob Tarek mithörte – er *wollte* es. Seine Worte waren an Rahul gerichtet, doch vor allem sprach er zu Tarek.

Das, was Hamza danach erzählte, kannte Tarek bereits. Damals, in Hamzas Apartment am Roten Meer, hatte er den pathetischen Vortrag seines Onkels über das uralte Geschlecht der Samadis, Familienehre und Tradition kaum verstanden, doch auch nach Jahren konnte er sich noch an die Worte und Hamzas Angebot erinnern.

»Es war *mein* Fehler«, sagte Hamza. »Ich hätte wissen müssen, dass er … nicht dafür geschaffen ist.«

Tarek hielt sich nicht für einen Feigling, doch es tat weh, dass Rahul ihn als einen solchen bezeichnet hatte. Hamza sprach es nicht aus, und obwohl Tarek keinen Schimmer hatte, wofür genau er *nicht geschaffen* war, schien sein Onkel ähnlich zu denken.

Hamza wiederholte nahezu wortgleich, wie er an seinem achtzehnten Geburtstag die Frage des Vaters bejaht und später dessen Erbe angetreten hatte, das auch er irgendwann weitergeben müsse – ein Erbe, weit größer als das eines Ziegenhirten. Tarek, der in zwei Jahren das Abitur machen würde und mit dem Gedanken spielte, Medizin zu studieren, hatte nie ernsthaft darüber nachgedacht. Damals war er kaum zwei Monate älter gewesen als Rahul, dem dieses Angebot nun ebenfalls unterbreitet wurde.

»In ein paar Jahren werde ich dich fragen, ob du später mein Nachfolger sein willst, Rahul. Es wird deine freie Entscheidung sein.«

Rahul murmelte etwas und drehte sich gähnend auf die Seite. Hamza ordnete die Wolldecke über seinem Schlafsack und strich sie liebevoll glatt. Wenig später übertönten seine tiefen, grollenden Atemzüge Elias' leises Schnarchen, doch Tarek fand keinen Schlaf. Während die Sterne über ihm allmählich verblassten, schämte er sich für seine kindliche Eifersucht, und als die Sonne über den Bergen aufging und die Wüste in bronzenes, unwirkliches Licht tauchte, lag er noch immer wach, fühlte sich zurückgestoßen und kam sich vor wie ein schäbiger Versager.

Siebenundzwanzig

Der Tee war heiß und furchtbar bitter, doch Schröder lobte das würzige Aroma von Salbei und Ingwer, was Abdel Samadi mit sichtlicher Befriedigung registrierte. Seine Approbation hing goldgerahmt an der Wand hinter dem Fernsehsessel, einer der messingfarbenen Deckenstrahler war so eingerichtet, dass die Urkunde auch bei Dunkelheit ausreichend zur Geltung kam.

»Ich bin in einem Dorf südwestlich von Amman aufgewachsen«, erklärte er. »Meine Vorfahren waren Beduinen, erst meine

Eltern sind sesshaft geworden. Sie haben das Land bewässert, Olivenbäume und Rebstöcke gepflanzt und ihre Ziegen gezüchtet. Auch ich hätte das tun sollen, aber ich wollte schon als Kind Arzt werden. Vor über dreißig Jahren bin ich mit leeren Händen in Ihr Land gekommen. Alles, was Sie hier sehen, habe ich mir selbst erarbeitet.«

Wie auf Kommando brachen die Wolken auf. Die Sonne blitzte auf den nassen, weiß gekiesten Gartenwegen und dem kurzgeschnittenen Gras, tropfte vom Dach des Carports über dem schwarzen Passat und spiegelte sich in den Pfützen, die sich auf der blauen Abdeckplane über dem Pool gebildet hatten.

»Ich habe mich immer an die Gesetze gehalten«, sagte Samadi. »Weil ich diesem Land viel zu verdanken habe. In diesem Glauben habe ich meine Söhne erzogen. Auch Tarek, obwohl er bei seiner Mutter aufgewachsen ist. Dass er …«

Seine Stimme versagte.

Schröder hatte solche Gespräche schon oft geführt. Es kam darauf an, die richtigen Fragen zu stellen, doch im Moment war es klüger, nur zu beobachten und zuzuhören. Beides tat er, und zwar sehr genau. Er registrierte jeden Blick, jede fahrige Geste, jedes noch so winzige Zögern, während ihm kein Wort, keine einzige Silbe entging.

Als Samadi den Kopf hob, schimmerten Tränen auf seinen Wangen. »Tarek ist … *war* … ein rechtschaffener Mensch.«

Es schien ihm wichtig zu sein. Ebenso wie seiner Ex-Frau, die mehrfach betont hatte, dass ihr Sohn ein *guter Junge* sei.

»Der Zeitpunkt ist unpassend, ich stelle die Frage trotzdem.« Schröder wog die nun folgenden Worte sorgfältig ab. »Gibt es jemanden, der einen Grund haben könnte, Ihrem Sohn so etwas anzutun?«

Schweigen, danach ein stummes Kopfschütteln. Schröder trank einen Schluck Tee, ohne sein Gegenüber aus den Augen zu lassen.

»Ich …« Samadi straffte sich. »Ich muss Elias anrufen«, sagte er und streifte das Foto auf dem Kaminsims mit einem flackernden Blick. »Er wird am Boden zerstört sein.«

»Wo ist er jetzt?«, fragte Schröder.

»Er studiert in Amsterdam.«

Samadis Blick wanderte ins Leere. Schröder wartete geduldig, doch erst als er sein Teeglas auf dem ziselierten Untersetzer abstellte, holte das leise Klirren Samadi zurück in die Realität. Er bemerkte, dass Schröder das Gebäck – mit Walnüssen und Datteln gefüllte Kekse – nicht angerührt hatte, und langte nach dem Teller.

»Ihre Diabetes«, fiel ihm ein, »wie dumm von mir. Anna wird Ihnen etwas für Ihre Kollegen einpacken, sie hat die Kekse nach einem traditionellen Rezept gebacken. Äußerst wohlschmeckend, Herr Gursky wird das bestätigen. Als er hier war, war er jedenfalls sehr angetan.«

Samadi stemmte sich aus den tiefen Polstern, um seine Frau zu informieren. Auf dem Weg zur Tür fiel sein Blick erneut auf das Foto seiner Söhne.

»Tarek hätte es weit bringen können, viel weiter als ich.« Er schwankte, stützte sich am Türrahmen ab. »Er war mir immer der Liebste.«

*

Im Gegensatz zu ihrem Ex-Mann nahm Iris Macha die Nachricht deutlich weniger gefasst auf. Sie taumelte zurück und sah Zorn aus großen, kindlich geweiteten Augen verständnislos an.

»Das … das ist ein Irrtum. Tarek lebt. Wenn er … wenn er tot wäre, würde ich das spüren.«

Zorn schüttelte schweigend den Kopf und Iris Macha begriff. Innerhalb von Sekunden verwandelte sich die kühle, arrogante

Frau in ein zitterndes Bündel, das schluchzend in den Fernsehsessel fiel und Zorn fassungslos anstarrte, während sich das Gesicht mehr und mehr schwarz färbte von der Wimperntusche, die sich mit den Tränen auf den Wangen verteilte.

»Wann?«, brachte sie schließlich hervor.

»Irgendwann letzte Nacht. Mehr können wir im Moment noch nicht …«

»Deswegen bist du also hier.« Sie starrte Zorn hasserfüllt an und begann, ihn zu duzen. »Du wolltest es mir selbst sagen. Du wolltest sehen, wie ich zusammenbreche. Du wolltest es *genießen*.«

»Quatsch.« Ohne nachzudenken ging Zorn in die Hocke und nahm ihre Hand. Es war, als würde er einen auf dem Trockenen zappelnden Fisch in den Fingern halten. »Es tut mir furchtbar leid«, sagte er leise. »Wirklich.«

Es dauerte mehrere Minuten, bis sich die bebenden Schultern etwas beruhigten und das erstickte Schluchzen allmählich verebbte.

»Er hat gefroren«, flüsterte sie. »Er hatte Hunger, und Schmerzen hatte er auch.«

Zorn verstand kein Wort. Einem Instinkt folgend, tat er das, was Schröder kaum zwei Kilometer entfernt ebenfalls tat. Er wartete, hörte zu.

»Ich sollte ihm Geld bringen.« Schwarz verschmierte Tränen tropften auf den Teppich. »Etwas zum Anziehen. Und Essen. Und Medikamente.«

Zorns Geduld zahlte sich aus. Nach ein paar weiteren Minuten hatte er stechende Knieschmerzen, doch er hatte auch Informationen. Neue, wichtige Informationen, denn er erfuhr von dem Zettel, den Iris Macha nach dem Joggen in ihrer Gürteltasche gefunden hatte und dem Treffpunkt, zu dem sie in der letzten Nacht von ihrem Sohn bestellt worden war.

»Ich hatte eine Anweisung, falls Tarek sich melden sollte.« Iris Macha wischte mit dem Zeigefinger über die tropfende Nase und verteilte die Schminke nun auch auf Oberlippe und Kinn. »Zuerst war ich unsicher, aber dann habe ich angerufen.«

Zorn fand die Nummer auf einem Zettel im Flur, der zwischen Schlüsselbrett und Wand klemmte. Der Mann, der Iris Macha gebeten hatte, ausschließlich diese Nummer zu wählen und ansonsten absolutes Stillschweigen zu bewahren, hatte nicht nur seine Handynummer, sondern auch seinen Namen notiert: *A. Gursky*

Achtundzwanzig

»Tarek Macha hatte sie für drei Uhr morgens hinbestellt.« Zorn rieb mit dem Handrücken über die beschlagene Frontscheibe. »Zunächst wollte sie's für sich behalten, eine Stunde vorher hat sie's sich dann anders überlegt. Gursky hat ihr gesagt, dass sie die Wohnung nicht verlassen soll, aber als sie die Scheinwerfer am Steinbruch gesehen hat, ist sie hingegangen.«

Schröder kramte neben ihm in der Aktentasche, die er zwischen seinen Beinen auf der Fußmatte abgestellt hatte. Die graue Nylonjacke klebte durchnässt über dem karierten Hemd – als Zorn ihn abholen wollte, hatte er bereits im Regen vor Samadis Haus gewartet.

»Gursky war mit seinen Leuten da«, fuhr Zorn fort. »Tarek Macha ist allerdings nicht aufgetaucht. Entweder …«

»Keks gefällig?«

»Was?!«

»Ein Keks.« Schröder hielt ihm eine Papiertüte entgegen. »Scheinen lecker zu sein.«

»Ich will keinen Keks!«

»Wirklich nicht?«

»Ich muss mich auf den Verkehr konzentrieren!«

»Nach einem Rezept von Samadis Großmutter. Mit Dattelfüllung und gemahlenen Nüssen. Offensichtlich mit Zimt verfeinert. Und …«, Schröder beugte sich über die Tüte und wedelte schnüffelnd mit der Hand, »Orangenblütenwasser, würde ich sagen.«

Zorn verkündete, Schröder könne sich seine dämlichen Kekse sonstwohin stecken, bog nach links auf die Magistrale ein und steuerte den Volvo Richtung Altstadt. Im Kofferraum klapperte Schröders Rennrad.

»Vielleicht solltest du die Rücksitze umlegen, Chef. Dann würde die Heckklappe bestimmt zugehen.«

»Hättest du früher drauf kommen können. Jetzt sind wir sowieso gleich da.«

»Hast du den Zettel?«

»Mit Gurskys Handynummer?«

»Yes.«

»In meiner Jacke.«

Schröder streckte die Hand aus. »Könnte ich den mal sehen?«

»Ich fahre hier Auto!« Zorn trommelte mit den verbliebenen Fingern auf das Lenkrad und fuchtelte gleichzeitig mit dem Armstumpf vor Schröders Nase. »*Einhändig*, Schröder! Wie soll ich da …«

»Schon gut, Chef.« Schröder lockerte den Gurt, beugte sich zu ihm und tastete über die Lederjacke.

»Innentasche«, knurrte Zorn.

Schröder fischte den Zettel hervor, entfaltete ihn und nahm sein Handy. »Ich habe Gursky unter einer anderen Nummer abgespeichert«, stellte er fest, nachdem er die Ziffernfolge mit seiner Kontaktliste verglichen hatte.

»Wahrscheinlich hat er ihr seine Privatnummer gegeben.«

»Am besten, wir fragen ihn selbst. Ich will mich übrigens nicht einmischen«, bemerkte Schröder lakonisch und tippte die Nummer in sein Handy, »aber bist du sicher, dass wir auf der richtigen Spur sind? Dürfen hier nicht eigentlich nur Busse …«

Fluchend riss Zorn das Lenkrad herum. Hinter ihnen kam das Fahrrad ins Rutschen, eine Gischtwolke stob durch die geöffnete Heckklappe in den Kofferraum.

»Verdammt noch mal! Wie soll man hier …«

»Ich grüße Sie, Herr Polizeioberrrat.« Schröder langte mit der rechten Hand nach dem Griff in der Beifahrertür und hielt mit links das Handy ans Ohr. »Ich störe hoffentlich nicht?«

Als er wenig später liebenswürdig einen angenehmen Tag wünschte und das Telefonat beendete, passierten sie die letzten Wohnblöcke der Neustadt und näherten sich der Hochstraße.

»Du hast recht«, sagte Schröder. »Gursky hat ihr seine Privatnummer gegeben. Nach ihrem Anruf ist er sofort mit seinen Leuten zum Steinbruch. Sie haben sich versteckt gehalten, aber Tarek Macha ist nicht erschienen. Gursky bestätigt auch, dass die Mutter später dort war. Er hat sie gebeten, mit niemandem zu reden.«

»Sie hat sich dran gehalten.«

»Er hat ihr versprochen, sich sofort zu melden, falls es Neuigkeiten gibt.«

»Das hat er lieber uns überlassen.«

»Sie haben im Steinbruch frischen Verbandsmull gefunden.« Schröder warf sein Handy achtlos in die Aktentasche zwischen seinen Beinen. »Die DNA muss noch verglichen werden, aber laut Gursky ist das nur eine Formsache. Tarek Macha war dort. Gursky meint, sie hätten ihn knapp verpasst, womöglich nur um Minuten.«

»Macha hat mitgekriegt, dass sie gekommen sind und ist abgehauen.«

»Denkbar, aber das glaube ich nicht. Es gibt Reifenspuren. Am Fundort der Leiche wurden ebenfalls welche gefunden. Genau dort, wo ich vermutet habe, hinter dem verlassenen Möbelhaus. Es sind dieselben.«

Sie erreichten die Hochstraße. Links von ihnen zeichneten sich die vagen Umrisse der Marktkirche im Dunst über den glänzenden Dächern der Altstadt ab.

»Tarek Macha wurde am Steinbruch überwältigt, irgendwo hingefahren und stundenlang gequält. Wie's aussieht, wurde er gesteinigt, seine Füße sind fast vollständig verbrannt.«

»Du hast ja ziemlich genau hingeguckt, Schröder.«

»Das ist mein Job, Chef.«

»Schon klar.«

»Es war eine extrem brutale Bestrafung. Alles deutet auf das Organisierte Verbrechen. Gursky ist Profi, er muss dasselbe denken. Er hat's aber mit keinem Wort erwähnt.« Schröder schwieg einen Moment. »Er hält mich für einen Trottel.«

»Sind wir das nicht gewohnt?«

»Sicherlich. Ich mag allerdings nicht, wenn man mich wie einen behandelt.«

Zorn warf ihm einen Seitenblick zu und bemerkte die Eisschicht, die sich über die strahlend blauen Augen gelegt hatte.

Sie näherten sich dem Stauende vor dem Kreisverkehr am Bahnhof und kamen hinter einem schlammbespritzten Möbeltransporter zum Stehen. Zorn hatte sich die Stelle nicht genau gemerkt, doch irgendwo hier hatte vor ein paar Monaten die nackte Leiche eines stadtbekannten Neonazis zwischen den Fahrspuren gehangen. Dass der Mörder ihn, Claudius Zorn, für einen Trottel gehalten hatte, war irgendwie verständlich. Dass er jedoch auch Schröder nicht für voll genommen hatte, war ein

Fehler gewesen – ein tödlicher Fehler, der zu einer Verfolgungsjagd bis zur Flussbiegung an der alten Burg geführt hatte, wo er am Steuer eines Kleintransporters mit einer Garotte um den Hals elendiglich ertrunken war.

»Wie hat Iris Macha die Nachricht eigentlich aufgenommen?«, wollte Schröder wissen.

»Sie hat bis zuletzt gehofft, dass Tarek Macha gefunden wird und war sicher, dass er am Leben ist. Dann bin ich gekommen und … Luftsprünge hat sie jedenfalls nicht gemacht. Apropos«, fiel Zorn ein. »Wie war's überhaupt bei Samadi?«

»Ähnlich wie bei dir, schätze ich.«

»Beschissen also.«

Schröder, in dessen Wortschatz verbale Entgleisungen wie *beschissen* oder ähnlich vulgäre Ausdrücke schlichtweg nicht existent waren, ersparte sich den üblichen Hinweis oder einen missbilligenden Blick und sah schweigend hinaus in den Regen. Ein Schweigen, das Claudius Zorn – durchaus zu Recht – als Zustimmung wertete.

Neunundzwanzig

Zorn sah von seiner Akte auf. »Wonach suchen wir eigentlich?«

»Nach Hinweisen«, brummte Schröder, ebenfalls in eine Akte vertieft. »Denkanstößen und so weiter.«

Nach einem kurzen Abstecher zum Mittagessen in die Kantine – Zorn hatte seine Bockwurst hastig in sich hineingestopft, während Schröder den Salat mit gebratener Hühnerbrust nur halb verzehrte – saßen sie sich nun am Schreibtisch gegenüber.

»Und welche … *Denkanstöße* meinst du genau?«

»Ohne neue Informationen sind wir auf das angewiesen, was wir haben.« Schröder deutete auf den Aktenberg neben seinem Monitor; der Stapel, der sich vor Zorn türmte, war nur unwesentlich kleiner. »Vielleicht haben wir etwas übersehen.«

»Hm.« Zorn blätterte die Seiten vor und zurück. »Die Protokolle mit den Zeugenaussagen sind durchnummeriert. Seite sieben und acht wurden übersprungen.« Er sah blinzelnd auf. »Ist das ein neuer …«

»Nein, das ist *kein* neuer Denkanstoß, Chef. Wahrscheinlich ein Versehen, als die Akte zusammengestellt wurde. Die Kollegen waren im Stress, sie hatten sechsunddreißig Stunden durchgearbeitet.«

Zorn klappte die Akte zu und nahm eine neue vom Stapel. »Und wonach genau suchen wir dann?«

»Ich weiß auch nicht. Jedenfalls können wir nicht einfach nur rumsitzen und Däumchen drehen.«

»Das kann ich …«

… sowieso nicht, wollte Zorn aus einem alten Reflex heraus anmerken, doch er verkniff es sich. Schröder hatte ihm schon vor Monaten sämtliche Wortspiele in Bezug auf den Verlust seiner Hand strengstens untersagt, und auch Frieda hatte zum Schluss nur noch mit den Augen gerollt, wenn Zorn sich mal wieder *ins Fäustchen lachte*, etwas *mit links machte* oder über *einarmige Banditen* schwadronierte und über Dinge, die man *an einer Hand abzählen* konnte.

Zorns Festnetztelefon schrillte. Bevor er sich melden konnte, plärrte ihm eine aufgeregte metallische Stimme entgegen.

»Erst einmal guten Tag«, beruhigte er. »Nein, bedauerlicherweise gibt es keine Neuigkeiten bezüglich Ihres Mannes. Falls ja, hätten wir Sie längst informiert.«

Er bemerkte Schröders fragenden Blick und formte zwei lautlose Worte: *Frau Peysel.*

»O Gott …«, seufzte Schröder.

»Ich verstehe Ihren Unmut«, versicherte Zorn. »Selbstverständlich stehen wir in ständigem Austausch mit den Berliner Kollegen. Hauptkommissar Schröder?«

Schröder wedelte abwehrend mit den Händen.

»Der ist leider nicht zu sprechen. Er ist in einer … ich versichere Ihnen … Natürlich, Frau Peysel. Dazu ist die Polizei schließlich da. Auf Wiedersehen und …« Zorn betrachtete den klobigen, altmodischen Hörer. »Aufgelegt.«

»Danke, dass du mir das erspart hast, Chef. Ich weiß schon gar nicht mehr, wie ich sie beruhigen soll. Jedes Mal, wenn sie anruft, ist sie gereizter.«

»Kein Wunder.«

Frau Peysels Mann war beim Hygieneamt angestellt gewesen und im letzten Sommer verschwunden. Man hatte seine Spur bis nach Berlin verfolgt und dort wieder verloren. Die Indizien deuteten auf einen Selbstmord, doch es gab keine Leiche. Das war nun ein knappes halbes Jahr her, seitdem stockte die Suche. Sowohl Zorn als auch Schröder hatten Frau Peysel mehrfach erklärt, dass die Ermittlungen nun in den Zuständigkeitsbereich der Berliner Polizei fielen, doch dies hielt sie nicht von ihren regelmäßigen Anrufen ab. Selbst Zorn hatte Verständnis, dass sie zunehmend ungeduldiger wurde.

»Arme Frau«, sagte Schröder. »Diese Ungewissheit ist bestimmt zermürbend.«

Die Tür öffnete sich, Kollege Brettschneider erinnerte an die für vierzehn Uhr angesetzte Besprechung und verschwand wieder. Schröder stopfte hastig ein paar Papiere in seine Aktentasche und eilte aus dem Büro, um mit Brettschneider nebenan im Konferenzraum die Dienstpläne für die nächsten beiden Wochen durchzugehen.

Zorn blieb nachdenklich am Schreibtisch zurück. Es stimmte,

die Ungewissheit war sicherlich furchtbar, doch andererseits …

»Wenigstens hat sie noch Hoffnung«, überlegte er halblaut. »Im Gegensatz zu mir.«

Seit Friedas Tod war weniger als eine Woche vergangen, doch es schien eine Ewigkeit her. Es gab keinen Zweifel und somit auch keinerlei Hoffnung. Nur Schmerz. Ein stechender, bohrender Schmerz, der selbst in Schröders Gegenwart nicht abklang. Zorn nahm diesen Schmerz dann nicht mehr so wahr, doch er war *da*. Und würde bleiben. *Die Zeit heilt alle Wunden*, hieß es. Doch was nutzte das, wenn die Zeit nicht verging?

Er würde damit umgehen müssen. Egal, wie verzweifelt er sich auch dagegen wehrte – es war die Wahrheit. Auch Iris Macha hatte den Tod ihres Sohnes nicht wahrhaben wollen.

Wenn er tot wäre, würde ich das spüren, hatte sie gesagt.

Nun, sie hatte sich geirrt. Tarek Macha war tot, *mausetot*. Ihr *Gespür* war Wunschdenken gewesen, ein verzweifelter Griff nach dem Strohhalm, um der Realität zu entfliehen. Auch Zorn hatte so reagiert (und würde es in der kommenden Nacht wieder tun und wenn morgen früh der Wecker klingelte, würde er den Kopf unter dem Kissen vergraben und sich die Ohren zuhalten). Dass er sich eingeredet hatte, Friedas Stimme zu hören, war tröstlich gewesen, aber im Endeffekt nichts weiter als esoterische Spinnerei.

Zorn lehnte sich zurück und schloss die Augen.

Keine Hoffnung. Frieda war nicht mehr da.

Oder?

Er lauschte in sich hinein.

Frieda?

Keine Antwort.

*

Er hinterließ Schröder eine Notiz *(bin in 1,5 h wieder da)*, holte Edgar ab und fuhr mit ihm in den Zoo. Außer ihnen gab es kaum weitere Besucher, sie liefen Hand in Hand durch den Regen und folgten in stillem Einvernehmen dem Weg, den sie früher mit Frieda gegangen waren – vorbei am Elefantengehege, dem Tropenhaus mit den dösenden Krokodilen und der Voliere mit den Kapuzineräffchen. Sie sahen zu, wie die Pinguine gefüttert wurden, beobachteten die pfeilschnellen, scheinbar schwerelos hinter der dicken Glasscheibe vorbeiziehenden Seebären und teilten sich in der Gaststätte oben auf dem Berg einen Teller pappige Pommes. Auch auf der Rückfahrt redeten sie wenig, und als Zorn den Volvo im Kreisverkehr um die Kirche am Hasenberg am Bordstein vor Malinas und Rufus' Haus parkte, löste Edgar den Sicherheitsgurt, blieb allerdings sitzen.

»War sie wirklich deine … *einzige große Liebe*?«, fragte er nach einer Weile.

»Wer sagt das?«

»Stand in der Zeitung.«

»Heute?«

»Hm.«

»Das ist Schwachsinn, Ede.«

»Okay.«

Edgar langte nach dem Türgriff, doch Zorn hielt ihn am Arm zurück. »Mama ist mir genauso wichtig. Früher, also, davor, meine ich. Es … es hat nur nicht so gut funktioniert. Wir haben einfach nicht …«

»… richtig zusammengepasst«, winkte Edgar ab. »Ich weiß.«

Offensichtlich hatte Malina schon öfter mit ihm über die Trennung gesprochen.

»Aber wir wollten immer, dass es dir gutgeht«, sagte Zorn. »Weil … na ja, du bist alles, was wir haben.« Er strich Edgar eine nasse Haarsträhne aus der Stirn. »Was stand denn noch drin?«

»In der Zeitung?«

»Ja.«

»Dass du …«, Edgar überlegte einen Moment, *»am Boden zerstört* bist. Oder so ähnlich. Und dass sich alle Sorgen um dich machen, weil …«

»Lass dir bloß nicht solchen Quatsch einreden. Der Typ, der das schreibt, ist ein Spinner. Ich rede nicht mit dem, also muss er sich was aus den Fingern saugen.«

»Ich fand den ganz okay.«

Zorns Augenbrauen hoben sich. »Du hast mit dem gesprochen?«

»Er hat vor der Schule gewartet. Und hat mich nach Hause gebracht.«

»Was hat er gefragt?«

»Nicht viel. Aber er hat ein Foto gemacht. Drüben, neben dem Briefkasten.« Edgar deutete auf das geschmiedete Eingangstor. »Und er … bist du sauer, Papa?«

»Nee.«

»Du siehst aber so aus.«

»Stimmt, ich *bin* sauer. Verdammt sauer sogar. Aber nicht auf dich. Wirklich nicht«, betonte Zorn, als Edgar ihn weiterhin unsicher ansah.

Er wartete, bis das rostige Gartentor klappernd hinter seinem Sohn ins Schloss gefallen war und machte sich auf den Rückweg. Noch aus dem Auto rief er Schröder an und erzählte, was vorgefallen war. Als er im Präsidium ankam, fand er das Büro verwaist vor.

Seine Nachricht lag noch an Schröders Platz. Dieser hatte ebenfalls eine Notiz hinterlassen, deren Wortlaut nahezu identisch war: *bin gleich wieder da*

Dreißig

Lars Patzlaff saß in seiner Stammkneipe, einem heruntergekommenen Café in einem Eckhaus am Hallmarkt, und tippte einen Artikel in seinen Laptop. Seine Finger flitzten routiniert über die Tastatur, ab und zu nippte er an seiner fleckigen Kaffeetasse oder nahm einen Zug von der Zigarette, die neben ihm in einem überquellenden Aschenbecher vor sich hinqualmte.

Es war nicht so, dass er gern hier arbeitete, im Gegenteil. Doch die Zeiten, in denen die Lokalredaktion eine komplette Etage im Verlagshaus am östlichen Stadtrand belegt hatte, waren lange passé, die Büroräume verwaist und die Redakteure gekündigt. Von ehemals mehr als einem halben Dutzend war nur noch er, Lars Patzlaff, geblieben – nicht etwa als Festangestellter, sondern als freier Mitarbeiter, der nur bezahlt wurde, wenn seine Artikel gedruckt oder online veröffentlicht wurden. Hatte er früher noch über Baumarkteröffnungen, die Sanierung des Sprungturms im Nordbad oder die feierliche Einweihung einer neuen Teigmaschine in der Kuchenfabrik am Autobahnzubringer berichtet, war er nun darauf angewiesen, *Headlines* zu produzieren, Überschriften, die aus der Masse der ständig wachsenden Informationsflut herausragten und Aufmerksamkeit generierten. Nach knapp dreißig Jahren im Geschäft kannte er sich damit aus, er brauchte nur seinen Spürsinn, die Kamera und den Laptop.

Es war müßig, dem lichtdurchfluteten Eckbüro, dem Festgehalt und dem Dienstwagen nachzutrauern (ein VW Polo, besser als nichts). Hier, an dem zerkratzten Ecktisch zwischen Garderobe und Eingang zur Herrentoilette, konnte Patzlaff zumindest in Ruhe arbeiten – um diese Zeit war er fast immer der einzige Gast. Der Kaffee war furchtbar, aber billig, und rauchen konnte man auch.

Er klickte auf den Ordner mit den letzten Fotos. Das Gesicht des Jungen würde man verpixeln müssen, aber es ließ sich so anstellen, dass man die Regentropfen auf dem Gesicht für Tränen halten konnte. Sein voller Name durfte nicht erwähnt werden, doch das Klingelschild war erkennbar.

Patzlaff fischte eine neue Zigarette aus der Schachtel und steckte sie an, den Blick unverwandt auf den Laptop gerichtet. Er kniff ein Auge im aufsteigenden Rauch zusammen und tippte eine Bildunterschrift ein: *SIE WAR WIE EINE MUTTER FÜR IHN*. Zögerte kurz und änderte das letzte Wort: *SIE WAR WIE EINE MUTTER FÜR MICH*.

Eine knappe Woche nach dem Tod der Staatsanwältin drohte die öffentliche Aufmerksamkeit nachzulassen. Anfangs hatten die Medien bundesweit berichtet, und auch jetzt noch verfolgte die Konkurrenz den Fall. Doch Lars Patzlaff hatte einen unschätzbaren Vorteil – er kannte sich hier aus, hatte seine Quellen. Und seinen Instinkt. Es hieß, die Suppe am Köcheln zu halten.

Eileen, die Kellnerin, brachte ihm wortlos einen neuen Kaffee. Patzlaff bedankte sich mit einem Brummen und überflog seinen Artikel. Die Schlagzeile *(WIRD DER KOMMISSAR AM TOD DER STAATSANWÄLTIN ZERBRECHEN?)* war gut, und auch der Text war okay. Dort war von den Sorgen die Rede, die der Junge sich um seinen unglücklichen Vater machte – der Kleine hatte zwar kaum etwas gesagt, doch Patzlaff zitierte ihn nicht wortwörtlich und wenn er darüber spekulierte, dass der Kommissar kaum noch fähig war, seine Arbeit zu verrichten und *seinen Kummer in Alkohol ertränkte*, musste man erst einmal das Gegenteil beweisen. Selbst dann hatte Patzlaff sein Ziel erreicht – Aufmerksamkeit, mehr brauchte er nicht. Er hatte versucht, mit dem Kommissar zu reden, doch dieser hatte deutlich zu verstehen gegeben, was er von Lars Patzlaff hielt, sein Kollege hatte ihn sogar bedroht. Hauptkommissar Schröder war nicht zu unterschätzen, Patzlaff hatte mehrfach über ihn berichtet – unter anderem, als er vor ein paar Jahren einem Verdächtigen die Kniescheibe zerschossen hatte. Seine Drohung war also ernst zu nehmen, doch Patzlaff musste nicht nur die Miete zahlen, sondern auch den Unterhalt für seine beiden Ex-Frauen; nicht zu vergessen Markus, sein missratener Sohn, der mit Mitte dreißig im dreizehnten Semester Jura studierte. Sie hatten seit über zehn Jahren keinerlei Kontakt, doch mindestens einmal im Monat wurde Lars Patzlaff beim Blick auf die Abbuchung auf seinem Kontoauszug an seinen missratenen Sprössling erinnert.

Er winkte Eileen herbei und bestellte ein Stück Erdbeertorte. Für einen Mann, der straff auf die sechzig zuging und über zwanzig Kilo Übergewicht hatte, war das keine gute Idee, doch ab und zu musste sich der Mensch etwas gönnen.

Nach einem letzten Zug von der Zigarette stieß er den Rauch durch die Nase aus und unterdrückte ein Gähnen. Seit morgens um fünf war er nun auf den Beinen, nachdem ihn eine seiner Quellen im Stadtkrankenhaus in die Notaufnahme bestellt hatte. Der Tipp hatte ihn fünfzig Euro gekostet, doch an den Obdachlosen war kein Herankommen gewesen. Also hatte Patzlaff weitere fünfzig Euro an einen der Rettungssanitäter bezahlt, von dem er immerhin die Stelle erfahren hatte, so dass er als einer der Ersten an der Brücke aufkreuzte.

Verwertbare Informationen hatte er nicht bekommen, die Beamten vom Bundeskriminalamt waren extrem zugeknöpft und da Patzlaff niemanden kannte, hatte er nichts erfahren. Auch Polizeioberrat Gursky, der die Ermittlungen im Fall der toten Staatsanwältin leitete, war vor Ort gewesen. Seit das BKA ermittelte, drang so gut wie nichts an die Öffentlichkeit, die Identität des Unfallfahrers war noch immer geheim; sogar Lars Patzlaff, der alle Hebel in Bewegung gesetzt hatte, tappte im Dunkeln. Gurskys Anwesenheit konnte nur bedeuten, dass es eine Verbindung gab – welche, ließ sich momentan nicht einmal vermuten, doch Patzlaff konnte es *riechen*. Die Fotos, die er gemacht hatte, waren bereits online – im Grunde genommen nichtssagende Aufnahmen, auf denen die Absperrbänder, ein paar Gestalten in Schutzanzügen und ein Leichenwagen zu sehen waren. In seiner Not hatte Patzlaff über eine *RÄTSELHAFTE BLUTTAT IM NEBEL* geschrieben. Die Sache war groß, soviel war klar. Lars Patzlaff hatte ein Gespür für solche Dinge. Und er hatte Ausdauer. Manchmal hieß es, geduldig zu sein und sich vorerst auf anderes zu konzentrieren – zum Beispiel auf den unglücklichen Sohn eines vom Schicksal gebeutelten Polizisten.

Er verschlang den Kuchen, ließ die Rechnung anschreiben und packte zusammen, um den Artikel zu Hause zu beenden. Als er zum Abschied eine Bemerkung über Eileens *geilen Arsch* machte, wurde dies mit einem müden Lächeln quittiert, der angewiderte Blick, mit dem sie ihm nachsah, entging ihm wie üblich.

Es war noch nicht einmal sechzehn Uhr. Die Autos, die sich vor dem Hallmarkt in Richtung Hochstraße stauten, hatten bereits die Lichter an. Patzlaff schlug den Mantelkragen hoch und lief mit großen Schritten geduckt durch den Nieselregen. Seine Wohnung lag kaum hundert Meter entfernt, und als er in die Seitenstraße hinter dem Dom einbog, wurde er angesprochen. Kommissar Schröder schien seine Meinung geändert zu haben, er entschuldigte sich für die Störung und bat um ein Gespräch. Als Patzlaff die Tür seiner Dachwohnung öffnete, ließ sich der kleine Polizist nicht davon abhalten, die nassen Schuhe im Flur auszuziehen und versicherte, er werde Patzlaffs wertvolle Zeit nur kurz in Anspruch nehmen.

Das war tatsächlich der Fall, denn bereits zwei Minuten später lagen Laptop und Kamera zersplittert auf den Küchenfliesen und Patzlaff hielt sich stöhnend die Nase, während das Blut zwischen seinen Fingern in die fleckige Spüle tröpfelte. Kommissar Schröder vergewisserte sich, dass die Nase nicht gebrochen war, empfahl zur Schmerzlinderung Aspirin und schlug vor, die Schwellung mit Eis zu kühlen. Bevor er ging, entschuldigte er sich noch einmal für die Umstände und verließ die Wohnung erst, nachdem er Patzlaff einen angenehmen Abend gewünscht hatte.

*

»Du hast … *was*, Schröder?«

»Ich habe ihn gebeten, die Privatsphäre seiner Mitmenschen zu achten. Insbesondere im Fall eines wehrlosen Kindes.«

Schröder streifte die tropfende Nylonjacke ab und schob die Bürotür mit der Schulter ins Schloss.

»Und Patzlaff hat das akzeptiert?«, fragte Zorn.

»Der Artikel wird nicht veröffentlicht. Und es wird keine weiteren geben. Weder über Edgar noch über dich.«

Schröder lief zum Schreibtisch und ließ sich in seinen Stuhl fallen.

»Einfach so?«, hakte Zorn nach.

»Yep.«

Schröder langte nach dem Stapel neben seiner Tastatur, griff eine Akte und schlug sie auf. Zorn rollte seinen Stuhl nach hinten, verschränkte die Arme und musterte Schröder über den Rand seiner Lesebrille.

»Und wie genau hast du das angestellt?«

Schröder brummte etwas vor sich hin.

»Ich verstehe dich nicht.«

»Ich sagte …«

»Was ist eigentlich mit deiner Hand?«

Schröder hob den linken Arm und wedelte mit den Fingern. »Was soll mit der sein?«

»Die andere.«

»Keine Ahnung, was du …«

»Die Knöchel, Schröder. Die sind ganz rot.«

»Hab ich mir draußen im Flur aufgeschürft. Der Putz ist ganz rau, die Wände müssten dringend gestrichen …«

»Du hast dem eine reingehauen.«

Schröder klappte die Akte zu. »Ich hatte ihn gewarnt.«

»Du hattest gedroht, ihm sämtliche Knochen zu brechen.«

»Hab ich aber nicht«, verteidigte sich Schröder. »Ich hab ihm keinen einzigen Knochen gebrochen. Höchstens ein bisschen Knorpel.«

»Bitte?!«

»Eine harmlose Prellung.« Schröder deutete zur Erklärung auf seine Nase. »Wenn überhaupt.«

»Der wird dich anzeigen.«

»Soll er ruhig«, gab Schröder gleichgültig zurück. »Edgar ist ein Kind. Kinder müssen geschützt werden. Sie sind leicht zu beeinflussen, aber wenn man das ausnutzt, hört der Spaß auf.«

Einunddreißig

Vier Jahre zuvor. Jordanien.
Golf von Aqaba, Rotes Meer.

»Hast du dich eingecremt?«, fragte Anna.

»Klar.« Tarek sah von seinem Buch auf. »Geduscht hab ich auch, *Mutti.*«

Anna erwiderte sein Grinsen, sank zurück in den Liegestuhl und hielt ihr Gesicht wieder in die Sonne.

Im Laufe der Jahre war das Hotel ein wenig heruntergekommen, die Fassade konnte einen neuen Anstrich vertragen, die Terrakottaplatten um den Pool hatten Risse bekommen, doch Hamza hatte darauf bestanden, dass die Familie wieder zusammenkam – schließlich hatte er hier seinen vierzigsten Geburtstag gefeiert und würde es mit dem fünfzigsten ebenso halten.

Rahul kam herbeigeschlendert. »Lust auf ein Bier?«, fragte er und deutete zur Bar hinter dem Pool.

»Jetzt nicht«, erwiderte Tarek. »Später vielleicht.«

Rahul wandte sich an Elias, der rechts neben Tarek in einer Zeitschrift über angewandte Kristallographie blätterte. »Und du?«

»Kein Bier«, verkündete Anna, ohne die Augen zu öffnen.

»Ich hab sowieso keinen Durst«, murrte Elias.

Den Plan, Fotograf zu werden, hatte er schon lange verworfen. Nachdem er zwischenzeitlich eine Karriere als Archäologe, Schriftsteller und zuletzt als Astrophysiker einschlagen wollte, spielte er nun mit dem Gedanken, unter die Mineralogen zu gehen. In den vergangenen Monaten war er regelrecht in die Höhe geschossen und überragte seine fünfzehnjährigen Altersgenossen um eine halbe Kopflänge – auch seinen zwei Jahre älteren

Bruder, der nun breitbeinig hinüber zur Bar lief. Nach Annas Meinung war Rahul trotzdem gewachsen – zwar nicht in die Höhe, dafür aber in die Breite. Er sei nicht klein, tröstete sie ihn immer, sondern kompakt; womit sie nicht unrecht hatte, mit dem breiten Brustkorb und dem kräftigen Nacken hatte Rahul die Statur eines Boxers.

Er trat in den Schatten des Vordaches aus getrockneten Palmwedeln über der Bar und setzte sich auf einen freien Hocker neben seinen Onkel. Hamza sah kurz von seinem Handy auf, zog einen Geldschein aus der Hemdtasche und reichte ihn Rahul, der den Barkeeper heranwinkte.

»Was liest du da eigentlich?«, fragte Anna.

Tarek hielt ihr das Buch entgegen.

»Chemie im Medizinstudium«, las sie vom Einband ab und verdrehte die Augen. »Wo bist du gerade?«

»Substitutionsreaktionen am ungesättigten Kohlenstoffatom«, erklärte Tarek und blätterte um.

»Langweilig«, brummte Elias.

»Klugscheißer«, grinste Tarek.

»Du Armer«, seufzte Anna. »Ich hab's gehasst. Vielleicht tröstet dich das ja«, sie tätschelte Tareks Hand, »du wirst es nie wieder brauchen.«

»Papa will mich nachher trotzdem abhören.«

»Er hat Angst, dass du ihn blamierst.«

»Wo ist er eigentlich?«, fragte Elias gähnend.

»Nimm die Hand vor den Mund.«

»Mama, ich bin kein kleines Kind …«

»Euer Vater will sich vor der großen Party ein bisschen ausruhen.« Anna deutete über die Schulter zum Hotel. »Er hat sich noch mal hingelegt.«

»Ist ja was ganz Neues«, murmelte Elias.

Vom Strand wehten das Rauschen der Brandung und die

schrillen Rufe der Einheimischen heran, die den Touristen gekühlte Coladosen, überteuertes Eis und gefälschte Luxusartikel anboten.

»Hoffentlich holen sie sich keinen Sonnenbrand.«

Anna sah besorgt hinüber zu Tante Raissa und der jungen Frau, die auf der anderen Seite des Pools in ihren Liegestühlen eingeschlafen waren. Nachdem Raissa sich von Daniel getrennt hatte, war sie jahrelang allein hergekommen und nun erstmals wieder in Begleitung angereist. Rachel, ein zartes, grazíles Mädchen, stammte aus Israel und studierte Jura in Haiffa. Sie wirkte schüchtern und jedes Mal, wenn sie angesprochen wurde, errötete sie verlegen. Das lag wohl auch daran, dass sie weder Arabisch noch Deutsch sprach und sich nur auf Englisch verständigen konnte.

»Kein Wunder, dass die eingepennt sind«, stellte Elias fest und klappte seine Zeitschrift zu. »Bei dem Lärm, den sie die ganze Nacht machen.«

»Vielleicht stellen sie ja die Möbel um«, überlegte Tarek.

»Und warum schreien sie dann so rum?«

»Es ist bestimmt anstrengend«, lächelte Anna. »Die Schränke sind ziemlich schwer.«

»Das Doppelbett auch«, ergänzte Tarek ernst.

»Aber …«

Elias stutzte, erkannte, dass er auf den Arm genommen wurde und sprang mit der Bemerkung, verarschen könne er sich alleine, in den Pool.

Hamzas Lachen dröhnte herüber. Er hob seine Bierflasche, stieß mit Rahul an und flüsterte ihm etwas ins Ohr, worauf Rahul ebenfalls laut auflachte.

»Die Zeit vergeht immer schneller«, murmelte Anna kopfschüttelnd. »In ein paar Monaten wird er achtzehn.«

Und dann, überlegte Tarek, wird ihm Hamza eine Frage stellen.

Es wird deine freie Entscheidung sein.

Rahul würde das Angebot nicht ablehnen. Wie es aussah, hatte er es längst angenommen.

Zweiunddreißig

Die Dämmerung war hereingebrochen. Sie saßen im grellen Neonlicht seit einer halben Stunde schweigend vor ihren Aktenbergen. Zorn, der in den vorläufigen Unfallbericht vertieft war, las etwas über die *Ausmessung der Unfallsituation*, bei der *sowohl das Rechtwinkel-Koordinaten-Messverfahren als auch das Dreiecksmessverfahren angewandt wurden*, ohne viel zu verstehen. Er blätterte um, räusperte sich und sah auf.

»Ja?«, fragte Schröder.

»Hier steht, dass ein unfallanalytisches Gutachten in Auftrag gegeben wurde.«

»Das ist mir bekannt. Es ist nicht unüblich, einen externen Gutachter heranzuziehen.«

»Der Bericht ist wahrscheinlich direkt auf Gurskys Schreibtisch gelandet.«

»Und da wird er wohl auch bleiben.«

»Kennst du einen …«, Zorn beugte sich blinzelnd über die Akte, »A Punkt Beyschlag?«

»Wen?«

»Beyschlag«, wiederholte Zorn. »B, E, Ypsilon …«

»Nicht, dass ich wüsste, Chef.«

»Er leitet das …«, Zorns Augen verengten sich hinter der Lesebrille, *»Mitteldeutsche Institut für Unfallforensik.«*

»Das kommt mir bekannt vor«, überlegte Schröder. »Wenn

ich mich recht erinnere, ist das Sachverständigenbüro damals herangezogen worden, als Rufus überfahren wurde.«

Das war einige Jahre her. Rufus war entführt und in einem Wassertank gefangen gehalten worden. Er konnte fliehen, doch auf der Kreuzung am Zoo wurde er überfahren und war seitdem vom Hals abwärts gelähmt. Der Unfallfahrer beteuerte seine Unschuld und behauptete, Rufus sei ihm direkt vor den Wagen gerannt. Rufus selbst stand unter Schock und konnte keine Aussage machen, doch das Unfallrekonstruktionsgutachten hatte die Angaben des Fahrers bestätigt.

»Die sitzen in dem Büroturm am Bahnhof«, sagte Zorn.

»Aha.«

»Liegt das nicht auf deinem Heimweg?«

»Nicht direkt aber … warum fragst du?«

»Ich dachte …«

»Ja?«

»Vielleicht steht ja was Interessantes drin. In dem Gutachten.«

Als Zorn nach der nächsten Akte griff, kam der Stapel ins Rutschen und die obere Hälfte landete klatschend auf dem abgetretenen Teppichboden. Er klaubte die Akten fluchend zusammen, stutzte und richtete sich auf.

»Die Postmappe«, sagte er und wedelte mit einem grauen Pappordner. »Hab mich schon den ganzen Tag gefragt, wo die ist.«

»Das glaub ich dir aufs Wort, Chef.«

»Hoppla«, wunderte sich Zorn, der den Ordner aufgeschlagen hatte. »Wir haben Post vom Generalbundesanwalt.«

»Was schreibt er denn?«

»Er weist an, dass das BKA übernimmt und erklärt, dass …«, Zorn hob die Stimme und las vor, *»sämtliche Dienststellen den Weisungen des Bundeskriminalamtes ab sofort unverzüglich zu* *folgen haben.«* Er sah auf. »Hier steht auch, dass Polizeioberrat Gursky die Ermittlungen leitet.«

»Gursky hat erwähnt, dass das offizielle Schreiben wohl irgendwo auf dem Dienstweg hängen geblieben ist.«

»Das klingt plausibel.«

»*Sehr* plausibel.«

»Die Anweisung ist gar nicht vom Generalbundesanwalt.« Zorn klang enttäuscht. »Sondern von einem Stellvertreter.« Er rückte die Lesebrille auf der Nase zurecht. »Die Unterschrift ist kaum zu entziffern. Kein Wunder, man hat den armen Mann mitten in der Nacht aus dem Bett geholt.«

»Wie meinst du das?«

»Hier steht nicht nur das Datum«, Zorn tippte auf die Mappe, »sondern auch die Uhrzeit. Kaum vier Stunden nach dem …«, er schluckte, »Unfall.«

»Das ging aber schnell.«

»Dienstweg hin oder her«, sagte Zorn und klappte die Mappe zu, »hat trotzdem über eine Woche gedauert bis zu uns. Ganz schön lange, findest du nicht?«

Draußen auf dem Parkplatz fiel die Tür einer schweren Limousine mit einem dumpfen Knall ins Schloss. Zorn ging zum Fenster und sah eine schlanke, dunkel gekleidete Gestalt aus einem schwarzen BMW mit Berliner Kennzeichen steigen.

»Polizeioberrat Gursky scheint Überstunden zu machen«, sagte Schröder, der ebenfalls ans Fenster getreten war.

»Was will der hier?«

»Er hat sich mit seinen Leuten im fünften Stock einquartiert.« Schröder deutete nach oben. »Bei den Kollegen vom Qualitätsmanagement.«

Der hochgewachsene Mann raffte den Schal vor dem Hals und lief im schwefligen Laternenlicht zwischen den Streifenwagen auf das Präsidium zu. Er erreichte die Treppe zum Eingang, nahm zwei Stufen auf einmal und verschwand unter dem Vordach.

»Ich kenne den nicht«, brummte Zorn. »Aber das ist bestimmt genauso ein arrogantes Arschloch wie …«

»Ich muss los.«

»Wie bitte …?«

Schröder erklärte dem verdutzten Zorn, daheim noch etwas erledigen zu müssen. »Ich werde ungefähr zwei Stunden brauchen«, teilte er mit und deutete auf die Akten, die sich kreuz und quer über den Schreibtisch verteilten. »Vielleicht kannst du dich in der Zeit ein wenig um das Chaos hier kümmern. Aber sei bitte pünktlich, ja? Punkt neunzehn Uhr steht das Abendessen auf dem Tisch.«

Dreiunddreißig

Es gab Lasagne und zum Dessert eine Mango-Kokosmousse, die Schröder von seinem letzten Einkauf in *Heinlein's Delicatessen- und Spirituosengeschäft* noch im Tiefkühlschrank gefunden und aufgetaut hatte.

»Der Kaffee ist alle«, sagte er, als sie nach dem Essen vor dem flackernden Kamin Platz genommen hatten. »Du wirst morgen früh mit einem Tee vorliebnehmen müssen.«

»Ich werd's überleben«, erwiderte Zorn.

Schröder hatte wie selbstverständlich festgelegt, dass Zorn bei ihm schlafen würde. Eine dauerhafte Lösung war das natürlich nicht, doch die kommende Nacht war gerettet, zumindest die nächsten Stunden würde er nicht allein verbringen müssen.

Zorn nippte an seinem Glas. Er hatte ein Bier abgelehnt und

begnügte sich wie Schröder mit zuckerfreier Cola. »Was musstest du eigentlich so Wichtiges erledigen?«

»Ich habe etwas untersucht«, sagte Schröder, langte neben sich, nahm ein Holzscheit vom Stapel neben dem Kamin und warf es ins Feuer.

»Und was?«

Schröder deutete auf eine durchsichtige Plastiktüte, die auf der kleinen Kommode neben der Verandatür lag.

»Was ist das?« Zorn reckte neugierig den Hals.

»Eine Tüte.«

»Das sehe ich. Was ist da drin?«

»Ein Handy.«

»Wo hast du das her?«

»Gefunden.«

»Wo?«

»Heute Morgen.«

»Ich fragte *wo* und nicht *wann*.«

Schröder schlug die Beine übereinander und wippte mit dem Filzpantoffel am Fuß. »Ich hatte Polizeioberrat Gursky gebeten, mir die Leiche genauer ansehen zu dürfen. Er hat es gestattet.«

»Und da hast du das Handy gefunden?«

»Yes.«

»Und wo genau?«

»In der Innentasche der Jacke.«

»Und du bist sicher, dass es Tarek Macha …«

»Hundertprozentig natürlich nicht, schließlich habe ich hier keine Möglichkeit, die Fingerabdrücke zu untersuchen.«

»Dazu hättest du ins Labor gehen müssen. Aber das konntest du nicht, weil Gursky es erfahren könnte.«

Schröder sah Zorn an, ein leises Lächeln spielte um seine Mundwinkel.

»Du hast Beweismittel unterschlagen, Schröder.«

»Nicht doch. Ich habe etwas *gefunden.*«

»Ohne Gursky zu informieren.«

»Er hat nicht danach gefragt. Außerdem werde ich ihn natürlich in Kenntnis setzen.«

Schröder sah an Zorn vorbei zur Fensterfront vor der Veranda. Der Regen hatte aufgehört, eine fahle Mondsichel schimmerte durch die Wolken und tauchte den See in milchiges Licht.

»Und wann?«, fragte Zorn.

»Zum richtigen Zeitpunkt. Wenn ich weiß, was das alles zu bedeuten hat. Ich vertraue den Kollegen vom Bundeskriminalamt natürlich voll und ganz«, erklärte Schröder ernst. »Ich will nur sichergehen.«

»Natürlich.« Zorn kippte den letzten Rest lauwarmer Cola hinunter und leckte die klebrigen Lippen. »Und was genau hast du rausgefunden?«

»Es ist ein Prepaid-Handy. Und definitiv nicht das einzige, das Tarek Macha besessen hat. Er muss ein zweites benutzt haben.«

Es gab keinen Grund, an Schröders Worten zu zweifeln. Zorn hatte die Werkstatt, die sich Schröder in der Garage neben dem gestapelten Brennholz eingerichtet hatte, nur ein paar Mal betreten und sich nur flüchtig umgesehen. Dort, zwischen halb auseinandergenommenen Laptops, Dutzenden Monitoren, Festplatten und schier unendlichen Mengen an Platinen, Ersatzteilen und Werkzeugen, hatte Schröder nicht nur das Transistorradio seines Großvaters, den alten Rasenmäher und Edgars erstes Dreirad repariert, sondern auch die Daten von Friedas Handy wiederhergestellt und nun auch seinen morgendlichen Fund genauestens unter die Lupe genommen.

»Das Handy wurde nicht zum Tefefonieren verwendet«, sagte Schröder. »Auch nicht zum Fotografieren. E-Mail-Programm und Internetbrowser wurden ebenfalls nicht benutzt. Es diente nur einem einzigen Zweck.«

Zorn, der noch nicht ahnte, worauf Schröder hinauswollte, drehte sein leeres Glas in den Fingern und betrachtete den Widerschein der Flammen, die sich in allen Farben des Regenbogens auf dem geschliffenen Kristallstiel spiegelten.

»Über das Handy wurde nur mit einer einzigen Person kommuniziert«, sagte Schröder und ließ die Daumen vor dem Kugelbauch kreisen.

»Und wie? Wenn weder telefoniert noch … ach so!«, fiel Zorn ein. »Kurznachrichten!«

»*Si, señor.* Mittlerweile ist die App weitverbreitet, es ist also nicht ungewöhnlich, dass …«

»Welche App?« Zorn sah auf.

»Telegram.«

»Du meinst …« Zorn dachte nach. »Tarek Macha hat nur mit einem Menschen Nachrichten ausgetauscht?«

»Auf diesem Handy jedenfalls. Deshalb gehe ich ja auch davon aus, dass er ein weiteres …«

»Über Telegram?«

»Jawohl.«

»Nee, Schröder«, stammelte Zorn. »Du willst doch nicht etwa sagen, dass er …«

Das Glas entglitt seinen Fingern. Ungeachtet seiner Körperfülle reagierte Schröder blitzartig, schnellte aus dem Sessel und fing das Glas ein paar Zentimeter über dem Boden auf, bevor es auf den Eichendielen zerschellte.

»Nee«, wiederholte Zorn mit ungläubig geweiteten Augen. »Das kann einfach nicht sein.«

»Das dachte ich zuerst auch«, sagte Schröder und stellte das Glas hinter sich auf dem Tresen ab. »Aber es ändert nichts an den Tatsachen. Wenn man überzeugt ist, dass etwas nicht sein *kann*, schließt das noch lange nicht aus, dass es trotzdem so *ist*.«

Vierunddreißig

Abdel Samadi stand im Wohnzimmer und sah hinaus in den gepflegten Garten. Er hatte beobachtet, wie die Sonne hinter der gestutzten Ligusterhecke untergegangen war, doch registriert hatte er es nicht; auch, dass er die letzte Stunde in völliger Dunkelheit verbracht hatte, war ihm nicht bewusst. Sein Gesicht war bleich, regungslos, der Tee in der Porzellantasse in seiner linken Hand längst kalt. Als er die Tasse zum Mund führte, schien er auch dies nicht zu bemerken, doch seine Finger zitterten so heftig, dass der ziselierte Silberlöffel auf den dicken Teppichboden fiel.

»Ich muss zum Dienst, Abdel.«

Das Klicken des Lichtschalters ertönte. Als er sich umwandte, flammten die Deckenstrahler auf. Anna hatte ihren Mantel übergestreift und kramte in ihrer Handtasche.

»Auf der Kommode.« Samadi wies in den Flur.

»Im Kühlschrank ist ein halbes Hühnchen, du kannst es in der Mikrowelle warm machen«, sagte Anna, obwohl sie wusste, dass ihr Mann das Huhn – wenn überhaupt – kalt essen würde; ebenso, wie diesem nach langjähriger Ehe bewusst war, dass sie wie so oft nach ihren Autoschlüsseln suchte.

»Mit wem hast du Dienst?«, fragte Samadi.

»Doktor Zöllner.«

»Sieh ihm genau auf die Finger. Er denkt, nur weil er ein Skalpell halten kann, ist er ein guter Chirurg. Außerdem bringt er Unruhe ins Team. Ich glaube, er hat was mit einer von den Assistenzärztinnen.«

»So wie wir damals.«

»Das …«, Samadi rieb sich müde das Gesicht, »das war etwas anderes.«

Anna wandte sich zum Gehen.

»Jedenfalls traue ich Zöllner nicht«, sagte Samadi. »Wenn es kompliziert wird, ruf mich an, dann komme ich …«

»Ich hab versucht, sie zu schützen, Abdel.«

Samadi wich ihrem Blick aus und sah hinüber zu dem gerahmten Foto mit den drei schwarzhaarigen, lachenden Kindern auf dem Kaminsims.

»Trotzdem haben wir Rahul verloren«, sagte sie ruhig. »Und nun auch Tarek.«

»Anna, ich …«

»Ich weiß, dass du nicht darüber reden willst. Aber *ich* will es. Und du wirst es ebenfalls müssen.«

Anna sah ihn abwartend an. Er schwieg, nur die Teetasse in seinen Fingern klirrte auf der Untertasse.

»Wie du meinst«, sagte sie schließlich. »Hab einen schönen Abend. Und denk an das Hühnchen.«

Ihre Schritte verhallten im Flur. Die Wohnungstür schloss sich mit einem gedämpften Knall. Abdel Samadi trat wieder ans Fenster, während die Absätze seiner Frau draußen auf den Gehwegplatten zum Carport klackerten. Ein Motor sprang an, dann fuhr der Passat davon.

Samadis starres Gesicht schimmerte im silbrigen Mondlicht wie eine Totenmaske. »Es tut mir leid«, schluchzte er auf. »Aber was hätte ich denn tun …«

Die Tasse entglitt seinen Fingern. Das Porzellan blieb heil, doch der dicke, stark gezuckerte jordanische Tee ergoss sich auf seine Hausschuhe und färbte den Teppich, so dass es aussah, als würde Doktor Abdel Samadi in einer Blutlache stehen.

Fünfunddreißig

Zorn rauchte auf der Veranda zwei Zigaretten, um seine flatternden Nerven zu beruhigen. Frostiger Herbstwind wehte über den See heran, rauschte in den Wipfeln der Kiefern und rüttelte an den Fenstern im Obergeschoss. Als er zurück ins Haus ging, fühlte Zorn sich keinen Deut besser, doch er fror wie ein Schneider.

»Ich kapier das nicht«, stellte er resigniert fest, ließ sich neben Schröder in den Sessel fallen und stand umgehend wieder auf. »Sorry, aber …« Er fischte mit klammen Fingern seine Zigarettenschachtel aus der Jacke und lief zurück zur Verandatür.

»Du warst doch eben erst rauchen, Chef.«

»Ja, aber es hat nicht gereicht. Ich muss nachdenken. Und dazu muss ich …«

»Geh ins Bad.« Schröder wies auf die Tür neben dem Gästezimmer. »Aber mach das Fenster auf. Das ist eine Ausnahme«, rief er Zorn nach, der schon auf dem Weg war und im Gehen das Feuerzeug klicken ließ. »Eine *einmalige* Ausnahme!«

Als Zorn nach einer weiteren hastig inhalierten Zigarette zurückkehrte, fühlte er sich etwas schwindlig und war ratlos wie zuvor.

»Und du bist sicher, dass …«

»Ganz sicher. Es ist das Handy, mit dem Frieda kommuniziert hat. Du kannst dir den Chat gerne ansehen, falls du …«

»Nicht nötig.« Zorn streifte die Kommode mit einem Blick, als wäre das schwarze Kästchen in der Plastiktüte kein Telefon, sondern eine Handgranate, die jeden Moment explodieren konnte. »Ich weiß ja, was drin steht.«

Zorns Erinnerungsvermögen mochte nicht sonderlich gut

ausgeprägt sein – ein weiterer von vielen Punkten, in denen er Schröder hoffnungslos unterlegen war, der über ein geradezu beängstigendes, vermutlich fotografisches Gedächtnis verfügte. Sich mit ihm messen zu wollen war ebenso sinnlos wie der Versuch, mit einem Tretroller gegen einen Formel-1-Wagen antreten zu wollen, doch nachdem Zorn stundenlang auf Friedas Handy gestarrt und gebrütet hatte, was die Nachrichten bedeuteten, kannte er jede einzelne. Er hatte versucht, sie zu vergessen, doch es war ihm nicht gelungen.

»Und was hat das nun zu bedeuten?«, fragte er kopfschüttelnd

»Zunächst einmal, dass Frieda und Tarek Macha sich kannten.«

Aus dem Obergeschoss drangen die melodischen Schläge der alten Standuhr, die Schröder nach dem Tod seiner Eltern liebevoll restauriert hatte. Unwillkürlich zählte Zorn mit, sah in die verlöschende Glut und lauschte, wie der zwölfte Schlag zwischen den lehmverputzten Wänden verklang.

»Können wir schlafen gehen?«, bat er. »Und morgen weiter reden?«

Schröder stimmte sofort zu, und kaum fünf Minuten später lag Zorn in dem schmalen Gästebett, roch den Blumenduft des Weichspülers der frisch aufgezogenen Laken und lauschte Schröders geschäftigen Schritten, der nebenan das Geschirr in den Spüler räumte.

Sein Verstand weigerte sich noch immer, es zu akzeptieren. Schröder hatte es nur widerwillig zur Sprache gebracht und nur, weil Zorn danach fragte. Sicherlich, irgendwann *hätte* er Zorn informiert, doch er hatte ihn schonen und ihm die Wahrheit später beibringen wollen: Tarek Macha und Frieda hatten sich gekannt.

Damit nicht genug, es war keine flüchtige Bekanntschaft, aus den Nachrichten *(ich vertraue dir)* ließ sich schließen, dass ihr

Verhältnis eng, *sehr* eng gewesen war *(geht's dir gut?)*, sie trafen sich sogar heimlich *(bleibt es bei heute abend?)*. Frieda verschwieg diese Treffen nicht nur, sondern sagte auch die Unwahrheit, als sie behauptete, mit einer Freundin verabredet zu sein.

Daraus ließ sich nur eines schließen: der Unfall war kein Zufall. Tarek Macha wusste nicht nur von dem Opernbesuch, sondern auch, dass die enge Seitenstraße hinter den Theaterwerkstätten auf Friedas Heimweg lag.

Er hatte dort gewartet.

Die Stufen der Treppe ins Obergeschoss ächzten unter Schröders Gewicht, oben wurde eine Tür geöffnet. Zorn verschränkte die Arme hinter dem Kopf und sah zur Decke, während Schröders Schritte im Schlafzimmer über ihm auf den abgeschliffenen Holzdielen knarrten.

Alles sprach für ein nicht nur enges, sondern intimes Verhältnis, obwohl selbst Schröder sich nicht vorstellen konnte, dass Frieda Zorn betrog. Es stimmte, so etwas passte nicht zu ihr, aber auf eine der Nachrichten hatte sie mit einem kindischen roten Herzchen reagiert, was ebenfalls nicht zu ihr passte. Tarek Macha war nicht nur kaum halb so alt wie Zorn, sondern auch deutlich jünger als Frieda, ein attraktiver junger Mann mit dunklen Augen unter langen Wimpern, der es im Gegensatz zu Claudius Zorn nicht nötig hatte, den Bauchansatz unter immer weiteren T-Shirts zu verstecken, immer mehr Zeit vor dem Spiegel zu verbringen, um das schüttere Haar über den Geheimratsecken zu drapieren und – nicht zu vergessen, überlegte Zorn mit einem freudlosen Grinsen weiter – noch im Besitz sämtlicher Finger war. Frieda war eine lebenslustige junge Frau, womöglich hatte er sie lange bedrängt. Was sprach dagegen, dass sie schließlich nachgab? Einmal nur, bevor sie den Rest ihres Lebens mit einem grauhaarigen, mürrischen Zausel namens Claudius Zorn verbringen würde?

Daraus ergab sich sogar ein Motiv.

Eifersucht, das älteste Motiv der Welt.

Ein Klassiker sozusagen.

Der Wagen war so dicht an Zorn vorbeigerast, dass ihm der Luftzug das Haar aus dem Gesicht wehte. Er war zu faul, die Toilette im Opernhaus zu benutzen und lieber rauchen gegangen. War er, Claudius Zorn, das Ziel gewesen? Der Nebenbuhler, der nur um Zentimeter verfehlt wurde, weil er ins Gebüsch pinkelte?

Es gab eine weitere Möglichkeit.

Vielleicht hatte Frieda die Affäre beendet, bevor sie richtig begann und Tarek Macha reagierte, wie man es aus Groschenromanen oder albernen Vorabendserien kannte: *Wenn ich sie nicht haben kann, soll sie niemand haben.*

Oben knarrten die Federn einer Matratze. Auch Schröder ging zu Bett, es wurde still. Nur der Wind pfiff um das kleine Haus, zerrte an den Fensterläden und ließ die Dachrinne klappern.

Zorns Augen fielen zu.

Friedas Tod war also kein Zufall. Eines hatte zum anderen geführt. Sicherlich, das alles klang platt und billig, doch das bedeutete nicht, dass es unmöglich war. Im Gegenteil, es gehörte zum Alltag und den Klischees, mit denen die Boulevardblätter ihre Schlagzeilen füllten. Es war …

… Schwachsinn, Claudius. Absoluter Schwachsinn.

Zorn riss die Augen auf.

Frieda?

Er lauschte angespannt. Zunächst war da nur das Rauschen seines Blutes, das Pochen des Herzens und ein leises, dissonantes Pfeifen, das einen beginnenden Tinnitus ankündigte. Dann, nach ein paar Sekunden, wieder die spöttische, etwas amüsiert klingende Stimme.

Es ist Unfug, und das weißt du. Zerbrich dir darüber nicht den Kopf, es ist Zeitverschwendung.

Aber ich will doch die Wahrheit …

Das wirst du, Claudius.

Wann?

Morgen ist auch noch ein Tag. Schlaf jetzt, Schatz.

Zorn drehte sich gehorsam auf die Seite, klopfte das Kissen zurecht und zog die Decke hoch bis zum Hals.

Frieda?

Ja?

Bist du wirklich noch da?

Du hörst mich doch, oder?

Ja.

Und du spürst mich.

Das auch.

Und warum, glaubst du, ist das wohl so?

»Weil ich's mir einbilde«, sagte Zorn in das leere Zimmer. »Ich werde verrückt.«

Sechsunddreißig

Claudius Zorn war seit seiner Kindheit ein Morgenmuffel, und so schien Schröder nicht weiter verwundert, dass er sich beim Frühstück wortkarg und einsilbig gab. In Wahrheit allerdings hatte Zorn nicht die geringste Lust, das am Abend zuvor begonnene Gespräch fortzusetzen, denn die bitteren Schlussfolgerungen lagen auf der Hand und mussten nicht weiter erörtert werden.

Der Morgen war diesig. Ein kalter Wind kräuselte den See,

und als Zorn auf dem Weg zum Volvo seine erste Zigarette rauchte, stach die Luft in seinen Lungen und die Metallklinke des Gartentors brannte auf seiner Handfläche. Noch waren die Pfützen auf der ungepflasterten Zufahrt zu Schröders Grundstück nicht gefroren, doch der nahende Winter war deutlich zu spüren.

Erwartungsgemäß bestand Schröder darauf, mit seinem Rennrad ins Präsidium zu fahren. Zorn quälte sich eine knappe dreiviertel Stunde durch den Berufsverkehr, doch trotz der Abkürzung, die Schröder durch den Stadtwald nahm, dauerte es eine weitere halbe Stunde, bis er im Büro erschien und bestens gelaunt erklärte, er habe einen kleinen Abstecher gemacht.

»Es hat ein wenig länger gedauert«, entschuldigte er sich etwas außer Atem. »Frau Schuster war nicht einfach zu überzeugen.«

»Frau … *wer*?«

»Schuster. Eine äußerst gewissenhafte Frau. Ihr Chef ist im Urlaub und telefonisch nicht zu erreichen.« Schröder streifte den Riemen seiner Aktentasche von der Schulter, nahm Zorn gegenüber Platz und ließ die Verschlüsse klicken. »Anfangs sah's gar nicht gut aus. Ich habe ihr sogar Kekse angeboten, aber«, er kramte eine Papiertüte hervor, »sie hat abgelehnt. Du weißt schon, die hat Doktor Samadis Frau gebacken, nach einem alten …«

»… Familienrezept, ja, ja.«

»Und du willst immer noch keinen …«

»Nein, Schröder. Ich will *keinen* Keks.«

»Wie du meinst.« Schröder verstaute die Tüte achselzuckend in einer Schublade. »Wie gesagt, sie war nicht einfach zu überzeugen, aber dann habe ich meinen Charme spielen lassen und … *schwups!*«, er schnippte mit den Fingern, »hat's geklappt.«

»Schwups?«

»Ja!« Schröders gerötetes Gesicht strahlte auf. »Toll, oder?«

»Es ist früh um acht, Schröder. Ich habe noch keinen Kaffee getrunken, sondern nur irgend so 'ne bittere Plörre, also sei bitte so nett und …«

»Keine *bittere Plörre*, sondern ein hochwertiger Earl Grey mit Bergamotte und …«

»Schon gut. Würdest du mir trotzdem erklären, wo du warst? Ganz langsam? Ich kapier hier nämlich nur Bahnhof.«

Schröder schüttelte verständnislos den Kopf. »Aber es war doch *deine* Idee!«

»Welche …«

»Das Gutachten.« Erneut langte Schröder in die Aktentasche auf seinem Schoß und förderte eine prall gefüllte Klarsichtfolie mit eng bedruckten A4-Blättern zutage. »Du selbst bist doch gestern auf den Verweis in der Akte gestoßen und hast überlegt, ob dort womöglich etwas Interessantes zu finden ist.«

Jetzt endlich begriff Zorn. »Und?«, fragte er und beugte sich neugierig über den Rand seines Bildschirms. »Hab ich recht?«

»Keine Ahnung, aber wir werden es gleich wissen. Frau Schuster war so freundlich, mir zwei Kopien zu machen. Eine für mich, und …«, Schröder kramte eine weitere Folie hervor, »eine für dich.«

»Darf ich vorher noch eine rauchen?«

»Aber nur kurz.«

»Kommst du mit? Du weißt schon, frische Luft schnappen und so.«

»Na gut.«

Siebenunddreißig

Das Bundeskriminalamt nahm mehrere Büros in der obersten Etage in Beschlag; Polizeioberrat Gursky selbst hatte sich für ein Eckbüro an der Stirnseite des Präsidiums mit Blick nach Nordosten zum Güterbahnhof entschieden. Er hatte seinen imposanten Ledersessel zur Fensterfront gedreht, in der einen Hand hielt er eine halbvolle Espressotasse, mit der anderen sein iPhone ans Ohr.

»Ich weiß nicht, warum ich mich auf diesen Irrsinn eingelassen habe. Ich kann nur versuchen … Nein, *du* hörst mir jetzt zu! Das Kartenhaus kann jeden Moment zusammenfallen, oder die Bombe geht im nächsten Augenblick hoch, wenn dir das Bild besser gefällt. Fakt ist – es ist *mein* Arsch, der dann explodiert! Und ich …«

Er verstummte, offensichtlich unterbrochen von der Stimme am anderen Ende der Leitung.

»Du kennst die beiden nicht«, sagte er, stand auf und sah hinab auf den Parkplatz, wo die Kommissare rechts neben dem Eingang auf der Bank unter der Kastanie in eine angeregte Diskussion vertieft zu sein schienen.

»Sie waren von Anfang an misstrauisch. Wenn sie was herausfinden, wird niemand sie stoppen können. Sie werden alles, ich wiederhole, *alles* auffliegen lassen, und dass dann die Hölle losbricht, wird ihnen egal sein.«

Der Polizeioberrat sprach ruhig, das markante Gesicht schien etwas bleich, doch er wirkte entspannt – abgesehen von der verräterisch pulsierenden Schlagader über dem schwarzen Rollkragen.

»Ich selbst werde nicht viel davon mitbekommen. Weil ich der

Erste bin, der an die Wand gestellt wird. Aber ich habe vorgesorgt. Denn du«, fügte er mit einem sarkastischen Lächeln hinzu, »bist direkt nach mir dran.«

Achtunddreißig

Die Unfallgutachter hatten nicht nur sämtliche Daten der Spurensicherung ausgewertet, sondern auch ein 3-D-Modell erstellt und mit einer Spezialsoftware den Unfallhergang rekonstruiert. Der Bericht war in dürrem Beamtendeutsch verfasst und wimmelte von für den Laien unverständlichen Fachbegriffen wie *Schadenskorrespondenz, taktil-kinästhetischer Bemerkbarkeit* oder *Risikoerhöhungslehre*, doch das Fazit auf der letzten Seite war in knappen, deutlich verständlicheren Sätzen abgefasst, die Zorn auf Anhieb begriff, zur Sicherheit allerdings zweimal las. Als er den Kopf hob, hatte Schröder seine Lektüre bereits beendet.

»Ich muss mich wohl bei dir entschuldigen, Chef. Du hattest recht.«

»Ach ja?«

»Die Akte mit den Zeugenaussagen. Die übersprungenen Seitenzahlen, erinnerst du dich?«

»Dunkel, Schröder. *Sehr* dunkel.«

»Das war kein Versehen. Da wurden Protokolle entfernt.«

»Aber …« Zorn hielt stirnrunzelnd inne. »Was hat das mit dem Gutachten zu tun?«

»Das besprechen wir später.« Schröder lehnte sich zurück, verschränkte die Finger im Nacken und sah nachdenklich zur Decke. »Einen Schritt nach dem anderen.«

»Und was wäre der erste?«

»Wir wurden viel länger an der Nase herumgeführt, als wir dachten.« Schröder wippte auf seinem Bürostuhl vor und zurück. »Von Anfang an, um genau zu sein.«

Es wurde still im Büro. Nur das dünne, rhythmische Quietschen der hydraulischen Federn unter Schröders gepolsterter Sitzfläche war zu hören.

»Weil …?«, hakte Zorn schließlich vorsichtig nach.

»Polizeioberrat Gursky wurde noch in der Unfallnacht zum Ermittlungsleiter ernannt. Er hat behauptet, die offizielle Anweisung wäre auf dem Dienstweg hängen geblieben. Stattdessen hat er sie zurückgehalten.«

»Der hat uns drei Tage lang rumwursteln lassen? Warum?«

»Um uns zu beschäftigen. Gursky war klar, dass wir keine Ruhe geben würden und hat sich so lange wie möglich im Hintergrund gehalten. Er hatte ja trotzdem die Fäden in der Hand und wusste genau, was *wir* wissen. Nicht nur das, er hat es sogar gesteuert, schließlich ging alles über seinen Tisch, auch die Protokolle der Zeugenaussagen. Ich wette«, seufzte Schröder, »es ist nicht die einzige unvollständige Akte.«

Zorns Miene verfinsterte sich. »Weißt du, was mich am meisten stört?«

»Dass man uns wie Idioten behandelt?«

»Dass wir's nicht mitgekriegt haben. Gursky hat uns am Nasenring durch die Manege geführt, und wir sind brav hinterhergetrottet. Er hat uns sogar die Drecksarbeit erledigen lassen, schließlich waren wir es, die Tarek Machas Eltern die Nachricht vom Tod ihres Sohnes überbracht haben.«

»Weil er wusste, dass wir weder von Iris Macha noch von Abdel Samadi etwas erfahren würden. Die sind genauso ahnungslos wie wir.«

»Das finde ich nicht in Ordnung, Schröder. Du etwa?«

»Nein, Chef. Das ist ganz und gar nicht in Ordnung.«

Zorns Blick wanderte mürrisch über die Aktenberge. »Dieser ganze Papierkram ist nicht nur nervend, sondern auch noch wertlos.«

»Im Gegenteil. Wir werden alles noch mal von vorn durchgehen.«

»Bist du … *irre*?«

»Bisher haben wir gesucht, ob *uns* etwas entgangen ist. Jetzt suchen wir, ob *Gursky* etwas übersehen hat, falls er noch weitere Akten manipuliert hat.« Schröder wies auf seinen Monitor. »Wir werden auch die digitalen Versionen überprüfen.«

»Aber …« Zorn stöhnte auf. »Dann wissen wir doch nur, was wir *nicht* wissen! Und wie sollen wir …«

»Nun, *etwas* wissen wir.« Schröder tippte auf die Klarsichthülle. »Wir haben das Gutachten.«

»Gursky wird nicht gerade Luftsprünge machen, wenn er's erfährt. Mann, Mann, Mann«, stöhnte Zorn und rieb den verspannten Nacken. »Erst unterschlägst du Beweismittel, und dann klaust du auch noch ein streng vertrauliches Gutachten.«

»Nun, als *klauen* würde ich das nicht unbedingt …«

»Ach, und wie dann?«

»Ich habe Frau Schuster ordnungsgemäß meinen Dienstausweis gezeigt. Dann habe ich ihr Kollege Brettschneiders Durchwahl gegeben, der meine Identität bestätigt hat. Trotzdem blieb sie skeptisch.«

»Also hast du ihr einen Keks angeboten?«

»Leider erfolglos.« Schröder hob die Schultern. »Frau Schuster ist ebenfalls Diabetikerin.«

»Die Arme.«

»Aber wir hatten ein Gesprächsthema. Und ich konnte meinen …«

»… Charme einsetzen. Verstehe.«

»Ich habe ihren Chef in den höchsten Tönen gelobt und ihr erklärt, wie wichtig seine Arbeit ist. Dass die ermittelnden Behörden seine Unterstützung bei der Verbrechensbekämpfung sehr zu schätzen wissen und dass es umso bedauerlicher ist, wenn eines seiner Gutachten auf dem Dienstweg abhandenkommt, ausgerechnet …«

»Abhanden?«

»Stimmt doch!« Schröders Augen weiteten sich unschuldig. »Wie hätte ich's denn sonst ausdrücken sollen?«

»Na ja … gelogen ist es jedenfalls nicht.«

Das, beteuerte Schröder, sei bei keinem einzigen seiner Worte der Fall gewesen. Er habe Frau Schuster nur mitgeteilt, dass das Gutachten bestimmt wieder auftauchen werde, doch da die Ermittlungen unter Hochdruck liefen, müsse jeglicher Zeitverlust dringend vermieden werden. Auch die Feststellung, dass die Unterlagen selbstredend strengstens vertraulich, aber sowieso bereits in Besitz der Behörden waren, die in Gestalt von Hauptkommissar Schröder lediglich um Aushändigung einer Kopie baten, sei die reine Wahrheit gewesen.

»Ich habe den Empfang sogar ordnungsgemäß quittiert.«

»Na dann«, brummte Zorn, »ist ja alles in Ordnung.«

Neununddreißig

Vier Jahre zuvor. Jordanien.
Golf von Aqaba, Rotes Meer.

Hamza Samadi ließ sich die Feier seines fünfzigsten Geburtstags einiges kosten. Das Buffet bog sich unter Dutzenden Schüsseln voller Fleischspieße, geschmortem Lamm und gebratenen Hühnchen, riesigen Tellern, die mit Reis, Fleischbällchen und gerösteten Pinienkernen gefüllt waren, zwischen denen sich unzählige Schälchen mit würzigen Pasten aus Kichererbsenmus oder Auberginencreme, Salate und gefüllte Blätterteigtaschen drängten. Die Musiker, die das Festmahl in traditionellen Gewändern auf arabischen Instrumenten begleiteten, wurden ausgiebig beklatscht, ebenso die Rede, die Tareks Vater Abdel für seinen älteren Bruder Hamza vorbereitet hatte. Die Stimmung war ausgelassen, immer wieder wurde auf den Jubilar angestoßen, und als die Familie nach dem Essen hinunter zum Strand ging, schwankte der ein oder andere ein wenig. Hamza nahm die Glückwünsche seiner Angehörigen mit feuchten Augen entgegen, und als um Mitternacht das Feuerwerk gezündet wurde, konnte er die Tränen der Rührung nicht mehr zurückhalten.

Danach begaben sich alle zurück zum Hotel, wo sie vom hauseigenen DJ mit einem alten Michael Jackson-Hit empfangen wurden. Anna verlangte sofort, mit ihren Söhnen zu tanzen, doch da sich Rahul und Elias vehement weigerten, ging Tarek – obwohl er ebenfalls nicht die geringste Lust hatte – mit gutem Beispiel voran. So verstrichen zwei weitere Stunden, und als die Musik mit Rücksicht auf die anderen Hotelgäste leiser gestellt wurde, tat dies der Stimmung keinen Abbruch.

Tarek, dem der Trubel allmählich zu viel wurde, ging zur Bar. Kurz darauf nahm Rahul neben ihm Platz und bestellte für jeden ein Bier. Als das Gewünschte gebracht wurde, sah er die Barkeeperin grinsend an.

»Kann ich dich zu irgendwas einladen?«, fragte er auf Englisch und wedelte mit einem Geldschein.

Die braungebrannte junge Frau war mindestens zehn Jahre älter als Rahul. Als sie dankend ablehnte und nach hinten zur Eiswürfelmaschine ging, wirkte ihr Lächeln etwas verkrampft.

»Wie du meinst, Baby!«, rief Rahul ihr nach.

Tarek trank einen Schluck Bier. »Hast du gerade *Baby* gesagt?«

»Klar. Warum nicht?«

»Kein guter Anmachspruch, kleiner Bruder.«

Rahul zuckte die Achseln. »Das wollen die Weiber so.«

»Tatsächlich?«, lachte Tarek. »Du musst noch eine Menge lernen, *Azizi.*«

Rahul formte die Banknote mit einem Bündel weiterer Geldscheine zu einer Rolle, die er wieder in der Brusttasche seines Hemdes verstaute – eine Angewohnheit, die er von seinem Onkel übernommen hatte.

»Ziemlich viel Kohle«, sagte Tarek.

»Mein Taschengeld.«

»So viel?«

»Hab's gespart.«

Rahul leerte sein Bier in einem Zug, verkündete, pinkeln zu müssen und lief breitbeinig zur Lobby, vorbei an seinen Eltern, die sich eng umschlungen im Takt eines verstaubten Elvis Presley-Songs drehten. Elias war am Tisch eingeschlafen, sein Kopf ruhte auf den Unterarmen vor einer aufgeklappten Winston Churchill-Biographie und einem halbvollen Glas Cola; weiter hinten versuchte Hamza lachend, die widerstrebende Rachel auf die Tanzfläche zu zerren. Tante Raissa gab ihr einen aufmunternden Klaps, rüttelte Elias sanft an der Schulter und kam, während dieser schlaftrunken zur Lobby schlurfte, herbeigeschlendert und setzte sich zu Tarek.

»Ein schönes Fest«, sagte sie und sah lächelnd zur Tanzfläche, auf der Hamza ihre Freundin an den Händen gefasst hatte und sich wild mit ihr im Kreis drehte. »Er hat es verdient.«

»Das hat er.«

»Er hat sich immer eigene Kinder gewünscht. Aber er kann keine bekommen. Sein …«, Raissa senkte vertraulich die Stimme,

»Sperma. Hamza würde es niemals zugeben, weil er zu stolz ist. Aber ich weiß, dass er bei mindestens drei Ärzten war. Darf ich?«

Sie nippte an Tareks Bier und verzog das Gesicht.

»Alkoholfrei«, grinste Tarek. »Schmeckt mir besser. Außerdem behalte ich lieber einen klaren Kopf.«

Sie schwiegen einen Moment.

»Wusstest du, dass dein Onkel Samir schwul war?«, fragte Raissa dann.

»Nee.« Tarek stutzte kurz. »Ist das wichtig?«

»Natürlich nicht!« Sie legte den Kopf in den Nacken und lachte hell auf. »Aber Samir hätte wohl ebenfalls keine Kinder bekommen, und ich bin nicht nur zu alt, sondern außerdem eine Lesbe. Hamza hat also nur Elias, Rahul und dich.«

Ein Kreischen erklang, Hamza hatte Rachel an den schmalen Hüften gepackt und wirbelte sie hoch in die Luft.

»Weißt du, was er tut, Tarek?« Raissa lallte ein wenig.

»Er verkauft Olivenöl. Außerdem baut er Wein an und …«

»Ich meinte, was er *eigentlich* tut.« Raissa sah ihn aus denselben tiefschwarzen Augen an, die ihre Vorfahren auch Tarek vererbt hatten. »Was glaubst du, warum er den Tunnel hinter dem Gästehaus in den Berg graben lässt? Um Olivenfässer zu lagern?«

»Nicht?«

»Er baut sich ein Versteck, Tarek.«

Sie nahm sein Gesicht in die Hände und flüsterte ihm etwas zu. Dann lief sie davon, drehte sich im Gehen noch einmal um und warf ihm einen Kussmund zu.

»Pass auf dich auf, ja?«, rief sie, bevor sie sich in den Reigen der Tanzenden einreihte. Es war das letzte Mal, dass Tarek mit seiner Tante sprach.

Vierzig

»Oha.« Schröder sah von seinem Monitor auf. »Ich muss mich wohl schon wieder entschuldigen.«

»Bei mir?«, fragte Zorn.

»Bei dem Labortechniker. Ich habe den armen Mann zu Unrecht am Telefon angeblafft. Das Labor hat nicht schlampig gearbeitet. Die haben Tarek Machas Blutwerte sicherlich genau analysiert. Wir haben sie nur nicht zu Gesicht bekommen.«

»Weil Gursky sie zurückgehalten hat?«

»Si señor.«

»Und woran«, fragte Zorn, »hast du das erkannt?«

»Ganz einfach, ich …«

»Lass mich raten. Die Seitenzahlen?«

»Ich habe die digitale Version und die ausgedruckte Akte verglichen.« Schröder wies mit dem Doppelkinn auf seinen Bildschirm. »Auf den ersten Blick gibt's keinen Unterschied. Der Ausdruck ist fortlaufend nummeriert, die Digitalversion nicht. Diesmal sind gleich fünf Seiten übersprungen.«

»Womöglich haben wir Gursky ja falsch eingeschätzt. Vielleicht verarscht er uns gar nicht, sondern will uns nur nicht mit dem ganzen Papierkram belasten.«

»Meinst du?«

»Du hast selbst gesagt, dass er ein höflicher Mann ist.«

»Polizeioberrat Gursky hat hervorragende Manieren. Aber das wäre eindeutig *zu* höflich. Ich fürchte, er hat andere Motive.«

»Apropos.« Zorn tippte etwas in seine Tastatur. »Sollten wir uns nicht langsam mal fragen, *warum* Gursky diesen ganzen Aufriss …«

»Das tue ich ständig.« Schröder starrte versonnen auf einen Punkt an der Gipskartondecke, den nur er wahrnehmen konnte. »Aber wir werden es wohl …«

»Guck mal«, unterbrach Zorn und sah Schröder über den Rand seines Bildschirms an. »Neuigkeiten von unserem gemeinsamen Freund.«

»Gursky?«

»Der andere. Patzlaff.«

Schröder stand schwerfällig auf und kam um den Schreibtisch.

»Er hat sich an deine dezente … *Bitte* gehalten.« Zorn drehte den Monitor in Schröders Richtung. »Jetzt schreibt er anderen Schwachsinn.«

Anstatt eines der Fotos von Edgar zu benutzen, hatte Patzlaff auf sein Archiv zurückgegriffen. *WAR ES EIN ISLAMISTISCHER SELBSTMORDANSCHLAG?*, stand über dem Foto eines maskierten IS-Kämpfers.

Patzlaff hatte den Leichenfund an der Brücke noch nicht mit Friedas Tod in Verbindung gebracht, auch Tarek Machas Identität war ihm offensichtlich nicht bekannt. Stattdessen konzentrierte er sich auf den Unfall und ließ sich weitschweifig über die *arabischen Wurzeln* des *jugendlichen Täters* aus, der zwar in Deutschland geboren und aufgewachsen war, was allerdings nicht ausschloss, dass sich der *rätselhafte Amokfahrer* nicht heimlich radikalisiert hatte. Es war also möglich, dass das Opfer als *unbeirrte Kämpferin für Demokratie und Gerechtigkeit* das Ziel eines *mörderischen Terroraktes* geworden war. Dass die Ermittlungen nun in den Händen einer Eliteeinheit des Bundeskriminalamtes lagen, stützte diese These, ebenso wie die *Mauer des Schweigens*, die den Tod der *schönen Oberstaatsanwältin* umgab.

»Eliteeinheit?«, brummte Zorn.

»Klingt doch gut. Und es erhöht die Klickzahlen.«

Zorn warf einen angewiderten Blick auf den Monitor. »Denkst du, Gursky lässt diesen Dreck dementieren?«

»Das ist nicht unser Problem.« Schröder ging wieder zu seinem Platz. »Irgendetwas muss Patzlaff schreiben, also saugt er es sich aus den Fingern. Er weiß schließlich weniger als wir.«

»Und das will was heißen.« Zorn nahm die Brille ab und hauchte in die Gläser. »Patzlaff ist ein Wichser, aber dämlich ist der nicht. Ausgeschlossen haben wir das ja zunächst auch nicht.« Schröder hatte die Durchsuchung von Tarek Machas Dachwohnung persönlich geleitet und keinerlei Hinweise auf einen terroristischen Hintergrund gefunden. Doch da hatten sie erst am Anfang der Ermittlungen gestanden und diese Möglichkeit weiterhin in Betracht ziehen müssen, die sie nun allerdings mit an Sicherheit grenzender Wahrscheinlichkeit ausschließen konnten.

»Es stimmt, wir tappen im Dunkeln«, sagte Schröder. »Aber was immer Gursky auch vertuscht, es hat nichts mit islamistischen …«

Sein Festnetztelefon schrillte. Er nahm ab, lächelte Zorn über den Schreibtisch an und formte mit den Lippen ein paar lautlose Worte: *Wenn man vom Teufel spricht.*

»Polizeioberrat Gursky lässt herzlich grüßen«, teilte er Zorn mit, nachdem das Telefonat nach einer knappen Minute beendet war. »Die Fahndung nach Tarek Machas Mörder ist leider bisher ergebnislos. Er wird uns ständig auf dem Laufenden halten und sofort informieren, wenn es Neuigkeiten gibt.«

»Das ist aber lieb.«

»Gursky will uns bei Laune halten. Weil er weiß, wie wichtig Frieda uns ist. Beziehungsweise *war*«, verbesserte Schröder sich seufzend. »Also versucht er, uns ruhig zu stellen.«

»Der hält uns nicht nur für bekloppt, der hält uns für …« Zorn suchte vergeblich nach einem passenden Adjektiv. »Ich würde dem zu gern die Meinung geigen.«

»Das wirst du, versprochen.« Schröder hob die Hand und spreizte Zeige- und Ringfinger. »Vorerst können wir Polizeioberrat Gursky nur einen dezenten Hinweis geben.« Er kam noch einmal um den Schreibtisch, legte Zorn einen Arm um die Schultern und deutete auf den Bildschirm mit Patzlaffs Artikel. »Wie wär's«, fragte er, »wenn der ausnahmsweise mal die Wahrheit schreibt?«

Einundvierzig

Als es klingelte, hockte Lars Patzlaff übernächtigt in seiner verqualmten Küche vor einem dampfenden Kaffeebecher. Er hatte kaum geschlafen, trotz mehrerer Aspirin dröhnte sein Schädel wie nach einer durchzechten Nacht. So war es nicht weiter verwunderlich, dass er zu spät reagierte und sein Besucher den Fuß in der Tür hatte, bevor er ihm diese wieder vor der Nase zuknallen konnte.

»Ich habe Sie hoffentlich nicht geweckt«, sagte der kleine Polizist und zwängte sich an Patzlaff vorbei in den Flur. »Es stört Sie doch nicht, wenn ich die Schuhe anbehalte? Ich muss gleich wieder los.«

Patzlaff war neben der Garderobe an die Wand zurückgewichen und presste sich mit dem Rücken gegen die vergilbte Tapete. Sein Gesicht war aschfahl, so dass die pflaumenfarbenen Blutergüsse um seine Augen noch deutlicher zu erkennen waren. Über der geschwollenen Nase klebte ein Pflaster.

»Wenn Sie mich auch nur berühren«, näselte er, »hole ich die …«

»… Polizei? Aber die ist doch bereits hier, Herr Patzlaff.«

»Ich werde Sie anzeigen. Wegen Körperverletzung und …«

»Das steht Ihnen frei. Sie gestatten?«

Als Schröder an Patzlaff vorbei in die Küche lief, duckte sich dieser wie in Erwartung eines Schlages.

»Die Kamera sollte man reparieren können.« Schröder musterte die Überreste von Laptop und Kamera, die sich auf der Arbeitsplatte neben der Spüle zwischen schmutzigem Geschirr und fettigen Pizzakartons verteilten. Plastiksplitter knirschten unter seinen Schuhen, Patzlaff hatte sich nicht die Mühe gemacht, den Boden zu fegen. »Aber der Computer …«

»Was wollen Sie?«

»Es geht um Ihren neuesten Artikel.«

»Was soll damit sein? Ich habe weder über den Jungen noch über seinen Vater geschrieben, und …«

»Selbstverständlich haben Sie das nicht, sonst würden Sie jetzt wohl kaum noch auf Ihren eigenen Beinen stehen. Ich verstehe, dass Sie Ihre Leser bei der Stange halten wollen. Aber die Annahme, es könnte sich um einen Terrorakt handeln, ist unbegründet. Natürlich wurde auch in diese Richtung äußerst akribisch ermittelt, deshalb kann ich Ihnen versichern, dass Ihre Spekulationen absolut haltlos sind. Dürfte ich Sie also bitten, die Menschen nicht weiter anzustacheln?«

Schröders tiefblaue Augen glänzten metallisch.

»Vielleicht schreiben Sie mal über etwas anderes.« Er zog einen Laptop aus seiner Aktentasche und legte ihn auf den fleckigen Tisch. »Es ist zwar nicht das neueste Modell, aber für Ihre Zwecke sollte es reichen. Schriftprogramm, Photoshop, alles da. Haben Sie einen Scanner?«

Patzlaff glotzte Schröder aus blutunterlaufenen Augen an.

»Den brauchen Sie nämlich«, sagte Schröder und legte eine Klarsichtfolie mit einem dünnen Papierstapel neben den Laptop. »Und? Haben Sie einen?«

»Im Sch-Schlafzimmer«, nuschelte Patzlaff.

»Fein.« Schröder wandte sich zum Gehen, dann fiel ihm noch etwas ein. »Sie schützen Ihre Quellen, nicht wahr?«

Patzlaff brachte ein zustimmendes Grunzen hervor.

»Anonymität wäre mir wichtig«, sagte Schröder. »Wenn mein Name erwähnt wird, würde mich das sehr verärgern. Und das wollen wir nicht, oder?«

»N-nein.«

»Dann sind wir uns einig.«

Schröder trat dicht an den weiter erbleichenden Patzlaff, ging auf die Zehenspitzen und begutachtete die geschwollene Nase.

»Tatsächlich«, stellte er zufrieden fest. »Nichts gebrochen.«

Er wünschte viel Erfolg bei der journalistischen Arbeit und verließ Patzlaffs Wohnung.

Zweiundvierzig

Knapp zwei Jahre zuvor.
Deutschland.

»Schicke Bude.« Tarek ließ sich in das ausladende Ledersofa fallen und breitete die Arme auf der Lehne aus. »Viel größer als meine. Sogar mit Balkon.«

»Willst du ’n Bier?«, fragte Rahul.

»Nee, ist mir noch zu früh. Außerdem«, sagte Tarek und verdrehte die Augen, »muss ich noch für die Klausur büffeln. Ich hätte dir ja beim Umzug geholfen, aber …«

»… du musstest lernen. Schon klar, du Streber.«

Tarek deutete auf die Playstation unter dem riesigen Flachbildschirm, der einen Großteil der gegenüberliegenden Wand einnahm. »Ist die neu?«

»Nagelneu«, nickte Rahul mit unverhohlenem Stolz.

»Du zockst zu viel, *yaba*.«

»Das geht dich nichts an, Bruderherz.«

»Sorry, ich hatte ganz vergessen, dass du …«, Tarek senkte spöttisch die Stimme, »*erwachsen* bist. Darf ich trotzdem fragen, was du so machst? Hast du 'ne Freundin?«

»*Eine*? Es sind ein paar mehr.«

»Und was macht der Job? Immer noch im Nachtclub am Hallmarkt?«

»Ich stehe jetzt am Tresen.«

»Dann hast du dich ja richtig hochgearbeitet. Vom Türsteher zum Barkeeper. Steile Karriere, würde ich sagen.«

»Das geht dich nichts an!«, wiederholte Rahul, diesmal allerdings war es ihm ernst. »Es ist *meine* Sache, klar? Ich rege mich auch nicht auf, dass du nur noch mit deinem Medizinkram beschäftigt bist. Und wenn Elias nach Amsterdam geht, weil er irgendwelchen Klugscheißerquatsch studieren will, dann soll er das machen. Aber lasst mich gefälligst in Ruhe, es reicht schon, wenn Papa mich nervt!«

»Schon gut, ich wollte nur …« Tarek bemerkte den Autoschlüssel, der neben Rahuls Handy auf dem Couchtisch lag. »Ach, und 'nen Benz fährst du jetzt auch? Doch nicht etwa die Kiste, die unten vorm Haus steht?«

»Genau die.«

»Irgendwas mache ich falsch.« Tarek seufzte theatralisch. »Ich fahre mit 'ner japanischen Rostlaube durch die Gegend, während mein kleiner Bruder im fetten Mercedes rumkurvt. Wie lange hast du Papa wegen der Kohle angebettelt?«

»Gar nicht.«

»Selbst verdient?«

»Ja.«

»Als … *Kellner*?«, grinste Tarek.

»Du kapierst es nicht, oder? Das geht dich einen verdammten …« Rahul atmete tief durch. »Die Kiste gehört mir gar nicht. Ich hab sie von ’nem Kumpel geborgt.«

Sein Handy vibrierte auf dem Couchtisch. Er las eine Kurznachricht, runzelte die Stirn und legte das Telefon zurück.

»Es geht mich wirklich nichts an«, entschuldigte sich Tarek. »Aber ich bin nun mal dein großer Bruder.«

»Schon gut.«

»Ich werd’s mir abgewöhnen.«

»Wird sowieso nichts.«

Sie lächelten sich an.

»Anna wird nächste Woche vierzig«, sagte Tarek.

»Ich weiß, wann meine Mutter Geburtstag hat.«

»Hast du schon ein Geschenk?«

»Nee.«

»Ernsthaft?«

»Mir wird schon was einfallen.«

»Es sind nur noch ein paar Tage, und wenn …«

»Ich werd’s schon nicht vergessen, *großer Bruder*.«

Wieder ertönte ein Brummen. Das Display des Handys auf dem Tisch blieb dunkel; Rahul griff in die Gesäßtasche seiner Jeans und holte ein weiteres hervor, auf dem eine Kurzmitteilung eingegangen war.

»Zwei Handys?«, fragte Tarek.

Rahul, der die Nachricht beantwortete, brummte etwas.

»Wozu braucht man die?«, hakte Tarek nach. »Als *Kellner*?«

Rahuls Antwort bestand aus einem warnenden Blick. Er hatte allen Grund, sich über Tarek zu beschweren, der sich immer wieder in die Angelegenheiten seines jüngeren Bruders einmischte, doch es geschah aus gutem Grund. Vor einem dreiviertel Jahr war Rahul achtzehn geworden; spätestens dann hatte ihm Onkel Hamza sein Angebot unterbreitet *(es wird deine freie Entscheidung sein)*. Tarek hatte mehrmals versucht, das Gespräch vorsichtig in diese Richtung zu lenken, doch Rahul blockte ab, und nachdem er deutlich gemacht hatte, er werde kein einziges Wort über dieses Thema verlieren, gab Tarek schließlich auf.

Als er die Wohnung seines Bruders eine knappe Viertelstunde später verließ, war die Dämmerung hereingebrochen, vom nahen Marktplatz wehte das Glockenspiel des alten Turmes heran, während dicke, schwere Schneeflocken in den Lichtkegeln der Laternen auf das Kopfsteinpflaster der engen Seitenstraße taumelten.

Tarek schlug den Jackenkragen hoch. Als er auf seinen Toyota zulief, streifte sein Blick das Nummernschild des Mercedes, der schräg gegenüber halb auf dem Fußweg parkte. Die Buchstaben nach dem Ortskennzeichen stimmten mit Rahuls Initialen – RS – überein. Und die Zahlen glichen seinem Geburtsjahr.

Die Brüder hatten sich gegenseitig immer vertraut; natürlich hatte jeder seine Geheimnisse, doch sie belogen einander nie – bisher jedenfalls, denn Rahuls Behauptung, der Mercedes sei nur geborgt, war eine glatte Lüge. Es brachte nichts, ihn zur Rede zu stellen, wenn man es tat, würde man ihn nur zu weiteren Lügen zwingen.

Tarek stieg in den Toyota, hauchte in die geröteten Hände und nahm sich zum wiederholten Mal vor, den Wagen in die Werkstatt zu bringen, um endlich die defekte Heizung reparieren zu lassen. Er schaltete die Scheibenwischer ein und fuhr vorsichtig an in dem Bewusstsein, nie ein guter Autofahrer zu werden – was zu verschmerzen war, solange er ein guter *Arzt* würde.

Er hielt sich nicht nur strikt an die Höchstgeschwindigkeiten, sondern blieb mindestens zehn Stundenkilometer darunter und steuerte den Toyota im Schneckentempo durch die schmalen

Gassen. Als er den Hallmarkt erreichte, wurden die Straßen breiter, er entspannte sich ein wenig und dachte an Rahul.

Die Wohnung war garantiert nicht billig, trotzdem konnte er sich nicht nur eine nagelneue Playstation, sondern auch diesen protzigen Wagen leisten. Und warum brauchte jemand, der tagsüber an der Spielkonsole zockte und seine Nächte hinter einem Tresen am Zapfhahn verbrachte, zwei Handys?

Eigentlich, dachte Tarek, gibt es nur zwei Gruppen von Menschen, die mehrere Handys besitzen. Zum einen die Businesstypen und vielbeschäftigten Manager, weil sie demonstrieren wollen, wie wichtig sie sind. Und zum anderen zwielichtige Gestalten, die ihre Geschäfte über verschlüsselte Kryptohandys abwickeln.

Zu welcher Gruppe gehörte Rahul?

Tarek bremste an einer Ampel.

Nun, ein vielbeschäftigter Manager war Rahul jedenfalls nicht.

Dreiundvierzig

»Und?«, fragte Zorn. »Wie war's?«

»Abwarten«, lächelte Schröder und streifte die Nylonjacke ab.

»Patzlaff mag zwar ein skrupelloses Arschloch sein«, sagte Zorn. »Aber er verbreitet nicht nur Schwachsinn. Zum Beispiel das, was er zuletzt über Gursky geschrieben hat.«

»Über Gursky?« Schröder schob das Doppelkinn vor, löste den Riemen seines Fahrradhelms und hängte ihn über seine Jacke an die Garderobe. »Was hat er denn … ach so«, fiel ihm ein, »du meinst die … *Eliteeinheit.*«

»Wahrscheinlich hat er Gursky gegoogelt. Ich hab das auch

gemacht. Hier«, Zorn reichte Schröder einen Ausdruck, »ich hab's mal zusammengefasst.«

»Das ist ja ein richtiges Dossier!«, staunte Schröder.

»Nicht doch«, wehrte Zorn bescheiden ab. »War in ein paar Minuten erledigt. Fotos gibt's überhaupt keine, ansonsten findet sich nicht viel. Polizeioberrat Gursky legt wenig Wert auf Öffentlichkeit, aber ein bisschen kann man sich zusammenreimen.«

Gurskys Name tauchte in einem längst geschlossenen Forum ehemaliger Bundeswehrsoldaten auf, mit denen er in den achtziger Jahren bei den Fallschirmjägern gewesen war. Weitere Treffer ließen darauf schließen, dass er an mehreren Auslandseinsätzen beteiligt gewesen war, unter anderem an der Evakuierung deutscher Zivilisten aus Albanien, einer Stabilisierungsmission der UN in Somalia und einer Spezialkräfteoperation in Afghanistan. Zuletzt war Gursky vor über zehn Jahren in einer DPA-Meldung erwähnt worden, wonach er die Leitung einer nationalen Spezialeinheit übernommen hatte, deren Ziel die *Planung und Durchführung von Sondereinsätzen mit mittlerem und höherem Gefährdungsgrad* war.

»Wir müssen aufpassen«, sagte Zorn. »Das ist 'n knallharter Typ, der macht kurzen Prozess.« Er strich sich mit der Handkante über die Kehle. »Das ist einer von denen, die dir mit 'ner zusammengerollten Zeitung die Augen ausstechen können.«

Schröder ging um den Schreibtisch zum Fenster. »Was wäre«, überlegte er und nahm seine Gießkanne vom Fensterbrett, »wenn er die Ermittlungen nicht nur lenkt, sondern auch *ablenkt*?«

»Wovon sollte er …«

»Von sich?«

»Moment mal.« Zorn wischte die Brille am Saum seines *Depeche Mode*-T-Shirts ab. Als er sie wieder aufsetzte, waren die

Gläser verschmiert wie zuvor, doch er hatte seine Gedanken ein wenig geordnet. »Du meinst, Gursky steckt da mit drin?«

»Nur eine Überlegung.«

»Und wie genau?«

Schröder goss schweigend seine Begonien.

»Dann geht's also um was völlig anderes?«, führte Zorn den Gedanken fort. »Gursky will gar nicht verhindern, dass wir irgendwelche Staatsgeheimnisse rauskriegen, sondern er hat Schiss, dass wir – beziehungsweise *du* – ihm auf die Schliche kommen könntest?«

»Das wäre dann logisch«, sagte Schröder über die Schulter.

»Aber was genau sollte Gursky denn angestellt haben? Der kannte Frieda nicht mal, also …«

»Darf ich?« Schröder zwängte sich hinter Zorn vorbei und ging mit der Gießkanne zum Waschbecken.

Zorn hatte eine Idee. »Falls Tarek Macha tatsächlich aus dem Krankenhaus entführt worden ist, warum nicht von Gursky? Der konnte da ja ein und aus gehen, wie er wollte. Womöglich auch später, in der Nacht, als Macha seine Mutter treffen wollte. Gursky war der Einzige, der das wusste. Wer sagt uns, dass er nicht allein zum Steinbruch gegangen ist, Tarek Macha eins über die Rübe gezogen und seine Leute erst angerufen hat, nachdem er den Jungen irgendwo versteckt hatte? Und dann …«

Schröder öffnete den Wasserhahn.

»Was für ein Schwachsinn.« Zorn lachte auf. »Das würde bedeuten …«

»… dass ein hochrangiger Beamter des Bundeskriminalamts einen flüchtigen Verdächtigen in seine Gewalt bringt, foltert und die Leiche an einem Ort deponiert, wo diese mit Sicherheit gefunden wird, ohne selbst groß Gefahr zu laufen, dabei entdeckt zu werden.«

»Das muss unter uns bleiben, Schröder. Wenn wir das jemandem erzählen, landen wir in der Klapsmühle.« Zorn tippte sich an die Stirn. »Allein die Vorstellung ist völlig absurd.«

»*Of course.* Es klingt abwegig.« Schröder schloss den Hahn. »Aber wir tappen seit Tagen im Dunkeln. Zumindest vorläufig sollten wir nichts ausschließen, egal, wie bizarr es …«

»Vergiss es, Schröder. Gursky hat vielleicht Dreck am Stecken, aber Tarek Macha hat er nicht ermordet.«

»Es ist eine Theorie.«

»Auch nicht theoretisch. Hast du seine Klamotten gesehen?«

»Selbstverständlich, ich bin nicht blind. Warum fragst du?«

»Sein Anzug ist garantiert maßgefertigt. Auch der Mantel, bestimmt aus irgend 'ner sauteuren Spezialwolle.«

»*Schur*wolle.«

»Sag ich doch. Nicht zu vergessen der Schal, Kaschmir oder so'n Zeug. Und natürlich die Schuhe.«

»Handgenäht, ist mir ebenfalls aufgefallen.« Schröder lehnte sich mit verschränkten Armen an das Waschbecken. »Und?«

»Der Täter hat ein ziemliches Gemetzel veranstaltet. Allein schon das ganze Blut, als er Tarek Macha die Rübe abgeschnitten hat. Nee, Schröder.« Zorn schüttelte entschieden den Kopf. »Gursky kann's nicht gewesen sein. Sonst hätte er sich ja die teuren Klamotten eingesaut.«

Vierundvierzig

»Ja, ich hab's gelesen.« Polizeioberrat Gursky saß telefonierend am Schreibtisch. »Ignorieren lässt sich das nicht, selbst *Spiegel Online* ist darauf angesprungen. Was ich tun werde? Abwarten, was sonst? Heute Abend lasse ich eine Pressemitteilung rausgeben. Das Übliche, aus ermittlungstaktischen Gründen kein Kommentar und so weiter. – Ich weiß selbst, dass die Sache damit nicht aus der Welt ist!«, presste er gereizt hervor. »Aber ich brauche Zeit!«

Er neigte lauschend den Kopf.

»*Wie* lange noch? Ich rede hier von Stunden, nicht von Tagen! Bist du jetzt vollkommen … ob ich …*was*?! Natürlich habe ich alles im Griff!«

Gursky lachte zynisch auf und trennte die Verbindung.

»Fragt sich nur, wie lange noch«, murmelte er, schwang den Sessel zum Fenster und starrte eine Weile mit mahlenden Kiefern hinab auf die trostlose Industrielandschaft unter dem wolkenverhangenen Himmel. Schließlich langte er hinter sich nach dem Festnetztelefon und tippte auf eine Kurzwahltaste, die ihn mit dem Büro schräg gegenüber verband.

»Ich will Umbach sprechen«, wies er an. »Sofort.«

Fünfundvierzig

»Gursky wird stinksauer sein«, sagte Zorn.

»Das will ich doch hoffen«, gab Schröder zurück. Er hatte seinen Bürostuhl um den Schreibtisch gerollt und saß neben Zorn vor dessen Computer. Seit er Lars Patzlaff verlassen hatte, war kaum eine Stunde vergangen, doch der Artikel war bereits online.

Das Foto zeigte Frieda mit einem Sektglas in der Hand in hochhackigen Pumps und schwarzem Abendkleid bei einem Festakt. Patzlaff hatte das Bild schon vorher verwendet und wahrscheinlich wegen des Zeitdrucks noch einmal benutzt. Sie sah wunderschön aus, fand Zorn, schön und gleichzeitig verletzlich. Kein Wunder also, dass Patzlaff sich für diese Aufnahme entschieden hatte, sie passte perfekt zu der Schlagzeile, die in fetten, grellroten Lettern auf dem Bildschirm flimmerte: *WAR ES MORD ???*

Schröder hatte richtig gelegen; Patzlaff zitierte nicht nur aus dem Gutachten, er hatte es gescannt und teilweise hochgeladen. Einen Großteil hatte Schröder zuvor geschwärzt, doch die verbliebenen Passagen über die *entweder nicht oder nur stark eingeschränkt funktionierende Bremsanlage* waren eindeutig genug.

Zorns Blick verharrte auf Friedas Foto. Er betrachtete die strahlenden Augen, ihr Lächeln, die Korallenohrringe. Und die kleinen Leberflecken am Hals, die er so gut kannte.

»Hörst du sie eigentlich immer noch, Schröder?«, fragte er, vergeblich um einen beiläufigen Tonfall bemüht.

»Warum willst du das wissen?«

»Weil ich glaube, dass ich langsam durchdrehe.«

»Das tust du nicht, Chef.«

»Gestern Abend, da …«, Zorn räusperte sich, »da hat sie gesagt, dass es Blödsinn ist. Du weißt schon, die Sache zwischen Tarek Macha und ihr.«

»Wie genau hat sie sich ausgedrückt?«

»Sie meinte, es wäre Schwachsinn. Zeitverschwendung.«

Schröder sah durch das Fenster hinaus in den Nieselregen. »Hat sie sich eigentlich jemals geirrt?«

»Ständig«, nickte Zorn. »Sie fand die letzte *Metallica*-Platte gut, das muss man sich mal vorstellen.« Er stieß verächtlich die Luft aus. »Und das Jackett, das sie mir zu Weihnachten …«

»Ich meinte, in *wichtigen* Dingen, Chef.«

»Nee«, erwiderte Zorn prompt. »Da hatte sie immer recht.«

»Dann sollten wir auf sie hören, findest du nicht?«

»Aber wir haben die Handys«, widersprach Zorn. »Die Nachrichten, was sollen die denn sonst bedeuten? Sie hat dem Typen einen Smiley geschickt, Schröder! Ein *verkacktes rotes Herzchen*!«

»Ich habe es zunächst auch vermutet«, gab Schröder zu. »Dass es um einen Beziehungsstreit ging, und dass Tarek Macha Frieda gezielt überfahren hat.«

»Vielleicht ging's gar nicht um sie. Sondern um mich, er hat mich nur verfehlt.«

»Das wäre die zweite Möglichkeit gewesen. Aber jetzt kennen wir das Gutachten. Warum hätte Tarek Macha seine eigenen Bremsen manipulieren sollen?«

»Er hätte die Schuld auf andere schieben können. Und es wäre kein vorsätzlicher Mord gewesen. Mit etwas Glück hätte er sogar mit einer Bewährungsstrafe davonkommen können.«

»Das wäre ein Argument. Aber wir sollten über eine dritte Möglichkeit nachdenken.«

Zorn las die Uhrzeit in der Kommandozeile des Monitors ab. »Er wird sich bald melden.«

»Mit Sicherheit.«

»Was willst du ihm sagen?«

»Was schon?« Schröder malte mit den Zeigefingern Anführungszeichen in die Luft. *»Mein Name ist Hase, ich weiß von nichts.«*

»Aber *er* weiß, dass wir das Gutachten haben. Es kostet ihn nur einen Anruf bei Frau … wie hieß die noch?«

»Schuster. Ich wette, er hat bereits mit ihr telefoniert.«

Sechsundvierzig

In Polizeioberrat Gurskys Augen war der Zivilfahnder, der zu ihm abgestellt war, nicht unbedingt der Hellste. Was zu vernachlässigen war, denn Gursky hatte jemanden angefordert, der sich in der Stadt auskannte. Und das war der Fall, Umbach lebte seit Jahren hier, ein unauffälliger, dünner Mann um die sechzig, den man eher für einen Buchhalter, nie im Leben jedoch für einen verdeckten Ermittler gehalten hätte. Seine Aufträge erledigte er zuverlässig und effektiv, stellte kaum Fragen und – ebenfalls nicht zu unterschätzen – brachte keine Unruhe ins Team, denn er beschränkte seine Konversationen nur auf das Notwendige und hielt sich ansonsten im Hintergrund.

Er drückte die Tür lautlos hinter sich ins Schloss und wartete geduldig, bis Gursky von ihm Notiz nahm. Es dauerte eine Weile, bis dieser schließlich von seinem Monitor aufsah und sich zurücklehnte.

»Unschöne Sache, oder?«

Umbachs Augenbrauen hoben sich. »Unschön …?«

»Der Artikel.«

»Ach so, der Artikel.« Umbach räusperte sich. »Ja. Äußerst unschöne Sache.«

»Wer war für den Unfallbericht zuständig?«

»Böhm.« Umbachs Antwort kam prompt. »Er hat die Akte bearbeitet, bevor sie in Umlauf gebracht wurde.«

»Offensichtlich ist ihm etwas entgangen.«

Umbach ordnete den Krawattenknoten. Dass ihm kein Platz angeboten wurde, schien ihn nicht zu stören. »Dazu kann ich nichts sagen.«

Das erwartete Polizeioberrat Gursky auch nicht. Wichtig war

nur, dass dieser unscheinbare Mann, der mit seiner gestelzten Ausdrucksweise und den steifen, förmlichen Bewegungen aus der Zeit gefallen zu sein schien, tat, was ihm aufgetragen wurde. Umbach lebte zurückgezogen in einer Altbauwohnung über einem Delikatessenladen in der Innenstadt und zeigte keinerlei erkennbare Ambitionen, Karriere machen zu wollen. Er schien sich in seinem Leben eingerichtet zu haben, was bei einem Mann in seiner Position nachvollziehbar war – jemand, der in wenigen Jahren in Pension ging, konnte kaum damit rechnen, noch in den gehobenen Dienst aufzusteigen. Ein weiterer Pluspunkt, denn die üblichen Intrigen und Machtspielchen waren von Umbach nicht zu befürchten. Er hatte kein Problem damit, nur ein Rädchen im Getriebe zu sein – winzig, doch reibungslos funktionierend, und wenn er am Morgen nach einer eintönigen nächtlichen Observation eingeteilt wurde, ein Gespräch auf einem abgehörten Handy zu transkribieren, zuckte er mit keiner Wimper. Auch seine Ortskenntnisse hatten sich schon mehrmals als hilfreich erwiesen – zuletzt, als er Gursky bereits vor Hauptkommissar Schröder auf mögliche Reifenspuren oberhalb der Brücke hingewiesen hatte.

»Wir können uns keine Fehler mehr erlauben, Umbach.«

Umbach stand schweigend vor dem Schreibtisch und wartete auf eine Anweisung, die er ebenso nüchtern und effizient ausführen würde wie die anderen zuvor. Er war kaum mehr als ein Hilfsarbeiter, doch er kannte die Hintergründe – einige jedenfalls, die komplette Wahrheit würde er wie das restliche Team niemals erfahren. Obwohl er erst seit wenigen Wochen dabei war, baute Gursky auf seine Verschwiegenheit. Als der Artikel online ging, wäre es naheliegend gewesen, die Quelle bei seinen Leuten zu suchen, doch Gursky dachte nicht eine Sekunde daran. Nach Jahren hatte er den Kern seines Teams zu einer kleinen, verschworenen Gemeinschaft geformt; Loyalität war die

Basis, und zwar ihm, Gursky gegenüber, dessen Wort über sämtlichen Gesetzen und Vorschriften stand. Seine Leute hatten Fehler, wie Böhm zum Beispiel, der in letzter Zeit immer häufiger mit geröteten Augen und heftigem Pfefferminzatem zum Dienst erschien. Er liebte seine Frau abgöttisch, und so war es kein Wunder, dass er zu viel trank, nachdem sie ihn mit zwei halbwüchsigen Kindern sitzengelassen hatte, um mit einem rumänischen Anlagenberater durchzubrennen. Dass Böhm den Verweis auf das externe Gutachten nicht gelöscht hatte, war unverzeihlich, Gursky würde es ihm trotzdem durchgehen lassen. Eine Standpauke würde er ihm halten, ordentlich den Kopf waschen, ebenso, wie er es mit Peuckert getan hatte, als dessen Name auf einer Verdächtigenliste in den Ermittlungsakten gegen einen Pädophilenring auftauchte. Es war aufwendig gewesen, Peuckerts Namen aus der Liste verschwinden zu lassen, doch Gursky kümmerte sich um seine Leute. Auch, als der impulsive Casdorff – trotz seiner Jugend einer der fähigsten Forensiker, die Gursky in über drei Jahrzehnten über den Weg gelaufen waren – vor einem Bordell randaliert und den Türsteher mit seiner Dienstwaffe bedroht hatte, ließ Gursky seine Verbindungen spielen, um den Vorfall zu vertuschen.

Ja, sie alle hatten Fehler. Doch Gursky nutzte diese Fehler, um die Truppe immer enger zusammenzuschweißen. Ein Team, das ihm absolut ergeben war.

»Wie läuft die Suche?«, fragte er.

Umbach antwortete nicht.

»Also immer noch beschissen. Wir weiten den Radius aus. Holen Sie Peuckert dazu. Ich erwarte Ihren Zwischenbericht in zwei Stunden.«

Gursky nickte in Richtung Tür. Umbach schien eine Verbeugung anzudeuten, bevor er ebenso geräuschlos verschwand, wie er gekommen war. Der Polizeioberrat starrte eine Weile ausdruckslos vor sich hin, straffte sich dann und nahm den Hörer des Festnetztelefons ab.

*

»Ich habe keine einzige Vorschrift verletzt.« Schröder reckte trotzig das Doppelkinn. »Die Dinge, die ich an die Öffentlichkeit gegeben habe, wären unter normalen Umständen längst publik gemacht worden. Gursky weiß es genauso wie wir. Er soll endlich begreifen, dass er uns gefälligst ernst zu nehmen hat.«

Wie auf Kommando schrillte das Telefon. Schröder langte nach dem Hörer, doch Zorn hielt ihn zurück.

»Darf ich rangehen?«, bat er. »Bisher kennt Gursky nur dich. Er sollte doch wissen, wen er außer dir noch an der Nase rumführt, oder? Außerdem gibt es kaum Dinge, die ich besser kann als du. Aber den Trottel spiele ich viel überzeugender. Schließlich muss ich mich kaum verstellen.«

Zorn ignorierte Schröders skeptischen Blick und nahm den Hörer.

»Herr Polizeioberrat!«, flötete er. »Was für ein Zufall, ich wollte Sie gerade anrufen! Ich finde, es ist längst Zeit für ein persönliches Gespräch. Sie auch? Toll, ich bin in zwei Minuten bei Ihnen!«

Siebenundvierzig

Gursky begrüßte Zorn mit einem Nicken und wandte sich dann wieder seinem iMac zu. Neben dem Mousepad lagen sein Handy, ein Notizblock und ein silberner Füllfederhalter akkurat aufgereiht.

»Ich bin sofort bei Ihnen«, sagte er und tippte etwas in seine Tastatur.

»Keine Eile«, versicherte Zorn jovial und schob einen verchromten Besucherstuhl vor den Schreibtisch. Der Raum war spartanisch und zweckmäßig eingerichtet, die Regale an den Wänden leer. Der einzig erkennbare Luxus bestand aus Gurskys beeindruckendem Ledersessel und einer kompakten, italienischen Espressomaschine auf einem Umzugskarton neben dem Garderobenständer, wo Gurskys Kaschmirschal über dem Wollmantel hing.

Das charakteristische Rauschen einer ausgehenden Mail erklang. Gursky ließ den Sessel zurückschwingen und sah seinen Besucher erwartungsvoll an.

»Beeindruckende Aussicht«, begann Zorn und wies auf das bodentiefe Fenster hinter dem Schreibtisch.

»Finden Sie?« Gursky sah über die Schulter hinab auf das Gewirr der Oberleitungen über den Schienensträngen des Güterbahnhofs, die trostlosen Backsteinhallen, rostigen Eisenbrücken und die von verlassenen Mietskasernen flankierte Ruine des alten Schlachthofes.

»Eigentlich ist die Stadt gar nicht so dreckig«, sagte Zorn. »Es gibt auch schöne Ecken. Man muss nur ein bisschen suchen.«

Gursky stützte die Ellbogen auf der Tischplatte ab, faltete die Hände unter dem Kinn und musterte Zorn aufmerksam. Es war schwer, dem Blick dieser grauen, prüfenden Augen standzuhalten, und erst kurz bevor Zorn beiseite sah, ergriff Gursky das Wort.

»Wie kann ich Ihnen helfen?«

»Ich dachte, es wäre umgekehrt.« Zorn gab sich verwundert. »Hatten *Sie* nicht bei *uns* angerufen?«

»Stimmt.«

Die Finger von Gurskys rechter Hand flitzten geübt über die

Tastatur. Er drehte den iMac in Zorns Richtung und lehnte sich zurück.

»Das haben wir vorhin auch gelesen«, winkte Zorn nach einem kurzen Blick auf die Webseite mit Patzlaffs Artikel verächtlich ab. »Das ist ein Schmierfink, den nimmt sowieso niemand ernst.«

Gursky antwortete nicht.

»Ach, dann ist das also … echt?« Zorns Augen weiteten sich in schlecht geheuchelter Verblüffung. »Ich dachte immer, ihr Typen vom BKA seid absolute Profis. Knallhart, unbestechlich und so. Dann gibt's bei euch also einen … wie nennt man das? Maulwurf?«

»Ich bin sicher, Hauptkommissar Schröder ist überzeugt, das Richtige zu tun«, erwiderte Gursky ruhig. »Er ist ein hervorragender Ermittler, der die Wahrheit herausfinden will. Das will ich auch. Aber manchmal ist es besser, die Wahrheit unter Verschluss zu halten.«

»Nennt man das nicht Vertuschung?«, überlegte Zorn laut. »Betrug? Irreführung? Oder …«

»Nicht, wenn die Wahrheit kontraproduktiv ist.«

»Ist das so?« Zorn dachte scheinbar angestrengt nach. »Das ist mir zu philosophisch«, schnaubte er schließlich frustriert. »Ich muss das mit Schröder besprechen. So was wie eine *kontraproduktive Wahrheit* ist hier bisher nicht vorgekommen, soweit ich weiß.«

»Richten Sie ihm bitte aus, dass ich volles Verständnis für seine Situation habe.« Gursky drehte den Rechner wieder in seine Richtung. »Aber er muss mir nichts beweisen. Und ich bitte darum, derartige … Aktionen in Zukunft zu unterlassen. Das ist nicht nur in seinem, sondern in unser aller Interesse.«

»Tatsächlich?«

»Nach allem, was man hört, war Oberstaatsanwältin Borck eine außergewöhnliche Frau.«

Halt die Klappe, dachte Zorn. *Du hast kein Recht, über sie zu reden.*

»Sie würde mir recht geben«, sagte Gursky.

»Sind Sie sicher?«

»Absolut. Sie kannten sie natürlich besser als ich, aber …«

HALT'S MAUL!

»… sie würde mir zustimmen.«

»Tatsächlich? Wissen Sie, was *ich* glaube? Sie würde euch so lange Feuer unterm Arsch machen, bis dieses Schmierentheater aufhört. Tja«, seufzte Zorn. »Fragen können wir sie ja nicht mehr, oder?«

Gursky drehte den Füller in den schlanken Fingern.

»Wir wissen, dass es kein Unfall war«, sagte Zorn. »Ganz zu schweigen von einem Zufall. Weil Frieda … beziehungsweise *Oberstaatsanwältin Borck* und Tarek Macha sich kannten.«

Gurskys Augen weiteten sich ein wenig hinter der randlosen Brille. »Wie kommen Sie darauf?«

»Wie nennt man das?« Zorn sah an Gursky vorbei aus dem Fenster. *»Quid pro pro«*, fiel ihm ein. »Ich sage Ihnen, was ich weiß, aber zuerst sind Sie dran. Fangen wir mit dem Mörder von Tarek Macha an. Habt ihr den schon? Nein? Aber ihr wisst, wer es war, oder?«

Gursky schüttelte stumm den Kopf.

»Okay, ist vielleicht zu schwer. Nehmen wir was Leichteres. Wie ist Macha aus dem Krankenhaus abgehauen? Ist er einfach so rausspaziert? Oder hat man ihn entführt? Waren es vielleicht seine Entführer, die ihn später umgebracht haben?«

Schweigen.

»Auch zu schwer?« Zorn rieb sich das Kinn. »Was haltet ihr eigentlich noch unter Verschluss? Muss 'ne ganze Menge sein.«

»Sie kennen die Situation, Herr Hauptkommissar. Mir sind die Hände gebunden, ich muss …«

»Das sollten Sie lieber unterlassen. Jedenfalls, wenn Schröder in der Nähe ist.«

Gursky sah Zorn verständnislos an.

»Er hasst Wortspiele«, erklärte dieser. »Sie wissen schon, *eine Hand wäscht die andere* oder«, Zorn wedelte mit dem Armstumpf, »dass jemandem die *Hände gebunden* sind. Er hat's mir verboten und sogar mit Kündigung gedroht, wenn ich's in seiner Gegenwart noch mal tue. Ich selbst habe kein Problem damit, aber Schröder … er ist momentan ziemlich dünnhäutig. Ich würde ihn lieber nicht reizen. Das betrifft übrigens auch mich.«

Gurskys gepflegte Finger trommelten auf den Armlehnen. »Inwiefern?«

»Ihr seid das BKA. Ihr wisst *alles*. Ihr kennt mich wahrscheinlich besser als ich selbst. Ihr wisst, dass ich kein guter Bulle bin. Ich war's nie und werde auch nie einer sein. Aber ich bin nicht als Bulle hier. Sondern als …

Ihr Mann? Witwer?

»… jemand, der den wichtigsten Menschen in seinem Leben verloren hat. Dass wisst ihr natürlich auch. Aber was ihr *nicht* wisst …«, Zorn beugte sich vor. »Ich kann verdammt hartnäckig sein. Und wenn man mir Blödsinn auftischt, krieg ich's vielleicht nicht sofort mit, aber irgendwann merke ich's. Wenn nicht, ist Schröder da.«

»Ich bin nicht auf eine Zusammenarbeit mit Ihnen angewiesen, Herr Hauptkommissar. Doch ich schätze Ihre Fähigkeiten.«

»Sie meinen die von Schröder.« Zorn stand auf und schob den Stuhl zurück an die Wand. »Ich werde Hauptkommissar Schröder Ihre Grüße ausrichten. Sie haben recht, er ist ein hervorragender Bull … äh, Ermittler. Der beste, wenn Sie mich fragen. Und es stimmt auch, dass er sich vor allem der Wahrheit verpflichtet fühlt. Die ist ihm extrem wichtig, für meinen Geschmack übertreibt er es manchmal. Aber was soll man machen? So ist er eben. Ich werde mit ihm über Ihre ... *kontaproduktiven Wahrheiten* sprechen. Wissen Sie, was ich glaube? Es ist ihm scheißegal. Wahrheit ist Wahrheit. Und Schröder wird erst Ruhe geben, wenn er sie kennt. Und jetzt bitte ich, mich entfernen zu dürfen, in zwei Stunden ist Mittagspause. In der Kantine gibt's Wurstgulasch mit Spirelli, das will ich nicht verpassen.«

Zorn nickte Gursky zum Abschied zu.

»Sind Sie schon mal verarscht worden, Herr Polizeioberrat? Ich meine, so *richtig*? Es ist frustrierend. Es kann aber auch ein Ansporn sein. Bei Schröder war das schon immer so. Bei mir jetzt übrigens auch.«

Achtundvierzig

Knapp zwei Jahre zuvor.
Deutschland.

Anna hatte gebeten, an ihrem vierzigsten Geburtstag kein – wie sie es nannte – *großes Brimborium* zu veranstalten. Also hatte Abdel einen Tisch in dem Restaurant neben der alten Burg reservieren lassen, wo sich die Familie in kleinem Kreis zum Essen versammelte. Es gab gebackenes Hühnchen mit Stampfkartoffeln, danach bestellte Abdel Sekt, um auf das Wohl seiner Frau anzustoßen. Zu Tareks Erleichterung verzichtete er auf eine seiner üblichen Reden und begnügte sich mit einer kurzen, blumigen Hymne an seine *Malika*, die nicht nur seine Königin war, sondern auch seine *Habibti*, seine Freundin, sein Schatz, seine große Liebe. Er dankte seiner *Amira* sichtlich gerührt für all die glücklichen Ehejahre und hob sein Glas, um auf seine geliebte

Ghazala anzustoßen, worauf Anna, die vor einem halben Jahr zur Oberärztin ernannt worden war und nur ungern als *Gazelle* bezeichnet wurde, peinlich berührt die Augen verdrehte und ihr Sektglas in einem Zug leerte.

Rahul winkte den Kellner herbei und bestellte eine weitere Flasche.

»Ich nehm ein Bier«, sagte er und sah seine Brüder fragend an. »Noch jemand?«

»Für mich 'ne Apfelschorle«, erwiderte Elias.

»Du kannst ruhig ein Bier trinken«, lächelte Anna.

»Hast du das gehört?« Tarek stupste Elias in die Seite. »Du darfst ein Bier trinken, kleiner Bruder!«

»Von mir aus auch zwei. Aber mehr nicht«, fügte Anna scheinbar drohend hinzu.

»Danke«, sagte Elias. »Ich komme später drauf zurück.«

Elias war zu einem schlanken, feingliedrigen jungen Mann herangewachsen. Mit den dichten, tief in die Stirn fallenden Locken, den langen Wimpern und den hohen Wangenknochen sah er eher aus wie ein Rockstar und nicht wie jemand, der täglich auf einer der Schulbänke im Gymnasium schräg gegenüber für sein Abitur büffelte, das er in einem halben Jahr aller Wahrscheinlichkeit nach mit Bestnote abschließen würde. Tarek hatte gesehen, wie Elias' Mitschülerinnen in seiner Gegenwart errötend die Köpfe zusammensteckten, doch dieser schien die heimlichen Blicke und das verlegene Kichern und Tuscheln nicht zu bemerken. Womöglich kümmerte es ihn auch nicht, soweit Tarek wusste, hatte er jedenfalls keine Beziehung und somit keine feste Freundin oder einen Freund.

»Willst du nicht die Geschenke aufmachen?«, fragte Tarek in die aufkommende Stille.

Anna nahm eines der Päckchen, die sich in der Tischmitte zwischen Blumenvasen und Kerzenständern verteilten. Nachdem sie das Geschenkpapier gelöst hatte, kam ein schwarzes Kästchen zum Vorschein.

»Das ist von mir«, erklärte Tareks Vater ein wenig verlegen.

Anna klappte den Deckel auf und stutzte überrascht. »Die ist wunderschön«, lächelte sie und ließ eine fein ziselierte Goldkette durch die Finger gleiten. »Ist das ein Opal?«

»Ich dachte, er passt zu deinen Augen«, erwiderte Abdel errötend. »Die Gravur auf der Rückseite bedeutet …«

»Darf ich?« Elias ließ sich die Kette reichen und betrachtete die arabischen Schriftzeichen. *»Nuur aiyni«*, las er vor. »Licht meiner Augen.«

»Besser als Gazelle«, stellte Tarek halblaut fest, was ihm einen schmerzhaften Fußtritt der weiterhin lächelnden Anna einbrachte, die bereits mit dem nächsten Päckchen beschäftigt war. Tareks Bemerkung, Rahul habe sein Geschenk wie immer auf den letzten Drücker besorgt und die Grönemeyer-CD bestimmt an der Tankstelle hinter der Kreuzung gekauft, wurde von Rahul mit einem Tritt auf Tareks anderen Fuß quittiert.

Anna umarmte Rahul und bedankte sich ebenso herzlich wie kurz darauf bei Tarek für die gefütterten Lederhandschuhe, die perfekt zu ihren weinroten Winterstiefeln passten. »Die waren bestimmt sauteuer, oder?«

»Meine Mutter hat was dazugegeben«, schwindelte Tarek. »Sie wünscht dir alles Gute.«

Er hatte den Wortlaut exakt wiedergegeben, doch dem Gesichtsausdruck seiner Mutter war zu entnehmen gewesen, dass sie Anna nicht *alles Gute*, sondern die Pest an den Hals wünschte.

Von ihrem jüngsten Sohn bekam Anna ein Taschenbuch von Amjad Nasser, einem jordanischen Dichter, der Elias' Meinung nach völlig zu Unrecht unterschätzt wurde.

»Die Übersetzung ist ganz okay. Aber das Original ist viel besser.«

»Du hast das Buch auf Arabisch gelesen?«, fragte Anna verwundert.

»Noch nicht ganz, ich bin auf den letzten Seiten.«

Rahul reagierte wie gewohnt und blaffte, Elias könne seine Angebereien den Pennern am Bahnhof erzählen. Tarek war anderer Meinung. Sein Arabisch war noch immer viel schlechter als das seiner zweisprachig aufgewachsenen Brüder. Tareks Ehrgeiz, seine Kenntnisse auf diesem Gebiet zu verbessern, hielt sich in Grenzen – im Gegensatz zu Elias, der immer auf der Suche nach einer Beschäftigung für seinen ständig auf Hochtouren laufenden Verstand war und die Sprache mittlerweile fließend beherrschte, so dass es nur logisch war, dass er sie nicht nur sprechen, sondern auch lesen wollte.

Als die Getränke serviert wurden, erschien ein weiterer, unverhoffter Gast. Onkel Hamza kam direkt vom Flughafen und war nach der anstrengenden Reise ein wenig erschöpft. Doch das, versicherte er, war eine Kleinigkeit für einen Mann, den nichts auf der Welt davon abhalten konnte, seiner geliebten Schwägerin persönlich zum Geburtstag zu gratulieren.

Neunundvierzig

»Ich hab versucht, ihn aus der Reserve zu locken.« Zorn nippte an einem Kaffee, den er sich auf dem Rückweg am Automaten neben dem Fahrstuhl geholt hatte. »Hat nicht geklappt. Aber … Scheiße, was ist das eigentlich? Bremsflüssigkeit?«

Er schob den dampfenden Pappbecher auf den Schreibtisch.

»Kaffee jedenfalls nicht«, erwiderte Schröder. »Ich will nicht wissen, wann der Automat zuletzt gereinigt wurde. Wer keinen Geschmack hat, sollte wenigstens auf seine Gesundheit …«

»Immer noch besser als das Gesöff, das du mir …«

»Das war ein *Earl Grey*.«

»… vorhin …«

»Handgepflückt.«

»… zum Frühstück …«

»Mit Bergamotte.«

»… aufgetischt hast.«

Ihre Blicke trafen sich über dem Schreibtisch.

»Könnten wir dann wieder zum Thema kommen, Chef?«

»Aber da sind wir doch. Du bist ein Teetrinker, Schröder. Ich wiederum verstehe nicht, warum man kochendes Wasser auf irgendwelches Unkraut kippen und das Gebräu auch noch lecker finden kann. Das geht schon seit Jahren so. Findest du nicht, wir sollten das endlich mal …«

»Bitte, Chef. Es reicht, ja?«

»War 'n Versuch«, entschuldigte sich Zorn, dem allmählich klarwurde, dass ihre absurden Streitgespräche wohl endgültig der Vergangenheit angehörten.

»Zurück zu Polizeioberrat Gursky«, sagte Schröder. »Was hältst du von ihm?«

Zorn stemmte sich ächzend aus dem Bürosessel und leerte den Pappbecher im Waschbecken. »Der Typ ist aalglatt.«

»Und …?«

»Mit allen Wassern gewaschen.«

»Also aalglatt.«

»Genau.«

»Das ist alles?«

»Na ja …« Zorn lehnte sich an das Waschbecken. »Er hat so 'nen silbernen Füller. Der Clip ist vergoldet, auf der Hülle ist ein weißer Stern eingraviert.«

»Montblanc. Wenn der echt ist, hat er ein Vermögen gekostet.«

»Der war garantiert echt, Schröder.«

»Und was sagt uns das?«

»Dass Gursky 'ne Menge Kohle hat.«

»Er spielt in einer völlig anderen Gehaltsklasse als wir. Gibt es weitere Schlussfolgerungen, die du aus diesem … *Füller* ziehen würdest?«

»Nö«, erwiderte Zorn nach einem kurzen Moment des Überlegens.

»Er ist also aalglatt, mit allen Wassern gewaschen und in Besitz eines sündhaft teuren Schreibgerätes.«

»Und er sieht verdammt fit aus. In den Boxring würde ich nicht unbedingt mit ihm steigen wollen.«

»Gursky war Fallschirmjäger. Er hat eine Nahkampfausbildung.«

Zorn zerknüllte den Pappbecher und ließ ihn auf dem Rückweg zum Schreibtisch in den Mülleimer fallen.

»Noch etwas, Chef?«

»Sein Rasierwasser.« Zorn rümpfte die Nase. »Das riecht echt eklig, wie …«

»Mehr ist dir nicht aufgefallen?«

»Eigentlich nicht. Vielleicht noch, dass er längst nicht so cool ist, wie er tut.«

»Woran machst du das fest?«

»Keine Ahnung. *Du* bist hier der Menschenkenner, Schröder. Ich erzähle nur, was ich gesehen habe.«

»Und was«, erkundigte sich Schröder geduldig, »hast du gesehen?«

»Weiß auch nicht genau.« Zorn fuhr mit dem Daumen unter die speckige Ledermanschette und kratzte den juckenden Armstumpf. »Wie gesagt, Gursky hat versucht, sich nichts anmerken zu lassen, aber … der weiß genau, woher Patzlaff seine Informationen hat. Eigentlich müsste er uns den Arsch aufreißen, er hat jedes Recht dazu. O doch, Freundchen!« Zorn hob die Stimme, als Schröder widersprechen wollte. »Du hast streng vertrauliche Informationen an die Presse durchgestochen! Und nur, weil du Gursky eins auswischen wolltest! Er hat dich geärgert, und du hast ihn zurückgeärgert wie ein kleiner Junge, dem man … Moment mal«, fiel ihm ein, »ist das nicht eigentlich *mein* Part?«

»Na und?«, gab Schröder trotzig zurück. »Man wird doch wohl auch mal eine kleine Ausnahme …«

»Beweismittel hast du auch unterschlagen!«

»Habe ich nicht! Ich habe das Handy nur vorläufig an mich genommen.«

»Vorläufig …?«

Schröders Augen wurden schmal. »Gursky spielt mit gezinkten Karten. Das kann ich auch. Und das weiß er jetzt, weil er den Artikel gelesen hat. Trotzdem glaubt er, er hätte alle Trümpfe in der Hand. Aber er irrt sich. Mit Tarek Machas Handy habe ich auch einen. Ich werde ihn bei Gelegenheit ausspielen.«

»Und wann?«

»Das wird sich zeigen. Es geht um Frieda. Das, was Patzlaff veröffentlicht hat, ist brisant, aber es schadet niemandem.«

»Gursky sieht das anders. Er meinte, manchmal wäre die Wahrheit … wie hat er's ausgedrückt? Kontraproduktiv?«

»Da bin ich anderer Meinung.«

»Er behauptet, Frieda hätte ihm zugestimmt.«

»Polizeioberrat Gursky behauptet eine Menge.«

»Stimmt. Trotzdem, jeder andere an seiner Stelle würde dir die Cordhose strammziehen. Aber er tut's nicht. Im Gegenteil, ich soll dir von ihm ausrichten, solche Aktionen bitte zu unterlassen. Er *bittet* dich, Schröder.«

»Das ist zumindest bemerkenswert.«

»Das ist kein Spiel, Schröder. Du riskierst deinen Arsch.«

»Deinen auch«, lächelte Schröder.

Zorn musste ebenfalls grinsen. »Scheiß drauf.«

Fünfzig

Knapp zwei Jahre zuvor.
Deutschland.

»Hast du gewusst, dass er kommt?«, fragte Anna halblaut.

»Nein«, sagte Tarek.

Es war kurz vor Mitternacht, sie hatten das Restaurant gerade verlassen und warteten auf ein Taxi. Anna sah hinüber zu den Parkbuchten auf der anderen Straßenseite, wo Hamza zuerst seinen Bruder, dann Elias zum Abschied an seine mächtige Brust drückte und eine schwere Reisetasche in den Kofferraum von Rahuls Mercedes wuchtete.

»Aber Rahul wusste es, oder?« Anna hob fröstelnd die Schultern.

»Sieht ganz so aus.«

»Ich frage mich, was das soll.«

»Du bist die Frau seines Bruders«, erwiderte Tarek. »Man wird nur einmal im Leben vierzig.«

»Haha.«

»Er wollte dir sein Geschenk persönlich übergeben.«

»Mein Schwager fliegt über dreitausend Kilometer, um mir ein … *Parfum* zu schenken?«

»Das war bestimmt teuer. Und er hat die Flasche schön eingepackt.«

»Einpacken *lassen.*« Anna schürzte die Lippen. »Und der Aufkleber vom Duty-Free-Shop war auch noch dran.«

Rahul schloss den Kofferraum, klatschte Elias ab und stieg in den Wagen. Als Hamza ihm folgte, schwankte die schwere Limousine unter seinem Gewicht.

»Wo schläft er eigentlich?«, fragte Anna.

»Bei Rahul im Gästezimmer.«

»Er hat ein *Gästezimmer*? Wo hat er eigentlich das ganze Geld her? Erst die neue Wohnung und jetzt dieses … protzige Auto.«

»Das ist nur geborgt«, beschwichtigte Tarek wider besseres Wissen.

Der Mercedes stieß zurück. Das Fenster auf der Beifahrerseite glitt herab, Hamza winkte ihnen im Vorbeifahren lachend zu.

»Er konnte mich noch nie leiden«, murmelte Anna und winkte zurück. »Das beruht auf Gegenseitigkeit, euer Onkel war mir schon immer suspekt.«

»Suspekt?«

»Niemand weiß genau, was er treibt.«

»Er baut Olivenöl an. Und er …«

»Glaubst du das wirklich?«

Tarek dachte an seine Tante. Das Gespräch, das er vor zwei Jahren mit Raissa am Hotelpool geführt hatte, war ähnlich verlaufen.

»Hamza kann tun und lassen, was er will«, sagte Anna. »Aber es gibt eine klare Grenze. Das weiß er, denn ich habe ihn immer gewarnt, euch ja nicht in irgendwas reinzuziehen. Aber jetzt …« Sie sah zu Tarek auf. »Kann es sein, dass genau das passiert ist?«

»Du siehst Gespenster.« Tarek zwang sich zu einem Lächeln. »Rahul ist erwachsen, er kann auf sich selbst aufpassen.«

Anna ließ Tarek nicht aus den Augen. »Wirklich?«

Ein Taxi näherte sich von der Kreuzung an der alten Burg.

Abdel Samadi rief hinüber, ob Tarek daheim abgesetzt werden wolle, doch der lehnte ab.

»Danke für die Handschuhe.« Anna ging auf die Zehenspitzen und hauchte ihm einen Kuss auf die Wange. »Ich hab dich lieb.«

»Ich dich auch.«

»Pass auf dich auf.«

Exakt dieselben Worte hatte Tante Raissa damals zum Abschied gesagt, fiel Tarek ein, als er kurz darauf durch die menschenleeren Straßen nach Hause lief. Er liebte Anna sehr, und es tat weh, ihr etwas vorspielen zu müssen. Sie war zu Recht beunruhigt, doch Tarek wusste ja selbst nicht, was genau hier vorging, warum also sollte er ihre Angst noch verstärken?

Es gab einen weiteren Grund. Als Raissa fragte, ob Tarek bewusst sei, was sein Onkel in Wirklichkeit tat, hatte er wahrheitsgemäß verneint. Sie erwähnte Hamzas geheimes Versteck, einen Tunnel, dessen Eingang durch einen Anbau am Gästehaus getarnt war und wollte wissen, ob Hamza ihm etwas darüber erzählt habe, was Tarek ebenfalls verneinte.

Was danach folgte, hatte sich tief in seinen Verstand eingeprägt. Er erinnerte sich an jedes Detail – den salzigen Duft des Meeres, das Rauschen der nahen Brandung, den Weingeruch in Raissas Atem, die sein Gesicht in die Hände nahm und ihn aus dunklen Samadi-Augen ansah.

Dann will er nicht, dass du es erfährst. Sonst hätte er es dir längst gesagt.

Raissa hatte ein wenig gelallt.

Falls du trotzdem etwas herausfinden solltest, stell keine Fragen. Behalte es für dich.

Es ging nicht nur darum, Anna zu beruhigen. Sie musste beschützt werden, denn Raissas Warnung war unmissverständlich gewesen.

Stelle dich Hamza nie in den Weg, Tarek. Niemand sollte das.

Einundfünfzig

Die Schiebetüren des Präsidiums glitten auf. Schröder erschien, erkannte den rauchenden Zorn auf der Bank unter der Kastanie, tippelte die Eingangsstufen hinab und wollte sich neben ihn setzen.

»Vorsicht«, warnte Zorn und wischte mit dem Jackenärmel über die verwitterten Holzlatten. »Du holst dir ’nen nassen Hintern.«

»Muchas gracias«, bedankte sich Schröder und nahm Platz.

»De nada.«

Schröder bedachte Zorn mit einem skeptischen Blick. »Du kannst es einfach nicht lassen, oder?«

»Das ist kein Kaffee.«

»Sondern?«

»Latte Macchiato.« Zorn wies mit dem Pappbecher auf die rückwärtige Fassade des Supermarktes gegenüber auf der anderen Seite des Parkplatzes. »Mit …«, er machte eine bedeutungsvolle Pause, »Haselnuss-*Flavour*.«

Er prostete Schröder zu. Dieser brummte etwas von unbelehrbaren Ignoranten und einem freien Land, in dem jeder das Recht hatte, seine Gesundheit nicht nur mit Nikotin, sondern auch mit anderen Giften wie überzuckertem Instantpulver und künstlichen Aromastoffen zu ruinieren.

»Auch einen?« Zorn langte neben sich und reichte Schröder eine Tüte. »Ich hab Salzbrezeln mitgebracht. Als zweites Frühstück sozusagen. Zuckerfrei, wegen deinem Diabetes.«

Schröder zögerte kurz, bevor er zulangte. Ein feiner Nieselregen trieb in wattigen Schwaden über den Parkplatz und überzog die Streifenwagen mit einer silbrig glänzenden Schicht.

»Weißt du, an wen ich gerade denke, Schröder?«
»Sag's mir.«
»An Sauer.«
»Der ist mir auch schon durch den Kopf gegangen.«
»Wie lange ist das her? Zehn Jahre?«
»Mindestens.«
»Herrje. Wie schnell doch die Zeit vergeht.«

Es war ihr erster großer Fall gewesen. Man hatte eine Blutlache gefunden, später auch die dazugehörige Leiche. Die Frau starb qualvoll, doch rätselhafter Weise hatte ihr Mörder sie nicht nur gefoltert, sondern auch Schmerzmittel verabreicht. Damals war Zorn noch Schröders Vorgesetzter und von Staatsanwalt Sauer zum Ermittlungsleiter verdonnert worden. Dieser vertraute – zu Recht – darauf, dass Zorn in dieser Position heillos überfordert war, doch es war Schröder, der herausfand, dass Sauer die Ermittlungsakten nicht nur teilweise zurückhielt, sondern auch manipulierte.

»Hoffen wir mal, dass er nicht genauso endet«, sagte Zorn.
»Wer?«
»Du weißt schon.«

Zorn wies über die Schulter zur vom Regen glänzenden Fassade des Präsidiums, wo Polizeioberrat Gursky in der obersten Etage seine vorläufige Kommandozentrale eingerichtet hatte.

»Ich verstehe, dass du ihn nicht magst«, sagte Schröder. »Aber ein solches Schicksal sollte man selbst seinem ärgsten Feind nicht wünschen.«

»Mache ich ja auch nicht«, verteidigte sich Zorn, der den Anblick des ermordeten Staatsanwaltes auch nach mehr als einem Jahrzehnt noch sehr gut in Erinnerung hatte, ebenso wie das Geräusch, mit dem Sauers Schädel zwischen den Gemüseständen auf dem Pflaster zerplatzt war, nachdem sich der Strick um die

Füße der nackten, kopfüber zwischen den Türmen der Marktkirche hängenden Leiche gelöst hatte.

Zorn stopfte sich eine Brezel in den Mund. »Je länger ich drüber nachdenke«, sagte er und zog kauend an seiner Zigarette, »desto mehr erinnert mich das an die ganze Scheiße damals.«

»Stimmt, es gibt Parallelen. Allerdings wurde Sauer von einem Massenmörder erpresst, Gursky handelt in offiziellem Auftrag. Es ist richtig, er hält Informationen zurück, genau wie damals Sauer. Im Gegensatz zu dem darf er das allerdings.«

»Aber frisieren«, fragte Zorn, »darf auch Gursky die Akten nicht. Oder?«

»Nein, das darf er nicht.«

Ein Brummen ertönte aus Schröders Cordhose. Er fischte das vibrierende Handy heraus, las die Nummer ab und stopfte es wieder in die Hosentasche.

»Willst du nicht rangehen?«, fragte Zorn.

»Ich rufe später zurück.«

»Wie du meinst.« Zorn schlurfte an seinem Becher. »Wie gut kennst du eigentlich die Typen in der Labortechnik?«

»Was hat das mit …« Schröder sah ihn einen Moment verständnislos an, bevor er begriff. »Du meinst Tarek Machas Blutanalyse?«

»Seine Mutter sagte, dass er nur selten Alkohol getrunken hat. Wenn wir wüssten, was genau er an diesem Abend …«

»Die werden die Blutanalyse niemals herausgeben, jedenfalls nicht ohne Gurskys Erlaubnis.«

»Auch nicht, wenn wir ganz lieb darum bitten?«

»Auch dann nicht.«

»Und wenn wir's mit einem Keks von Samadis Frau versuchen?«

»*No chance*, Chef. Die sind garantiert noch eine Weile sauer, weil ich den Techniker am Telefon angeblafft habe.«

Zorn zog an seiner Zigarette. »Wo hatten die Machas Blutprobe eigentlich her?«

»Aus dem Krankenhaus, nehme ich an.«

»Dort hat man das Blut bestimmt auch analysiert, oder?«

»Mit Sicherheit.«

»Ich kenne jemanden, der mal im Krankenhaus gearbeitet hat.« Zorn nahm einen letzten, gierigen Zug und schluckte eine Mischung aus breiigem Mürbeteig, aromatisiertem Automatenkaffee und Zigarettenrauch hinunter. »Du übrigens auch.«

Zweiundfünfzig

»Auch eine?«

»Scheißt der Papst in den Wald?«

Der Obdachlose fischte eine Zigarette aus der Packung und ließ sich Feuer geben.

»Ich bin Lars«, sagte Patzlaff und steckte sich ebenfalls eine an.

»Benjamin.«

»Verdammtes Scheißwetter.«

»Kannste laut sagen.«

Wegen der geschwollenen Nase konnte Lars Patzlaff nur durch den Mund atmen. Doch sein *Riecher* funktionierte noch immer, sein Instinkt, der ihm sagte, dass es eine Spur zu verfolgen galt. Im Krankenhaus war er nicht an den Penner herangekommen, hier, unter der Brücke, hatte er endlich Erfolg. Das Eis war gebrochen, nun hieß es, ihn zum Reden zu bringen.

»Verdammte Kälte«, sagte er.

»Kannste laut sagen.«

»Ich hab da was.«

Patzlaff holte einen Flachmann aus der Manteltasche. Doch in diesem Punkt hatte er sich verschätzt, denn als er dem Obdachlosen einen Schluck anbot, lehnte dieser angewidert ab, sein Besucher solle seinen billigen Fusel gefälligst allein saufen. Womit er nicht unrecht hatte, der Schnaps *war* billig – Lars Patzlaff musste schließlich sein Geld zusammenhalten.

Der Penner zog an seiner Zigarette. »Nicht jeder, der unter einer Brücke lebt, ist ein Säufer.«

»Natürlich nicht«, versicherte Patzlaff, der nun befürchten musste, dass sich die vier Euro, die er bei Aldi für den Wodka bezahlt hatte, als Fehlinvestition erweisen würden.

Niemand landete ohne Grund auf der Straße. Dass der Kerl nun die eingeschnappte Leberwurst spielte, änderte nichts an den Tatsachen. Er war ein Versager, obwohl er offensichtlich versuchte, sich einen Rest Würde zu bewahren. Der speckige Anorak war an mehreren Stellen geflickt, eine halb abgerissene Tasche mit groben Stichen wieder angenäht. Doch der Stoff war halbwegs sauber, ebenso der löchrige Wollschal und die zerschlissene Jogginghose. Der Schlafsack war zusammengerollt, die Kartonpappen, die als Unterlage dienten, lehnten aufrecht am Fuße des Brückenbogens an der Wand. Die Kochstelle war aufgeräumt, ein Brett neben einem Einweggrill diente als Regal, auf dem sich ein paar Büchsensuppen und provisorische Küchenutensilien reihten. Alkohol war nirgends zu entdecken, weder leere Weinflaschen noch die üblichen Pappen. Dass der Typ wohl tatsächlich nicht trank, änderte nichts an Patzlaffs Meinung. Ein Versager blieb ein Versager.

Aber schwerer zu knacken als gedacht. Also wechselte Patzlaff die Taktik und wartete ab.

»Was willst du eigentlich hier?«, fragte der Penner.

Mit dieser Frage war zu rechnen gewesen.

»Ich muss zur Klinik.« Patzlaff wies flussabwärts Richtung

Innenstadt. »Zum Röntgen. Ich dachte, es wird besser, aber ich glaube …«, er verzog das Gesicht, »die Schweine haben mir die Nase gebrochen.«

»Was ist passiert?«

Auch diese Frage war folgerichtig.

»Neonazis«, seufzte Patzlaff. »Eigentlich wollte ich nur einen Döner essen. Zuerst haben sie den Imbiss zerlegt, aber das hat ihnen nicht gereicht. Ich war der einzige Gast, also …«, er tastete vorsichtig nach der geschwollenen Nase. »Ich war wohl zur falschen Zeit am falschen Ort.«

Sein Märchen erwies sich als Volltreffer.

»Verdammtes Faschistenpack«, presste der Penner hervor.

»Die waren stinkbesoffen.« Patzlaff setzte noch einen drauf. »Und als die Bullen kamen, waren sie längst über alle Berge.«

»Wie immer.«

»Die haben die nicht mal verfolgt.« Patzlaff wusste nun, welche Knöpfe er drücken musste. »Aber meine Personalien haben sie aufgenommen. Das muss man sich mal vorstellen, die haben mich behandelt, als wäre *ich* der Verbrecher.«

»Das kenne ich.«

Es wurde Zeit, das Gespräch auf das Thema zu lenken, doch als Patzlaff den Mund öffnete, wurde er vom Dröhnen eines Motorrads unterbrochen, das über ihnen über die Brücke Richtung Neustadt donnerte.

»Eine Ducati.« Der Penner nahm einen letzten Zug und schnippte die Kippe in den vorbeiströmenden Fluss. »Die Sechshunderter Supersport. Nein«, korrigierte er sich, »das ist ein Viertakter. Wassergekühlter Zylinder, obenliegende Nockenwelle und …«, er lauschte einen Moment, »acht Ventile. Also ist es keine Supersport, sondern eine Monster.«

Bisher hatte es so ausgesehen, als wäre er halbwegs gut beieinander, nun war Patzlaff nicht mehr sicher.

»Gestern früh war ja ganz schön was los«, begann er. »Ich wollte drüben mit meinem Hund spazieren gehen.« Er deutete auf den Radweg hinter der mit Unkraut überwucherten Böschung am anderen Ufer. »Alles war abgesperrt, überall Polizei. Das kam sogar im Radio. Es hieß, die Bullen hätten 'ne Leiche gefunden.«

»Die Bullen?« Der Penner war bleich geworden. »Nee, das war ich.«

»Ach Quatsch!«

»Ich will nicht drüber reden.«

»Kann ich mir vorstellen.«

Patzlaff ließ eine wohlkalkulierte Pause verstreichen. »Ich hab noch nie 'ne Leiche gesehen«, sagte er dann und bot dem Penner eine weitere Zigarette an.

»Sei froh.«

»Schlimm, oder?«

»Ich ... ich hab noch die Bullen gerufen. Danach hatte ich wohl so was wie 'nen Filmriss. An die nächsten Stunden kann ich mich nicht mehr erinnern, ich bin erst im Krankenhaus aufgewacht.«

»Wirklich? War's so schlimm?«

»Er ... er lag hinter dem Container.« Der Penner deutete über die Schulter. Ein Stück Absperrband hatte sich im dornigen Gestrüpp verfangen und flatterte im kalten Novemberwind. »Der Kopf hat gefehlt, aber ... die Zunge war noch da. Die war abgeschnitten und ...«, er fuhr sich mit der Handkante über die Kehle, »lag quer über dem Hals.«

»Mein Gott!«, stieß Patzlaff hervor, der in Gedanken bereits die erste Schlagzeile formulierte.

»Die Füße waren total verkohlt«, fuhr der Penner mit zitternder Stimme fort. »Hat gerochen wie ...«, er schüttelte sich, »gegrilltes Schweinefleisch. Und als ich die Böschung hochgerannt bin, hab ich den Kopf gesehen. Der war an den Haaren an einem Ast aufgehängt. Drüben, an einer von den Pappeln.«

»Ach du Scheiße.«

Patzlaffs erste Idee *(BESTIALISCHE BLUTTAT – WO IST DER KOPF DES GESCHÄNDETEN OPFERS?)* erwies sich als hinfällig, doch er hatte bereits mehr als genug Material für Dutzende weitere, nicht minder griffige Schlagzeilen.

Die mächtigen Brückenpfeiler vibrierten, über ihren Köpfen durchpflügten mächtige Reifen die Pfützen in den Spurrinnen der Fahrbahn; Wasser spritzte über das Geländer herab und ergoss sich in einem schlammigen Schwall ein paar Meter hinter ihnen auf die rissigen Betonplatten.

»Ein Scania«, erklärte der Penner und lauschte dem Dröhnen, das in der Innenstadt verhallte. »V8 Motor, vierhundertzwanzig PS. Sechzehn Gänge, druckluftgeschaltet. Mindestens zehn Jahre alt, die wurden nur bis … du denkst, ich bin bekloppt, stimmt's?«

»Nicht doch«, beteuerte Patzlaff, dem ein anderer Begriff (Spinner) durch den Kopf gegangen war.

»Ich hatte 'ne KFZ-Werkstatt. Im Handwerkerhof, wo früher die Kaffeefabrik war. Ich hab alles repariert«, brüstete sich der Penner mit sichtlichem Stolz, »und wenn's keinen Sinn mehr hatte, hab ich's den Leuten sofort gesagt. Ich musste nicht mal die Motorhaube aufmachen. Ich hab's nämlich …«, er tippte mit dem Zeigefinger ans Ohr, »gehört. Man braucht 'ne Menge Erfahrung. Und ein extrem feines Gehör.«

Patzlaff gab vor, die nun folgende Suada über die unterschiedlichen Klänge luftgekühlter Reihenmotoren, klappernde Ventile und die Laufruhe eines Turboladers mit Direkteinspritzung aufmerksam zu verfolgen, ließ das Geschwafel über Kipphebel und gekröpfte Kurbelwellen über sich ergehen und wartete auf die Gelegenheit, das Gespräch wieder in die richtige Bahn lenken zu können.

»Und ausgerechnet du hast nichts gehört?«, hakte er während einer Atempause ein. »Ich meine …«, er sah flussabwärts zum Schuttcontainer, »das sind nicht mal fünfzig Meter.«

»Ich hab gepennt.«

»Ein Glück, dass dir nichts passiert ist.« Patzlaff klang besorgt.

»War wirklich knapp.«

»Wenn man sich vorstellt, dass du direkt daneben …«

»Ich bin aufgewacht, weil ich pinkeln musste. Als ich gesehen habe, was da los ist …« Der Penner schluckte. »Sie waren noch da. Oben, am Parkplatz hinter dem Möbelhaus.«

»Wirklich?«

»Ich hab mitgekriegt, wie sie weggefahren sind.«

Diesmal war Patzlaffs Interesse nicht geheuchelt. »Und?«

»Turbodiesel«, zählte der Penner auf. »Vier Zylinder. Multijet Einspritzsystem. Keine Steuerkette, sondern Zahnriemen. Also Allrad. Zwei Rückwärtsgänge. Rot lackiertes Fahrgestell, Karosserie zweifarbig. Zwei …«

»Du hast das Auto *gesehen*?«

»Nee.«

Es sah nun danach aus, dass Lars Patzlaff nicht nur vier Euro, sondern auch dreißig Minuten seiner wertvollen Zeit vergeudet hatte. Als der Penner dann fortfuhr, musste er sich korrigieren – dieser blieb zwar nach wie vor ein Versager, nutzlos war er allerdings nicht. Zumindest seine Informationen waren äußerst wertvoll.

Dreiundfünfzig

»Nun geh schon ran, Schröder. Ist bestimmt wichtig.«

Das Handy brummte bereits zum dritten Mal.

»Kann ich mir nicht vorstellen«, winkte Schröder ab.

»Seit wann bist du so unhöflich?«

Das Brummen erstarb. Schröder war die Erleichterung deutlich anzumerken, er lehnte sich aufatmend auf der Bank zurück, während Zorn umständlich die nächste Zigarette aus der zerknitterten Packung fummelte.

»Ein Handy gehört sowieso nicht in die Hosentasche.«

»Warum?«

»Hast du mal an die Strahlung gedacht?« Die Zigarette wippte beim Sprechen in Zorns Mundwinkel. »Direkt an den …«, er deutete mit dem Zippo auf den Bereich unter Schröders Kugelbauch. »Hast du 'ne Ahnung, wie gefährlich das ist? Eigentlich ist das 'ne Frechheit«, knurrte er und entzündete das Feuerzeug, »ich selbst darf nicht mal 'nen harmlosen Kaffee trinken, aber dass der feine Herr sich ständig die Eier röstet, interessiert keine … aber *jetzt* gehst du ran!«

Er hatte die Stimme gehoben, nachdem das Handy nun erneut vibrierte. Zwei Uniformierte, die unterwegs zu einem der Streifenwagen waren, blieben stehen und sahen zu ihnen herüber.

»Wir reden über Impotenz!«, rief Zorn ihnen zu. »Bei ihm«, er stupste Schröder mit der Schulter an, »ist's wahrscheinlich schon zu spät! Seine Spermaqualität ist bestimmt unter aller Sau! Kein Wunder, er …«

»Schon gut«, zischte Schröder, holte das Handy heraus und nahm den Anruf entgegen. »Frau Weidermann! Schön, dass Sie anrufen.«

Während die beiden Uniformierten kopfschüttelnd in ihrem Streifenwagen verschwanden, entschuldigte sich Schröder, er sei gerade beschäftigt, und beendete das Gespräch, nachdem er versichert hatte, schnellstens zurückzurufen. In Zorns Gegenwart hatte er unzählige Telefonate geführt, bei denen er stets höflich und zuvorkommend blieb, doch diesmal war die Freundlichkeit eindeutig übertrieben.

»Schröder?«

»Ja?«

»Wer ist Frau Weidermann?«

»Ach, nur eine entfernte Bekannte.«

»Wie weit entfernt ist sie denn, die Frau Weidermann?«

»Ich sagte doch, es ist nicht wichtig. Ich ...«

»Pass mal auf, Freundchen.« Zorn stieß den Rauch durch die Nase aus. »Du bist ein ganz, ganz schlechter Lügner. Du hast keine Erfahrung, weil du es hasst, jemanden anzuschwindeln. Das machst du nur, wenn es wichtig ist. Und wenn's nicht anders geht. Aber ich kenne dich, Schröder, also versuch's gar nicht erst.«

Schröder sah seufzend hoch zu den kahlen, tropfenden Ästen der alten Kastanie, die sich wie skelettartige Krallen vor dem bleigrauen Himmel krümmten.

»Brauchst du vielleicht vorher 'ne Stärkung?« Zorn langte neben sich und raschelte ungeduldig mit der Tüte. »'ne Brezel?«

Schröder holte tief Luft.

»Sie ist Friedas Cousine.«

»Ach.« Zorn legte die Stirn in Falten. »Wie war der Name noch mal?«

»Weidermann. Anja Weidermann.«

»Nie gehört.«

»Sie lebt in der Schweiz. Die beiden haben sich seit ihrer Kindheit nicht mehr gesehen und seit Jahren keinen Kontakt.«

»Und wieso weißt du das und ich nicht? Was wollte die überhaupt von dir?«

»*Ich* wollte etwas von *ihr*. Wir haben gestern schon telefoniert, ich hatte sie angerufen. Sie wollte sich melden.«

Eine Windböe ließ die Äste über ihren Köpfen knarren. Eine Wolke winziger Wassertröpfchen wehte ihnen wie aus einem gigantischen Zerstäuber entgegen, glänzte auf ihren Gesichtern, schimmerte wie Reif auf Zorns abgewetzter Lederjacke und schwebte scheinbar schwerelos über Schröders Glatze.

»Ihr habt zusammengelebt, aber ihr seid nicht verwandt«, fuhr Schröder fort. »Ich kenne mich mit der Rechtslage nicht aus, aber ich wollte sichergehen. Also habe ich Friedas nächste Verwandte kontaktiert. Frau Weidermann ist eine nette Frau und sehr intelligent.«

»Logisch, sie ist Friedas Cousine.«

»Sie wird sich nicht einmischen. Es gibt Entscheidungen zu treffen. Friedas … Nachlass muss geregelt werden. Auch die Beerdigung und …«

»Ich schaffe das nicht allein.«

Schröders Finger schlossen sich sacht um Zorns verbliebene Hand. »Das musst du nicht.«

»Du bist nicht rangegangen, weil du's mir ersparen wolltest.« Zorn senkte den Kopf und verbarg das Gesicht hinter dem strähnigen Haar. »Und ich Idiot ziehe dieses Schmierentheater ab.«

»Das machst du doch schon immer.«

»Klar, aber es funktioniert einfach nicht mehr.« Zorn sah auf. »Weißt du noch, wie wir uns nicht einigen konnten, wer von uns beiden Chef wird?«

»Das konnten wir nie.«

»Wir haben *Stein schleift Schere* gespielt. Ich hab gewonnen, weil ich 'ne Atombombe gemacht habe. Als du dich aufgeregt hast, hab ich behauptet, Edgar würde das auch immer so machen.«

»Du hast geschwindelt. Und ich hab's rausgekriegt.«

»Chef bist du trotzdem geworden.«

»Das war von Anfang an klar.«

Zorn lächelte verträumt. »Erinnerst du dich, wie du mir dieses Pferdegulasch vorgesetzt hast? Ich hätte fast gekotzt.«

»Du hattest es redlich verdient.« Auch Schröders Gesicht hellte sich auf.

»Aber jetzt …« Zorn schüttelte den Kopf. »Es … es ist einfach nur noch idiotisch. Und ich krieg nicht mal mehr mit, dass du mich schützen willst.«

»Es geht auch um mich. Ich bin nicht rangegangen, weil ich nicht darüber nachdenken wollte. Oder gar sprechen.«

»Aber das müssen wir, oder?«

»Es ist jetzt über eine Woche her. Die Rechtsmedizin wird sie bald freigeben. Ich wundere mich ein bisschen, warum es nicht schon passiert ist. Wir haben ausgemacht, dass wir nicht nachfragen werden. Aber wir müssen jeden Moment damit rechnen.«

»Und dann müssen wir die Beerdigung planen.«

»Es bleibt uns nichts anderes übrig.«

»Wir … können wir das später besprechen? Nach der Mittagspause vielleicht? Oder …«

»Nach der Mittagspause reicht völlig aus, Chef.«

Zorn wischte mit dem Handrücken über die tropfende Nase. »Hörst du sie immer noch?«

»Manchmal.«

»Edgar hat neulich gefragt, ob es irgendwann besser wird.«

»Was hast du ihm gesagt?«

»Dass ich's hoffe. Aber das war Blödsinn, es wird nicht besser. Es wird schlimmer.«

Schröder langte in die Innentasche seiner Nylonjacke, entfaltete ein Stofftaschentuch und reichte es Zorn. Dieser putzte sich geräuschvoll die Nase, trocknete die Brillengläser und gab Schröder das Taschentuch zurück. Er sah ihn nicht an, sondern tastete nur wie nebenbei über die Bank, bis ihre Hände sich wieder umfassten. So verging eine Weile, bis Zorn ein Geräusch von sich gab, das an eine erkältete Krähe erinnerte.

»Worüber lachst du, Chef?«

»Die amüsieren sich bestimmt prächtig.« Zorn wies hinter sich zum Präsidium. »Die stehen an ihren Fenstern und gucken uns zu. Zwei Bullen über fünfzig …«

»Du vielleicht. Ich bin neunundvierzig.«

».. die wie begossene Pudel händchenhaltend im Regen auf dem Präsentierteller sitzen. Peinlich, oder?«

»*Extrem* peinlich.«

»Aber das war uns schon immer egal.«

»Scheißegal.«

Zorn schnalzte vorwurfsvoll mit der Zunge, entzog seine Hand und führte den Kaffeebecher zum Mund. »Jetzt ist er kalt«, brummte er verdrießlich. »Aber heiß schmeckt er genauso beschissen.«

»Du solltest wenigstens auf das Haselnuss-Aroma verzichten, Chef.«

»Ich denk drüber nach.« Zorn stopfte den Becher in den Papierkorb neben der Bank und ließ die halbvolle Brezeltüte folgen. »Das mit der Handystrahlung war natürlich Quatsch.«

»Wirklich?«

»Ich denke nicht, dass du dir Sorgen um deine Potenz machen musst.«

»Da bin ich aber froh.«

»Trotzdem solltest du das in Zukunft lieber lassen. Das ist alles noch nicht erforscht.« Zorn holte den Volvoschlüssel aus der Jacke. »Wollen wir dann?«

»*Yep.*« Schröder schlug sich mit den flachen Händen auf die Oberschenkel und stand auf. »Er freut sich bestimmt, wenn wir ihn besuchen.«

Vierundfünfzig

Lars Patzlaff saß in der verqualmten Kneipe auf seinem Stammplatz in der Ecke neben der Tür zur Herrentoilette. Dass der Kaffee in der fleckigen Porzellantasse längst kalt war, registrierte er nicht, seine Aufmerksamkeit fokussierte sich auf den Laptop neben dem klobigen Kristallaschenbecher – genauer gesagt, auf das Foto eines Iveco-Kleintransporters der Marke Daily Tigrotto.

Die Behauptung des Penners hatte sich bewahrheitet. Patzlaff hatte dessen kryptisches Gefasel über Einspritzsysteme, Allradantriebe und Steuerketten kaum verstanden, doch er hatte sich alles gemerkt – es stimmte mit den technischen Daten auf der Webseite des Herstellers überein. Der Penner hatte den Wagen tatsächlich nicht gesehen, doch das Licht reichte, um aus den zusätzlichen Scheinwerfern auf einen Frontspoiler und somit ein Sondermodell mit Sonderlackierung zu schließen. Dieses wurde mit unterschiedlichen Aufbauten angeboten, doch es handelte sich um einen Kasten, schließlich hatte der Penner gehört, wie eine Schiebetür geschlossen wurde.

Die Googlesuche ergab nur ein paar hundert Treffer. Der Kleinbus war also selten, trotzdem war es nicht einfach, selbst ein solch exklusives, auffälliges Fahrzeug aufzuspüren – für jemanden mit Lars Patzlaffs Beziehungen jedoch keine unlösbare Aufgabe. Schwieriger würde es sein, herauszufinden, wer vorgestern Nacht hinter dem Steuer gesessen hatte. Nicht nur das, auch gefährlich, denn wenn alles stimmte, handelte es sich bei dem Fahrer um einen Mörder (über einen griffigeren Ausdruck wie *Bestie* oder *Monster* würde Patzlaff später nachdenken).

Eileen kam und leerte den Aschenbecher schweigend in einen Plastikeimer. Als die Kellnerin sich vorbeugte, reckte Patzlaff unauffällig den Hals, um einen genaueren Blick auf den Ansatz ihrer Brüste im Ausschnitt des verwaschenen Billie-Eilish-Shirts werfen zu können und konzentrierte sich dann wieder auf seinen Laptop.

Er war einer großen, sehr großen Sache auf der Spur. Das spürte er. Und er war der Einzige. Es war durchaus möglich, dass selbst die Polizei nicht davon wusste.

Selbstverständlich hatten sie den Penner befragt. Der war es gewohnt, beschimpft, ignoriert oder nicht ernst genommen zu werden. Letzteres traf diesmal zu, denn man hatte seine Aussage nur zur Hälfte aufgenommen und die Befragung beendet, bevor er den Beamten den typischen Klang eines Multijet-Einspritzsystems erläutern konnte.

Im Grunde genommen war es ihnen nicht zu verdenken, Patzlaff hatte anfangs ähnlich gedacht. Doch er war geduldig gewesen und hatte das Vertrauen des Penners gewonnen. Dieser mochte ein Freak sein, aber unsympathisch war er nicht. Er ahnte nicht, wie kostbar seine Informationen womöglich waren, weshalb Patzlaff aus dem Gefühl heraus, ihm etwas schuldig zu sein, noch ein paar Minuten blieb, in denen er sich seinen Frust von der Seele redete. Patzlaff ertrug das Gejammer geduldig, und auch später, als der Penner in Erinnerungen schwelgte und von seiner Werkstatt und den Zeiten als geachteter KFZ-Meister redete, lauschte er scheinbar aufmerksam – sogar getröstet hatte er den ehemaligen Automechaniker, dessen Karriere unter einer mit Graffiti besprühten Spannbetonbrücke endete.

Die Gründe interessierten Patzlaff nicht. Egal, ob der Mann sympathisch war oder die sprichwörtlichen Ohren eines Luchses hatte – er blieb ein Versager. Einer, der die Schuld immer bei anderen suchte, und als er dann Anstalten machte, seine Lebensgeschichte zu erzählen, hatte Patzlaff den Arzttermin vorgeschützt und war gegangen, um sich ein selbstmitleidiges Lamento über verhängnisvolle Steuerschulden, hartherzige Gerichtsvollzieher, betrügerische Anlageberater oder ähnliche Schicksalsschläge zu ersparen.

Seine Geduld hatte schließlich Grenzen. Außerdem musste er arbeiten. Auf der Wanduhr hinter dem Tresen war es bereits kurz nach halb elf: Wenn er den Artikel noch am Vormittag online stellen wollte, musste er sich sputen.

Er tastete über die geschwollene Nase und zuckte zusammen. Der kleine Glatzkopf war unheimlich schnell, der Schlag, ein harter, präziser Treffer, war buchstäblich aus dem Nichts gekommen. Es war naheliegend, Kommissar Schröder wegen Körperverletzung zu verklagen, doch Patzlaff wartete noch ab. Es war nie klug, sich von Gefühlen leiten zu lassen, zudem war es denkbar, dass der kleine Polizist bei den anstehenden Recherchen nützlich werden könnte. Er hatte den Laptop nicht ersetzt, um Patzlaff von einer Klage abzuhalten – dass ihm diese eine Menge Ärger einbringen würde, musste ihm klar sein, doch es scherte ihn offensichtlich ebenso wenig wie die Tatsache, dass er sich mit der Herausgabe vertraulicher Dokumente ebenfalls strafbar machte. Selbst *Spiegel online* hatte berichtet (leider, ohne Patzlaffs Namen zu erwähnen), doch bisher gab es keine offizielle Reaktion der Polizei.

Welches Interesse Kommissar Schröder an der Veröffentlichung des Gutachtens hatte, blieb im Moment rätselhaft. Es war jedenfalls klüger, ihn nicht weiter zu reizen und seinen Kollegen vorerst aus dem Visier zu nehmen. Doch die Sache war längst nicht vom Tisch, der langhaarige Kommissar mit dem vernarbten Gesicht hatte überdeutlich zu verstehen gegeben, was er von Lars Patzlaff hielt und würde seine Arroganz irgendwann bereuen. Wie jeder Mensch hatte er Dreck am Stecken, man musste nur lange genug suchen, um fündig zu werden.

Patzlaff öffnete das Schreibprogramm auf dem Laptop. Den Kleintransporter würde er selbstverständlich vorerst nicht erwähnen, doch das, was er außerdem unter der Brücke erfahren hatte, reichte für mindestens drei Artikel.

Er verschränkte die Finger, ließ die Gelenke knacken und machte sich an die Arbeit.

Fünfundfünfzig

Schröders Vermutung erwies sich als richtig. Nicht nur Rufus, auch Malina zeigte sich erfreut über ihr unverhofftes Erscheinen, obwohl ihr das Durcheinander in der Wohnung sichtlich unangenehm war. Das Bad war zwar neu gefliest, Toilette, Dusche und Wanne behindertengerecht umgebaut, doch die Tür musste noch verbreitert werden, so dass Rufus' Rollstuhl noch immer nicht hindurchpasste. Sie aßen selbstgebackenen Kirschkuchen, diskutierten über Edgars schwächelnde Mathematikleistungen, unzuverlässige Handwerker und das Für und Wider eines Implantats, mit dem Rufus über seine Gehirnströme einen Computer würde steuern können.

Weder Zorn noch Schröder hatte sich große Hoffnungen gemacht, schließlich arbeitete Rufus seit Jahren nicht mehr im

Krankenhaus, zumal er als Kinderarzt in einem völlig anderen Bereich tätig gewesen war. Doch als Schröder auf den eigentlichen Grund ihres Besuches zu sprechen kam, verlangte Rufus umgehend nach einem Telefon. Der Chefarzt der Notaufnahme war einer seiner Kommilitonen gewesen, allerdings nicht zu sprechen, da er zum Skifahren in die Rocky Mountains geflogen war. Nach kurzem Nachdenken erklärte Rufus, dass ein paar weitere Telefonate nötig seien und bat um Verständnis, diese allein führen zu müssen. Also begaben sich Zorn, Schröder und Malina auf den Balkon, und als sie nach einer guten Viertelstunde wieder hereingebeten wurden, waren sie bis auf die Knochen durchgefroren, doch es blieb keine Zeit zum Aufwärmen, da sie vor Schichtwechsel und somit in weniger als zwanzig Minuten im Krankenhaus sein mussten.

Knapp achtzehn Minuten später stand der Volvo mit rauchendem Motor im absoluten Halteverbot direkt vor der Notaufnahme, und als Zorn und Schröder keuchend die Rezeption erreichten, wurden sie bereits erwartet.

Schwester Mareike war eine attraktive, korpulente Frau in den Vierzigern mit strengem Blick und nach jahrelanger Arbeit etwas verkniffenem Mund. Sie ließ sich erst Schröders, dann Zorns Dienstausweis zeigen, übergab ihnen die Akte, und als sie Grüße an Rufus ausrichten ließ, stieg eine hauchzarte Röte in ihre Wangen.

Während Zorn den Volvo zurück zum Präsidium steuerte, blätterte Schröder auf dem Beifahrersitz durch die Unterlagen. Nachdem dies erledigt war, riefen sie Rufus an und bedankten sich für den unschätzbaren Dienst. Schröder hatte einige Fragen, danach erkundigte sich Zorn, ob Malina mithörte. Als Rufus verneinte, fragte Zorn nach den Hintergründen, schließlich war die Herausgabe sensibler Patientendaten absolut illegal, auch wenn es sich um Polizisten handelte.

Wie sie erfuhren, hatte Schwester Mareike vor Jahren mit Rufus auf der Kinderstation gearbeitet und war später in die Notaufnahme gewechselt, wo sie vor einigen Jahren zur Oberschwester befördert wurde und somit Zugriff auf die Patientenakten hatte. Das Verhältnis war kurz, aber heftig gewesen. Da Rufus wegen seines Zwerchfellimplantates seine Atmung nicht kontrollieren konnte, hatte er große Schwierigkeiten mit dem Sprechen, doch das Lächeln in seiner kratzigen Stimme war nicht zu überhören, als er behauptete, in seinen Sturm- und Drangzeiten nicht nur bei Schwester Mareike einen bleibenden Eindruck hinterlassen zu haben. Diese hatte nicht nur die schmutzige Berichterstattung der Boulevardpresse über Zorn verfolgt, sondern auch den ein oder anderen Artikel über Hauptkommissar Schröder gelesen und schließlich eingewilligt, nachdem ihr Rufus eindringlich erklärt hatte, wie wichtig die Unterlagen für die beiden Polizisten seien, die unter enormem Druck standen und keine Zeit hatten, die Patientenakte auf dem umständlichen Dienstweg offiziell anzufordern.

Es war kurz vor elf, als die Türen des Volvos auf dem Parkplatz vor dem Präsidium hinter ihnen ins Schloss fielen. Schröder forderte Zorn zur Eile auf, es gab eine Menge Arbeit, und als er hinzufügte, sie hätten alle Hände voll zu tun, konnte Zorn sich erst im allerletzten Moment eine Bemerkung über die speckige Ledermanschette über seinem Armstumpf verkneifen.

Sechsundfünfzig

Sechzehn Monate zuvor. Jordanien.
Wadi Rum, sechzig Kilometer westlich von Aqaba.

»Ich bin froh, dass ihr euren alten Onkel begleitet«, sagte Hamza und schob einen Zweig ins Feuer. »Wie lange ist das jetzt her?«

»Zehn Jahre«, sagte Rahul.

»Acht«, korrigierte Elias.

Der Abend dämmerte über dem schmalen Plateau. Tief unter ihnen schimmerte die Ebene in goldfarbenem Licht, in der Ferne schien die Bergkette über der flirrenden Wüste zu schweben.

»Es kommt mir wie gestern vor. Noch einmal schaffen meine müden Knochen den Weg hier rauf nicht.« Hamza massierte schnaufend sein Knie. »Schade, dass Tarek nicht hier ist.«

»Er muss *lernen*«, erklärte Rahul sarkastisch. »Weil er wieder mal 'ne Prüfung hat. Das ist ihm wichtiger als …«

»Tarek geht seinen eigenen Weg«, unterbrach Hamza. »Du gehst einen anderen, doch du hast deinen Bruder zu respektieren.«

Rahuls Grinsen erstarb unter dem Blick seines Onkels.

»Und du?« Hamza wandte sich an Elias. »Du bist dünn geworden. Gibt dir deine Mutter nicht genug zu essen?«

Er fuhr mit der Hand durch das raspelkurze Haar seines jüngsten Neffen. Elias hatte tatsächlich abgenommen und sich nicht nur die Haare geschnitten, sondern auch einen Bart wachsen lassen.

»Willst du immer noch Rechtsanwalt werden?«, fragte Hamza.

»Nee, ich …«

»Er hat sich's wieder mal anders überlegt«, fiel Rahul gehässig ein. »Jetzt will er nach Holland. Weil er *Philosophie* studieren will.«

Elias warf ihm einen wütenden Blick zu.

»Wolltest du nicht neulich noch Quantenphysiker werden?«, neckte Rahul weiter. »Oder Tischler? Oder …«

»Still!«

Rahul duckte sich unter Hamzas Stimme wie unter einem Schlag.

»Was für Tarek gilt, gilt auch für ihn«, grollte Hamza und legte Elias einen Arm um die Schultern. »Er ist noch auf der Suche.«

Elias stocherte lustlos mit einem Zweig in der Glut.

»Weißt du, *wonach* du suchst?«, fragte ihn Hamza.

»Nach einem Sinn«, erwiderte Elias widerstrebend.

»Du fragst dich, warum wir hier sind. Eine wichtige Frage.« Hamza deutete hinauf zu den ersten verblassten Sternen. »Meinst du, du findest die Antwort dort oben?«

Elias zuckte stumm die Achseln.

»Du findest sie hier, *Habibi.*« Hamza tippte ihn an die Schläfe. »Du bist sehr klug, und dein Verstand wird dir bald sagen, welchen Weg du zu gehen hast.«

Er langte neben sich nach seinem Rucksack, löste einen Riemen und holte einen zerbeulten Flachmann hervor. »Hier, das wird dich aufmuntern.«

Elias lehnte ab.

»Es bleibt unter uns«, lockte Hamza. »Deine Mutter wird es nicht …«

»Ich bin achtzehn!«, fuhr Elias auf.

»Das weiß ich doch! Ich wollte dich nur ein bisschen ärgern.«

»Ich will trotzdem nicht.«

»Weil's im Koran steht«, stichelte Rahul. »Den liest er ständig, auf Arabisch natürlich.« Er langte nach Elias' Bart. »Willst du nicht lieber Mullah werden? Du brauchst nur noch einen Turban und 'nen Gebetsteppich, dann …«

Hamza brachte ihn mit einer Handbewegung zum Schweigen.

»Als euer Vater seine Heimat verlassen hat, war euer Großvater bereits ein alter Mann. Aber er hat versucht, Deutsch zu lernen. Weil er seinen Sohn respektiert hat. Und weil er sich mit seinen Enkeln unterhalten wollte. Ich selbst lerne eure Sprache seit Jahrzehnten. Ich kann sie zwar sprechen, aber noch immer kaum lesen. Elias hat nur ein paar Monate gebraucht, um den Koran auf Arabisch lesen zu können. Er ist klüger als wir beide zusammen, Rahul. Bring ihm gefälligst die gebührende Achtung entgegen.«

Hamza sah Rahul an, offensichtlich in Erwartung einer Antwort. Dieser wandte den Blick ab und zog eine vermeintlich gelockerte Schleife seines Schnürstiefels fest.

»Der Koran ist eines der bedeutendsten Bücher der Menschheit.« Hamza hob den Flachmann. »Auch für mich ist er wichtig, obwohl ich mich nicht daran halte«, schmunzelte er und trank einen Schluck. »Die Samadis waren nie besonders gläubig, doch die Werte haben sie immer geteilt: Ehre, Tradition und Gerechtigkeit.«

Er sah einen Moment in das verlöschende Feuer.

»Unsere Familie war immer füreinander da«, sagte er zu Elias. »Ein Samadi konnte sich auf den anderen verlassen. Niemals würde der eine den anderen betrügen.«

Das letzte Wort betonte er kaum merklich. Elias registrierte es nicht, doch Rahul versteifte sich.

»Oder gar bestehlen«, fügte Hamza hinzu.

Rahul wurde bleich.

»Ein Samadi verrät seine Familie nicht. Eher würde er sterben.«

Rahul fischte mit zitternden Fingern eine Zigarette aus seiner Schachtel. Es gelang ihm erst beim dritten Versuch, sein Feuerzeug zu entzünden.

»Du solltest nicht rauchen«, mahnte ihn sein Onkel. »Es ist nicht gut für die Gesundheit.«

Im Feuer knackte ein Zweig.

»Entschuldige«, lächelte Hamza und reichte Rahul den Flachmann. »Du bist ein erwachsener Mann. Ein alter Trottel sollte dir nicht vorschreiben, was du zu tun hast.«

Rahul trank einen Schluck und entspannte sich merklich.

Tief unten blitzten Scheinwerfer auf. Aus der Entfernung drang kein Geräusch herauf, scheinbar lautlos raste der Jeep durch die Wüste. Eine lange Staubwolke trieb über die schnurgerade Schotterpiste.

»Touristen.« Rahul schürzte verächtlich die Lippen. »Sie werden in klimatisierten Jeeps durch die Wüste gefahren, baden im Toten Meer, bewundern die Ruinen von Petra, lassen sich beim Eselreiten das Geld aus der Tasche ziehen und an den Souvenirständen wertlosen Schrott aufschwatzen.«

»Was ist daran schlimm?«, gab Hamza zurück. »Sie merken es nicht. Nachher sitzen sie zufrieden vor ihren Hotels und bewundern den Sonnenuntergang.«

Der Abendhimmel färbte sich in den letzten Strahlen der untergehenden Sonne zu einem dunklen Violett. Über den gezackten Wipfeln der Bergkette erschien ein diffuser, blasser Vollmond. Ein großer Raubvogel schwebte in majestätischen Kreisen über der Wüste.

»Ihn interessiert das nicht.« Hamza deutete auf den Vogel. »Er sucht etwas zu fressen. Weil er sonst stirbt, und mit ihm sein Nachwuchs. Die Natur ist nicht schön, sie ist grausam.« Er sah hinab zu dem Jeep, der hinter einer Felsnadel verschwand. »Aber die dort unten sitzen mit eisgekühlten Getränken in ihren

Liegestühlen und sehen nicht, dass jeder Baum, jeder Grashalm, jede Ameise um sie herum um das Überleben kämpft.«

Hamza beugte sich vor und stützte die Ellbogen auf den Oberschenkeln der gespreizten Beine ab. Der mächtige Bauch wölbte sich über dem Ledergürtel.

»In der Natur gibt es kein Mitgefühl«, sagte er zu Elias. »Das hat nur der Mensch, deshalb ist er so schwach.«

»Aber der Mensch ist die Krönung der Schöpfung«, widersprach Elias.

»Weil er seinen Verstand hat. Aber um ihn zu nutzen, braucht man einen klaren Kopf.«

Elias schwieg einen Moment.

»Das klingt logisch«, sagte er dann.

Die Nacht war hereingebrochen. Hamza stand schwerfällig auf und trat an den Rand des Plateaus.

»Die Zeit vergeht immer schneller. Beim letzten Mal wart ihr noch Kinder, jetzt seid ihr Männer. Wisst ihr noch, wie ihr damals hier an der Kante gesessen habt?«

Elias und Rahul standen ebenfalls auf und beugten sich über den Abgrund.

»Ich hatte furchtbare Angst«, sagte Hamza.

»*Du* hattest Angst?« Rahul sah ihn ungläubig an.

»Ich hätte es euch verbieten sollen. Aber ich habe gesehen, wie mutig ihr seid.«

»Tarek hatte Schiss«, sagte Rahul.

»Weil er Angst hatte, du würdest abstürzen«, warf Elias ein.

»Du hattest auch Schiss.« Rahul knuffte Elias in die Rippen. »Gib's zu, du scheißt dir schon wieder gleich in die Hose.«

»Ich nicht, aber du.«

Die beiden begannen, miteinander zu rangeln. Der Mond schien so hell, dass ihre Schatten hinter ihnen über die zerklüfteten Felsen tanzten, während ihr Lachen über der endlosen Wüste verhallte. Elias mochte zwar fast einen Kopf größer sein, trotzdem war er seinem älteren Bruder hoffnungslos unterlegen.

»Na, du Genie?«, schnaufte Rahul. »Was machst du nun? Hältst du jetzt einen Vortrag über Quantenmechanik? Steht in deinem Koran nicht, wie man zu kämpfen hat? Du solltest lieber …«

»Rahul?«

»Ja?«

Rahul, der seinen Bruder in den Schwitzkasten genommen hatte, sah seinen Onkel fragend an. Sein Gesicht war gerötet, das verschwitzte Haar klebte auf der Stirn.

»Ich liebe dich«, lächelte Hamza.

»Ich dich auch, Onkel«, lachte Rahul. »Na los, ergib dich«, zischte er dem nach Luft ringenden Elias zu, der vergeblich versuchte, sich zu befreien. »Du hast sowieso keine Chance, also …«

»Rahul?«

»Ja?«

»Warum bestiehlst du mich dann?«

Rahuls Lächeln verschwand, als hätte man ihm einen Kübel Eiswasser ins Gesicht geschüttet.

»Ich habe eine Menge Ärger bekommen«, sagte Hamza ruhig.

Rahul lockerte seinen Griff, ohne dass es ihm bewusst wurde. Elias rieb sich keuchend den Hals, während sein Bruder vergeblich nach Worten suchte.

»Ich … ich verstehe nicht …«

»Du hast mich für einen Dummkopf gehalten«, fuhr Hamza fort. »Das bin ich nicht, also hör auf, mich wie einen zu behandeln.«

»Es … es tut mir leid.« Rahul brach in Tränen aus. »Ich hab das Geld gebraucht, weil …«

»Das Geld?«

Als Hamza die Hand hob, zuckte Rahul in Erwartung eines

Schlages zurück, doch Hamza öffnete die Brusttasche der gefütterten Jacke und zog das Geldbündel hervor, das Rahul wie gewöhnlich bei sich trug.

»Es ist nicht wichtig.«

Er löste das Gummi und warf das Bündel mit einer knappen Handbewegung in die Tiefe. Die Scheine lösten sich und verloren sich flatternd in der Finsternis.

»Wichtig ist nur Vertrauen, Rahul.«

»Onkel Hamza, ich …«

»Elias? Was steht im Koran über Diebstahl?«

Elias, der kein Wort verstand, sah seinen Onkel konsterniert an.

»Da wird doch über die Bestrafung geschrieben, oder?«, fragte Hamza, ohne Rahul aus den Augen zu lassen. »Hackt man einem Dieb nicht die Hand ab?«

Elias richtete sich auf. »Würde mir jemand erklären, was hier …«

»Bitte«, flehte Rahul. »Es tut mir leid.«

»Ich weiß.«

Hamza umarmte Rahul und drückte ihn an seine breite Brust.

»Ich hab einen Fehler gemacht«, schluchzte Rahul.

Hamza streichelte seinen Kopf und wiegte ihn sacht hin und her. »Das hast du.«

»Es … es tut mir so leid«, wiederholte Rahul mit erstickter Stimme. »Ich … ich weiß nicht, was ich sagen soll.«

»Schon gut.« Hamza umfasste seine Schultern, streckte die Arme und sah ihn prüfend an. »Ich liebe dich, mein Sohn.«

»Ich liebe dich auch. Es … es kommt nie wieder vor.«

»Nein. Nie wieder.«

Rahul stand mit dem Rücken zum Abgrund an der Kante. Der Stoß war nur sacht, doch seine Finger krallten sich vergeblich in den ausgestreckten Arm seines Onkels, er taumelte zurück, suchte einen Moment mit rudernden Armen das Gleichgewicht und verschwand in der gähnenden Dunkelheit.

Rahul Samadi starb still. Selbst der dumpfe Knall, mit dem sein Körper dann weit, weit unten auf den Felsen aufprallte, ging in den entsetzten Schreien seines jüngeren Bruders unter.

Siebenundfünfzig

»Nach Ihnen, Herr Polizeioberrat.« Zorn ließ nicht nur Gursky, sondern auch Schröder den Vortritt, betrat als Letzter den Fahrstuhl und drückte die Etagenknöpfe.

Gursky hatte das Präsidium kurz nach Zorn und Schröder betreten, beide nur mit einem knappen Nicken gegrüßt und vor dem Fahrstuhl schweigend gewartet. Auch jetzt schienen ihn weder die Stille noch die muffige Enge zu stören.

»Weißt du, was ich grad überlege, Schröder?«, fragte Zorn.

»Nein. Wie auch?«

Die Türen glitten mit einem leisen Quietschen zu.

»Dass jemand mit anderthalb Promille Auto fährt, ist nicht ungewöhnlich, oder?«

»Nein«, gab Schröder zurück.

Der Fahrstuhl fuhr ruckend an. Zorn verlor kurz das Gleichgewicht, vollführte einen Ausfallschritt und hielt sich an der Haltestange neben dem Feuerlöscher fest.

»Aber dann auch noch mit 'nem Cocktail aus …«, Zorn konzentrierte sich und begann, aus der Patientenakte zu zitieren, »Ketamin, Scopolamin und … was war das noch?«

»Haloperidol«, ergänzte Schröder.

»Genau. So was nimmt man doch nicht freiwillig, oder?«

»Eher nicht.«

Bei ihrem Telefonat mit Rufus hatten sie diesem die Blutwerte aus Tarek Machas Patientenakte vorgelesen. Laut Rufus' Aussage handelte es sich um Substanzen, die oft in sogenannten K. o.-Tropfen verwendet wurden, deren Menge – wie Rufus sich ausdrückte – ausreichend war, einen Elefantenbullen aus den Socken zu hauen.

»Dass man dann selbständig in ein Auto steigen kann«, fuhr Zorn fort, »ist eher unwahrscheinlich, stimmt's?«

»*Sehr* unwahrscheinlich, Chef.«

Weder ihm noch Zorn schien Gurskys Anwesenheit bewusst zu sein. Dieser folgte der Unterhaltung mit versteinerter Miene.

»Und wenn dann auch noch die Bremsen manipuliert sind ...«, überlegte Zorn weiter. »Komisch, oder?«

»*Sehr* komisch.«

Der Fahrstuhl stoppte, die Türen öffneten sich.

»Na dann ...« Zorn bat Schröder mit einer Handbewegung, vorauszugehen und nickte Gursky zu. »Schönen Tag noch, Herr Polizeiober ...«

»Woher haben Sie diese Informationen?«

»Welche Informationen?« Zorn wandte sich überrascht um. »Wir haben uns nur ein bisschen unterhalten.«

»Ich muss Sie warnen«, sagte Gursky ernst. »Meine Geduld hat Grenzen.«

»Seine auch.« Zorn legte Schröder einen Arm um die Schulter. »Man sieht's ihm zwar nicht an, aber er ist stocksauer. Ich würde ihn also nicht noch mehr reizen, er war nämlich früher mal Boxer.«

»Turmspringer«, korrigierte Schröder.

»Aber Boxer warst du doch auch?«

»Ringer.«

»Genau.« Zorn senkte vertraulich die Stimme. »Er war sogar DDR-Meister, Herr Polizeioberrat.«

»Vizemeister«, stellte Schröder richtig. »Bei den Bezirksjugendspielen im Weltergewicht.«

»Warst du nicht sogar im Olympiakader?«

»Nein.«

»Bist du sicher?«

»Ganz sicher.«

»Aber fast«, verkündete Zorn und wandte sich wieder an Gursky, der ohne erkennbare Gefühlsregung in der Kabine stand. »Ich bin übrigens auch nicht ungefährlich. Ich …«

Die Türen setzten sich in Bewegung und öffneten sich umgehend wieder, da Zorn mit dem Fuß die Lichtschranke blockierte.

»Ich kann zwar nur mit einer Hand zuschlagen, aber mit dem anderen Arm kann ich immer noch jemanden in den Schwitzkasten nehmen.«

Zorn schwieg einen Moment, um die Bedeutung seiner Worte zu unterstreichen und trat zurück in den Flur.

»Wir sollten den Bogen nicht überspannen«, sagte Schröder, als sie kurz darauf an ihren Schreibtischen saßen. »Lange lässt sich Gursky das nicht mehr gefallen.«

»Mir doch egal«, knurrte Zorn. »Er hat schließlich angefangen.«

Achtundfünfzig

Sechzehn Monate zuvor. Jordanien.
Wadi Rum, sechzig Kilometer westlich von Aqaba.

»Es ist deine freie Entscheidung, Elias.«

Hamza Samadi stand mit seinem Neffen auf dem Felsplateau hoch oben über der jordanischen Wüste. Die Sonne war über den Bergen aufgegangen und ließ die Spitzen der bizarren Felsformationen erglühen.

Er hatte die Schläge des aufgelösten Jungen geduldig hingenommen, auch später, als Elias davongestürmt war, hatte er gewartet, während sein verzweifelter Neffe stundenlang auf dem Geröllfeld hinter dem Plateau ziellos im Mondschein umherirrte. Die Schreie gingen in ein klägliches Schluchzen über und verstummten schließlich, doch Hamza ließ sich Zeit und ging erst nach einer halben Stunde zu Elias, um ihn schweigend zurück zum Lager zu bringen.

Zunächst hatte er noch einmal über die menschliche Natur gesprochen und über Emotionen, die jegliches klare Denken verhinderten. Er appellierte an Elias' messerscharfen Verstand, und als er sicher war, dass Elias ihm zuhörte, stand der Vollmond wie eine gigantische Silberscheibe hoch über der Wüste. Hamza erinnerte daran, dass Elias sich die Frage nach dem Sinn seines Daseins ausschließlich selbst beantworten konnte und redete lange, sehr lange über Naturgesetze, rationales Denken und andere Themen, die seinen jüngsten Neffen schon immer auf der rastlosen Suche nach einem Lebensinhalt beschäftigten. Als sich die gezackten Berggipfel in der anbrechenden Dämmerung vage am Horizont abzeichneten, hatte Elias begriffen, dass Rahul etwas ausgelöst hatte, das ähnlich wie eine chemische

Kettenreaktion unweigerlich zur Explosion führen musste und eingesehen, dass der Tod seines Bruders unvermeidlich gewesen war.

»Ich habe mich zweimal geirrt«, sagte Hamza Samadi und tastete nach den Kratzern, die Rahuls Fingernägel auf seinem Unterarm hinterlassen hatten. »Der eine war nicht geeignet, der andere hat sich als unwürdig erwiesen. Ich möchte mich nicht ein drittes Mal täuschen.«

Neunundfünfzig

Zorn sah von seinem Rechner auf. »Der kann's einfach nicht lassen.«

BESTIALISCHE HINRICHTUNG AM FLUSS – WAS VERSCHWEIGT DIE POLIZEI ÜBER DAS MASSAKER?, war in grellroten Lettern über Patzlaffs Artikel zu lesen, der vor wenigen Minuten online gegangen war.

»Die Schlagzeile ist jedenfalls nicht ganz unpassend«, sagte Schröder, der hinter ihm stand. »Und dass er den Täter als den *höllischen Henker* bezeichnet, entbehrt nicht einer gewissen Kreativität.«

»Und dieser Schwachsinn mit der abgeschnittenen Zunge? Findest du den auch *kreativ*, Schröder?«

»Im Gegenteil, Chef. Es ist auch kein Schwachsinn.«

Zorn nahm die Lesebrille ab. »Wie jetzt?«

»Ganz einfach.« Schröder lief um den Schreibtisch und nahm wieder gegenüber Platz. »Es ist die Wahrheit.«

»Du hast das gesehen?«

»Yep.«

»Und warum hast du's nicht erzählt?«

»Weil eine abgetrennte Zunge, die quer über dem Hals einer kopflosen Leiche liegt, kein schöner Anblick ist. Ich fand es besser, dich mit diesem Detail zu verschonen.«

»Das war wirklich sehr rücksichtsvoll.«

Schröder zog eine Schublade auf und begann, einen seiner Bleistifte zu spitzen.

»Woher weiß Patzlaff das eigentlich?«, fragte Zorn. »Hast du's ihm …«

»Nein, von mir hat er's nicht.«

»Von wem dann?«

Schröder hob die Arme. *»Je ne sais pas.«*

Er prüfte die Bleistiftspitze mit der Kuppe des Zeigefingers, nickte zufrieden und griff nach dem nächsten Stift.

»Sag mal …« Zorn kaute nachdenklich am Brillenbügel. »Der Mord letzten Sommer. Du weißt schon, in der Pension am Platz mit dem Jugendstilhaus, schräg gegenüber von dem überteuerten Gemüseladen. War da nicht …«

»Delikatessengeschäft«, korrigierte Schröder. »Darauf legt Herr Heinlein größten Wert.«

»Von mir aus. Hatte man dem armen Kerl nicht auch die Zunge abgetrennt?«

Schröder unterbrach seine Arbeit. »Das ist richtig.«

»Und der Wasserhahn war aufgedreht, um auf den Mord aufmerksam zu machen.«

»Die Füße des Opfers waren ebenfalls verkohlt.«

»Ach, das hast du mir damals gar nicht …«

»Die Zehen waren bis auf die Knochen verbrannt, Chef. Und die Fußsohlen …«

»Schon gut. Danke, dass du's mir damals erspart hast.«

»De nada.« Schröder zupfte einen Bleistiftspan vom karierten Hemdsärmel. »Der Besitzer der Pension stand kurz vor dem

Ruin. Er hatte Schulden, die er mit Falschgeld bezahlen wollte. Er hat seinen Betrug mit dem Leben bezahlt. Es war nicht nur eine bestialische Strafe, sondern eine Warnung – an wen auch immer. Sonst hätte man nicht dafür gesorgt, dass der Mord publik wurde.«

»Wie bei Tarek Macha.«

»Und dann hat das BKA übernommen.«

»Ebenfalls wie bei Macha.«

»Aber es war eine völlig andere Abteilung.« Schröder rieb sich kopfschüttelnd den Nacken. »Gurskys Name ist nie gefallen.«

»Aber das heißt noch lange nicht, dass er trotzdem …«

»Selbstverständlich könnte Gursky im Hintergrund mitgearbeitet haben. Aber wie sollen wir das rausfinden?« Schröder wies gereizt auf das Festnetztelefon. »Willst du ihn anrufen und fragen?«

»Ich dachte doch nur …«

»Du hast ja recht«, beschwichtigte Schröder. »Es gibt Auffälligkeiten.«

»Aber sie bringen uns nicht weiter.«

»Weil wir noch zu wenig wissen.«

»Was wissen wir denn?«

»Dass Tarek Macha unter Drogen gesetzt wurde.«

»Das *glauben* wir zu wissen, Schröder.«

»Aber unstrittig ist, dass er betäubt hinter dem Steuer eines Wagens mit nicht funktionierenden Bremsen saß.«

»Und dass ihm Frieda vorher auf einem anonymen Messenger rote Herzchen geschickt hat.«

Und dass sie tot ist.

Zorn betrachtete die dichte Wolkenschicht hinter der mit Schlieren überzogenen Fensterscheibe. Es schien, als wäre ein gigantisches, ungewaschenes Bettlaken über dem Parkplatz aufgespannt.

»*Was* bleibt dir wenigstens erspart, Chef?«

Zorn schreckte hoch. »Was?«

»Du meintest …«

»Ich hab an die Hochzeit gedacht«, sagte Zorn, der unbewusst halblaut vor sich hingemurmelt hatte. »Und dass du dich wenigstens nicht entscheiden musst, ob du Friedas oder mein Trauzeuge wirst. Und mir bleibt der Schlips erspart. Du weißt schon, dieses furchtbare Ding mit dem Hummelmuster, das sie mir zur Hochzeit gekauft hat.«

»Du hättest furchtbar ausgesehen.«

»Ich wollte sowieso nicht heiraten«, sagte Zorn mit belegter Stimme. »Und diesen dämlichen Schlips hätte ich nie im Leben angezogen.«

Sei dir da mal nicht so sicher, Freundchen.

Frieda?

Sechzig

»Das ist alles?«

Die Klarsichthülle mit dem A 4-Blatt landete mit einem leisen Klatschen auf der polierten Schreibtischplatte. Gursky hatte innerhalb einer Minute Umbachs Bericht überflogen, der wie üblich knapp, präzise und in tadelloser Orthographie abgefasst war.

»Sie wollten einen Zwischenbericht«, erwiderte Umbach steif. »Ich habe mich an die Anweisung gehalten, es ist der aktuelle Stand.«

»Den Bahnhof können wir also ausschließen?«

»Es gibt zwei Zugänge. Nach Auswertung der Überwachungskameras im fraglichen Zeitraum können wir mit ziemlicher Sicherheit …«

»Gratulation«, blaffte Gursky. »Wir wissen also, dass unser Mann nicht mit dem Zug gefahren ist. Dann bleiben ja nicht mehr viele Möglichkeiten. Es liegt schließlich auf der Hand, dass ein Mörder seelenruhig in den nächsten ICE steigt, nachdem er den Kopf seines Opfers an den Haaren an einen Baum gehängt und den Rest neben einem Schuttcontainer abgelegt hat.«

Polizeioberrat Gursky war gereizt, äußerst gereizt. Anders als üblich gab er sich nicht die Mühe, es zu verbergen.

»Vielleicht hat er sich ja danach ein Taxi gerufen. Rüber zum Flughafen womöglich, um sich irgendwo in der Sommerfrische von den Strapazen zu erholen.«

»Peuckert hat die Passagierlisten bereits ergebnislos geprüft.« Umbach verzog keine Miene. »Was zu erwarten war, schließlich ist davon auszugehen, dass er in diesem Falle mit falschen Papieren …«

»Eventuell hat er vorher einen Urlaub gebucht. Wir sollten die Reisebüros überprüfen, finden Sie nicht?«

»Ist das eine Anweisung?«

Umbach sah Gursky aus wässrigen Augen an. Dass er keinerlei Sinn für Humor hatte, war Gursky bekannt. Sarkasmus war ihm offensichtlich ebenfalls fremd.

»Vergessen Sie's.« Gursky beugte sich über den Bericht. »Was ist mit den Reifenspuren?«

»Casdorff ist noch dabei. Es ist definitiv ein Kleintransporter.«

»Ein Kleintransporter?« Gursky stieß einen Pfiff aus. »Grüßen Sie Casdorff von mir. Glückwunsch zu dieser … detektivischen Meisterleistung.«

»Einige Modelle kann er bereits ausschließen.«

»Das habe ich gelesen.« Gursky schob die Brille zurecht und

zitierte aus dem Bericht: »Ford, Mercedes, Renault …« Er hob den Kopf. »Bleibt ja kaum etwas übrig, was?«

»Casdorff ist noch nicht sicher, aber allem Anschein nach können wir einen Volkswagen ebenfalls …«

»Verdammt nochmal! Ich brauche etwas, wonach ich suche, Umbach! Und nichts, wonach ich *nicht* suche!«

Gursky wischte die Klarsichthülle vom Schreibtisch, die in einem eleganten Bogen durch das Büro segelte, um schließlich auf dem grauen Veloursteppich vor Umbachs braunen Lederschuhen zu landen.

»Peuckert wertet gerade das Foto eines Kleintransporters aus«, sagte Umbach. »Es stammt von der Überwachungskamera eines Baumarktes im westlichen Industriegebiet. Der zeitliche Ablauf könnte passen, auch die Richtung stimmt. Die Qualität ist schlecht, aber laut Peuckert handelt es sich weder um einen Ford noch um einen Mercedes oder …«

»Er soll da dranbleiben. Und machen Sie ihm gefälligst Beine, sonst tu ich es.«

Gursky drehte sich im Sessel zum Fenster. Nebliger Sprühregen wehte gegen die Scheibe und trübte das getönte Sicherheitsglas.

»Unsere Möglichkeiten sind begrenzt«, erklärte Umbach hinter ihm.

»Was Sie nicht sagen.«

»Wenn man ihn offiziell zur Fahndung ausschreiben würde, dann …«

»… wird er mit Sicherheit geschnappt. Auf einem Flughafen, irgendwo an der Grenze oder von mir aus im Ausland. Und wenn er das Land nicht verlassen hat, stöbert man ihn erst recht in seinem Loch auf. Aber das ist nicht meine Aufgabe.«

Gursky schwang den Sessel zurück.

»Es geht nicht darum, einen Mörder dingfest zu machen, Umbach. Sondern darum, zu verhindern, dass seine Identität publik wird, geschweige denn seine Aussage. Was bedeutet, dass wir ihn nicht nur allein, sondern vor allen anderen schnappen müssen – egal, ob Kripo, Bundespolizei oder sonst wer.«

Gursky federte nach hinten und schlug die Beine übereinander.

»Wir sind nur eine Handvoll Leute, aber wir haben völlig andere Möglichkeiten. Und unsere Verbindungen. Wir haben noch längst nicht alle genutzt.«

Als er Umbach ansah, wirkte er ruhig. Das markante Gesicht schien etwas bleich, doch entspannt – abgesehen von der verräterisch pulsierenden Schlagader über dem schwarzen Rollkragen.

»Und jetzt Abmarsch, Umbach.« Gursky zwang sich zu einem aufmunternden Lächeln. »Wir sind Profis, wir werden das Schwein hochnehmen.«

Wenn nicht, fügte er in Gedanken hinzu, *bin ich nämlich geliefert.*

Einundsechzig

Neun Monate zuvor.
Deutschland.

Die Fußgängerampel sprang auf Grün. Elias rückte den Gurt seines Rucksacks auf der Schulter zurecht, überquerte eilig die Straße und entriegelte im Gehen den metallicfarbenen BMW, der schräg gegenüber der Sparkasse parkte. Er warf den Rucksack in den Kofferraum und öffnete die Fahrertür.

»Hallo, kleiner Bruder.«

Er wirbelte erschrocken herum.

»Wie geht's dir?« Tarek umarmte ihn. »Ich versuche seit über 'nem halben Jahr, dich zu erreichen. Hast du 'ne neue Handynummer?«

»Ich …«

»Nimmst du mich ein Stück mit?«

Tarek wartete nicht auf eine Antwort und stieg ein. »Krasse Kiste«, sagte er, als Elias neben ihm auf dem Ledersitz hinter dem Steuer Platz genommen hatte. »Fast neu, oder?«

»Ist ein Mietwagen.«

»Am besten, du fährst unten am Dom vorbei, am Bahnhof ist bestimmt Stau.« Tarek schnallte sich an. »Du kannst mich an der Oper absetzen. Den Rest kann ich laufen.«

Elias startete den Motor, legte den Gang ein und sah abwartend in den Rückspiegel, um sich in den dichten Verkehr einordnen zu können.

»Müsstest du nicht in Amsterdam sein?«, fragte Tarek. »Wie läuft eigentlich das Studium?«

»Geht so.«

Elias' Blick war stur auf den Rückspiegel gerichtet. Seine Finger umklammerten das Lenkrad, als würde er dort Halt suchen.

»Keine Angst, ich verpfeif dich nicht«, beruhigte ihn Tarek. »Ob du studierst oder nicht, ist deine Sache. Trotzdem solltest du aufpassen. Papa ist leicht zu verarschen, aber Anna ist nicht so blöd.«

Der BMW schoss ruckartig vor. Die Hupe eines Sattelschleppers dröhnte, Elias fädelte den Wagen knapp vor der Stoßstange des Lasters ein und schaltete die Scheibenwischer ein.

»Wie gesagt«, wiederholte Tarek, »Anna kriegt das irgendwann mit. Es geht mich nichts …«

Er wurde von einem rhythmischen Piepton unterbrochen. Elias holte ein Handy aus der Jackentasche, beschied dem Anrufer knapp, er werde später zurückrufen, und beendete das Gespräch.

»Rahul hatte auch zwei Handys«, sagte Tarek und deutete auf ein weiteres Telefon in der Mittelkonsole.

Elias bremste an einer Straßenbahnhaltestelle. Tarek betrachtete die geduckten Gestalten, die im Licht der Scheinwerfer durch den Regen zur Bahn hasteten.

»Ich dachte, ich sehe dich bei der Beerdigung.«

Elias' Finger krallten sich so fest um das Lenkrad, dass die Knöchel weiß hervortraten.

»Ist schon okay«, sagte Tarek. »Papa und Anna sind immer noch fix und fertig. Die konnten sich nicht mal um die Überführung kümmern, also hab ich das übernommen. War 'ne Menge Papierkram. Weißt du, was ich nicht verstehe?«, überlegte er laut. »Hamza hat auf der Beerdigung gesagt, Rahul wäre betrunken gewesen.«

»Er war stinkbesoffen.«

»Bei den Papieren war so 'ne Art Obduktionsbericht. Da steht, dass Rahul weder Drogen noch Alkohol im Blut hatte.«

Die Türen der Straßenbahn schlossen sich. Elias trat so heftig aufs Gas, dass sein Bruder neben ihm in die Lederpolster gepresst wurde.

»Wenn er weder bekifft noch besoffen war«, sagte Tarek, »dann frage ich mich, was …«

»Halt dich da raus.«

»Ich soll mich … *was*?« Tarek richtete sich ruckartig auf, der Gurt grub sich in seinen Hals. »Hör mir zu«, sagte er leise. »Zuerst hat Hamza Rahul um den Finger gewickelt, danach hat er's mit dir gemacht. Egal, was du für ihn tust, es ist falsch.«

»Es ist richtig.«

»Und warum?«

»Das geht dich nichts an.«

»Mein Bruder ist tot! Geht mich das auch nichts an?«

Tarek erhielt keine Antwort.

»Rahul konnte klettern wie ein Affe!«, rief er. »Und er war stocknüchtern! Warum erzählt ihr diese Scheiße? Ich will wissen, was hier …«

»Wir sind da.«

Der BMW holperte halb auf den Bordstein und kam vor der Oper zum Stehen. Der Regen glitzerte wie ein hauchfeiner Vorhang im Licht der in den Boden eingelassenen Scheinwerfer vor der prunkvollen Fassade.

»Ich kapier das nicht, Elias. Warum kannst du mir nicht sagen, wie Rahul gestorben ist?«

»Weil ich's nicht darf.«

»Kannst du wenigstens sagen, warum?«

»Ja, kann ich.«

»Warum? Warum ist unser Bruder tot?«

»Verstehst du das nicht?« Elias sah Tarek aus fiebrig glänzenden Augen an. »Er hatte es verdient!«

Zweiundsechzig

»Danke, Petra. Du hast trotzdem was gut bei mir.«

Patzlaff trennte die Verbindung und stieß frustriert die Luft aus. Dass er bereits bei seinem zweiten Versuch Erfolg haben würde, wäre wohl zu schön gewesen, um wahr zu sein – obwohl ihm die Idee, seinen Kontakt bei der Zulassungsstelle anzurufen, durchaus aussichtsreich erschienen war. Anfangs schien sich dies zu bestätigen, denn auch ohne Kennzeichen ließ sich ein Fahrzeughalter ermitteln, und da es sich bei dem Kleinbus um ein seltenes Modell handelte, hoffte er auf den ein oder anderen Treffer, um die Suche eingrenzen zu können. Zu Patzlaffs Verdruss stellte sich heraus, dass es sich nicht nur um ein seltenes, sondern offensichtlich *äußerst* seltenes Modell handelte, da im örtlichen Register nicht ein einziger Iveco-Kleintransporter vom Typ Daily Tigrotto verzeichnet war.

Er entzündete die letzte Zigarette und blies den Rauch in die verqualmte Luft. Die junge Frau schräg gegenüber an einem Zweiertisch neben dem Eingang sah von ihrem Taschenbuch auf und schob ihren Kinderwagen näher zum Fenster. Patzlaff ignorierte ihren missbilligenden Blick – offensichtlich konnte sie lesen, und der Zettel, der mit Tesafilm an der Eingangstür klebte und darauf hinwies, dass es sich um eine Raucherkneipe handelte, war nicht zu übersehen.

Er zerknüllte die leere Schachtel und warf sie in den Aschenbecher. Auch sein erster Versuch – ein Anruf beim Polizeirevier am Wasserturm – hatte sich als Fehlschlag erwiesen. Lars Patzlaff verfügte nicht nur über jahrzehntelange Erfahrung, sondern auch über ein gewisses schauspielerisches Talent, weshalb er den empörten Bürger, dessen Auto von einem Iveco-Kleintransporter der Marke Daily Tigrotto beim Ausparken gestreift worden war, sehr überzeugend gespielt hatte. Der Beamte zeigte Verständnis und stimmte zu, dass der unbekannte Frechling zur Verantwortung gezogen werden müsse, doch Patzlaffs Forderung nach einer telefonischen Auskunft über den Fahrzeughalter wurde aus Gründen des Datenschutzes abschlägig beschieden. Stattdessen erkundigte sich der Polizist nach Patzlaffs Adresse, um einen Streifenwagen vorbeizuschicken, schließlich musste den Vorschriften entsprechend zunächst der Schaden aufgenommen werden, bevor eine Anzeige gestellt werden konnte – worauf Patzlaff das Gespräch aufgrund seines schlechten Handyempfangs abrupt beendet hatte.

Die junge Frau winkte Eileen herbei und verlangte die Rechnung. Als sie ihr Portemonnaie aus dem Kinderwagen holte, wachte das Baby auf. Patzlaff versuchte vergeblich, das Geschrei zu ignorieren und atmete erleichtert auf, als er endlich wieder der einzige Gast in der muffigen Kaschemme war.

Rückschläge waren frustrierend, doch Patzlaff betrachtete sie als Herausforderung. Sein Ehrgeiz war geweckt, und da der Kleinbus nicht in der Zulassungsstelle am Multiplexkino in der Neustadt verzeichnet war, musste er in einem anderen Register zu finden sein.

Eileen stand auf Zehenspitzen mit dem Rücken zu Patzlaff hinter dem Tresen und schrieb das Tagesgericht mit einem Stück Kreide auf die Tafel über der Durchreiche zur Küche. Patzlaff registrierte nicht, dass es heute Tagliatelle mit Hühnerfrikassee und einen kleinen Salat zu einem Sonderpreis von elf Euro neunzig gab – er konzentrierte sich auf Eileens Unterwäsche und konnte sich nur mit Mühe vom Anblick des pinkfarbenen Slips über dem Bund der verwaschenen Jeans losreißen. Er verweilte nur kurz in den üblichen Phantasien, in denen ihn Eileen ihren *geilen Stecher* nannte, der es ihr wie niemand anders besorgte, denn eine Windböe trieb einen prasselnden Regenschauer gegen die Schaufenster und riss ihn aus seinen Träumereien.

Selbstverständlich konnte der Kleintransporter in einer anderen Stadt oder gar im Ausland zugelassen worden sein, doch Patzlaff spürte, dass er richtig lag. Er öffnete die Anrufliste auf dem Handy und wählte noch einmal die Nummer der Zulassungsstelle. Das Gespräch dauerte nicht lange, und nachdem es beendet war, legte er das Telefon in Reichweite neben den Laptop, um auf den in Kürze versprochenen Rückruf zu warten.

Er pflegte zahlreiche Kontakte, von denen sich einige erst Jahre später als nützlich erwiesen – wie nun Petra Stuthoff, mit der er auf der Grundschule in eine Klasse gegangen war. Das übergewichtige Mädchen mit der unreinen Haut war eine Außenseiterin gewesen, wie alle seiner Klassenkameraden schikanierte auch Patzlaff die *fette Stute* bei jeder Gelegenheit. Beim ersten Klassentreffen zehn Jahre später war sie kaum attraktiver, doch als Patzlaff erfuhr, dass sie seit kurzem bei der Stadtverwaltung angestellt war, änderte er sein Verhalten von Grund auf. An diesem Abend tanzte er sogar mit ihr und meldete sich später ab und zu, um über die alten Zeiten zu plaudern. Petra Stuthoff liebte ihre beiden Katzen über alles, schwärmte für Günther Jauch und vergötterte Peter Maffay. Damals, in besseren Zeiten, hatte es Patzlaff nur einen kurzen Anruf beim Tourmanagement gekostet, um eine Pressekarte für ein ausverkauftes Stadionkonzert inklusive Zugang zum Backstagebereich zurücklegen zu lassen und Petra somit den schönsten Abend ihres Lebens zu ermöglichen, wie sie ihm später unter Tränen versicherte.

Er nahm den Rückruf entgegen, bevor der erste Signalton verklungen war.

»Wirklich?«, strahlte er. »Du bist die Beste, Petra!«

Während Patzlaff ihren Scharfsinn lobte, verfluchte er seine ehemalige Klassenkameradin insgeheim für ihre unsägliche Dummheit. Er selbst hatte es nur vermuten können, doch wieso um alles in der Welt war sie nach der erfolglosen Suche nicht von allein darauf gekommen, dass es noch andere Datenbanken gab?

»Eine befristete Zulassung also? Auf welchen Namen?«

Triumphierend ballte er die Faust.

»Das muss ich mir aufschreiben«, sagte er, nahm einen Kugelschreiber und kritzelte etwas auf einen Bierdeckel. »Kannst du das buchstabieren?«

Dreiundsechzig

»Ich hab nachgedacht, Schröder.«

»Worüber?«

»Über die Beerdigung.«

Schröder legte den Stift beiseite und faltete die Hände über seinem Notizbuch. »Und?«

»Verbrennen lassen wir sie jedenfalls nicht.« Zorn sah ihn unsicher über den Schreibtisch an. »Oder?«

Schröder neigte blinzelnd den kahlen Kopf. »Nun, ich denke …«

»Und diesen ganzen kirchlichen Mist ersparen wir ihr auch. Kein schwafelnder Priester oder ein rumsülzender Trauerredner. Und erst recht keine Orgelmusik oder das Gefiedel von irgend 'nem Streichquartett.«

»Was …« Schröders schluckte und setzte noch einmal an. »Was hätte sie sich gewünscht?«

»Metallica.«

»Hältst du das für … realistisch?«

»Na ja …« Zorn rieb sich die Augen. Als er die Hand wieder senkte, waren seine Finger feucht. »Du … du hast doch die Nummer ihrer Cousine rausgekriegt.«

»Und?«

»Vielleicht … schaffst du's ja auch bei denen? Beim Trommler musst du's gar nicht erst versuchen, der arrogante Arsch geht garantiert nicht ran. Probier's mit dem Sänger, der ist ganz okay, glaube ich. Aber die sollen nur alte Sachen spielen und nichts von der letzten Platte. Frieda fand die zwar klasse, aber ich muss mir den Schrott ja dann auch anhören und …«

Das war KEIN Schrott, Claudius!

Frieda?

»Was ist, Chef?«

»Nichts. Ich … ich bin nur müde.«

Es gab nur zwei Möglichkeiten. Entweder Zorn fand sich damit ab. Dann würden die Schmerzen erst aufhören, wenn er ebenfalls tot war. Oder er weigerte sich weiter, ihren Tod zu akzeptieren. In diesem Fall würde er unweigerlich den Verstand verlieren.

»Vielleicht …«, er räusperte sich, »sollten wir …«

Es gibt nicht nur diese beiden Möglichkeiten, Claudius.

Frieda?

Es gibt noch eine dritte.

»Chef?«

»Ja?«

»Alles okay?«

»Klar, ich … bin einfach nur fix und fertig.«

Zorn wandte sich zum Fenster. Die Wolken über dem Parkplatz verschwammen vor seinen geröteten Augen zu einer grauen, wabernden Masse, die sich allmählich verformte. Zunächst war Friedas Lächeln nur zu erahnen, doch das Bild wurde klarer, bis jedes Detail gestochen scharf zu erkennen war.

Er sah ihre Korallenohrringe. Die golden schimmernde Korona um ihre Pupillen. Einen Fleck verschmierter Wimperntusche unter dem linken Auge. Eine winzige Fussel auf dem rechten Träger des schwarzen Kleides, das sie in der Oper getragen hatte. Er sah die vier kleinen, trapezförmigen Leberflecke an ihrem Hals. Das Pulsieren der Schlagader. Und als er einatmete, roch er ihren vertrauten Duft nach Flieder und frischer Seife.

Ich bin so müde, Frieda.

Ich auch.

Du fehlst mir so.

Ich bin hier. Du siehst mich doch.

Das bilde ich mir ein. Du bist weg.

Nein, Claudius. Vertrau mir.

Ein Signalton ließ Zorn zusammenzucken. Er nahm sein Handy, sah auf das Display und erbleichte.

»Schröder?«

»Ja?«

»Glaubst du an Gespenster?«

»Nein.« Schröder musterte ihn besorgt. »Das wäre in unserem Job eher kontraproduktiv. Insofern solltest du's auch nicht.«

»Hab ich auch nicht, bisher jedenfalls.« Zorn beugte sich über seinen Monitor und reichte Schröder sein Handy. »Ich glaube, wir sollten unsere Meinung noch einmal überdenken.«

Schröder las die Kurznachricht.

Es waren nur wenige Worte: *ICH BIN NOCH DA ALLES WIRD G*

DRITTE THESE:

**Gott ist und bleibt ein Arschloch.
Allerdings ein kleineres,
als anfangs zu befürchten war.**

Vierundsechzig

Neunundzwanzig Tage zuvor.

»Kann ich Ihnen etwas anbieten?«, fragte der schlanke, schwarz gekleidete Mann vom Bundeskriminalamt. »Kaffee? Tee? Ein Wasser?«

Tarek Macha lehnte ab. »Ich muss um zwei wieder an der Uni sein.«

»Sie werden pünktlich sein«, beruhigte ihn der Polizist. »Wir brauchen nicht lange.«

Bei ihrem ersten Gespräch hatte er sich als Polizeioberrat Gursky vorgestellt. Tarek hatte ein Treffen in einem abhörsicheren Bunker des Bundeskriminalamtes erwartet gehabt, mit dicken Betonwänden, gepolsterten Türen und Männern mit Schlapphüten, die seine Aussagen in einem Nebenraum hinter einem einseitigen Spiegel heimlich filmten. Stattdessen fanden die Gespräche in einer konspirativen Wohnung im elften Stockwerk eines Wohnblocks am Rande der Neustadt statt.

Nervös sah Tarek sich um.

»Sie sind hier so sicher wie in einem Atombunker. Entspannen Sie sich und genießen die tolle Aussicht.« Der Polizist wies lächelnd aus dem Fenster, hinter dem die vergoldeten Turmspitzen der Marktkirche zwischen den Dächern der Altstadt unter dem wolkenlosen Himmel in den Strahlen der Herbstsonne funkelten.

»Ich habe Ihnen alles erzählt.« Tarek folgte der einladenden Handbewegung und nahm in einem der beiden zerschlissenen Sessel Platz. »Und zwar mehrmals.«

»Was wir sehr zu schätzen wissen.«

»Ich will nur, dass der Mörder meines Bruders bestraft wird.«

»Das wird er. Und das haben wir einzig und allein Ihrem Mut zu …«

»Hören Sie auf, mir Zucker in den Hintern zu blasen.«

»Das hatte ich nicht vor.« Gursky schlug die Beine übereinander. »Ich wollte noch einmal über Ihren Bruder sprechen.«

»Ich werde Elias nicht ausspionieren. Ich habe ihn seit Monaten nicht gesehen, und falls Sie mir wieder mal vorschlagen wollen, dass ich mich verwanzen lasse und ihm *zufällig* über den Weg laufe, dann vergeuden Sie nur Ihre Zeit.«

Gursky strich über das Hosenbein und zerrieb eine imaginäre Fussel zwischen den Fingern. »Niemand kann Sie dazu zwingen.«

»War's das jetzt?«

»Noch nicht ganz. Es wird noch eine Weile dauern, bis es zum Prozess kommt. Vorher wird nichts an die Öffentlichkeit gelangen. Bis dahin sind Sie also sicher. Vorausgesetzt«, Gursky beugte sich vor und stützte die Ellbogen auf den Knien ab, »Sie bewahren weiterhin absolutes Stillschweigen, besuchen Ihre Vorlesungen und …«

»… verhalten sich unauffällig, ich weiß. Wie oft wollen Sie mir das noch vorbeten?«

»Es ist unser letztes Treffen. Ab jetzt werden Sie mit jemand anderem sprechen. Die Staatsanwaltschaft bereitet die Anklage vor, auch dies geschieht unter höchster Geheimhaltungsstufe. Bisher ist nur eine einzige Person eingeweiht, diese Person ist ab sofort Ihr Kontakt.«

Der BKA-Mann stand auf, öffnete die Tür zu einem Nebenraum und machte höflich Platz, als eine junge Frau das Zimmer betrat.

»Sie können Oberstaatsanwältin Borck hundertprozentig vertrauen«, sagte Gursky – eine überflüssige Bemerkung, denn dies war von der ersten Sekunde an der Fall.

»Sie werden direkt miteinander kommunizieren«, fuhr Gursky fort. »Kollegin Borck ist Tag und Nacht für Sie da.«

»Schön«, sagte Tarek Macha.

Ein Wort, das wie eine Erwiderung klang. Doch es bezog sich auf die Augen der jungen Frau. Und ihr Lächeln.

Fünfundsechzig

Zorn starrte bereits seit über zehn Minuten unentwegt auf sein Handy. Jedes Mal, wenn das Display erlosch, aktivierte er das Telefon umgehend in der Hoffnung, sich alles nur eingebildet zu haben – was zu seinem zunehmenden Verdruss nicht der Fall war.

ICH BIN NOCH DA ALLES WIRD G

Die Mitteilung war in dem für Frieda typischen Duktus verfasst, die besonders wichtige Nachrichten wie *ICH GLAUBE SCHRÖDER GEHT'S NICHT SO GUT PASS AUF IHN AUF* oder *HAB HUNGER BRING PIZZA MIT* gewöhnlich in Großbuchstaben verfasst und Interpunktionsregeln weitgehend ignoriert hatte. Es kam auch vor, dass sie die eine oder andere Nachricht in der Eile nicht zu Ende schrieb wie diese, die trotzdem unmissverständlich war. Wenn man die fehlenden Buchstaben zu dem Wort *GUT* ergänzte, bedeutete dies, dass Zorns Befürchtung sich nun bewahrheitete. Dass ihm sein gemartertes Hirn imaginäre Zwiegespräche vorgaukelte, war noch mit seiner verzweifelten Suche nach Trost zu erklären – nun, da er Friedas Stimme nicht nur hörte, sondern ihre Worte in unmissverständlicher Klarheit auf dem Display seines Handys flimmern sah, hatte er wohl endgültig den Verstand verloren.

»Vielleicht ist es ja Spam?«, fragte er.

Schröder gab einen Tastaturbefehl ein. Er hatte die Nachricht gelesen, kurz überlegt und dann seinen Rechner gestartet, auf den er sich seitdem schweigend konzentrierte.

»Aber was hat dann das G zu bedeuten?«, überlegte Zorn weiter. »Alles wird … gelb? Werbung für eine Malerfirma? Oder alles wird … geil? Ein Potenzmittel? Nee, dazu passt der erste Teil nicht.«

Er stierte aus tränenden Augen auf sein Handy.

»Die dicke Blumenhändlerin«, sagte er, wandte sich zum Fenster und betrachtete die graue, fensterlose Rückwand des Einkaufszentrums auf der anderen Seite des Parkplatzes. »Letzte Woche hing ein Zettel im Schaufenster, dass sie den Laden dichtmacht. Vielleicht hat sie sich's anders überlegt, sie ist also noch da und alles wird … günstig«, fiel ihm ein. »Sie senkt die Preise, das klingt logisch. Und weil sie im Stress ist, hat sie die Nachricht nicht zu Ende geschrieben. Das würde Sinn machen. Allerdings …«, er reckte das Kinn und kratzte den stoppeligen Hals, »woher hat die überhaupt meine Nummer?«

Er warf Schröder einen ratlosen Blick zu.

»Ich hab dich was gefragt.«

»Von der Blumenhändlerin ist die Nachricht jedenfalls nicht«, brummte Schröder abwesend.

»Sag ich doch. Von wem dann?«

Anstelle einer Antwort ertönte das geschäftige Klappern von Schröders Tastatur.

»Schröder?«

Keine Reaktion.

»Rede gefälligst mit mir!«

Zorn hieb so heftig auf den Tisch, dass Schröder einen erschrockenen Kiekser ausstieß, während seine Stifte in der Blechbüchse klapperten.

»Ich drehe hier gleich durch«, knurrte Zorn. »Wenn du mir nicht sofort erklärst, was hier los ist, dann … was machst du da eigentlich?«

»Ich suche die Nummer.«

»Welche … du meinst den Absender?«

Schröder, dessen stahlblaue Augen bereits wieder auf den Bildschirm gerichtet waren, gab ein vages Brummen von sich.

»Klar. Ist ja auch …«, Zorn räusperte sich, »logisch.«

Anstatt sich in wirren Spekulationen zu ergehen, tat Schröder das Nächstliegende. Selbstverständlich wäre auch Zorn, dessen Verstand erheblich träger arbeitete, in Kürze auf diesen Gedanken gekommen und da er sich zusätzlich in einem emotionalen Ausnahmezustand befand, war die Verzögerung zumindest teilweise zu entschuldigen.

»Und?«, fragte er.

Schröder bat mit einer Handbewegung um etwas Geduld.

»Öffentlich verzeichnet ist die Nummer nicht«, sagte er schließlich, stieß sich vom Schreibtisch ab und rollte seinen Bürosessel nach hinten. »Und im Intranet finde ich sie ebenfalls nicht.«

»Eine Geheimnummer?«

»So ist es.«

»Und warum ist die nicht unterdrückt?«

»Weil's eine Geheimnummer ist, Chef. Darin liegt schließlich der Sinn. Streng genommen ist sie nicht wirklich *geheim*, sondern nur einem begrenzten Personenkreis zugänglich, um intern untereinander zu kommunizieren.«

»Also kein Spam.«

»Definitiv nicht.«

»Dann frage ich mich, wer mich hier in den Wahnsinn treiben

will. Wir müssen 'ne offizielle Anfrage machen. Das wird zwar dauern, aber …«

»Das halte ich nicht für ratsam.«

»Ach, und warum?«

Schröder deutete mit einem vielsagenden Lächeln zur Decke. »Unser gemeinsamer Freund.«

»Gursky? Es geht hier um 'ne stinknormale Rufnummernabfrage. Das kriegt der gar nicht mit.«

»Oh doch.«

»Na und? Selbst wenn, kann er nichts damit anfangen.«

»Daran habe ich ernsthafte Zweifel, Chef.«

»Und warum?«

»Weil er die Nummer kennt.«

»Wie jetzt? Es ist *Gurskys* Nummer?«

»Nicht ganz.« Schröder kam um den Schreibtisch und reichte Zorn sein Handy, auf dem er den Polizeirat unter *POR Gursky* abgespeichert hatte.

»Du hast recht«, sagte Zorn, nachdem er die Nummern verglichen hatte. »Nicht ganz, aber fast.«

Sechsundsechzig

Neunundzwanzig Tage zuvor.

»Sie sind mein wichtigster Zeuge, Herr Macha«, sagte die Oberstaatsanwältin. »Natürlich wird Ihre Identität nicht publik werden, doch der Prozess wird Aufsehen erregen. Ich bezweifle, dass wir die Organisation Ihres Onkels restlos zerschlagen können, es bleibt also ein gewisses Risiko. Selbstverständlich werden wir alles für Ihre Sicherheit tun. Sie werden ins Zeugenschutzprogramm kommen, doch Ihnen muss klar sein, dass sich Ihr Leben grundlegend ändern wird.«

»Das weiß ich«, erwiderte Tarek.

»Und Sie sind sicher, dass …«

»Mein Onkel hält mich für einen Feigling. Ich will Hamza in die Augen sehen, damit er merkt, dass ich mich nicht vor ihm verstecke. Und ich will, dass Sie ihn ins Gefängnis bringen, Frau Staatsanwältin.«

»Frieda«, korrigierte sie lächelnd. »Wir sollten nicht allzu förmlich miteinander umgehen, schließlich werden wir lange Gespräche führen und müssen einander vertrauen.«

»Dann bin ich Tarek.«

»Ich weiß.«

Sie reichten einander die Hände.

»Ich könnte mir einen angenehmeren Ort vorstellen«, seufzte Frieda Borck und betrachtete die vergilbte Tapete, deren Muster schon vor einem Vierteljahrhundert aus der Mode gekommen war, ähnlich wie der Messingleuchter und die Sperrholzmöbel auf dem hellgrünen Teppich. »Müssen Sie nicht um zwei an der Uni sein?«, fragte sie mit einem Blick auf ihre schmale Armbanduhr. »Dann sollten wir …«

»Ist nicht wichtig. Wenn ich nicht auffallen will, muss ich wie alle ab und zu mal schwänzen.«

Tarek spürte, wie ihm das Blut in die Wangen schoss, als die Staatsanwältin

Frieda

sein Lächeln erwiderte.

»Wir sollten noch über Ihren Bruder sprechen, Tarek.«

»Ich werde nicht gegen Elias aussagen.«

»Das müssen Sie nicht.«

»Ich hab schon genug erzählt, um ihn ans Messer zu liefern.«

Zwei Wochen nach ihrer zufälligen Begegnung war Tarek nach

Amsterdam gefahren, um an der Universität nachzuforschen. Elias hatte sich zwar zum Studium eingetragen, doch kaum eine Vorlesung besucht. In seiner Wohnung traf Tarek ihn nicht an, also nahm er sich ein Zimmer in einer Pension schräg gegenüber und wartete, bis Elias am nächsten Tag auftauchte. Tarek war seinem Bruder heimlich durch die engen Gassen gefolgt, der mit seinem prall gefüllten Rucksack scheinbar ziellos kleine Juwelierläden, Tabakgeschäfte und arabische Schnellimbisse aufsuchte und kurz darauf wieder verließ. Zwei Tage hatte Tarek ihn beobachtet, in Hauseingängen und hinter Mülltonnen Deckung gesucht und sich schäbig gefühlt, bis Elias eine schwere Ledertasche in ein Parkhaus schleppte und in den Kofferraum eines olivgrünen Audi Quattro wuchtete, mit dem er dann zu einer offensichtlich längeren Reise aufbrach.

»Ich weiß, wie schwer das für Sie sein muss«, sagte die Staatsanwältin. »Aber Sie tun das Richtige, Tarek.«

Er hatte lange gezögert, bevor er zur Polizei gegangen war. Als Elias gesagt hatte, Rahul habe den Tod *verdient*, war Tarek alarmiert, doch mehr hatte er nicht aus ihm herausbekommen. Danach schwieg Elias hartnäckig, aber als Tarek direkt nachfragte, ob Hamza für Rahuls Tod verantwortlich sei, hatte sein flackernder, beinahe fanatischer Blick Bände gesprochen.

Hundertprozentig sicher war Tarek noch nicht. In Amsterdam hatte er seinen Bruder nicht zur Rede stellen können, dies gelang ihm erst später in Deutschland, nachdem er ihn ein Vierteljahr aus den Augen verloren hatte. Elias fuhr einen chromblitzenden Range Rover, was Tareks Vermutung, er würde in Hamzas Auftrag mit Drogen handeln, bestärkte. Elias stritt alles ab und schäumte vor Wut, als er erfuhr, dass Tarek ihn in Amsterdam heimlich beobachtet hatte, geriet völlig außer sich und drohte, Tarek werde ebenso wie Rahul enden, den Hamza zu Recht als Verräter bestraft habe.

Nun hatte Tarek zwar Gewissheit, doch er musste auch erkennen, dass es nicht die geringste Chance für ihn gab, Elias umzustimmen. Als er zwei Tage nach ihrem letzten Gespräch zur Polizei ging, fühlte er sich nicht wie ein Verräter, denn er zeigte einen Mörder an und was Elias betraf, würde dieser eine Weile im Gefängnis verbringen, doch er hatte sich radikal verändert und wenn nichts geschah, stand zu befürchten, dass nicht Tarek, sondern Elias selbst wie Rahul endete. Tarek hatte keinen Einfluss mehr, doch er konnte nicht tatenlos zusehen. Elias war jung, und wenn er seine Strafe abgesessen hätte, würde seine Karriere als Drogendealer hoffentlich beendet sein.

Dass Elias die Anschuldigungen zu Recht abgestritten hatte, erfuhr Tarek erst später, schließlich wusste er noch nicht, dass der Rucksack auf seinen Streifzügen durch Amsterdam nicht mit Drogen, sondern mit Bargeld gefüllt gewesen war.

»Niemand kann Sie zu irgendwas zwingen«, sagte Frieda Borck. »Auch nicht das BKA. Wenn die Sie unter Druck setzen sollten, dann melden Sie sich bei mir. Apropos … wir sollten mal testen, ob das Ding funktioniert.«

Sie wies auf das Handy, das Tarek von dem schwarz gekleideten BKA-Mann erhalten hatte, diktierte ihm ihre Nummer und holte ihr iPhone aus der Handtasche.

»Die haben mir einen Messenger installiert«, sagte sie und scrollte durch das Display. Es dauerte eine Weile, bis sie das Icon gefunden hatte. »Sie können mich jederzeit kontaktieren. Ich kann nicht erwarten, dass Sie mir vertrauen, aber …«

»Das tue ich.« Tarek zögerte kurz. »Wenn man einander vertraut, sollte man sich dann nicht duzen?«

Zunächst schien Frieda Borck unschlüssig.

»Stimmt eigentlich«, entschied sie dann.

»Na dann … ich bin Tarek.«

»Frieda.«

Er tippte etwas in das Handy, im nächsten Moment vibrierte ihr iPhone.

freue mich sehr

»Ganz meinerseits«, lächelte die Staatsanwältin. Als sie sich nun zum zweiten Mal die Hände schüttelten, hielt Tarek ihre schlanken, angenehm kühlen Finger einen Augenblick länger umfasst.

Siebenundsechzig

Jordanien, achtundzwanzig Tage zuvor.
Café Tamouz, westliche Altstadt von Amman.

»Diese Hurensöhne können so lange im Dreck wühlen, bis sie daran ersticken«, schnaubte Hamza Samadi, der vor einem kleinen Café im lärmenden Zentrum der jordanischen Hauptstadt telefonierte. »Das bin ich gewohnt, aber sie werden auch diesmal kein Wort aus meinen Leuten herausbekommen.«

Er langte nach seinem Teeglas, das beinahe vollständig in seiner Faust verschwand. »Was für ein Mord?«, rief er aus und nippte an seinem Tee. »Niemand bedauert den tragischen Unfalltod meines geliebten Neffen mehr als ich. Die absurden Verdächtigungen seines Bruders kann ich mir nur dadurch erklären, dass er in seiner Trauer verzweifelt nach einem Schuldigen … natürlich nehme ich das ernst!«

Hamzas breites Gesicht rötete sich.

»Aber dieser Bastard war Tausende Kilometer entfernt! Wo sind seine Beweise? Es sind Behauptungen, angeblich von meinem jüngsten Neffen! Aber Elias wird das niemals bestätigen!«

Er stellte das Glas so heftig ab, dass sich ein bräunlicher, dickflüssiger Schwall auf die marmorne Tischplatte ergoss.

»Warum ich mir sicher bin? Weil ich ihn unter Kontrolle habe! Er wird nicht gegen mich aussagen, eher würde er sterben! Trotzdem habe ich ein Problem. Sie werden mich weiter ständig auf dem Laufenden halten, dafür bezahle ich Sie.«

Er trennte die Verbindung und starrte eine Weile blicklos vor sich hin.

»Der eine ein Betrüger«, knurrte er. »Und der andere ein Verräter.«

Achtundsechzig

»Peuckert hat das Bild der Überwachungskamera analysiert«, sagte Umbach. »Er schreibt gerade den Bericht, ich wollte Sie vorher bereits …«

»Ich höre?« Gursky verschränkte die Arme vor dem sehnigen Brustkorb.

»Das Kennzeichen ist außerhalb des Bildbereiches. Aber es ist ein seltenes Modell, Peuckert konnte es anhand einer charakteristischen Zierleiste eindeutig identifizieren. Außerdem ist der Radkasten …«

»Machen Sie's kurz, ja?«

Polizeioberrat Gursky nahm die Nachricht, dass es sich um einen Iveco-Kleintransporter vom Typ Daily Tigrotto handelte, mit unbewegter Miene entgegen.

»Es würde zu den Reifenspuren am Steinbruch und an der Brücke passen«, fuhr Umbach fort.

»Was ist mit der Halterabfrage?«

»Casdorff ist dran.«

»Die Sache hat oberste Priorität.«

»Deshalb habe ich Sie sofort informiert und …« Umbach holte sein vibrierendes Handy aus der Innentasche des braunen Jacketts. »Casdorff«, sagte er mit einem Blick auf das Display. »Darf ich …?«

»Nur zu.«

Umbach nahm den Anruf entgegen. »Teilnehmer?«

Es wäre verfrüht gewesen, ihm ebenso blind zu vertrauen wie dem Rest des Teams, doch Gursky verließ sich auf seine Menschenkenntnis. Als er Hauptkommissar Schröder auf dem Krankenhausflur kennengelernt hatte, war ihm von der ersten Sekunde an klar, dass dieses kleine, übergewichtige Kerlchen ein ernst zu nehmender, *sehr* ernst zu nehmender Gegner war, und auch, dass Zorn, sein Kollege, den tumben Idioten nur spielte, hatte Gursky schnell erkannt. Der Mann, der hier in schlechtsitzendem Anzug und billigen Schuhen in einer Parfumwolke telefonierend vor seinem Schreibtisch stand, war alles andere als sympathisch. Dass sich sein Denkvermögen eher im durchschnittlichen Bereich bewegte, war allerdings kein Nachteil – es war sogar besser. Umbach verstand zwar nicht immer, *warum* ihn Gursky mit einer Aufgabe betraute, doch *was* er zu tun hatte, war ihm dank seiner hervorragenden Auffassungsgabe umgehend klar.

»Verstanden.« Umbach trennte die Verbindung. »Bundesweit sind siebenundachtzig Fahrzeuge dieses Modells zugelassen«, sagte er zu Gursky. »Casdorff hat …«

»Er soll sofort die Halter überprüfen. Wir gehen nach Entfernung vor, beginnen in der Nähe und weiten den Radius nach und nach aus. Böhm soll Casdorff unterstützen, außerdem …«

»Mit Verlaub«, unterbrach Umbach, dem es offensichtlich unangenehm war, Gursky ins Wort zu fallen, »das halte ich für Zeitverschwendung.«

»Tatsächlich?« Gursky nahm die Brille ab. »Wollen Sie mir jetzt erklären, wie ich meinen Job zu erledigen habe?«

»Selbstverständlich nicht.«

»Also?«

»Wir haben bereits einen Treffer. Einer der Halter ist unser Mann.«

Neunundsechzig

»Die Nummern unterscheiden sich nur in den letzten beiden Ziffern«, sagte Schröder. »Gurskys Nummer ist ebenfalls nicht öffentlich zugänglich und da es ein Diensthandy ist, könnte der Absender in seinem Umfeld zu finden sein.«

»Aber warum«, wunderte sich Zorn, »sollte mir ein Typ vom BKA schreiben, dass er *noch da* ist? Und was bedeutet dann das G? Alles wird … geheim?«

Er stellte noch ein paar weitere Vermutungen an, die Schröders Meinung nach zwar der orthographischen Logik folgten, im Grunde genommen jedoch wilde Spekulationen und somit Zeitverschwendung waren.

»Vielleicht verschwenden wir ja tatsächlich unsere Zeit«, mutmaßte Zorn. »Und es ist so was wie'n Hosentaschenanruf.«

»Ein Versehen?«

»Ist mir auch schon passiert. Weißt du noch, wie ich dir mal geschrieben habe, dass ich dich vermisse?«

»Oh ja«, lächelte Schröder. »Ich hab mich unglaublich darüber … Moment mal.« Seine Miene verdüsterte sich. »Das war ein *Versehen*?«

»Nee, nee!«, beeilte sich Zorn zu versichern. »Das heißt …

eigentlich wollte ich die Nachricht damals an Frieda schicken, aber ich hab mich vertippt.«

»Also hast du Frieda vermisst.«

»Ja, aber dich … dich hab ich auch vermisst.«

»Das muss dir nicht peinlich sein, Chef.«

»Ist es auch nicht.«

»Und warum wirst du dann rot?«

»Ich werd überhaupt nicht … könnte es sein, dass wir *jetzt* unsere Zeit verschwenden?«

Da Schröder diese Einschätzung teilte, widmeten sie sich wieder ihrem eigentlichen Problem. Selbstverständlich war ein Versehen und somit ein Zufall nicht auszuschließen, und obwohl selbst Schröder gestehen musste, nicht den blassesten Hauch einer Ahnung zu haben, wie sich die Sache ansonsten erklären ließ, war er entschlossen, die Hintergründe zu erfahren – allein schon, um seine Neugier zu befriedigen.

»Es gibt eine vage Verbindung zu Gursky«, sagte er. »Wenn wir die Rufnummer offiziell anfragen, erfährt er womöglich davon. Und das gefällt mir nicht.«

Er öffnete eine Schublade, kramte seinen Anspitzer hervor und nahm einen Bleistift aus der Blechdose.

»Das hast du vorhin gerade erst gemacht, Schröder.«

»Ich weiß.« Schröder fixierte das nadelspitze Ende aus zusammengekniffenen Augen. »Aber so kann ich mich besser konzentrieren.«

Während er sich erneut an die Arbeit machte, langte Zorn nach seinem Handy und betrachtete die Nummer des Absenders über der Nachricht.

»Ein Telefon ist doch dazu da, um jemanden anzurufen«, fragte er. »Nicht wahr?«

Schröder drehte den Spitzer behutsam um den Stift. »Unter anderem.«

»Und eine Telefonnummer ist dazu da, damit man angerufen werden kann. Oder irre ich mich?«

»Nein, Chef.«

»Wir haben beides. Ein Telefon und eine Nummer.«

»Das ist korrekt. Wir haben sogar mehrere Telefone, mit denen …« Der Spitzer kam nach einer halben Umdrehung zum Stillstand. »Bist du sicher?«

»Es könnte ja ein Versehen sein.«

»Ein Hosentaschenanruf?«

»Passiert doch ständig, dass sich jemand verwählt.«

Sie entschieden, dass Schröder es sein sollte, dem das Malheur passieren würde. Er aktivierte die Rufnummernunterdrückung auf seinem Handy und ließ sich von Zorn die Nummer diktieren.

»Riskant ist es trotzdem, Chef.«

»Aber du bist doch neugierig, oder?«

»Allerdings«, lächelte Schröder und tippte mit dem pummeligen Zeigefinger auf das Display, um den Anruf auszulösen. »Sehr neugierig sogar.«

Siebzig

Einundzwanzig Tage zuvor.

»Mein Vater hat keine Ahnung«, sagte Tarek. »Anna hat Hamza zwar immer misstraut, aber sie weiß ebenfalls nichts. Du musst sie da raushalten, ja?«

»Ich versuch's«, erwiderte Frieda Borck.

Er hatte einen Strauß Tulpen mitgebracht. Da keine Vase zu finden war, standen die Blumen in einer Glaskanne der verstaubten Kaffeemaschine auf dem Fensterbrett. Frieda Borck kommentierte es ebenso wenig wie die Tatsache, dass er die giftgrünen Stoffsessel verschob, so dass sie nun enger vor dem altmodisch geschwungenen Couchtisch beieinander saßen.

»Meine Mutter hat auch keinen Schimmer.«

»Okay.«

»Sie will wissen, warum ich nicht mehr zum Essen komme. Ich erzähle ihr immer, dass ich Stress mit dem Physikum hab. Bei Anna rede ich mich auch so heraus. Aber die ahnt, dass irgendwas nicht stimmt. Und fragt andauernd, ob ich was von Elias gehört hab. Dass ich die Klappe halten muss, ist okay. Aber dass ich Anna ständig irgendwelchen Mist erzählen muss, kotzt mich an.«

»Kann ich mir vorstellen.«

»Keine Ahnung, wie man ihr das irgendwann erklären soll. Wenn Elias ein gewöhnlicher Dealer wär, dann wär's einfach, aber so … ich hab's immer noch nicht ganz kapiert.«

Hamza Samadi steuerte ein illegales Finanzsystem und verschob Bargeld rund um den Globus. Er hatte überall auf der Welt Mittelsmänner, die das Geld in Empfang nahmen und ihre Helfer am Zielort kontaktierten, von denen die Summe ausgezahlt wurde, ohne dass auch nur ein einziger Geldschein bewegt oder gar über eine Grenze geschmuggelt werden musste. Es gab weder Quittungen noch Belege, das System basierte einzig und allein auf Vertrauen. Auch Elias war Teil dieses Netzwerks; als er mit seinem Rucksack in Amsterdam unterwegs gewesen war, wurde er vorher per Handy kontaktiert und nahm entweder Geld in Empfang oder zahlte welches aus.

»Dein Onkel ist einer der größten Hawala-Banker weltweit«, sagte Frieda Borck. »Seit wann genau sein Netzwerk existiert, wissen wir nicht. Sicher ist nur, dass er es von deinem Großvater übernommen und ständig erweitert hat. Die Ursprünge dürften wohl viel weiter zurückliegen, schließlich existiert dieses System seit dem Mittelalter und … sag mal«, sie musterte Tarek prüfend, »warst du beim Friseur?«

»Ja, ich … äh …« Er strich linkisch durch die widerspenstigen Locken. »Die hingen mir immer so ins Gesicht.«

»Steht dir.« Sie fasste ihn am Kinn und drehte seinen Kopf hin und her. »Doch, sieht gut aus.«

»Danke«, krächzte er errötend und wischte die schweißnassen Handflächen an den Hosenbeinen ab.

»Deine Eltern werden bestimmt genau unter die Lupe genommen«, sagte sie. »Deine Stiefmutter ebenfalls. Und wenn man nichts findet …«

»Das wird man nicht.«

Aus dem Flur drang ein Klappern, die Wohnungstür wurde aufgeschlossen. Schritte knarrten, ein hagerer, älterer Mann in altmodischem Hut und beigefarbenem Regenmantel erschien. Er sah Tarek und Frieda, die erschrocken aufgesprungen waren, regungslos an.

»Entschuldigen Sie die Störung, Frau Oberstaatsanwältin. Ich wusste nicht, dass Sie hier einen Termin haben.«

»Dürfte man erfahren, wer Sie sind?«

»Umbach.« Er langte nach seiner Schulter und lockerte den Riemen einer prall gefüllten Umhängetasche. »Ich bin wegen der turnusmäßigen Kontrolle hier. Polizeioberrat Gursky hat Sie bestimmt informiert, dass das Objekt regelmäßig auf Abhörsicherheit überprüft wird, was ich selbstverständlich später tun werde.«

Nachdem er sich auf Friedas Forderung hin ausgewiesen hatte, wiederholte er seine Entschuldigung, lüpfte zum Abschied den Hut und war ebenso schnell verschwunden, wie er erschienen war.

»Schräger Typ«, grinste Tarek.

»Er macht seinen Job.«

»Der sieht aus, als würde er Strafzettel verteilen. Oder ...«

»Er sorgt für deine Sicherheit.« Frieda Borck senkte die Stimme. »Ich habe nie versucht, dir irgendwas einzureden. Das werde ich auch nicht, denn du gehst ein enormes Risiko ein. Das ist dir doch klar?«

»Ja.«

»Es geht um Respekt, Tarek. Den hast du dir mehr als verdient, aber respektiere gefälligst auch die, die dich schützen.«

Er versuchte erst gar nicht, ihrem Blick standzuhalten.

»Okay.«

»Du darfst das nicht unterschätzen, Tarek.«

»Das tue ich nicht.«

»Gut.« Sie nahm seine Hand. »Ich will nämlich nicht, dass dir was passiert.«

Als er eine halbe Stunde später die alte Stahlbrücke über den Fluss hinter sich ließ und über die große Liegewiese am künstlichen See entlang nach Hause lief, meinte er immer noch, den sanften Druck ihrer Finger auf dem Handrücken zu spüren. Er setzte sich auf eine der Bänke unter den Trauerweiden und dachte über ihre Worte nach.

Ihre Warnungen waren überflüssig, Tarek wusste sehr gut, welches Risiko er einging – nicht ohne Grund hatte er so lange gezögert. Doch der Gedanke, Rahuls Mörder würde ungeschoren davonkommen, war unerträglich, und dass Tarek diesem Menschen in die Augen sehen wollte, klang zwar pathetisch, aber genau darum ging es. Auch jetzt noch, da er wusste, dass sein Onkel weit gefährlicher war, als er geahnt hatte.

Er lauschte dem Rauschen der Trauerweide und dem entfernten Lachen der Kinder, die auf der Treppe am anderen Ufer die Enten fütterten. Er, Tarek Macha, der Feigling, der nicht einmal in der Lage gewesen war, eine Ziege zu schlachten, würde sich nicht verstecken. Nein, er würde von Beginn an dabei sein, angefangen von dem Moment, in dem sein Onkel den Gerichtssaal zum ersten Mal in Handschellen betrat, bis zum Schluss, wenn er nach der Urteilsverkündung wieder in seine Zelle geführt wurde.

Tarek griff in die Jacke nach dem Handy, das ihm der schwarz gekleidete BKA-Mann gegeben hatte. Frieda hatte Angst um ihn, er war ihr wichtig und mehr als nur ein Zeuge. Das war ein gutes Gefühl, doch sie musste sich nicht unnötig Sorgen machen.

Er öffnete den Messenger.

glaub mir, ich nehme das sehr ernst

Sie reagierte sofort.

ich weiß

Tarek tippte eine Antwort ein.

war schön, dich zu sehen

Er zögerte einen Moment, bevor er die Nachricht sendete. Danach saß er noch eine Weile auf der Bank, und während die Herbstsonne sich rötete und schließlich hinter den Dächern der Altstadt versank, dachte er über seine Zukunft nach, die zwar ungewiss, aber deshalb nicht zwangsläufig düster war. Tarek Macha würde ins Zeugenschutzprogramm aufgenommen werden, sein Studium an einer anderen Uni unter einer neuen Identität abschließen und alles hinter sich lassen. Das war sicherlich schmerzhaft, doch Frieda hatte gesagt, dass ein Neuanfang auch als Chance zu begreifen war.

Sie wollte ihm Mut zusprechen, doch vielleicht, fiel Tarek nun ein, gab es einen weiteren Grund. Viele Menschen sehnten sich nach Veränderung, und womöglich hatte auch Frieda ihr altes Leben satt. Es war schwer, alle Brücken hinter sich abzubrechen, doch wurde es nicht leichter, wenn man nicht auf sich allein gestellt war? Und war es nicht spannend, sich in einem Dorf auf Sizilien, einem kleinen Haus in der Provence oder womöglich irgendwo in den kanadischen Wäldern eine neue Existenz aufzubauen?

Gemeinsam mit einem jungen Arzt?

Einundsiebzig

»Wer ist da bitte? – Oh, da hab ich mich wohl verwählt. Ich dachte …«

Schröder ließ das Handy enttäuscht sinken.

»Aufgelegt?«, fragte Zorn.

»Ich konnte mich nicht mal entschuldigen.«

»Du Armer.«

Die Sonne brach kurz durch die Wolken und ließ den Parkplatz vor dem Präsidium in gleißendem Licht erstrahlen, das sich auf den Windschutzscheiben der Streifenwagen und den Pfützen im nassen Asphalt spiegelte, um im nächsten Moment wieder dem tristen Grau des trüben Novembertages zu weichen.

»Er hat eine sehr schöne Stimme«, sagte Schröder.

»Wer?«

»Herr Bockisch.«

»Tatsächlich?«

»Ein tiefer, kräftiger Bass. Sehr angenehm.«

»Ich finde«, sagte Zorn, »Herr Bockisch hat auch einen sehr schönen Namen.«

»Das finde ich auch. Nicht nur schön, sondern auch selten.«

Sie schwiegen einen Moment.

»Ich hab Hunger«, sagte Zorn dann.

»Ich auch.« Schröder las die Uhrzeit von seinem Handy ab. »Es ist ja auch schon Mittag.«

»In der Kantine gibt's Wurstgulasch mit Spirelli.«

»Das klingt doch lecker.«

»Aber ich hab keine Lust, Gursky über den Weg zu laufen.«

»Ich auch nicht, Chef. Wohin wollen wir dann?«

»Mir egal.«

»Gut, dann schlage ich vor, wir …«

»Irgendwohin, wo ich rauchen kann.«

Zweiundsiebzig

Vierzehn Tage zuvor.

»Dein Onkel verschiebt Millionenbeträge«, sagte Frieda Borck. »Die meisten seiner Kunden sind Asylanten, Flüchtlinge oder Zuwanderer, die einen Teil ihres Geldes in die Heimat zu ihren Verwandten schicken. Aber er arbeitet auch für die Mafia, Terrorgruppen oder irgendwelche afrikanische Milizen. Es interessiert ihn nicht, ob …«

»Hast du wirklich keinen Hunger?« Tarek hielt ihr einen Pizzakarton entgegen.

»Danke, aber ich bin auf Diät.«

»Du bist auf …*was*?«

»Diät«, wiederholte sie leicht errötend.

»Aber, du …«

… *siehst perfekt aus*, wollte Tarek sagen, doch er verkniff sich die Bemerkung und biss stattdessen in ein Stück Pizza.

»Hamza Samadi ist darauf angewiesen, dass seine Mittelsmänner absolut diskret und vor allem zuverlässig sind«, sagte sie. »Falls nicht, ist das komplette Netzwerk existenziell bedroht.«

»Dann wird wohl kaum jemand gegen ihn aussagen.«

»Davon gehen wir auch nicht aus. Aber ich habe dich.«

»Und was bringt das?« Tarek schluckte den klebrigen Pizzabrei hinunter. »Ich habe keine Ahnung von Hamzas … *System*. Ich kann nur bezeugen, dass Elias mit ’nem Rucksack durch Amsterdam gelaufen ist. Und ich kann auch bezeugen, dass Hamza Rahul ermordet hat, weil Elias es mir gesagt hat. Aber der wird das nie im Leben vor Gericht wiederholen. Und ich? Ich stehe wie ein Volltrottel da.« Tarek warf das restliche Pizzastück zurück in den Karton, der Hunger war ihm vergangen. »Und dafür, dass er alle paar Wochen mit ’ner neuen Protzkarre rumgefahren ist, kann man Elias wohl kaum anklagen.«

»Die gehörten nicht ihm, er war nur der Bote. Der Kunde bezahlt das Auto, der Bote fährt es dorthin, wohin das Geld transferiert werden soll. Meist in den Nahen Osten, wo der Wagen verkauft und der Erlös in bar an den Empfänger übergeben wird.«

»Das ist doch eigentlich nicht strafbar, oder?«

»Doch, ist es. Aber man wird es deinem Bruder kaum nachweisen können.«

»Und dafür, dass Hamza behauptet hat, Rahul wäre betrunken gewesen …«

»Warte mal kurz.« Frieda Borck öffnete ihre Handtasche und reichte ihm ein Tempotaschentuch. »Du musst dir den Mund sauber machen.«

»Für eine Lüge«, Tarek wischte sich gehorsam die fettigen Lippen ab, »wird Hamza ja nicht in den Knast kommen, oder?«

»Wohl kaum.«

»Und wie willst du ihn dann …«

»Dein Kinn, Tarek.«

»Was?«

»Da ist noch Tomatensoße.«

»Besser?«

Frieda nickte, nachdem sie ihn ausgiebig prüfend gemustert hatte.

»Die Polizei ist deinem Onkel seit Jahrzehnten auf den Fersen«, sagte sie. »Bisher hat er sich immer herauswinden können, auch deshalb, weil man ihn in seiner Heimat nur halbherzig verfolgt hat. Es gibt kein offizielles Auslieferungsabkommen mit Jordanien, also fühlt er sich sicher. Aber er irrt sich, denn diesmal geht es um den Mord an einem deutschen Staatsbürger. Und dafür werde ich ihn ins Gefängnis bringen.«

»Aber du hast nur meine Aussage! Ich war nicht mal dabei, es gibt keinen Beweis, dass …«

»Doch, gibt es.«

»Und welchen?«

»Hamza Samadi hat behauptet, geschlafen zu haben. Angeblich wurde er durch einen Schrei geweckt, er hat gesehen, wie Rahul an der Kante hing und in die Tiefe gestürzt ist, bevor er ihm zu Hilfe eilen konnte.«

»So hat er's erzählt.«

»Du bist drei Tage später in Jordanien angekommen. Dein Onkel hatte Kratzspuren am Unterarm?«

»Er meinte, es wäre 'ne streunende Katze gewesen. Was hat das mit …«

»Die jordanischen Behörden sind von Anfang an von einem Unfall mit Todesfolge ausgegangen. Besonders viel Arbeit haben sie sich also nicht gemacht, aber routinegemäß wurde nicht nur das Blut der Leiche analysiert, es wurden auch Gewebeproben entnommen.«

»Ich kapiere immer noch nicht, worauf du hinauswillst.«

»Wenn dein Bruder an der Kante hing und sich verzweifelt in das Gestein geklammert hat, dann hätten sich Staubspuren und irgendwelche Mineralien unter seinen Fingernägeln befunden.

Stattdessen wurden Hautfetzen und etwas Blut sichergestellt. Die Analyse wird zeigen, dass es sich um die DNA deines Onkels handelt. Außer uns beiden weiß bisher niemand davon, und das sollte vorerst so bleiben.«

Als Frieda Borck lächelte, wurde Tarek etwas mulmig. Es war das kalte Lächeln einer Jägerin, die ihre Beute genau im Visier hat.

Dreiundsiebzig

Jordanien, dreizehn Tage zuvor.
Café Tamouz, westliche Altstadt von Amman.

»Wiederholen Sie das.«

Hamza Samadis fleischige Finger schlossen sich fester um das Handy.

»Und nur die beiden wissen davon? Wie lange wird das so bleiben?«

Er hörte eine Zeitlang zu.

»Ich muss nachdenken«, sagte er dann. »Sie erfahren später, was Sie zu tun haben.«

Vierundsiebzig

Als Zorn den Volvo mit Schröder auf dem Beifahrersitz in die Innenstadt steuerte, verbrachten sie den größten Teil der Fahrt in nachdenklichem Schweigen. Nur ab und zu unterbrach eine kurze Bemerkung die Stille, auf die nach einer längeren Pause eine ebenso knappe Erwiderung folgte.

»Herr Bockisch ist bestimmt sehr kräftig«, sagte Schröder, als sie sich in den Kreisverkehr am Bahnhof einordneten.

»Wahrscheinlich.« Zorn schaltete die quietschenden Scheibenwischer eine Stufe herunter. »Wegen seiner tiefen Stimme.«

»Sehr voluminös. Und mit einem Berliner Dialekt.«

»Herr Bockisch kommt also aus der Hauptstadt.«

»Genau wie Polizeioberrat Gursky.«

»Das heißt …«

»Da vorn rechts.«

Zorn bog auf die Zufahrt hinunter zum Kreisverkehr unter der Hochstraße ab.

»Bevor er aufgelegt hat, wollte er noch wissen, woher ich seine Nummer habe«, sagte Schröder. »Selbst das konnte ich ihm nicht mehr erklären.«

»Wahrscheinlich war er in Eile.«

»Das vermute ich auch.«

»Herr Bockisch ist bestimmt ein viel beschäftigter Mann.«

»Jetzt links.«

»Er ist also kräftig«, fasste Zorn zusammen. »Er hat ein Diensthandy mit Geheimnummer, stammt wahrscheinlich aus Berlin und ist ein vielbeschäftigter Mann. Außerdem schickt er mir Nachrichten, die aussehen, als hätte Frieda sie geschrieben. Was kompletter Irrsinn wäre, weil sie ja …«

Er stoppte an einer Ampel.

»Scheiße, ich will nicht schon wieder heulen.«

»Es ist Grün, Chef.«

Zorn gab Gas.

»Hab ich noch was vergessen?«

»Herr Bockisch hat eine sehr schöne Stimme«, sagte Schröder. »Und einen schönen Namen.«

»Ich Schussel. Sorry, das war mir entfallen.«

Sie fuhren an den mächtigen Granitmauern der Stadtkirche entlang Richtung Hallmarkt.

»Herr Bockisch ist bestimmt auch privat zu erreichen«, sagte Schröder.

»Im Telefonbuch steht er wohl kaum. Aber er ist definitiv irgendwo registriert, selbst ich würde ihn ziemlich schnell finden. Schließlich ist sein Name nicht nur sehr schön, sondern auch selten.«

»Jede Abfrage in den internen Datenbanken wird registriert.«

»Dann machen wir's anders. Wenn's Gursky nicht mitkriegen darf, dauert's vielleicht etwas länger, aber wir haben schon ganz andere Nüsse geknackt. Hab ich nicht recht?«

»*Naturalmente*, Chef.«

»Wir sollten Herrn Bockisch unbedingt kennenlernen. Findest du nicht?«

»Selbstverständlich! Ich muss mich doch bei ihm entschuldigen.«

»Und wenn wir's inoffiziell machen müssen, dann …«

»Da vorn kannst du parken.«

Es dauerte eine Weile, bis der einhändige Zorn den schweren Volvo nach mehreren vergeblichen Anläufen in die enge Parkbucht vor dem Café bugsiert hatte.

»Glaubst du, dass Herr Bockisch in dieser Kaschemme zu Mittag isst?«, fragte er skeptisch.

»Nein, Chef. Aber jemand, der uns vielleicht helfen kann, ihn zu finden. Und außerdem«, Schröder schnallte sich ab, »kannst du dort rauchen.«

Fünfundsiebzig

Zwölf Tage zuvor.

»Ich kapier immer noch nicht, warum Elias sich darauf eingelassen hat«, sagte Tarek. »Bei Rahul kann ich's nachvollziehen, den hat das Geld gereizt. Aber Elias …«, er schüttelte den Kopf, »den hat so was nie interessiert.«

»Du hast erzählt, wie sehr er sich verändert hat«, sagte Frieda Borck.

»Elias war schon immer ein Hänfling, aber als ich ihn zuletzt gesehen hab, war er nur noch Haut und Knochen.«

Draußen dämmerte der Abend. Als Frieda aufstand und das Licht einschaltete, strahlten die Möbel im grellen Schein der nackten Glühbirnen des Deckenleuchters bis ins kleinste schäbige Detail. Frieda stellte achselzuckend fest, dass der Anblick zwar furchtbar, aber immer noch besser sei, als im Dunkeln zu sitzen, und als Tarek daraufhin die Kerzen aus seiner Umhängetasche holte, zeigte sich ihre Verwunderung nur durch ein leichtes Heben der linken Augenbraue.

»Um Elias haben sich alle immer am meisten gekümmert«, sagte Tarek, nachdem er wieder neben Frieda im warmen Kerzenlicht Platz genommen hatte. »Nicht nur, weil er der Jüngste ist. Er war so … zerbrechlich. Und er ist der Klügste von uns. Ständig hat er mit irgendwelchen Fragen genervt, und wenn man geantwortet hat, kam sofort die nächste. Irgendwann konnte ihm keiner mehr antworten, weil er mehr wusste als wir alle. Aber er hat nie gewusst, was er mit sich anstellen soll.«

Tarek sah zum Fenster, in dem sich ihre schemenhaften Umrisse und die flackernden Kerzen spiegelten.

»Ich versteh's einfach nicht. Elias hat gesehen, wie Rahul starb.

Und alles, was er dazu zu sagen hat, ist, dass Rahul es … *verdient* hätte. Du hättest seine Augen sehen sollen. Der *glaubt* das.«

»Vielleicht …«

»Willst du was trinken?« Tarek wies auf seine Tasche auf dem Fensterbrett. »Ich hab 'ne Flasche Wein mitgebracht.«

»Wein?

»Rotwein.« Tarek errötete unter Friedas Blick, die diesmal nicht nur die linke, sondern auch die rechte Augenbraue hob. »Und zwei Gläser«, fügte er mit einem verlegenen Grinsen hinzu.

»Danke, aber ich will keinen Wein.«

»Ich dachte nur …«

»Schon gut. Lass uns lieber …«

In Friedas Handtasche schepperte das brachiale Gitarrenriff eines Metallica-Songs. Sie erklärte mit einem entschuldigenden Lächeln, dass sie kurz rangehen müsse, nachdem sie ihr Handy herausgekramt und den Namen des Anrufers auf dem Display gelesen hatte und nahm den Anruf mit einem etwas übertrieben fröhlichen *Hallo Schatz!* entgegen.

»Mist, das hab ich total vergessen.« Sie wandte sich ab – es war ihr offensichtlich unangenehm, das Telefonat in Tareks Gegenwart führen zu müssen. »Ich weiß, dass Schröder extra ein Hühnchen gekocht hat, aber ich hab noch 'ne Weile zu tun. Natürlich ist alles okay, wieso … nein, ich klinge *nicht* komisch!«

Sie warf Tarek einen verlegenen Blick zu.

»Ich bin, äh … auf einem Termin. Vergiss nicht, dass du Edgar morgen von der Schule abholen musst und dass wir nächsten Dienstag … ach komm, du weißt seit Wochen, dass wir in die Oper gehen, also … es ist dir *entfallen*?«

Frieda Borck versteifte sich zusehends.

»*Was* hast du ihm versprochen?« Sie sprang auf und schirmte das Telefon mit der Hand ab. »Dauert nicht mehr lange«, flüsterte sie Tarek zu und wandte sich dann wieder an den Anrufer. »Das ist die dämlichste Ausrede, die ich jemals von dir gehört habe! Schröder hat sein Kaminholz schon vor drei Wochen eingestapelt, du kannst ihm dabei gar nicht helfen! Woher ich das weiß? Weil *ich* ihm geholfen habe! Versuch gar nicht erst, dir 'ne bessere Ausrede einfallen zu lassen! Wir wissen beide, dass es zwecklos ist!«

Frieda Borck trennte die Verbindung und warf das Handy in den Sessel, wo es von den zerschlissenen Polstern auf den Boden hüpfte. Sie ging zum Fenster, atmete mehrmals tief durch und wandte sich dann an Tarek.

»Sorry, das musste mal geklärt werden. Aber jetzt machen wir uns wieder an die Arbeit.« Sie klatschte geschäftig in die Hände. »Es gibt noch verdammt viel zu besprechen.«

Sechsundsiebzig

Zu Schröders Verdruss hatte Lars Patzlaff das Café vor einer halben Stunde verlassen, nachdem er einen Anruf bekommen und hastig davongestürmt war. Wie üblich, ohne seine Rechnung zu bezahlen, fügte die junge Kellnerin sarkastisch hinzu, nachdem Zorn und Schröder an Patzlaffs Stammtisch im hinteren Teil des Gastraums Platz genommen hatten.

Zorn bestellte eine große Cola, Schröder ein stilles Wasser und das Tagesgericht. Auch Zorn entschied sich für das Hühnerfrikassee, allerdings ohne den kleinen Salat und bot der Kellnerin an, sich die Mühe zu sparen und das Grünzeug gleich in den Mülleimer zu kippen, bevor sie es sinnloserweise durch die Gegend schleppte.

»Wie bist du eigentlich darauf gekommen, dass dieser Schmierfink uns helfen könnte, Schröder?«

»Patzlaff lebt davon, überall seine Finger im Spiel zu haben. Deine Adresse zum Beispiel ist öffentlich nicht zugänglich und …«

»Nicht wegen mir, sondern wegen Frieda.«

»Trotzdem hat er sie sofort herausgefunden. Er wusste auch, auf welche Schule Edgar geht. Jedenfalls hat er eine Menge Kontakte. Ich glaube kaum, dass er Herrn Bockisch persönlich kennt, aber womöglich jemanden, der uns hilft, ihn zu finden.«

»Aber warum sollte ausgerechnet Patzlaff uns helfen? Aus Schiss, dass du ihm noch mal die Nase brichst?«

»Es liegt keine Fraktur vor«, stellte Schröder pikiert klar. »Lediglich eine harmlose …«

Die Getränke wurden serviert.

»Ich habe Lars Patzlaff mit exklusiven Informationen versorgt«, sagte Schröder und trank einen Schluck Wasser. »Und ihm somit einen Gefallen getan.«

»Für den man im Gegenzug ebenfalls einen erwarten kann.«

»So ist es. Eine Hand wäscht die andere.«

Zorns Augen verengten sich hinter der Brille.

»Das war ein Wortspiel, Freundchen.«

Schröder blinzelte irritiert, sparte sich allerdings weitere Ausführungen über den Unterschied zwischen Wortspiel und Redewendung. »Kommt nicht wieder vor.«

»Das will ich auch hoffen.«

Weder Zorn noch Schröder hielt es für ratsam, sich mit einer womöglich zeitraubenden Suche nach Lars Patzlaff aufzuhalten, da es schließlich zahlreiche Alternativen gab – angefangen bei Frau Kubicky in der Registratur über einen der Kollegen von der internen Ermittlung bis zu Hauptmeister Rupp im Dezernat für Personalangelegenheiten, mit dem Zorn in seinen Anfangszeiten gemeinsam Streife gefahren war.

»Den müsstest du übernehmen«, sagte er. »Der konnte mich noch nie leiden. Aber die Kubicky war früher ganz schön in mich verguckt. Ich glaube, das ist sie immer noch«, fügte er leicht errötend hinzu, »und wenn ich der 'ne Schachtel Pralinen mitbringe, dann …«

»Ich denke, es geht auch ohne Pralinen«, sagte Schröder und nahm sein Handy. »Eigentlich hätte ich viel früher darauf kommen müssen. Wenn wir Glück haben, genügt ein Anruf.«

»Und wen willst du anrufen?«

»Wieland.« Schröder scrollte durch seine Kontakte. »Wieland Tulpe. Du hast ihn auf meiner Geburtstagsfeier kennengelernt.«

»Der Freak mit den Tattoos und dem Nasenring?«

Schröder nahm das Handy ans Ohr. »Wieland ist kein Freak.«

»Der hat dir die Terrasse vollgekotzt. Und danach hat er …«

»Wieland?« Schröder ging Richtung Ausgang, um das Gespräch ungestört draußen führen zu können. »Wie geht's dir, mein Junge?«

Siebenundsiebzig

Zehn Tage zuvor.

»Ich hab neue Kerzen mitgebracht. Und weil du keinen Rotwein trinkst, dachte ich, dass du vielleicht Weißwein …«

»Tarek.« Frieda Borck sah ihn eindringlich an. »Ich trinke beides gern. Aber nicht mit dir. Weil ich einen klaren Kopf behalten muss, und du erst recht. Okay?«

»Okay.«

»Und wo wir einmal dabei sind. Ich weiß, dass du mir vertraust, du musst mir das nicht schreiben. Ich bin Tag und Nacht für dich da, aber wir reden über Notfälle. Das gilt auch für das Handy, das du vom BKA bekommen hast. Das Ding ist kaum zu entschlüsseln, aber trotzdem ist jede Nachricht ein Risiko. Wenn irgendwas zu früh nach außen dringt, sind wir beide geliefert. Das BKA hat dir doch gesagt, dass wir nur kommunizieren sollen, wenn es wichtig ist, oder etwa nicht?«

»Doch, aber …«

»Du wusstest, dass ich gestern nicht konnte. Warum schickst du mir dann eine Nachricht? Und nicht nur eine, sondern kurz darauf die nächste?«

»Ich … ich hab mir Sorgen gemacht.«

»Um *mich*?« Sie lachte auf. »Ich war in der Sauna, Tarek! Du kannst immer zu mir kommen, aber …«

»Ich hab's kapiert.« Tarek, der blass geworden war, knetete die Finger im Schoß. »Ich gehe dir nicht mehr auf die Nerven, versprochen.«

»Ich will nur, dass du vorsichtig bist.«

Als Tarek ihr Lächeln erwiderte, hatte sein Gesicht wieder etwas Farbe bekommen.

»Lass uns noch mal über Elias sprechen«, bat sie. »Ich hab überlegt, aus welchem Grund er sich so radikal verändert haben könnte.«

»Und?«

»Du sagtest, er liest den Koran.«

»Er hat ihn 'ne ganze Zeit ständig mit sich rumgetragen.«

»Nach islamischem Recht macht er sich nicht strafbar, wenn er für deinen Onkel arbeitet. Das Hawala-System wird sogar ausdrücklich unterstützt, oft wird das Geld auch verschoben, um Terroranschläge zu finanzieren.«

»Du meinst also …« Tarek schüttelte entschieden den Kopf. »Nein, Elias ist kein Islamist. Dazu müsste er an den Islam glauben, aber das widerspricht seinem Intellekt. Er wollte die Sprache lernen, seinen Horizont erweitern. Er glaubt an Naturgesetze, Logik und so weiter. Aber nicht an etwas, das er nicht greifen kann.«

Frieda Borck dachte kurz nach.

»Du meintest, dein Onkel hätte schon immer versucht, euch zu manipulieren.«

»Das hat er ’ne Zeitlang auch geschafft. Aber sein Gerede über Familienehre, Tradition und all den anderen Quatsch hat uns nur beeindruckt, als wir klein waren. Elias ist viel zu klug, um sich davon noch beeinflussen zu lassen.«

»Vielleicht hat euer Onkel einen anderen Weg gefunden.«

Jetzt war es Tarek, der etwas Zeit zum Nachdenken brauchte.

»Möglich«, nickte er dann. »Hamza hat schon immer gewusst, welche Knöpfe er drücken muss.«

Achtundsiebzig

Claudius Zorn schob seinen Teller nach dem ersten Bissen angewidert beiseite und bestellte ein Paar Wiener Würstchen mit Brötchen und einer Extraportion Senf, während Schröder seine Mahlzeit mit offensichtlichem Genuss verspeiste. Als das Geschirr abgeräumt wurde, ließ er dem Koch seine besten Grüße ausrichten, den er für das auf den Punkt gegarte Frikassee und – mit einem Seitenblick auf Zorn – besonders für den delikaten Minzgeschmack im Dressing des ausgezeichneten Salats lobte.

»Und?«, fragte Zorn und leckte einen Rest Senf aus dem Mundwinkel. »Was machen wir? Soll ich der Kubicky einen Kasten Pralinen …«

»Wir warten noch ab. Wieland ruft in einer Stunde zurück, dann wissen wir mehr.«

Schröder winkte die Kellnerin herbei und bat um die Rechnung.

»Wir sind seit einer dreiviertel Stunde hier«, sagte er und sah auf die Uhr über dem Tresen. »Du hast also seit fünfundvierzig Minuten nicht geraucht, Chef.«

»Oha!«, entfuhr es Zorn.

Er griff in die Lederjacke, um das Versäumnis umgehend nachzuholen. Als er die Zigarette entzünden wollte, entglitt das Zippo seinen Fingern und fiel zu Boden.

»Wenn du's bis jetzt geschafft hast, hältst du auch noch ein bisschen länger durch«, sagte Schröder und bückte sich zuvorkommend unter den Tisch. »Es ist nicht nur eine physische Abhängigkeit, sondern auch eine Kopfsache, und wenn du …«

Er verstummte.

»Alles in Ordnung?« Zorn beugte sich herab und musterte den unter dem Tisch knieenden Schröder. »Hast du das Zippo?«

»Ja.«

»Und was machst du noch da unten?«

»Ich betrachte einen Bierdeckel.«

»Und warum betrachtest du einen Bierdeckel?«

»Er ist sehr interessant.«

»Schröder?«

»Ja?«

»Reicht es nicht, wenn einer von uns beiden durchdreht?«

Schnaufend kam Schröder wieder zum Vorschein.

»Er wird heruntergefallen sein, als Patzlaff so eilig gegangen ist«, sagte er und schob den Bierdeckel zu Zorn über die Tischplatte. »Keine sonderlich gute Handschrift.«

»Eine regelrechte Sauklaue«, bestätigte Zorn.

Mit etwas Mühe waren die krakeligen Buchstaben trotzdem zu entziffern. Der Name, den Lars Patzlaff hastig auf die fleckige Pappe gekritzelt hatte, lautete Elias Samadi.

Neunundsiebzig

Jordanien, zehn Tage zuvor.
Café Tamouz, westliche Altstadt von Amman.

»Du musst dich beruhigen, sonst sind wir beide verloren. Willst du das?« Hamza Samadi nahm das Handy ans andere Ohr. »Gut. Jetzt atme ein. Und wieder aus. Noch einmal. Ist es besser? Hörst du mir jetzt zu?«

Er senkte die Stimme.

»Du brauchst ein Transportmittel. Deshalb wirst du den Wagen behalten und nicht nach Syrien bringen, sondern später … ich sagte, du sollst mir *zuhören*! Ich brauche deine Aufmerksamkeit, sonst kann ich dich nicht beschützen. Du willst doch, dass ich dich beschütze? Gut. Wiederhole es.«

Er lauschte einen Moment.

»Jemand wird dich anrufen«, sagte er dann. »Er wird dir sagen, was zu tun ist. Wir haben nicht mehr viel Zeit. Es ist unsere einzige Chance, *Azizi*.«

Achtzig

»Casdorff hat den Ablauf rekonstruiert«, sagte Umbach.

Gursky sah auf. »Und?«

»Er hat den Weg des Kleintransporters von der Brücke über den Standort der Sicherheitskamera weiterverfolgt. Ab da hat sich die Spur verloren.«

»Der Wagen kann sich nicht in Luft auflösen.« Der silberne Füller drehte sich funkelnd in Gurskys Fingern. »Casdorff soll weitersuchen.«

»Er ist anderweitig beschäftigt.«

»Er ist … *was*?« Gursky nahm die Brille ab. »Ich will ihn sprechen.«

»Das wird etwas dauern.«

»Was heißt das?«

»Er ist unterwegs. Mit Böhm und Peuckert.«

»Umbach.« Gursky ließ seinen Sessel vor und zurück schwingen. »Reden Sie gefälligst Klartext. Es sei denn, Sie wollen die paar Monate bis zu Ihrer Pension in einem Streifenwagen …«

»Casdorff ist davon ausgegangen, dass der Kleintransporter noch in der Nähe sein könnte. Also hat er im Umfeld der Sicherheitskamera gesucht. Die Straße verläuft vom Baumarkt durch das Industriegebiet zu einem Parkhaus.«

»Und?«

»Casdorff hat einen Treffer gelandet.«

Gursky richtete sich auf. »Weiter.«

»Unser Mann hat den Transporter nur befristet angemeldet. Ursprünglich muss er geplant haben, den Wagen ins Ausland zu bringen, das Ausfuhrkennzeichen ist vor drei Tagen abgelaufen. Peuckert hat gerade erst angefangen, die Spuren zu untersuchen, ist aber überzeugt, dass der Zeuge in dem Transporter ermordet wurde. Nachdem unser Mann die Leiche zur Brücke gebracht hat, ist er auf direktem Wege zum Parkhaus gefahren und dort untergetaucht. Die Gegend ist verlassen, das Parkhaus wird kaum genutzt, er konnte sich also relativ sicher fühlen. Wie es aussieht, haben wir ihn nur kurz verpasst, wahrscheinlich um weniger als eine Stunde.«

Gursky faltete die Hände vor dem Gesicht und ließ die Fingerkuppen gegeneinander trommeln. »Trotzdem ist er uns entwischt.«

»Er hat uns etwas hinterlassen.«

»Und was?«

»Eine weitere Leiche.«

Einundachtzig

Acht Tage zuvor.

»Hamza Samadi kann seinen Laden nur mit absoluter Brutalität im Griff behalten, eine andere Möglichkeit bleibt ihm nicht«, sagte Frieda Borck. »Es gibt nichts Schriftliches und somit auch keine Möglichkeit, etwas einzuklagen. Also wird jede Unterschlagung, jeder Betrug oder Diebstahl drakonisch bestraft. Ich bin sicher, dass Rahul etwas von dem Geld abgezweigt hat. Ach, bevor ich's vergesse ...«

Sie kramte in ihrer Handtasche und reichte Tarek eine Tupperdose.

»Apfelkuchen«, erklärte sie auf seinen fragenden Blick. »Selbstgebacken, von ... meinem besten Freund.«

Tarek bedankte sich verlegen.

»Ich …«, sie strich eine widerspenstige Locke hinter das Ohr, »wollte mich entschuldigen. Weil ich dich neulich so angeblafft habe, wegen der Nachrichten. Aber manchmal wird mir das alles zu viel. Ich bin immer noch die Einzige in der Staatsanwaltschaft, die davon weiß, ich hab noch nicht mal 'ne Sekretärin. Und zu Hause muss ich mir ständig neue Ausreden einfallen lassen. Dass ich mit 'ner alten Schulfreundin essen bin oder …«

»Du musst dich nicht entschuldigen. Wirklich nicht.«

»Du … du bist noch so jung, Tarek. Du hast dein Leben noch vor dir und trotzdem setzt du alles aufs Spiel. Ich hatte kein Recht, dich so anzumeckern.«

»Schon okay. Lass uns weitermachen, ja?«

Es tat gut, Friedas Entschuldigung zu hören, denn es bewies, dass er ihr tatsächlich mehr bedeutete als ein gewöhnlicher Zeuge. Doch ihre ständigen Ermahnungen ärgerten ihn, er war zwar ein paar Jahre jünger, aber als angehender Arzt ein erwachsener Mann. In ihrer mütterlichen Sorge erinnerte sie an Anna, die nicht nur ebenso schön war, sondern hinter ihrem zarten, fast zerbrechlich wirkenden Äußeren einen ähnlich eisernen Willen verbarg.

»Du hattest von Rahul gesprochen«, sagte er.

»Dein Onkel hat ihn aus zwei Gründen ermordet. Zum einen als Zeichen an seine Kundschaft – er hat den Betrüger entlarvt und umgehend bestraft, sein Netzwerk also unter Kontrolle und duldet keine Unzuverlässigkeit. Zum anderen ist es eine Warnung an seine Geldboten, denen er zeigt, dass er nicht einmal davor zurückschreckt, den eigenen Neffen zu töten.«

Frieda ließ ein paar Sekunden verstreichen. Als sie fortfuhr, war deutlich zu spüren, dass es nur widerwillig geschah.

»Rahul muss gewusst haben, was ihn erwartet.«

»Ich verstehe nicht, was …«

»Hamza Samadi steuert sein Netzwerk von Jordanien aus. Er hat es ständig erweitert, und als er auch in Deutschland aktiv geworden ist, hat er Rahul als eine Art Statthalter eingesetzt. Dein Bruder war also mehr als ein Geldbote.«

»Was meinst du damit?«

»Du sagtest, dass dein Onkel vorletztes Jahr in Deutschland war.«

»Ja, zu Annas Geburtstag. Wir haben uns gefragt, warum …«

»Er muss mit falschen Papieren eingereist sein. Nach der Feier ist Rahul auf der Autobahn Richtung Tschechien geblitzt worden. Auf dem Foto ist dein Onkel auf dem Beifahrersitz zu erkennen. Später in dieser Nacht wurde auf einem Parkplatz kurz vor der Grenze ein syrischer Flüchtling ermordet. Ich gehe davon aus, dass das Opfer zum größten Teil von deinem Onkel gefoltert wurde, doch er wird Rahul gezwungen haben, sich zumindest zu beteiligen. Dein Bruder hat …«

»Ich will das nicht hören.«

»Du musst aber, Tarek. Es ist noch nicht alles. Als Elias später nach Amsterdam gegangen ist, hat Hamza Samadi diesen Umstand genutzt, um seine Stellung in Holland auszubauen. Ich habe den Bericht erst gestern bekommen, es gibt eine Menge ungeklärter Morde in Amsterdam, doch wie es aussieht, handelt es sich bei mindestens einem der Opfer um einen Konkurrenten deines Onkels, den Elias in seinem Auftrag … es bringt nichts, wenn du dir die Ohren zuhältst, Tarek. Früher oder später wirst du es sowieso …«

Er stürmte davon, um sich zwanzig Minuten später mit brennenden Lungen und tränenden Augen auf der Bank unter der Trauerweide am künstlichen See wiederzufinden.

Es war peinlich, vor Friedas Augen wie ein Schlosshund geheult zu haben, und dass er wie ein Kleinkind davongerannt war, mindestens ebenso. Doch Tarek würde sich später dafür schämen, im Moment war er mit anderen Dingen beschäftigt.

Er war davon ausgegangen, dass Elias sich zwar strafbar gemacht, doch keine schwereren Verbrechen begangen hatte, seine Strafe absitzen und nach dem heilsamen Schock wieder in die Spur geraten würde. Nun stellte sich heraus, dass Elias Jahrzehnte, wenn nicht gar den Rest seines Lebens hinter Gittern würde verbringen müssen.

Das Handy vibrierte. Auf Friedas Nachricht *(alles wird gut)* schrieb Tarek nur eine knappe Antwort *(hoffentlich)*, und als sie ihm daraufhin ein rotes Herz schickte, hellte sich sein Gesicht nur kurz auf.

War es das wert? Selbst wenn Hamza Samadi bestraft wurde, blieb eine niederschmetternde Erkenntnis: was nutzte es, den Mord an dem einen Bruder zu rächen, wenn man dadurch den anderen ans Messer lieferte?

Zweiundachtzig

Patzlaffs Wohnungstür war angelehnt. Als Zorn und Schröder in den engen Flur traten, kam ihnen zu ihrer Überraschung Polizeioberrat Gursky samt Entourage entgegen, der augenscheinlich nicht gewillt war, seine Zeit mit Höflichkeitsfloskeln zu verschwenden.

»Was wollen Sie hier?«

»Dasselbe wie Sie«, gab Schröder ebenso knapp zurück.

»Lars Patzlaff besuchen«, ergänzte Zorn. »Er hat nämlich …«

Er wurde unsanft gegen die Wand geschoben. Ein vierschrötiger Kerl drängte sich vorbei ins Schlafzimmer, wo ein weiterer Mann vor dem geöffneten Kleiderschrank hockte und die Schubladen durchwühlte.

»War klar, dass Patzlaff Ärger kriegt.« Zorn wandte sich an Schröder. »Dabei hab ich ihn noch gewarnt, diese ganzen haltlosen Spekulationen über manipulierte Bremsen und so bloß nicht in Umlauf zu bringen. Tja«, seufzte er, »jetzt hat er den Salat. Er ist selbst schuld und …«

Zorn wurde vom rhythmischen Piepsen eines Handys unterbrochen. Gursky meldete sich barsch und lauschte mit gerunzelter Stirn.

»Casdorff und Böhm bleiben vor Ort«, wies er den Anrufer an. »Peuckert soll sein Zeug einpacken, ich brauche ihn hier. Und zwar sofort. Seinen Wachdienst übernimmt Bockisch.«

»Huch!«, entfuhr es Zorn, der umgehend von Schröder mit einem unauffälligen, trotzdem äußerst schmerzhaften Tritt auf den großen Zeh vor weiteren unbedachten Äußerungen gewarnt wurde.

»Also«, wiederholte Gursky, nachdem er das Gespräch beendet hatte. »Was wollen Sie von Lars Patzlaff?«

»Er hat was in seiner Stammkneipe vergessen«, sagte Zorn. »Wir dachten, es wäre vielleicht wichtig und wollten's ihm bringen.«

»Und was?«

»Einen Bierdeckel. So was kann man ja immer brauchen. Wenn was kippelt oder … Sie wissen schon, falls mal was ist.«

Gursky musterte ihn ausdruckslos. »Den Dummkopf können Sie vor Ihren Kollegen spielen, Herr Hauptkommissar.«

Zorn setzte zu einer empörten Erwiderung an, doch Schröder kam ihm zuvor.

»Im Prinzip haben wir nur eine einzige Frage.« Er öffnete seine Aktentasche und reichte Gursky den Bierdeckel. »Wir wollen Patzlaff fragen, woher er den Namen kennt.«

»Das würde ich auch gern«, sagte Gursky, nachdem er einen Blick auf die hastig gekritzelten Buchstaben geworfen hatte. »Aber es hat keinen Sinn.«

»Warum?«

»Weil Lars Patzlaff nicht mehr antworten kann. Er ist tot, und das, was er da aufgeschrieben hat«, Gursky sah auf den Bierdeckel, »ist der Name seines Mörders.«

Dreiundachtzig

Sieben Tage zuvor.

Am nächsten Morgen fühlte sich Tarek Macha kaum besser. Als er zur Uni ging, tat er dies nicht aus Pflichtbewusstsein, sondern in der Hoffnung, während der Vorlesungen etwas Ablenkung zu finden. Doch von Schuldgefühlen geplagt, konnte er sich nicht konzentrieren, immer wieder verschwamm der Hörsaal vor seinen Augen und Elias erschien, den anklagenden Blick durch die Gitterstäbe einer Gefängniszelle auf seinen treulosen Bruder gerichtet.

Als Tarek nach Hause lief, wehte ein kräftiger Wind das letzte Herbstlaub durch die Straßen. Die Vorstellung, den Abend allein in seiner engen Dachwohnung zu verbringen, war alles andere als verlockend, und der Gedanke, Frieda würde währenddessen in der Oper sein, trug nicht dazu bei, seine Stimmung zu heben.

Sie freute sich schon lange auf diesen Abend. Auf ihre Frage nach Tareks Verhältnis zur Oper hatte dieser wahrheitsgemäß erwidert, anstelle des Lohengrins lieber Kendrick Lamar zu hören. Das, hatte Frieda lachend erklärt, sei mehr als verständlich, ihr selbst war es in Tareks Alter ähnlich gegangen, aber mit der Zeit würde auch er den Zugang finden und irgendwann, wenn sie alles hinter sich gebracht hätten, würden sie gemeinsam in die Oper gehen und den Abend nicht mit einer Flasche Wein, sondern einer Kiste Champagner beenden.

Er schickte ihr eine Nachricht *(ich hab niemanden mehr außer dir)*. Nachdem er zwei Stunden mit dem Handy am Küchentisch verbracht und vergeblich auf eine Antwort gewartet hatte, spielte er mit dem Gedanken, eine Pizza zu bestellen und sich die letzte *White Lotus*-Staffel anzusehen, doch es sollte weder zum einen noch zum anderen kommen.

Als Elias anrief und um einen Gefallen bat, zögerte Tarek nicht eine einzige Sekunde. Er fragte nicht nach, warum er unbedingt mit dem Auto zu der Seitenstraße hinter dem Opernhaus kommen sollte, wichtig war nur, dass Elias Hilfe brauchte. Vielleicht hatte er seine Meinung geändert und wollte nun doch aussagen. Falls das zutraf, war mit einer deutlich milderen Strafe zu rechnen. Wenn nicht, gab es trotzdem noch Hoffnung, denn Tarek bekäme zumindest eine letzte Chance, Elias umzustimmen.

Erst als Tarek das Flackern in den Augen seines jüngsten Bruders sah, kamen ihm Zweifel – allerdings deutlich zu spät, denn als Elias ihn in die Arme schloss, spürte er einen Stich im Nacken und brachte anstatt der aufmunternden Worte, die er sich zur Begrüßung zurechtgelegt hatte *(alles wird gut, kleiner Bruder, wir kriegen das wieder hin)* nur ein unverständliches Lallen zustande, bevor die Beine unter ihm nachgaben und die Welt im Nebel versank.

Vierundachtzig

Wie mittlerweile gewohnt, wich Polizeioberrat Gursky Schröders Fragen entweder aus oder verweigerte mit dem Hinweis auf seine Vorschriften gänzlich die Antwort. So erfuhren Zorn und Schröder nur, dass Lars Patzlaff erstochen worden war und dass der Kleinbus, in dem man die Leiche in einem kaum frequentierten Parkhaus aufgefunden hatte, auf Elias Samadi zugelassen war, der zwar flüchtig, aber nach Spurenlage eindeutig der Täter war. Gursky bestritt nicht, dass es eine Verbindung zu Friedas Tod geben musste, schließlich hatte Patzlaff intensiv recherchiert und war dabei auf Elias Samadi gestoßen – dass dieser ein Halbbruder Tarek Machas war, konnte kein Zufall sein. Mehr gab Gursky nicht preis, und da auch Zorn bald erkannte, dass auf diesem Wege nichts weiter zu erfahren war, saßen sie wenig später wieder im Volvo, den Zorn in der Eile direkt vor einer Apotheke auf der anderen Straßenseite abgestellt hatte.

»Was machen wir jetzt, Schröder?«

»Nachdenken.«

»Ist ja was ganz Neues.« Zorn beugte sich vor, um den Motor zu starten und ließ den Arm wieder sinken. »Geht das auch hier? Ich hab nämlich keine Lust, dir wieder stundenlang beim Bleistiftspitzen zuzugucken.«

Schröder willigte ein, wies allerdings darauf hin, dass der Volvo nicht nur mit der einen Hälfte den Kundenparkplatz der Apotheke, sondern mit der anderen auch die Lieferanteneinfahrt des benachbarten Drogeriemarktes blockierte und bat Zorn, sich wenigstens für eine der beiden Ordnungswidrigkeiten zu entscheiden. Nachdem Zorn ein paar Meter zurückgesetzt hatte, war der Kundenparkplatz frei, die Einfahrt vollständig blockiert und der verdreckte Volvo mit einer weiteren Schramme versehen, da Zorn mit dem rechten Kotflügel einen Fahrradständer touchiert hatte.

»Wir könnten mit dem Vater sprechen«, schlug er vor und zog die Handbremse an. »Oder noch mal mit seiner Mutter.«

»Was soll das bringen?«

Sie hatten bereits mit Anna Samadi telefoniert, nachdem sie die Kneipe verlassen hatten und unterwegs zu Patzlaffs Wohnung waren. Schröder gab vor, ein paar Routinefragen an Elias Samadi zu haben und erkundigte sich, wie dieser zu erreichen sei. Anna Samadi wurde wütend und verwies auf Polizeioberrat Gursky, der bereits vor einigen Tagen unter demselben Vorwand bei ihr aufgetaucht war und mit seinen Männern das Zimmer ihres Sohnes auf den Kopf gestellt hatte, obwohl Elias es seit seinem Auszug nicht mehr betreten hatte. Sie hatte ihren Sohn im letzten Jahr kaum gesehen, ab und zu rief er aus Amsterdam an, doch auch diese Telefonate waren immer seltener geworden und schließlich gänzlich ausgeblieben, da Elias seit drei Monaten unter seiner Handynummer nicht mehr erreichbar war. Anna Samadi wollte endlich wissen, warum die Polizei nach ihrem Sohn suchte, und als Schröder sich erneut mit Routinefragen herauszureden versuchte, hielt sie ihm vor, ein ebenso zynischer Mistkerl zu sein wie der aalglatte Gursky, und beendete schluchzend das Gespräch.

»Die Eltern helfen uns nicht weiter«, sagte Schröder, »sie sind ahnungslos. Den ersten Sohn haben sie bei einem Unfall verloren, der zweite hat Frieda überfahren und ist jetzt ebenfalls tot. Ich habe keine Lust, ihnen zu sagen, dass der dritte ein Mörder ist. Das soll gefälligst Gursky übernehmen.«

»Finde ich auch.«

»Sollte man hier nicht mal saubermachen?« Schröder strich

mit dem Zeigefinger über die verstaubte Armatur. »Wenigstens innen?«

»Tu dir keinen Zwang an. Vielleicht hilft's dir ja beim Nachdenken.« Zorn beugte sich vor und öffnete das Handschuhfach. »Patzlaff hat bestimmt geglaubt, er wäre 'ner riesigen Sache auf der Spur«, sagte er und reichte Schröder ein Päckchen mit Reinigungstüchern.

»War er ja auch.« Schröder entfaltete ein Tuch und begann, die Knöpfe am Griff der Beifahrertür zu polieren. »Sonst hätte er wohl kaum mit dem Leben bezahlt.«

Zorn lehnte sich gähnend zurück und beobachtete, wie Schröder seine Arbeit beendete und sich den verschmierten Displays über der Mittelkonsole widmete.

»Schröder?«

»Hm?«

»Würdest du beim nächsten Mal nicht ganz so fest zutreten?«

»Am liebsten wäre mir, ich müsste überhaupt nicht zutreten«, brummte Schröder. »Aber das würde voraussetzen, dass du dich unter Kontrolle hast.«

»Kontrolle gehört nicht unbedingt zu meinen Kernkompetenzen. Aber ich werd's zumindest …«

»Würdest du kurz …?«

»Selbstverständlich.« Zorn hob den Arm, damit Schröder die Mittelkonsole abwischen konnte. »Hab ich das eigentlich richtig gehört? Herr Bockisch hat Wachdienst?«

»So habe ich's auch verstanden.«

»Ich frage mich, was genau er da bewacht.«

Schröder beugte sich zu Zorn hinüber und staubte das Lenkrad ab.

»Ist bestimmt wichtig«, überlegte Zorn.

»Hm.«

»Aber nicht nur das.«

»Hm?«

»Herr Bockisch hat eine Geheimnummer«, sagte Zorn. »Also ist das, was er da bewacht, nicht nur wichtig, sondern garantiert auch geheim.«

»*Streng* geheim.«

»Findest du nicht, wir sollten uns erst mal weiter um Herrn Bockisch kümmern?«, fragte Zorn und wies aus dem Fenster. »In der Drogerie gibt's bestimmt irgendwelches Konfekt. Wenn nicht, bringe ich der Kubicky 'nen Schokoriegel mit, das dürfte eigentlich …«

Schröders Handy piepste.

»Wieland! Schön, dass du zurückrufst, mein Junge!«

Fünfundachtzig

Sieben Tage zuvor.

»Komm schon.« Elias rüttelte Tarek an der Schulter. »Mach jetzt nicht schlapp.«

Tarek hob den Kopf, lallte etwas und sackte wieder hinter dem Steuer zusammen. Ein Speichelfaden lief aus seinem Mundwinkel und tropfte vom Kinn auf das bereits durchgeweichte Hemd.

Der Mann hatte Elias zwei Stunden nach dem Telefonat mit Hamza angerufen. Mit kühler, sachlicher Stimme, deren Tonfall an die emotionslosen Anweisungen eines Navigationsgerätes erinnerte, erläuterte er jeden Schritt ausführlich – angefangen bei dem Schmierfett, das Elias auf den Bremsscheiben verteilt hatte, über die Fußmatte, mit der er später das Gaspedal blockieren würde bis zu der Injektionsspritze, die am Tag nach dem Anruf in einem wattierten Umschlag zusammen mit einem Foto der Frau in Elias' Briefkasten lag.

Woher der Mann mit der Automatenstimme seine Informationen hatte, wusste er nicht, doch er hatte sich genau an die Anweisungen gehalten. Der Toyota parkte mit dem Heck zur Oper kurz hinter dem Abzweig vom Kreisverkehr am oberen Ende der dunklen Gasse. Die baufälligen Mietskasernen links und rechts standen größtenteils leer, nur in den Häusern weiter unten brannte ab und zu Licht. Die Straße war für den Durchgangsverkehr gesperrt und ebenso verwaist wie der Platz vor der hell erleuchteten Oper, den Elias durch den Rückspiegel ständig im Blick behielt. Nur ein hagerer, langhaariger Mann lehnte einsam unter dem Eingangsportal an einer Säule und sog gierig an einer Zigarette.

Die Vorstellung würde bald enden, viel Zeit blieb also nicht. Auch alle anderen Instruktionen hatte Elias befolgt, er trug Einweghandschuhe, hatte sich zunächst überzeugt, dass die Handbremse funktionierte, und die Lenkung voll eingeschlagen, um die Bremsscheiben an den Vorderrädern besser erreichen zu können. Auch die Injektion in Tareks Nacken lief problemlos ab, doch nun kamen Elias Bedenken, die Dosis könne zu hoch gewesen sein. Vielleicht hatte man auch die Wirkung des Wodkas, den er seinem Bruder eingeflößt hatte, unterschätzt – Tarek hing halb über dem Sicherheitsgurt wie eine Marionette mit abgeschnittenen Fäden und schien kaum in der Lage, das Lenkrad zu halten. Mehr musste er zwar nicht tun, doch auch das war zu bezweifeln.

»Hey!« Elias kniff ihn in die Wange. »Wachbleiben, okay?«

»Elias?« Tarek stierte ihn aus weit aufgerissenen Augen an. »Alles … wird …«

»… gut, klar. Hauptsache, du pennst nicht ein.«

Wütende Rufe hallten von der Oper heran. Der Hagere stand

vor einem der Einlasser und schrie, er werde die komplette Belegschaft hinter Gitter bringen, wenn er nicht sofort wieder hereingelassen würde.

Tarek rieb sich würgend den Magen. »Mir … ist … schlecht.«

»Kotz jetzt bloß nicht in den Wagen.«

Die Portale des Opernhauses öffneten sich. Elias wandte sich um und beobachtete durch die Heckscheibe, wie die festlich gekleideten Besucher herausströmten und sich über den Platz in alle Richtungen verteilten, um entweder den Taxistand, das Parkhaus hinter der Oper oder die Straßenbahnhaltestelle an der Hauptpost zu erreichen.

Das Foto hatte er eingesteckt, doch er brauchte es nicht. Als der Hagere sich aus der Menge löste, erkannte Elias seine Begleiterin im ersten Moment.

»Es geht los. Wir … verdammt nochmal!« Er schlug Tarek, der leise schnarchend an der Fahrertür lehnte, mit der flachen Hand auf den Oberschenkel. »Reiß dich zusammen!«

Es dauerte einige Sekunden, bis Tarek den Blick seiner glasigen Augen halbwegs fokussiert hatte. »Da bist du ja!«, strahlte er. »Ich hab dich überall gesucht!«

Die zierliche Frau hatte den Platz vor der Oper überquert und näherte sich dem Zebrastreifen am Kreisverkehr. Den hageren Mann, der ihr wild gestikulierend folgte, ignorierte sie.

Elias vergewisserte sich, dass das Gaspedal noch unter der Fußmatte verhakt war. Als er sich wieder aufrichtete, lief die Frau so dicht vorbei, dass ihr Mantel den rechten Seitenspiegel streifte. Kurz darauf folgte ihr Begleiter, der mit gesenktem Kopf ein paar Meter hinter ihr lief.

»Wir … wir kriegen das wieder hin«, nuschelte Tarek. »Ich … helfe dir.«

Elias langte hinüber zum Lenkrad, löste die Handbremse und zog sie, nachdem der Toyota lautlos bergab aus der Parklücke gerollt war, wieder an. Er nahm Tareks Hände und legte sie auf das Lenkrad.

»Gut festhalten.«

Tarek blinzelte verwirrt. »Warum?«

Der Hagere war ein paar Meter bergab stehen geblieben und rief der Frau etwas zu. Diese gab über die Schulter zurück, dass er sich wie ein Kind benehme und lief weiter. Der Mann sah ihr kopfschüttelnd nach, öffnete den Reißverschluss seiner Jeans und verschwand nach links im Gestrüpp einer Baulücke.

»Du willst mir doch helfen, oder?«, fragte Elias.

»Ja.« Speichelbläschen zerplatzten auf Tareks Lippen.

»Wenn du es festhältst, dann hilfst du mir.« Elias löste die Handbremse, der Toyota rollte langsam bergab. »Das willst du doch?«

»Ja.« Tareks Finger klammerten sich fest um das Lenkrad. »Ich helfe dir.«

Die Frau hatte das Baugerüst erreicht und wich mit klackernden Absätzen auf die Straße aus. Ihr Atem kondensierte im trüben Schein einer Laterne.

»Einfach nur geradeaus, Tarek. Ist ganz einfach, findest du nicht?«

Tarek gab ein zustimmendes Lallen von sich.

Vorsichtig öffnete Elias die Beifahrertür einen Spalt und langte nach der Zündung. »Gut festhalten, okay?«

»Ich … ich liebe dich, kleiner Bruder.«

Elias drehte den Zündschlüssel.

»Ich liebe dich auch!«, rief er, um den Lärm des aufheulenden Motors zu übertönen und griff nach dem Hebel der Automatikschaltung. »Aber es ändert nichts!«

Er stieß die Beifahrertür auf, ließ sich seitlich auf die Straße abrollen und war im nächsten Moment zwischen den parkenden Autos verschwunden, während der Toyota mit quietschenden

Reifen lospreschte. Das dumpfe Krachen des Aufpralls war noch nicht zwischen den Häusern verhallt, als der hagere Mann zu schreien begann, dessen klagende Hilferufe an das Brüllen eines tödlich getroffenen Elchbullen erinnerten.

Sechsundachtzig

»Was für ein Schwachsinn«, brummte der stiernackige Polizist und warf die Apotheken-Zeitschrift auf den Stapel mit den anderen Illustrierten. Auch beim dritten Lesen wurde der Artikel über nächtliches Zähneknirschen, Beißschienen und verspannte Kiefermuskeln keinen Deut interessanter.

Er sah auf die Armbanduhr, die er vor zwei Jahren bei seiner Ernennung zum Polizeihauptmeister überreicht bekommen hatte, und ließ die Hand mit einem leisen Seufzer wieder sinken. Die Zeit kroch quälend langsam dahin, doch um diese Jahreszeit war es besser, sich am Ende eines abgelegenen Flurs irgendwo in den Katakomben der nuklearmedizinischen Abteilung eines Krankenhauses auf einer Plastikbank zu langweilen, als sich draußen bei einer Observation den Arsch abzufrieren.

Hinter der schweren Glastür, die Unbefugten den Zutritt in diesen Bereich versperrte, näherten sich eilige Schritte. Nach jahrelanger Routine langte er instinktiv nach dem Holster, entspannte sich aber sofort, als er hinter dem Sicherheitsglas den pinkfarbenen Strubbelkopf der jungen Pflegerin erkannte, die mit ihrer Magnetkarte die Schleuse entriegelte, sein Lächeln im Vorbeigehen erwiderte und zum Lagerraum an der Stirnseite des Flurs lief. Bevor sie verschwand, streifte sein Blick ihre schlanken, gebräunten Beine – allerdings nur kurz, er sah umgehend beschämt beiseite und rief sich in Erinnerung, dass ein Mädchen dieses Alters nicht nur seine Tochter, sondern in nicht allzu ferner Zukunft seine Enkelin hätte sein können.

Wobei er weder das eine noch das andere haben würde. Nachdem er einige Beziehungen geführt hatte, war ihm schließlich klargeworden, dass er nicht dazu geschaffen war, eine Familie zu gründen. Er lebte seit Jahren allein und war zufrieden, wenn er nach Dienstschluss mit einem Bier vor dem Fernseher saß, besonders, wenn eine neue Folge von *Wer wird Millionär?* lief. Sein Leben mochte vielleicht etwas eintönig verlaufen, doch er hatte seine Ruhe, es gab keinen Beziehungsstreit oder Ärger mit pubertierenden Sprösslingen. Sein Privatleben wurde regelmäßig überprüft, doch da er weder Schulden noch irgendwelche heimlichen Laster hatte, war nichts zu befürchten. Das Einzige, was er sich vorzuwerfen hatte, war seine Vorliebe für fettiges Essen – wie den Döner, der ihm seit über zwei Stunden schwer im Magen lag, weil er sich vor Dienstantritt noch eine Stärkung gegönnt hatte.

Er schraubte seine Thermoskanne auf, um den Knoblauchgeschmack mit einem Schluck Tee herunterzuspülen. Sicherlich, es gab Aufregenderes, als stundenlang vor einer Sicherheitstür zu hocken und auf das schwarz-gelbe Gefahrenschild zu starren, bis die Warnung vor radioaktiver Strahlung vor den Augen flimmerte, doch er hatte lange genug seine Knochen hingehalten.

Rechts neben ihm öffnete sich die Tür zum Lagerraum, die junge Pflegerin schob einen Rollwagen mit Desinfektionsmitteln heraus. Er stand zuvorkommend auf, öffnete mit seiner Magnetkarte die Schleuse, wünschte noch eine angenehme Schicht und ging wieder zur Bank, während sich die Türen hinter ihm mit einem hydraulischen Zischen wieder in Bewegung setzten.

»Herr Bockisch?«

Er wirbelte herum und zückte die Pistole aus dem Holster, als er sich plötzlich zwei Männern gegenübersah, die offensichtlich hinter der Pflegerin hereingeschlüpft waren, bevor sich die Schleuse geschlossen hatte.

»Wer will das wissen?«

Die beiden sahen sich an.

»Ich habe ihn mir etwas größer vorgestellt«, sagte der eine.

»Ich auch«, stimmte der andere zu – ein kleiner Glatzkopf mit Kugelbauch, der dem schlaksigen Kerl an seiner Seite kaum bis zur Schulter reichte.

»Was wollen Sie hier?« Die Pistole wurde mit einem Klicken entsichert. »Sie sind nicht befugt, diesen Bereich …«

»Aber du hattest recht«, unterbrach der Große. »Er hat wirklich eine sehr schöne Stimme.«

Siebenundachtzig

Sechs Tage zuvor.

»Ich hab dir Orangensaft mitgebracht«, sagte Iris Macha. »Und was zu lesen, falls du … mein Gott, du siehst furchtbar aus!« Sie brach in Tränen aus. »Hast du schlimme Schmerzen?«

»Geht so«, murmelte Tarek und sah zu dem Infusionsschlauch, der seinen bandagierten Arm mit dem Tropf auf dem Gestell neben dem Krankenbett verband.

»Was … was ist passiert, Tarek?«

»Ich weiß es nicht. Ich soll …« Tarek fuhr mit der Zunge über die aufgesprungenen Lippen. »Ich soll jemanden überfahren haben. Mit dem Auto.«

Zunächst hatte er den bleichen, langhaarigen Polizisten für

ein Gespenst gehalten, doch der Gestank nach kaltem Zigarettenqualm überdeckte noch immer den Geruch der Desinfektionsmittel. Es war also keine Einbildung und die nur mühsam unterdrückte Wut und der Hass, mit dem ihn der Mann aus geröteten Augen angesehen hatte, war ebenso real wie seine Mutter, die nun schluchzend an seinem Krankenbett saß.

»Da draußen sind Polizisten.« Iris Macha wies zur Tür. »Die sagten vorhin, dass du verlegt werden sollst. Als ich nachgefragt habe, wollten sie mir nicht sagen, wohin. Was hat das alles zu bedeuten, Tarek? Ich verstehe nicht …«

»Ich bin müde, Mama.«

»Die Frau ist tot! Es steht überall in den Zeitungen!«

Und so erfuhr Tarek Macha, dass nicht nur Rahul und Elias, sondern auch er selbst einen Menschen getötet hatte – einen besonderen Menschen, den einzigen, dem er vertraut hatte und dessen Tod nun die Schlagzeilen der Boulevardpresse beherrschte. Als seine Mutter Friedas Namen aussprach, wurde ihm klar, dass die Polizisten auf dem Flur vor dem Krankenzimmer keinen wichtigen Zeugen schützten, sondern dort waren, um einen mutmaßlichen Mörder zu bewachen, bevor man ihn in ein Hochsicherheitsgefängnis verlegen würde.

Tarek war auf sich allein gestellt. Wenn er herausfinden wollte, was passiert war, musste er sofort handeln. Die Annahme, dass die Flucht durch ein unvergittertes Erdgeschossfenster trotz seiner Verletzungen nicht aussichtslos war, bestätigte sich. Dass er sich in allen anderen Punkten irrte, sollte Tarek Macha nie erfahren.

Als er zwei Tage später hungrig und frierend in der Nacht am Steinbruch auf seine Mutter wartete, hatte nicht nur Polizeioberrat Gursky, sondern wenig später auch Hamza Samadi durch einen Anruf davon erfahren, der die Gelegenheit nutzte, dem Bundeskriminalamt im letzten Moment zuvorzukommen, denn als das Einsatzkommando am Steinbruch eintraf, saß sein Neffe Elias kaum hundert Meter entfernt hinter dem Steuer eines Iveco-Kleintransporters der Marke Daily Tigrotto und bog auf die Magistrale ab, um mit seinem gefesselten Halbbruder im Heckraum zu einem entlegenen Rastplatz am Stadtwald zu fahren.

Achtundachtzig

»Ich bin nicht sicher, ob wir befugt sind«, sagte Zorn. »*Un*befugt sind wir jedenfalls nicht, oder?«

»Definitiv nicht«, stimmte Schröder zu, der von der entsicherten Waffe, mit der ihnen Polizeihauptmeister Bockisch schweigend den Weg versperrte, ebenso unbeeindruckt schien wie Claudius Zorn.

»Dekontaminationsbereich«, las Zorn die Aufschrift auf der schweren Tür ab. »Ein bisschen radioaktive Strahlung sollte ein paar harten Hunden wie uns nicht schaden. Da lachen wir drüber, stimmt's?«

»Allerdings, Chef.«

»Glaubst du, Herr Bockisch lässt uns mal reingucken?«

»Er macht nicht den Eindruck.«

»Nee, den Eindruck macht er wirklich nicht. Hast du deinen Dienstausweis dabei?«

»Selbstverständlich.«

»Ich auch, aber das wird ihn kaum umstimmen. Was ist mit deiner Knarre? Hast du die dabei?«

»Nein.«

»Ich auch nicht.«

»Tja, dann werden wir wohl … Vorsicht!«, warnte Zorn, als der BKA-Mann einen Schritt vortrat. »Es wäre schade, wenn mein Kollege Ihnen die Nase brechen müsste.« Er wandte sich an Schröder. »Herr Bockisch hat eine schöne Nase, findest du nicht?«

»Sehr markant. Ein römisches Profil, würde ich sagen.«

»Damit kennt er sich aus«, erklärte Zorn dem Beamten, der ihnen mit der Waffe im Anschlag gegenüberstand. »Schröder war nämlich früher mal Ringer. Er hat sogar …«, Zorn senkte vertraulich die Stimme, »den schwarzen Gürtel.«

»Den bekommt man im Judo, Chef.«

»Klar, aber das hast du doch auch gemacht.« Zorn ließ sich nicht aus dem Konzept bringen. »Warst du nicht Vizemeister bei den Bezirksjugendspielen? Im Bantamgewicht, wenn ich mich richtig …«

»Ich fordere Sie zum letzten Mal auf, diesen Bereich zu verlassen«, unterbrach Polizeihauptmeister Bockisch ruhig. »Und zwar unverzüglich.«

»Dürften wir wenigstens einen klitzekleinen Blick …?«, bat Zorn. »Es wär doch schade, wenn Wieland sich die ganze Mühe umsonst gemacht hätte.«

»Sehr schade sogar«, bestätigte Schröder. »Wieland ist der begabteste Nachrichtentechniker, den ich jemals in einem meiner Kurse hatte.«

»Jetzt ist er selbst Ausbilder am Kriminaltechnischen Institut«, ergänzte Zorn. »Für Funktechnik, Handyortung und den ganzen Kram. Wussten Sie, dass eine Geheimnummer zwar geheim ist, aber trotzdem genauso geortet werden kann wie jede normale Nummer? Wieland ist ein echter Tausendsassa, er hat das Handy hier im Krankenhaus geortet. *Ihr* Handy«, stellte Zorn klar, als Polizeihauptmeister Bockisch irritiert blinzelte. »Und weil wir keine Lust hatten, den gesamten Laden zu durchsuchen, haben wir Oberschwester Mareike gefragt. Die leitet nämlich die Notaufnahme und ist eine Bekannte von Rufus, der ist ein guter Freund von uns und hat früher hier gearbeitet. Und zwar in der Kinderstation, bis er dann den Unfall hatte und … aber ich schweife ab«, entschuldigte sich Zorn. »Oberschwester Mareike hat jedenfalls gesagt, dass in der Nuklearmedizin irgendwas komisch ist, da gäbe es wohl einen Bereich, den das Personal seit über einer Woche nicht mehr betreten darf, außer ein paar Leuten, die niemand hier kennt. Also dachten wir …«

»Sie sind vorläufig festgenommen.« Der Pistolenlauf schwenkte kurz auf den Boden und richtete sich dann wieder auf Zorn und Schröder. »Auf die Knie und Hände in den Nacken.«

»Das würden wir gern«, beteuerte Zorn und fasste Schröder an der Schulter. »Aber er hat Probleme mit einer alten Sportverletzung, er war nämlich auch Fechter und hat sich beim Ausfallschritt die linke Kniescheibe ausgerenkt. Und was mich betrifft«, lächelte er und hob entschuldigend die Arme, »Sie sehen ja selbst, dass ich mich zwar gut hinknien kann, aber mit den Händen wird's schwer, weil ich ja nur noch eine …«

»Runter jetzt.« Erneut wies der Pistolenlauf nach unten, um sich danach direkt auf Zorns Brust zu richten. »Meine Geduld hat Grenzen.«

»Geduld?« Zorn lief puterrot an, so dass das Narbengeflecht auf seiner Wange zu leuchten schien. »Was ist mit *meiner* Geduld, du Pfeife?«

Er machte seinem Namen alle Ehre und brüllte sein Gegenüber an, er solle gefälligst aufhören, anderen Leuten mit einer albernen Knarre vor der Nase herumzufuchteln und stattdessen die verschissene Tür öffnen, um sich im nächsten Moment wild strampelnd auf dem giftgrünen Linoleum im Polizeigriff des Polizeihauptmeisters Bockisch wiederzufinden, der über ihm kniete, Schröder mit seiner Pistole in Schach hielt und Zorns keifende Tirade über diesen hinterhältigen Angriff auf einen arglosen Behinderten nicht weiter beachtete. Als Zorn mit sich überschlagender Stimme umgehend Rache für die heimtückische Attacke verlangte und Schröder aufforderte, den Feuerlöscher an der Wand schräg gegenüber als Waffe zu benutzen, glitt die Schleuse zischend auf und ein schwarz gekleideter Mann mit grauem Bürstenschnitt erschien.

»Sie können Feierabend machen, Bockisch«, sagte der Polizeioberrat. »Den Rest übernehme ich.«

Neunundachtzig

Drei Tage zuvor.

»Gibst du mir was zu trinken?«, bat Tarek.

Elias langte neben sich, schraubte eine Flasche Mineralwasser auf und hielt sie Tarek an die Lippen. Dieser trank in langen, gierigen Zügen und sank aufatmend zurück.

»Danke«, ächzte er, als Elias ihm eine Wolldecke um die Schultern legte. »Hast du vielleicht 'n Aspirin?«

»Nein.«

»Das verdammte Knie.« Tarek streckte die Beine und atmete zischend ein. »Die Fesseln, müssen die unbedingt …«

»Ja.«

Elias saß auf einem zerknüllten Schlafsack und lehnte an der Rückseite des Fahrersitzes.

»Du hast mich betäubt«, sagte Tarek.

»Ja.«

»Und dann hast du mich ans Steuer gesetzt, damit ich sie überfahre.«

»Ja.«

»Warum?«

»Weil es logisch war.«

»Erklär mir das, Elias.«

»Sie war die Einzige, mit der du geredet hast.«

»Woher weißt du das?«

»Hamza weiß es.«

»Sollte ich auch sterben?«

»Hamza war sauer, weil ich den Sicherheitsgurt nicht abgeschnallt habe. Aber ich musste dich irgendwie fixieren, sonst wärst du zusammengesackt. Wichtig ist nur, dass du die Frau überfahren hast. Sie ist tot, und dir würde niemand mehr glauben.«

Elias klang monoton und gelangweilt, als würde er aus der Bedienungsanleitung eines Staubsaugers vorlesen.

»Ich habe Frieda sehr gemocht«, sagte Tarek.

Elias stieß sarkastisch die Luft aus. »Emotionen.«

»Warum lässt du dich von ihm manipulieren?« Tarek richtete sich stöhnend auf. »Du bist zehnmal klüger als ich. Und hundertmal klüger als Hamza.«

»Kann sein. Trotzdem weiß er tausendmal mehr als wir beide zusammen.«

»Wie meinst du das?«

Elias schwieg einen Moment.

»Als Rahul gestorben ist, da … ich stand direkt neben ihm. Ich hätte nur die Hand ausstrecken müssen, aber ich war zu langsam. Ich dachte, ich wäre schuld, weil ich ihn nicht festgehalten habe. Aber Hamza hat's mir erklärt.«

»Was hat er dir erklärt?«

»Dass es logisch war. Was Hamza tut, haben andere schon vor Jahrhunderten gemacht. Es gibt nur einen Weg, die Kontrolle zu behalten, Hamza hatte keine Wahl. Er hat mir erklärt, dass

Rahuls Tod einen Sinn hatte. Etwas, das nicht zu vermeiden ist, lässt sich auch nicht verhindern. Mich trifft also keine Schuld, warum sollte ich mir dann Vorwürfe machen?« Elias tippte sich an die Schläfe. »Alles eine Frage der Logik.«

»Du sollst in Amsterdam jemanden umgebracht haben«, sagte Tarek leise. »Stimmt das?«

Elias stützte die Ellbogen auf den Knien seiner gespreizten Beine ab, betrachtete seine Hände und murmelte etwas.

»Ich verstehe dich nicht.«

»Zwei Albaner«, wiederholte Elias und hob trotzig den Kopf.

»Tatsächlich? War das *auch* logisch?«

»Klar!« Elias sah Tarek an, als sei er nicht ganz bei Trost. »Wenn Hamza die Kontrolle verliert, wäre Rahul umsonst gestorben. Und wenn sein Tod sinnlos ist, bin ich schuld.«

»Das ist nicht dein Ernst. Du ... du hast den Verstand verloren.«

»Im Gegenteil«, grinste Elias. »Ich habe mich gegen Emotionen und für die Logik entschieden.«

Über das kahle Feld am Rande des Stadtwaldes fegte ein Windstoß heran und wirbelte eine Staubwolke gegen die Frontscheibe. Kiefernnadeln prasselten auf das dünne Blechdach herab wie ein Regen aus Reißzwecken und rostigen Stahlnägeln.

»Du brauchst Hilfe«, sagte Tarek. »Rahuls Tod hat dich traumatisiert. Du musst zum Psychologen, um das alles aufzuarbeiten, dann ...«

»Spar dir den Scheiß!« Ein misstönender Gongschlag dröhnte durch den Transporter, als Elias heftig mit der Faust auf das Bodenblech hieb. »Halt einfach die Klappe, okay?«

Tarek sank mit dem Hinterkopf gegen die Wand.

»Mein Arm ist gebrochen«, sagte er müde. »Es tut höllisch weh. Kannst du mir wenigstens die Hand losbinden? Oder hast du Schiss, dass ich dir an die Gurgel gehe?«

Elias stand widerwillig auf, beugte sich zwischen den Vordersitzen in den Fahrerbereich und holte ein Teppichmesser aus der Ablage in der Beifahrertür. Als er den Kabelbinder um Tareks Handgelenk durchschnitt, wich er dem Blick seines Bruders aus.

»Anna vermisst dich«, sagte Tarek sanft.

»Ich ... ich vermisse sie auch.« Elias' Augen wurden feucht. »Sie fehlt mir so sehr, und ich würde sie so gern ... Moment mal.« Er wischte die Tränen von den Wangen und sah Tarek misstrauisch an. »Hamza hat mich gewarnt. Er hat gesagt, dass du versuchen würdest, mich einzuwickeln. Aber nicht mit mir. Nee«, Elias wedelte mit dem Zeigefinger, »diese ganze Gefühlsduselei ...«

»Du kannst nichts dafür«, beharrrte Tarek, jede einzelne Silbe betonend. »Hamza hat Rahul ermordet, nicht du.«

»Aber ich hab's nicht verhindert«, sagte Elias mit dünner, in kindlicher Verzweiflung zitternder Stimme. »Ich hätte ihn festhalten müssen, ich ...«

Ein dünner Signalton erklang. Er langte nach seiner Jacke, die über der Lehne des Fahrersitzes hing, holte ein Handy aus der Innentasche und reichte es Tarek, nachdem er den Anruf entgegengenommen hatte.

»Für dich. Es ist Hamza.«

»Ich will ihn nicht sprechen. Er wird in der Hölle schmoren. Sag ihm das.«

»Wie du meinst.«

Elias telefonierte noch ein paar Minuten mit ihrem Onkel, in denen er größtenteils mit gesenktem Kopf lauschte, ab und zu ein paar knappe Erwiderungen gab und immer wieder – offensichtlich auf Hamzas Anweisungen – tief ein- und ausatmete.

»Sehe ich das richtig?«, fragte Tarek dann. »Er macht mit dir Atemübungen?«

»Er hilft mir, runterzukommen. Ich darf mich nicht ablenken lassen von irgendwelchen Gefühlen, weil ...«

»… du sonst nicht mehr logisch denken kannst, schon klar.«

»Genau!«, lächelte Elias, dem jedes Gespür für Sarkasmus abhandengekommen war. »Du hast es kapiert.«

Als Tarek wissen wollte, was Hamza außerdem gewollt hatte, verdüsterte sich seine Miene.

»Ich soll dir die Zunge abschneiden. Die Füße verbrennen und … na ja, alles das, was sie schon immer mit Verrätern machen. Eigentlich ist es logisch, aber …« Er starrte einen Moment ins Leere. »Es gefällt mir nicht. Du bist schließlich mein Bruder.«

»Aber töten musst du mich trotzdem, oder?«

»Was denkst du denn?« Elias, der nicht verstand, warum ihm eine solche Frage überhaupt gestellt wurde, schüttelte gereizt den Kopf. »Oder hast du vielleicht einen anderen Vorschlag?«

Den hatte Tarek Macha natürlich. Nicht nur einen, sondern sogar sehr viele, aber er hatte längst eingesehen, dass sein Bruder nicht mehr erreichbar war. Er konnte nur hoffen, möglichst schnell zu sterben, und als es dann so weit war, ging Elias auf seine letzte Bitte ein – aus logischen Gründen, denn er änderte zwar den Ablauf, doch das Ergebnis blieb gleich.

Im Endeffekt tat er trotzdem, was getan werden musste.

Neunzig

»Es handelt sich um eine äußerst diffizile Angelegenheit«, erklärte Polizeioberrat Gursky. »Sie wissen vielleicht, wie aufwendig der Informationsaustausch mit ausländischen Behörden sein kann, vor allem, wenn es sich um den Nahen Osten handelt. Wir haben es mit einem globalen Netzwerk zu tun, und nach dem unverhofften Auftauchen eines Zeugen ergab sich die einmalige Chance, einen der Hintermänner …«

»Ich verstehe nur Bahnhof, Schröder«, unterbrach Zorn. »Kapierst du, was er meint?«

»No, Sir.«

»Ich will Ihnen erklären, warum ich nicht anders handeln konnte«, erwiderte Gursky. »Und ich muss noch einmal um absolute Diskretion bitten. Es ist nur ein enger Personenkreis eingeweiht, und bis wir an die Öffentlichkeit gehen, darf sich daran auf keinen Fall etwas ändern.«

»Vielleicht haben die ja ein neues Röntgengerät entwickelt«, sagte Zorn zu Schröder und wies auf das schwarz-gelbe Warnschild. »Da könnte man gleich mal meine Schulter untersuchen. Ich glaube«, er tastete mit schmerzverzerrtem Gesicht nach dem Oberarm, »der Kerl hat mir das Gelenk ausgekugelt.«

»Ich kann kein Verständnis von Ihnen erwarten.« Gursky hob die Hände. »Sie sind zwar bei einer anderen Behörde angestellt, doch da Sie ebenfalls als Ermittler arbeiten, darf ich hoffen, dass Sie zumindest nachvollziehen können, weshalb …«

»Herr Polizeioberrat«, fiel Schröder sanft ein, »dürften wir dann bitte?«

»Wie Sie meinen«, seufzte Gursky, entriegelte das Schloss mit einem Zahlencode und öffnete die Tür. »Nach Ihnen, meine Herren.«

Zorn und Schröder betraten einen dämmrigen, fensterlosen Raum, der nur von einem milchigen Nachtlicht über dem Kopfende eines massigen Krankenbettes erhellt wurde, das umstellt war von einem Gewirr aus medizinischen Apparaten, chirurgischen Gestellen, Infusionsschläuchen und blinkenden Monitoren.

»Wir mussten umgehend handeln«, erklärte Gursky hinter ihnen. »Die Entscheidung war zwar unkonventionell, aber dieser Mann geht mit äußerster Brutalität vor. Wir hielten es für klüger, ihn in dem Glauben zu lassen, der Anschlag wäre erfolgreich gewesen und erst zu Prozessbeginn …«

»Schröder?«

Zorns Finger krallten sich in Schröders Unterarm, der als Antwort nur ein trockenes Krächzen hervorbrachte, während Polizeioberrat Gursky erläuterte, dass die Unterbringung aufgrund fehlender Transportfähigkeit zwar nur vorläufig, die medizinische Versorgung jedoch auf allerhöchstem Niveau gewährleistet sei.

»Die Technik hier ist auf dem neusten medizinischen Stand, außerdem haben wir ein Spezialteam aus der Charité eingeflogen, das sich rund um die Uhr …«

»Irgendwann musste es ja so kommen«, flüsterte Zorn. »Scheiße, jetzt bin ich endgültig …«

Die Beine gaben unter ihm nach. Er streckte haltsuchend die Arme, stieß gegen einen Tropf, dessen Gestell bedenklich ins Wanken kam. Schröder griff ihn unter die Achseln und verhinderte, dass er zu Boden sackte.

»Zuerst hab ich die Gespenster nur gehört.« Zorn wies auf die schmale Gestalt, deren Umrisse sich unter den Laken abzeichneten. »Nun sehe ich sie auch noch.«

»Ich auch.«

»Echt?« Zorn sah Schröder aus kindlich geweiteten Augen an. »Bringst du mich trotzdem hier raus?«

Das Kissen raschelte, als die zierliche Gestalt ihnen den Kopf zuwandte. »Könnt ihr nicht noch ein bisschen bleiben?«

Zorn trat an das Bett. »Bist du wirklich echt?«

»Bin ich, Claudius.«

»Du lebst?«

»Ja.«

»Und du bist morgen immer noch da?«

»Darauf kannst du Gift nehmen, Schatz.«

»Okay.«

»Ich muss dir was erklären.«

»Eine ganze Menge. Hat das noch einen Moment Zeit? Geht ganz schnell«, versprach Zorn und wandte sich an Gursky. »Ich muss nur kurz was erledigen.«

»Ich kann Ihre Empörung nachvollziehen«, sagte dieser. »Aber ich hatte meine Anweisungen und werde mich nicht bei Ihnen entschuldigen.«

»Nicht nötig.«

Das Ziel, Gursky die Nase zu brechen, verfehlte Claudius Zorn deutlich. Sein unbeholfener Hieb traf ins Leere, und es war eher Zufall, dass der Reißverschluss am Ärmel der Lederjacke das sorgfältig rasierte Kinn des Polizeioberrats streifte. Zorns Befriedigung währte leider nur kurz, denn zu seinem Verdruss war der winzige Kratzer bereits am nächsten Tag kaum noch zu erkennen.

SCHLUSSTHESE:

Scheiß drauf.
Es gibt wichtigere Dinge,
als sich den Kopf über Gott zu zerbrechen.

Letztes Kapitel

Behutsam schob Zorn die Tür hinter sich ins Schloss und blieb auf der Schwelle stehen. Die korpulente Frau auf dem Stuhl neben dem Krankenbett bat mit einer Handbewegung um ein wenig Geduld, flüsterte Frieda etwas zu und stopfte ein paar Akten und ein Diktiergerät in eine prall gefüllte Aktentasche. Sie war kaum größer als Schröder und musste sich auf die Zehenspitzen stellen, als sie Zorn zuraunte, seine Frau sei der tapferste Mensch, den sie jemals kennengelernt habe. Damit verließ sie das Zimmer und schloss die schwere Tür ebenso lautlos, wie Zorn es getan hatte.

»Du musst aufpassen«, sagte er und setzte sich auf den Stuhl, dessen Sitzfläche noch warm war. »Das wird alles zu viel.«

»Wir sind fast fertig. Sybille kriegt das mindestens genauso gut hin wie ich, wenn nicht sogar besser. Aber ein paar Sachen müssen wir noch klären.«

Frieda klang verwaschen, da sie beim Sprechen kaum die Lippen bewegte. Eine frisch genähte Schnittwunde, die sich von ihrem rechten Ohr über die Wange zum Mund zog und die Oberlippe teilte, bewegte sich unter einem transparenten Wundpflaster im Takt ihrer Worte.

»Wie geht's Edgar?«, fragte sie.

»Er hat gestern vorgeschlagen, dass wir nach deiner Beerdigung zum Bootshaus an der Flusspromenade gehen und eine Bratwurst essen. Weil du die so gemocht hast.«

Sie schloss lächelnd die Augen. »Er kennt mich verdammt gut.«

»Malina und Rufus werden's irgendwann verstehen. Aber

Edgar wird ziemlich sauer sein. Du kannst dich auf was gefasst machen.«

Ihr Lächeln wurde breiter. »Ich kann's kaum erwarten.«

»Ich weiß, dass es nicht anders geht. Aber du kennst mich, ich bin ein beschissener Lügner.«

»Das bist du.« Das Laken geriet in Bewegung, ihre Finger tasteten sich hervor und schlossen sich um seine Hand. »Sind ja nur noch drei Tage, danach …«

Frieda verkrampfte sich. Auf einem der Monitore blinkte ein gelbes Warnlicht, während sich ihre Hand so fest um Zorns Finger krallte, dass seine Knöchel schmerzten. Er sprang auf, um den Arzt zu holen, doch sie zog ihn zurück auf den Stuhl.

»Ist gleich vorbei«, presste sie hervor und atmete mehrmals tief durch, bis sich das gelbe Licht wieder grün färbte. »Siehste?« Sie versuchte zu grinsen, brachte jedoch nur eine verzerrte Grimasse zustande. »Jetzt juckt's nur noch. Keine Ahnung, wann ich mich wieder kratzen kann.«

Im letzten Moment hatte sie sich instinktiv zur Seite gedreht, so dass der Aufprall ihre linke Hüfte teilweise und das Bein beinahe vollständig zertrümmert hatte – Letzteres war bis zum Oberschenkel bandagiert und steckte zur äußeren Fixierung in einer ringförmigen Metallvorrichtung, aus der sich lange, nadelförmige Metallstäbe wie futuristische Folterinstrumente in die Haut bohrten.

»Du hast mir unglaublich gefehlt, Claudius Zorn.«

»Dito, Frau Oberstaatsanwältin.«

»Du musst durch die Hölle gegangen sein.«

»Kann man so sagen.«

»Sorry, kommt nie wieder vor.«

»Das will ich dir auch geraten haben, Fräulein.«

Er betrachtete ihr eingefallenes, bleiches Gesicht, dessen Umrisse mit dem weißen Kopfkissenbezug verschwammen.

»Ich hab dich die ganze Zeit gehört, Frieda.«

»Logisch, ich hab schließlich immer mit dir geredet.«

Diesmal, fand Zorn, gelang ihr das Grinsen deutlich besser. Er erklärte, dass auch Schröder ihre Stimme gehört habe – was ebenfalls logisch war, da sie auch mit ihm geredet hatte.

»Wo ist er eigentlich?«, fragte sie.

»Er ist noch mal nach Hause, um 'ne Hühnerbrühe zu kochen. Bringt er dir nachher vorbei.«

»Der Gute. Vielleicht kann er mir …«

Ein rhythmischer Warnton erklang, Frieda bekam einen weiteren, heftigeren Krampf. Zorn stürmte los und prallte noch in der Tür mit dem alarmierten Arzt zusammen, der Frieda nach kurzer Kontrolle erfolglos ein Analgetikum anbot und mit wehendem Kittel wieder verschwand.

»Nimm wenigstens das Schmerzmittel«, bat Zorn.

»Ich brauch 'nen klaren Kopf. In zwei Tagen muss die Anklage hieb- und stichfest sein. Wenn ich Mist baue, war alles umsonst. Das ist alles, was ich noch für Tarek tun kann. Ich hab ihm versprochen, dass wir ihn schützen, aber …«

Als sie die Augen zusammenkniff, löste sich eine Träne aus dem Augenwinkel und verschwand unter dem Verband über ihrem Ohr.

»Tarek hat mir vertraut«, murmelte sie. »Er war ein lieber Junge.«

»Darüber reden wir noch«, gab Zorn scheinbar drohend zurück. »Dass du ihn heimlich treffen musstest, leuchtet mir ein, aber für mich sieht das eher nach einem … Techtelmechtel aus.«

»Einem … was?!«

»Du weißt genau, was ich meine. Die Nachrichten, die ihr euch geschickt habt, waren nicht gerade sachlich, meine Liebe.«

Zorns Plan, den eifersüchtigen Liebhaber zu spielen und Frieda somit auf andere Gedanken zu bringen, funktionierte.

»Tarek hatte niemanden außer mir«, erwiderte sie etwas verlegen. »Er war einsam, ich habe ihn ab und zu ein bisschen aufgemuntert.«

»Ach ja? Mir hast du jedenfalls noch nie ein rotes Herzchen geschickt.«

»Ein … *was*?!«

»Du weißt schon, eins von diesen idiotischen Smileys.«

»Er tat mir leid, und … na ja«, Frieda errötete ein wenig unter den Pflastern und Verbänden, »er war ein bisschen verknallt in mich. Tarek war völlig am Boden. Ich wollte ihn trösten, also hab ich ihm ein Grinsegesicht mit 'ner Sonnenbrille geschickt. Aber kein …«

»Ich bin zwar fast blind, aber ein Grinsegesicht mit 'ner Sonnenbrille kann ich noch sehr gut von einem roten Herzchen unterscheiden.«

»Komisch.« Frieda runzelte die Stirn. »Dann muss ich mich vertippt haben.«

Zorn kniff ein Auge zusammen. »Tatsächlich?«

»Du glaubst doch nicht ernsthaft, ich hätte …«

»Schon gut, sollte 'n Witz werden«, grinste Zorn. »Bin ein bisschen aus der Übung.«

Aus dem Flur drangen eilige Schritte herein.

»Da fällt mir ein …«, Frieda sah zur Tür, »hast du Wolfgang noch mal getroffen?«

»Wolfgang …?«

»Bockisch.«

»Ach so, der. Nee. Zum Glück.«

»Du solltest dich bei ihm entschuldigen.«

»Garantiert nicht«, knurrte Zorn und blies die Backen auf. »Nicht bei diesem Killer.«

»Wolfgang ist völlig harmlos.«

»Der hätte mich fast umgebracht.«

»Er züchtet Stichlinge.«

»Das hat nichts zu bedeuten. Schröder züchtet Erdbeeren, und der ist alles andere als harmlos.«

Frieda beharrte auf ihrer Meinung, schließlich kannte sie Wolfgang Bockisch recht gut, der ihr während seiner Nachtschichten oft Gesellschaft geleistet und viel von sich erzählt hatte. Oft driftete sie dabei weg, von Schmerzmitteln betäubt, und wenn sie später aufwachte, redete Bockisch einfach weiter. Einmal jedoch war er ebenfalls eingenickt, worauf sie aus einem Reflex heraus sein Handy geschnappt hatte.

»Ich wollte dir schreiben, dass ich noch da bin«, sagte sie. »Aber Wolfgang ist aufgewacht, ich bin nicht fertig geworden und konnte die Nachricht nur abschicken und danach noch schnell löschen.«

Im Nachhinein schämte sich Frieda, für diese unbedachte Aktion Bockischs Gutmütigkeit ausgenutzt zu haben. Zorn war noch immer nicht überzeugt, doch Gutmütigkeit hin oder her – im Endeffekt hatte ihn Bockischs Handy zu Frieda geführt, so dass er schließlich einwilligte, eine Entschuldigung zumindest langfristig in Erwägung zu ziehen.

*

Man hatte Umbach eine stickige Kammer auf dem Flur schräg gegenüber von Polizeioberrat Gurskys Büro zugewiesen. Als dieser schwungvoll die Tür aufriss, wehte der Luftzug ein paar Formulare von Umbachs Schreibtisch, der den größten Teil des schlauchförmigen, fensterlosen Raumes einnahm.

»Gut gemacht, Umbach«, verkündete der Polizeioberrat bestens gelaunt. »Hervorragende Arbeit.«

Nach Umbachs Meinung war das unverhoffte Lob fehl am Platz, schließlich hatte Elias Samadi sie im wahrsten Sinne des

Wortes herbeigerufen, als er im Morgengrauen halbnackt auf der Brücke zwischen den Türmen der Marktkirche gestanden und so laut geschrien hatte, dass sämtliche Anwohner der Innenstadt aus dem Schlaf gerissen wurden, bevor er sich bereitwillig festnehmen ließ.

»Was jetzt passiert, geht uns nichts mehr an«, sagte Gursky. »Unser Job ist erledigt. Heute Abend startet die Aktion und morgen …«, er deutete mit der Hand ein startendes Flugzeug an, »geht's zurück in die Hauptstadt. Endlich raus aus diesem Kaff – ohne Ihnen zu nahe treten zu wollen.«

Er zwinkerte Umbach zu, der wie immer keine Miene verzog und die aufkommende, allmählich peinlich werdende Stille nicht zu registrieren schien.

»Ich war manchmal vielleicht etwas streng.« Gursky kratzte sich am Kopf. »Aber ich stand unter enormem Druck und … sei's drum.« Er gab Umbach einen unbeholfenen Klaps auf die Schulter. »War mal was anderes, als gestohlene Fahrräder und Laubeneinbrüche aufzunehmen, was? Nächste Woche beginnt wieder der Alltag, dann wird's wieder ruhig, Umbach. Ist ja nicht mehr lange bis zur Pensionierung.«

»Drei Jahre, sieben Monate und neunzehn Tage.«

»Aha. Jedenfalls … ich wollte mich bei Ihnen bedanken, Sie haben sich wacker gehalten. Wir haben zwar nichts mehr damit zu tun, aber heute Abend«, der Polizeioberrat ließ die Faust in die flache Hand klatschen, »wird der Hydra der Kopf abgeschlagen. Die Ratte ist aufgespürt und wird in ihrem Nest ausgeräuchert, und Sie haben Ihren Teil dazu beigetragen.«

Nachdem Gursky gegangen war, starrte Umbach noch eine Weile aus wässrigen Augen ins Leere, bis ihn ein leises Brummen zurück in die Realität holte. Er bückte sich, holte ein Handy aus einer der Schubladen und nahm das Telefonat entgegen, ohne einen Blick auf das Display zu werfen.

»Ich habe mit Ihrem Anruf gerechnet«, sagte er. »Wie ist das Wetter in Amman?«

*

»Danke«, wehrte Frieda ab und sank zurück. »Ich bin total satt.«

Schröder tupfte eine Nudel aus ihrem Mundwinkel und stellte den halbvollen Teller auf dem Rolltisch neben dem Bett ab. »Den Rest kannst du dir später aufwärmen lassen.«

»Du musst mir nicht jeden Tag Suppe bringen, Schröder.«

»Du brauchst Kraft.« Er drückte auf einen Knopf am Bettgestell, worauf das Kopfende leise surrend wieder in die Waagerechte fuhr. »Ruh dich ein bisschen aus.«

»Später«, seufzte sie und schloss die Augen. »Hat Elias Samadi irgendwas gesagt?«

»Er hat nur darum gebeten, in die geschlossene Psychiatrie gebracht zu werden. Zorn versucht, seine Eltern zu erreichen.«

»Tarek hat erzählt, dass sein Verstand immer auf Hochtouren gearbeitet hat, bis er irgendwann heiß gelaufen ist. Und als er gesehen hat, wie Hamza Samadi eiskalt Rahul ermordet hat, ist die letzte Sicherung durchgebrannt.«

»Immerhin scheint ihm noch klargeworden zu sein, dass er eine Gefahr für andere Menschen ist.«

»Ein bisschen spät, findest du nicht?« Frieda lachte freudlos auf. »Er hätte früher auf den Gedanken kommen können, dann wäre Tarek noch am Leben.«

»Wenigstens hat Elias ihn nicht gefoltert.«

»Er hat ihn vorher erstochen. Tarek ist schnell gestorben, aber macht es das besser?«

»Es ist ein Trost«, sagte Schröder. »Zumindest ein kleiner.«

Es wurde still in dem dämmrigen Zimmer.

»Wie spät ist es?«, fragte Frieda nach einer Weile.

»Kurz nach zwei.«

»Noch über sechs Stunden. Weißt du, was am meisten nervt? Diese dämliche Warterei. Ich kann nur daliegen und hoffen, dass nichts ...«

Sie stöhnte leise auf.

»Frieda?«

»Alles okay«, presste sie hervor. »Die verdammte Hüfte. Vielleicht auch 'ne Rippe oder das Bein. Schwer auseinanderzuhalten, ist ja so ziemlich alles zermatscht.«

»Der Arzt hat angeboten, die Dosis zu erhöhen.« Schröder deutete auf den Tropf mit dem Schmerzmittel. »Ich verstehe nicht, warum du ...«

»Ich hab bis jetzt durchgehalten, die paar Stunden schaffe ich auch noch. Danach nehme ich alles, was die mir anbieten. Ich lasse mich komplett zuknallen, Schröder. Aber erst, wenn ich weiß, dass das Arschloch geschnappt ist.«

*

»Ich kann Sie beruhigen«, sagte Umbach. »Selbst wenn Ihr Neffe Sie belasten sollte, dürfte seine Aussage kaum verwertbar sein.«

»Wo ist Elias jetzt?«, fragte Hamza Samadi.

»Das entzieht sich meiner Kenntnis.«

Umbach hielt das Handy etwas weiter weg vom Ohr, während die blecherne Stimme wütend wissen wollte, wofür er eigentlich bezahlt werde.

»Mein Aufgabenbereich ist begrenzt«, erwiderte er. »Weshalb es sich mit meinem Einblick naturgemäß ähnlich verhält. Allerdings denke ich, dass Sie von mir die ein oder andere äußerst wichtige Information erhalten haben.«

Seine Frage, ob Hamza Samadi seinen Rat befolgt und sich

vorerst in einen sicheren Unterschlupf begeben habe, wurde bejaht.

»Ich habe vorgesorgt«, sagte Samadi. »Wenn es sein muss, kann ich jahrelang abtauchen.«

Das, erwiderte Umbach, würde wohl kaum nötig sein. »Unsere Zusammenarbeit war für beide Seiten gewinnbringend. Nun, da ich nichts mehr für Sie tun kann, sollten wir diese beenden.«

Sein Vorschlag wurde brüsk abgelehnt. Hamza Samadi reagierte mit einem weiteren Wutanfall und stellte klar, dass Umbach bezahlt werde – wie lange er für das Geld arbeitete, habe er nicht zu bestimmen, schließlich hatte Samadi ihn in der Hand, da die deutschen Behörden mit Sicherheit auch einem anonymen Hinweis auf einen Maulwurf in den eigenen Reihen nachgehen würden.

»Ich kann Sie jederzeit auffliegen lassen!«

Umbach hob eine Augenbraue. »Das wäre äußerst bedauerlich.«

»Sie werden eine Weile nichts von mir hören. Ich melde mich bei Ihnen.«

Die Verbindung wurde getrennt.

»Das bezweifle ich«, murmelte Umbach. »Sehr sogar.«

*

»Ich hab mit Anna Samadi telefoniert«, sagte Zorn auf Schröders fragenden Blick und nahm gegenüber am Kopfende Platz. »Sie durfte kurz zu Elias. Der will in der geschlossenen Psychiatrie bleiben, er behauptet, dass es …«, Zorn schüttelte den Kopf, »logisch wäre. Und er bittet, gut bewacht zu werden. Das ist alles.«

»War sonst noch was?«, fragte Schröder.

Lars Patzlaffs Handy sei ausgewertet, berichtete Zorn. Nachdem er mit der Zulassungsstelle telefonierte, war ein weiterer Anruf eingegangen – und zwar von dem Handy, das am Morgen bei Elias Samadi sichergestellt wurde. Direkt nach dem Gespräch war Patzlaff aus der Kneipe zum Taxistand am Hallmarkt gestürmt und hatte sich im Industriegebiet in der Nähe des Parkhauses absetzen lassen.

»Elias Samadi hat das gleiche Messer benutzt, mit dem er Tarek Macha erstochen hat. Keine Ahnung, warum er Patzlaff ins Parkhaus bestellt hat. Vielleicht hat ihm nicht gefallen, dass Patzlaff ihn in seinen Artikeln als durchgeknallte Bestie dargestellt hat. Wir werden's wohl nie erfahren. Der eine ist tot und der andere wird kaum jemals wieder … du siehst übrigens jeden Tag besser aus, Frieda.«

»Verarschen kann ich mich alleine.«

»Apropos.« Zorn wandte sich an Schröder. »Wir haben 'ne Einladung gekriegt, Polizeioberrat Gursky gibt heute Abend 'ne kleine Abschiedsparty. Mit Sektempfang, Schnittchen und so.«

»Schnittchen gibt's auch?«

»Ich kann's nicht fassen«, knurrte Zorn. »Dieser Wichser ist tatsächlich so frech, uns auch noch …«

»Gursky war dagegen«, unterbrach Frieda. »Er hält große Stücke auf Schröder, sein Sohn war in einem seiner Kurse. Und er wusste, dass wir beide zusammen sind, Claudius. Er hatte Zweifel, ob man euch das antun kann. Aber ich hab ihm gesagt, dass wir's durchziehen.«

Friedas linkes Auge verschwand unter dem Kopfverband, das rechte war zugeschwollen und nur noch ein geröteter, von Blutergüssen umgebener Schlitz. Doch auch jetzt gelang es Zorn nicht, ihrem Blick standzuhalten.

»Kann ja sein«, brummte er. »Gursky ist trotzdem ein Blödmann.«

»Er hat seinen Job gemacht. Hamza Samadi sollte sich sicher fühlen. Wenn er erfahren hätte, dass ich überlebt habe, dann …« Sie versteifte sich und tastete nach dem Pflaster auf ihrer Wange. »Ich hatte Angst, dass im letzten Moment alles schiefgeht. Es hat lange genug gedauert, bis sich die Jordanier auf diese Nacht- und Nebelaktion eingelassen haben.«

Schröder musste zurück ins Präsidium und versprach, am Abend wiederzukommen. Nachdem er gegangen war, fielen Frieda die Augen zu, ihre Atemzüge wurden tiefer und als sie eingeschlafen zu sein schien, nahm Zorn ihre Hand, lauschte dem Rauschen der Lüftung und dem monotonen Fiepen eines Überwachungsmonitors und betrachtete sie nachdenklich.

»Guck mich nicht so an«, flüsterte sie plötzlich, ohne die Augen zu öffnen.

»Wo soll ich denn sonst hingucken?«

»Ich bin ein Zombie.«

»Du bist die schönste Frau der Welt.«

Sie wandte ihm das Gesicht zu. »Ich werd 'ne Menge Narben behalten.«

»Sieht doch interessant aus.« Zorn strich über das schrundige Geflecht auf seiner Wange. »Hast du jedenfalls immer behauptet. Oder war das etwa geschwindelt?«

»Nee«, lächelte sie müde. »Aber … ich werde nie wieder richtig laufen können.«

»Du wirst ein bisschen hinken. Edgar stört das nicht, im Gegenteil. Der wird froh sein, nicht mehr so lange spazieren gehen zu müssen. Da ist er übrigens nicht der Einzige.«

»Blödmann.«

Frieda fragte noch einmal nach der Uhrzeit. Bevor Zorn antworten konnte, war sie eingeschlafen.

*

Der stille Herr Umbach war ein umsichtiger, vorausschauender Mensch, der seine Entscheidungen wohlüberlegt traf, um seine diversen Nebentätigkeiten nicht zu gefährden. So auch bei seinem Vermieter, einem Delikatessenhändler in dritter Generation, dem er erst eine Zusammenarbeit vorschlug, nachdem er ihn sorgfältig geprüft und als zuverlässig eingestuft hatte. Die Entscheidung erwies sich als richtig, denn das Geschäft mit dem Falschgeld war einträglich, die Methode, falsche Scheine in echte zu verwandeln, ebenso simpel wie genial und da die Blüten nicht in Umlauf gebracht werden mussten, hielt sich das Risiko in Grenzen.

Anders verhielt es sich mit Hamza Samadi, den er weniger aus finanziellen Gründen, sondern eher in Hinblick auf eine potenzielle Erweiterung dieses Geschäftsfeldes mit Informationen versorgt hatte. Bald kamen ihm Zweifel, denn Samadi offenbarte sich als aufbrausend und unberechenbar, was eine Zusammenarbeit unmöglich machte. Auch war es Umbach gewohnt, im Hintergrund zu operieren, weshalb es ihm nicht gefiel, Elias Samadi direkt zu kontaktieren und bei dem Anschlag auf die Oberstaatsanwältin unterstützen zu müssen. Er ahnte, dass es kompliziert werden würde, diese Beziehung zu beenden, plante sein Vorgehen strategisch und entschied vorausblickend, welche Informationen er weitergab. In der Nacht, in der Polizeioberrat Gursky das Team alarmierte und zum Steinbruch bestellte, setzte er Hamza Samadi zwar umgehend in Kenntnis, behielt andere Dinge jedoch für sich. Ähnlich war es mit den Informationen aus den abgehörten Gesprächen zwischen der Oberstaatsanwältin und Tarek Macha. So verschwieg Umbach nicht nur, dass die Staatsanwältin am Leben war, sondern auch, dass Tarek Macha den geheimen Unterschlupf seines Onkels genau beschrieben hatte.

Die konkreten Hintergründe waren Umbach nicht bekannt,

doch er interessierte sich nicht für Diplomatie, vertrauliche Gespräche in der jordanischen Botschaft und auch nicht dafür, welche Zugeständnisse die deutschen Behörden gemacht hatten, um einen jordanischen Staatsangehörigen auch ohne offizielles Auslieferungsabkommen für den Mord an einem deutschen Staatsbürger in Deutschland vor Gericht zu stellen. Dass der Zugriff unter Beteiligung der GSG 9 erfolgte, würde wohl kaum öffentlich werden, doch auch das war nebensächlich – wichtig war nur, dass Umbach den Zeitpunkt kannte und dafür gesorgt hatte, dass das Spezialkommando Hamza Samadi in seinem Versteck antreffen würde.

Der stille Herr Umbach machte pünktlich Feierabend. Entgegen seiner sonstigen Gewohnheiten lief er nicht direkt zu seiner Wohnung über dem Delikatessengeschäft, sondern machte einen Umweg über die Flusspromenade. Als er die Brücke an der alten Burg überquerte, holte er einen kleinen Gegenstand aus der Innentasche des Mantels und warf ihn im Vorbeigehen mit einer beiläufigen Bewegung in den Fluss.

Es war das Handy, mit dem er mit Hamza Samadi kommuniziert hatte. Er würde es nie wieder brauchen.

*

»Sie haben ihn«, sagte Schröder ein wenig außer Atem und schloss die Tür hinter sich. »In zwei Stunden sitzt er im Flugzeug nach Deutschland.«

»Gut.« Frieda atmete erleichtert aus. »Jetzt kannst du denen Bescheid geben«, sagte sie zu Zorn und deutete auf das Gestell mit dem Tropf, »die sollen das Ding voll aufdrehen. Ich werde mich jetzt dermaßen zudröhnen, dass ich die Englein singen höre. Vielleicht mache ich mit Kurt Cobain ’ne neue Band auf oder …«

»Frieda?«

»Ja, Schatz?«

»Hältst du noch ein paar Minuten durch? Dauert nicht lange, versprochen.« Zorn kramte etwas aus seiner Jackentasche und reichte es Frieda. »Nicht, dass du dich später herausredest, du wärst nicht bei klarem Verstand gewesen.«

»Was ist das?«, fragte sie.

»Ein Schlüsselring.«

»Das sehe ich.«

»Ich hab auch einen. Ist natürlich nur ein Provisorium, die echten Ringe suchst du dann aus. Aber ich dachte, wir stellen das erst mal klar und … alles in Ordnung?«

»Ich …« Frieda hatte zu schluchzen begonnen. »Es ist nur …«

»Hab ich was falsch gemacht?« Zorn sah Schröder ratlos an. »Hätte ich auf die Knie gehen …«

»Nicht nötig«, schniefte Frieda, die mit Zorns Antrag nicht gerechnet hatte und sich erst nach und nach wieder fasste. Sie willigte ein und versicherte auf Zorns besorgte Nachfrage mehrmals, ihre Zusage erfolge bei vollem Verstand, doch erst, als Schröder anbot, bei eventuellen Streitigkeiten Friedas geistigen Zustand und somit ihre Zurechnungsfähigkeit zu bezeugen, war Zorn schließlich zufrieden.

»Wir müssen allerdings noch zwei Dinge klären. Erstens«, verkündete er, »Schröder ist *mein* Trauzeuge. Ich hab Rufus gefragt, der würde das für dich übernehmen, Frieda.«

Als zweiten Punkt führte er die Kleiderordnung an.

»Edgar darf anziehen, was er will. Du ebenfalls.«

»Das ist lieb, Schatz.«

Er selbst, versicherte Zorn, würde sich selbstverständlich den Wünschen seiner zukünftigen Gemahlin entsprechend kleiden, und reichte Schröder eine Plastiktüte mit einem kleinen Präsent, welches das Erscheinungsbild seines Trauzeugen farblich ein wenig anpassen würde. Als der Inhalt der Tüte zum Vorschein kam, wich Schröders anfängliche Neugier blankem Entsetzen.

»Deiner ist silbern«, sagte Zorn. »Meiner ist pink.«

Schröder hielt den Schlips am ausgestreckten Arm so weit wie möglich vom Körper entfernt in die Höhe und betrachtete ihn, als würde eine überfahrene Ratte in seinen Fingern baumeln.

»Bei mir sind Hummeln drauf«, erklärte Zorn. »Ich habe lange überlegt, welches Muster am besten passt.«

»Hubschrauber …?«

»Toll, oder? Tja, mein Freund, geteiltes Leid ist halbes Leid.«

Frühling

Die Trauung fand in der Kirche auf dem Hasenberg statt. Das ehrwürdige Backsteingebäude bot sich auch aus logistischen Gründen an, denn Rufus wohnte direkt unten am Kreisverkehr, wodurch sich ein aufwendiger Transport erübrigte. Außerdem verfügte das Gemäuer über einen behindertengerechten Zugang, und da nicht nur der Trauzeuge, sondern auch die Braut bei der Zeremonie im Rollstuhl saß, schlug man zwei Fliegen mit einer Klappe.

Frieda war mehrfach operiert worden und hatte das Krankenhaus vor einigen Tagen verlassen, bevor sie einen mehrwöchigen Aufenthalt in einer Rehabilitationsklinik antreten würde. Sie war also zur Tatenlosigkeit verdammt und die Aussicht, dass sich an diesem Zustand in den kommenden Monaten wenig ändern würde, trug nicht dazu bei, ihre Stimmung zu heben. Den Prozess gegen Hamza Samadi hatte sie von Beginn an verfolgt, dessen Verteidigung die Strategie gewechselt hatte und, nachdem die Zuständigkeit des Gerichts angezweifelt worden war, nun auf Unzurechnungsfähigkeit plädierte. Samadis Bruder Samir war nicht an Leukämie gestorben, sondern hatte unter schweren Depressionen gelitten und Selbstmord begangen, und da auch Elias Samadi weiterhin in der geschlossenen Psychiatrie einsaß, versuchte man nun, eine erblich bedingte Persönlichkeitsstörung nachzuweisen.

Nach der Zeremonie versammelte sich die kleine Hochzeitsgesellschaft zu einem Picknick auf der Wiese vor dem mächtigen Eingangsportal. Friedas Vorschlag, die Feier in engstem Kreis zu begehen, hatte Zorn ausdrücklich begrüßt und weder seinen Bruder noch seine Mutter informiert – Letztere würde sich zwar später wortreich beklagen, doch sie scherte sich einen Dreck um ihre Familie und hätte aller Voraussicht nach sowieso mit einer billigen Ausrede abgesagt.

Es war ein warmer, strahlender Frühlingstag. Schröder schenkte Kaffee aus einer Thermoskanne aus, verteilte auf Papptellern selbstgebackenen Aprikosenkuchen mit Schlagsahne und sorgte mit einer Bluetooth-Box für die musikalische Untermalung. Zorn ließ es sich nicht nehmen, seine frisch Angetraute um den obligatorischen Hochzeitstanz zu bitten, und als er sie aus dem Rollstuhl hob und sich mit ihr zu den Klängen von *Nothing else matters* langsam im Kreis drehte, wurde ihm klar, wie zart und zerbrechlich sie war. Er hielt sie fest in den Armen, atmete den Duft ihres Haares und spürte ihren warmen Atem am Hals, während sie zum wiederholten Male auf ihre körperlichen Beeinträchtigungen verwies, mit denen er nun bis an das Ende seiner Tage leben musste. Er tröstete sie mit den Worten, dass sie zwar mit der linken Hand nie wieder richtig zugreifen könne, doch im Gegensatz zu ihrem Gemahl immerhin noch im Besitz sämtlicher Finger sei, und als er sie behutsam wieder in den Rollstuhl setzte, flüsterte er ihr ins Ohr, ein leichtes Hinken könne durchaus anziehend, wenn nicht sogar sexy sein, was ihm einen unerwartet kräftigen Stoß in die Rippen einbrachte.

Danach schlug Edgar ein Wettrennen zwischen Rufus und Frieda auf einem der kurvigen Asphaltwege hinunter zum Kreisverkehr vor. Beide fanden die Idee spannend, entschieden sich jedoch nach längerer Beratung aus Gründen der sportlichen Fairness dagegen, da Rufus' Rollstuhl nicht nur über eine bessere Aerodynamik, sondern auch deutlich größere Räder verfügte und somit technisch weit überlegen war.

Zorn entging nicht, dass Schröder später heimlich seinen Schlipsknoten lockerte und als er ihn barsch dafür rügte, verteidigte sich Schröder mit den eingewebten Metallfäden und präsentierte sein blutig gekratztes Doppelkinn. Zorn, dem es ähnlich erging, forderte dennoch die strikte Einhaltung der Kleiderordnung und verkündete, als Bräutigam keinerlei Schlendrian zu dulden, und falls sich sein feiner Herr Trauzeuge einbilde, aus der Reihe tanzen zu können, habe sich dieser geschnitten.

Er hatte zwei Großraumtaxis bestellt, und als sich die Sonne den Dächern der Villen rund um den Hasenberg näherte, fuhren alle zum Bootshaus an der Flusspromenade. Die Idee, den Tag bei einem herzhaften Imbiss ausklingen zu lassen, wurde allgemein gelobt, doch die Anerkennung gebührte nicht Zorn, sondern Edgar, der sich bereits vor einem Vierteljahr gewünscht hatte, hier eine der Bratwürste zu essen, die Frieda so liebte. Diese stimmte zu, bat Edgar zu sich und wiegte ihn lange in ihren Armen. Was genau sie ihm zuflüsterte, war nicht zu verstehen, doch Edgar schien ihre Entschuldigung anzunehmen, denn nachdem er sich von ihr losgemacht hatte, wischte er sich schniefend die Tränen aus dem verschmierten Gesicht und versprach, die Sache ausnahmsweise noch einmal durchgehen zu lassen. Als er gleich darauf drohte, im Wiederholungsfalle *nie, nie, und niemals wieder* mit Frieda zu reden, senkte Claudius Zorn grinsend den Kopf, da sich sein Sprössling exakt der Worte bediente, mit denen sein frisch vermählter Erzeuger seine zukünftige Gemahlin bereits vor Wochen nach einem abschließenden Gespräch verwarnt hatte.

Erwartungsgemäß waren die Würstchen hervorragend. Noch bevor Edgar den letzten Bissen verschlungen hatte, verlangte er kauend nach Nachschub und bestätigte somit Zorns Vermutung, dass die Bratwürste bei einer Hochzeit mindestens ebenso köstlich schmecken würden wie bei einer Beerdigung.

Nachbemerkung

Die ersten beiden Bände dieser Reihe wurden 2012 veröffentlicht. Zehn weitere sind danach gefolgt, Jahr für Jahr, immer im Oktober. Bisher jedenfalls, denn dieser Teil erscheint mit mehrmonatiger Verspätung.

Um's kurz zu machen: Es liegt an der Unfähigkeit des Autors, der nach über einem Jahrzehnt noch immer nicht genau weiß, was er da eigentlich tut, seinem Bauchgefühl folgt und einfach aufschreibt, was er selbst gern lesen will. Bislang hat das ganz gut geklappt, diesmal – man ahnt es – ging's daneben.

Normalerweise geht das Manuskript im April an den Verlag. Der Text wird lektoriert, Korrektur gelesen, die Druckfahnen werden erstellt. Das dauert ungefähr vier Monate; für den Autor ein eher entspannter Prozess, in dem er endlich Muße für dringend erforderliche Gartenarbeiten findet und sich beim Rasenmähen, Unkrautzupfen oder dem Betonieren der Garagenzufahrt von den Strapazen der letzten Monate erholt und über die nächste Geschichte nachdenkt, die den August über allmählich Gestalt annimmt und schließlich so weit gedeiht, dass sich der Dichter spätestens Mitte September voller Tatendrang an den Computer begibt, um sein neues Werk frohgemut in Angriff zu nehmen.

Soweit zur Routine.

Es wurde Juni. Ein neuer Minions-Film kam in die Kinos, in Österreich schaffte man die Impfpflicht ab. Im Juli starben Uwe Seeler und Dieter Wedel, in der Oder die Fische. Ende August verschied Michael Gorbatschow, wenige Tage darauf die Queen.

Es war ein heißer, stickiger Sommer, der Verfasser dieser Zeilen hielt sich überwiegend im Schatten auf und wartete auf eine Eingebung. Noch gab es keinen Grund, nervös zu werden, man kann schließlich nichts erzwingen; die besten Ideen kommen unverhofft und meist, wenn man nicht damit rechnet. Diesmal geschah es beim Düngen der Trauerweide, als der Autor einen Tag nach der Beisetzung der englischen Königin auf den Gedanken kam, dass …

Moment. An dieser Stelle eine Warnung.

Womöglich gehören Sie zu den Menschen, die nach dem Erwerb eines Buches zuerst neugierig nach hinten blättern, um eine etwaige Danksagung oder ein Schlusswort zu lesen. Das ist niemandem zu verdenken, ich selbst schließe mich von dieser Unart nicht aus. Weise allerdings darauf hin, dass in den folgenden Zeilen die Auflösung der Geschichte zu lesen ist, und schlage deshalb vor, an dieser Stelle abzubrechen und wie jeder normale Mensch mit dem Anfang zu beginnen.

Zurückblättern also. Für alle anderen weiter im Text:

Es war keine Geschichte, nur die Idee für den Einstieg. Ich fand sie so reizvoll, dass ich sie sofort aufschrieb und an den Verlag schickte – ein paar Seiten, die (abgesehen von dem ein oder anderen Komma), unverändert als erstes Kapitel in diesem Buch abgedruckt sind.

Es herrscht das Klischee, die großen Verlage würden ihren Autoren diktieren, was diese zu schreiben haben, um die Verkaufszahlen zu erhöhen (mehr Blut, mehr Sex und so weiter). Ich kann nur für mich sprechen, doch ich schwöre, dass jede Silbe, jeder Punkt, jedes Ausrufezeichen genau dort sind, wo ich sie haben will. Selbstverständlich gibt es dezente Hinweise auf Logiklöcher oder Korrekturen der Rechtschreibung im Manuskript, doch dazu später mehr.

Bereits im ersten Band hatte ich mit dem Gedanken gespielt,

eine der Hauptfiguren sterben zu lassen. Es war das erste Mal, dass der Verlag ein Veto einlegte und als es nun über zehn Jahre später ein zweites Mal geschah, drückte man sich – schließlich handelt es sich um gebildete Menschen – wie immer gewählt und verklausuliert aus, doch die Reaktion auf die ersten Seiten des neuen Buches war unmissverständlich und dürfte mit *BIST DU VOLLKOMMEN IRRE?* treffend zusammengefasst sein.

Im ersten Band hatte ich auf den Verlag gehört und Schröder überleben lassen – zu Recht, wie sich herausstellte, weshalb ich ahnte, dass es sich nun mit Frieda Borck nicht anders verhielt. Aber ich hatte mich in die Idee verbissen, das Buch mit ihrem Tod zu beginnen, also versprach ich, sie würde am Ende am Leben sein.

(Sollten Sie die obige Warnung ignoriert und trotzdem voreilig weitergelesen haben, dürfte die Lektüre dieses Buches – wenn überhaupt – nur noch eingeschränkt Freude bereiten. Ich schlage vor, Sie verkaufen es auf eBay oder finden einen anderen Verwendungszweck – vielleicht als Unterlage für einen kippelnden Schrank).

Es wurde Oktober, der Verlag bereitete das Herbstprogramm für das kommende Jahr vor. Ein Titel musste her. Der Vorschlag, den dreizehnten Band »Schwarze Tage« zu nennen, gefiel mir. Eine Geschichte gab es noch nicht, doch irgendetwas würde mir schon einfallen.

Wie vorn auf dem Einband zu lesen, handelt es sich bei diesem Buch um einen Thriller. Dies bietet gewisse Freiheiten und gestattet, die Handlung bei Bedarf hart an die Grenzen der Realität zu führen (oft auch darüber hinaus), doch sie sollte in sich logisch und nachvollziehbar bleiben. Das erste Kapitel – Zorn wacht auf und wehrt sich verzweifelt gegen Friedas Tod – war gut. Es macht Spaß, ihn immer wieder leiden zu lassen, das gebe ich gern zu, doch es reichte nicht für eine ganze Geschichte.

Dass Frieda schlussendlich am Leben sein sollte, machte es nicht einfacher, schließlich konnte man sich nicht wie in einem Fantasy-Roman mit einem finalen Schluck aus dem Heiligen Gral aus der Sache herausmogeln.

Der Oktober verging. Elon Musk kaufte Twitter, und ich bekam den Vorschlag, gemeinsam mit einem gewissen Pullunderträger aus Dresden einen Podcast aufzunehmen. Ich brauchte Ablenkung und nahm das Angebot an, um auf andere Gedanken zu kommen – was auch der Fall war, doch das Projekt nahm einige Zeit in Anspruch, und als ich mich wieder an den Computer setzte, standen die ersten Schwibbögen in den Fenstern und der Weihnachtsmarkt wurde eröffnet.

Ich erhielt den Entwurf für das Cover. Die Typographie und das charakteristische Loch im Buchstaben O zeichnen die Reihe aus, aber nach zwölf Bänden wird es immer schwieriger, eine ansprechende Farbgebung zu finden (Sie werden mir zustimmen, dass es auch diesmal hervorragend gelungen ist).

Es gab also einen Titel und ein Cover. Was fehlte, war die Geschichte. Ich kam auf die Idee, die Handlung mit einem anderen Buch zu verknüpfen *(Der nette Herr Heinlein und die Leichen im Keller)* und machte mich ans Werk. In meiner Euphorie ließ ich mich mit meinem jüngsten Sohn auf die Wette ein, im Buch einen bestimmten Ausdruck zu verwenden und hatte knapp drei Monate später die ersten hundert Seiten geschrieben. Es war Mitte März, Jamie Lee Curtis bekam den Oscar, und ich kam nicht mehr weiter. Ich hatte den Überblick verloren und keine Ahnung, wie ich die zu einem chaotischen Knäuel verknoteten Handlungsfäden entwirren und am Ende zusammenführen sollte.

Diese Situation war nicht gänzlich neu. Bisher hatte ich mich immer irgendwie herausgewunden, meist durch Schröders Intuition, der einer Eingebung folgend zur richtigen Zeit am richtigen Ort ist, zum Beispiel in einem verlassenen Sanatorium (Band 3) oder in einer Schlucht (Band 6), wo er im letzten Moment Zorns Tod oder den Selbstmord eines jungen Mannes verhindert. Manchmal half auch der Zufall, wie ein unverhofft in einem zerbrochenen Kruzifix entdeckter USB-Stick (Band 3), und wenn es gar nicht anders ging, ließ ich einfach die Fetzen fliegen. Hatte ich mich im ersten Band noch etwas zaghaft mittels einer explodierenden Zeitbombe aus der Affäre gezogen, ging ich später deutlich forscher zu Werke wie in Band 7, an dessen Ende das komplette Zentrum der Neustadt in Trümmern liegt.

Diesmal verhielt es sich anders. Eine Zeitlang spielte ich mit dem Gedanken, das Buch mit dem Ausbruch des Dritten Weltkrieges zu beenden, doch das wäre für den Leser wohl ebenso unbefriedigend gewesen wie eine Entführung durch Außerirdische, eine plötzlich auftauchende Horde Ninjakrieger oder die Idee, Frieda in der Schlussszene im weißen Frotteebademantel wie Bobby Ewing aus der Dusche kommen und behaupten zu lassen, alles wäre ein Traum gewesen.

Claudius Zorn ist nikotinabhängig und ein Verdränger. Das hat er mit seinem Erfinder gemeinsam, weshalb ich mir lange nicht eingestanden hatte, dass der Termin nicht zu halten war. Nun, da es sich nicht mehr verschweigen ließ, rief ich meine Agentin an.

Ich habe eine Menge von Petra Hermanns gelernt. Ohne sie würde es kein einziges dieser Bücher geben, sie hat mich von Beginn an betreut, die Verträge ausgehandelt und mir auch andere unangenehme Dinge vom Hals gehalten – wie auch diesmal, als sie den Verlag informierte und die Manuskriptabgabe auf Ende August verschob.

Ich begann noch einmal von vorn.

Wenn man sich eine Geschichte ausdenkt, ist man Herr über

die Figuren, von denen mir die ein oder andere auch mal entgleitet. Falls ein Protagonist sich als überflüssig erweist oder einfach nur nervt, stirbt er meist kurzerhand eines mehr oder weniger spektakulären Todes (es handelt sich schließlich um einen Thriller). Als Ende Juni die Zeit erneut knapp wurde, traf es den armen Lars Patzlaff, dessen vorzeitiges Ableben wohl kaum jemand bedauern dürfte, während ich mindestens fünfzig Seiten weniger aufschreiben musste. Dass Elias Samadi etwas undramatisch in der Psychiatrie endet, ist ebenfalls dem Zeitdruck geschuldet – ein kurzer, trotzdem durchaus angemessener Schluss, wie ich finde. Die Idee, dass Zorn und Schröder den Weg zu Frieda ins Krankenhaus über ein geortetes Handy finden, erschien mir plausibel, doch da sie auf sich allein gestellt sind, stand ich vor einem weiteren Problem. Sicherlich, Schröder ist ein Genie, aber es wäre übertrieben gewesen, ihn in seiner Werkstatt irgendein Wundergerät zusammenlöten zu lassen. Ich löste das Problem mit einem Telefonat zwischen Schröder und einem seiner ehemaligen Schüler, der die beiden später zum Krankenhaus lotst (und mir ein paar weitere Seiten umständlicher technischer Erklärungen ersparte). Womöglich hätte man einige Dinge ausführlicher erläutern können wie das *verschissene rote Herzchen* (wie Zorn es bezeichnet), doch der Leser soll selbst entscheiden, ob er glaubt, dass Frieda sich nur vertippt hat. Fakt ist jedenfalls, dass das Manuskript buchstäblich auf den letzten Drücker (am 31. August um 18 Uhr 32, um genau zu sein) per Mail an meinen Lektor ging, bei dem ich mich hiermit ausdrücklich entschuldige.

Wie erwähnt, kam ich durch Zufall zum Schreiben und tue dies aus dem Bauch heraus. Ich weiß, wo ein Komma gesetzt oder ein Absatz eingefügt werden muss und auch, wann ich das Tempo anziehen oder auf die Bremse treten sollte. Meist liege ich richtig, aber begründen kann ich es nicht. Anders als Volker

Jarck, der nicht nur den vorliegenden, sondern auch einige der vorangegangenen Bände lektoriert hat und mich auch diesmal immer wieder geduldig an die regelkonforme Verwendung des Plusquamperfekts erinnerte, oder – wie in der Szene mit Lars Patzlaff und dem Obdachlosen – ermahnte, die Perspektive des eingeschränkt auktorialen Erzählers nicht zu verlassen. Ebenfalls verwies er auf allzu ausufernde Landschaftsbeschreibungen *(ganz nett, aber ein wenig viel jordanische Idylle)*, den falschen Aufbewahrungsort einer angebrochenen Rotweinflasche *(im Kühlschrank???)* und klärte mich auf, dass *White Lotus* nicht auf Netflix, sondern einer anderen Streamingplattform läuft. In seinen Kommentaren machte Volker auch auf Wiederholungen aufmerksam *(Zorn seufzt jetzt zum zweiunddreißigsten Mal)*, weshalb in diesem Buch nicht nur weniger geseufzt, sondern auch nur noch zwölf (anstatt ursprünglich achtundzwanzig) Mal genickt wird und die Erwähnung *tiefhängender Wolken* oder einer *fahlen Mondsichel* erheblich reduziert wurde. Erneut habe ich viel über meine Schwächen gelernt, wie zum Beispiel meine Vorliebe für Gedankenstriche – die Volker seit Jahren kritisiert, ebenso wie den Drang, Dinge unverhältnismäßig oft in Klammern zu setzen (sorry – ich werde versuchen, mich zu bessern).

Danke, Volker. Ebenfalls Dank an den Fischer Verlag, an Iris Kirschenhofer und Julia Schade, die mir die nötige Zeit ließen und mich nicht wegen Vertragsbruchs verklagten, sondern deutlich zu verstehen gaben, wie sehr sie mir vertrauen. Dank an meine Kinder für das Verständnis, dass der feine Herr Dichter drei Monate nicht ansprechbar war. Dank an Petra Hermanns, meine Agentin, und weil sie mir immer wieder einschärft, gefälligst nett zu meinen Lesern zu sein (diese kaufen schließlich die Bücher), neige ich nun demütig mein Haupt und danke auch Ihnen, da auch Sie mit dem Erwerb dieses Buches Ihren Teil dazu beigetragen haben, mir ein Leben in Saus und Braus zu ermöglichen.

Zum Schluss ein Extradank an einen meiner besten Freunde, der den Text aus der Sicht eines Juristen geprüft und schließlich abgenickt hat. Es handelt sich nicht nur um einen hervorragenden, sondern auch bescheidenen Anwalt, der darum bat, an dieser Stelle nicht namentlich erwähnt zu werden. Leider ist dies nur teilweise möglich, da sein Vorname bereits weiter oben erwähnt wurde – es ist derselbe wie der meines Lektors. Volkers Nachnamen (er beginnt mit K und endet auf adler) verschweige ich wunschgemäß.

Der September neigt sich dem Ende, vor einigen Tagen wurde Julian Nagelsmann zum neuen Bundestrainer ernannt. Eigentlich hätte ich die nächste Geschichte mit Zorn und Schröder schon vor einigen Wochen beginnen müssen, aber ich warte noch auf die zündende Idee. Wie gesagt, man kann nichts erzwingen, und vielleicht kommt der Einfall bereits, wenn ich nach einem kurzen Mittagsschlaf nachher den Rasen mähe.

Ich habe gelernt, geduldig zu sein.

Und im Garten gibt es noch eine Menge zu tun.

Bevor ich's vergesse: Augen- und Ohrenkatze.

(Tja, Michel. Du hast die Wette verloren.)